ullstein

ANNE BOOTH ist Kinderbuchautorin. Ihr erster Roman für Erwachsene, *Kleine Wunder*, handelt von drei Nonnen, die im Lotto gewinnen. Sie hat einen Abschluss in Englisch von der University of York, ein Postgraduierten-Diplom in Pastoraltheologie, einen MA in Kinderliteratur vom Roehampton Institute und einen MA in Kreativem Schreiben von der Canterbury Christ Church University. Sie ist verheiratet, hat vier Kinder und lebt in Kent.

ANNE BOOTH

KLEINE WUNDER

Roman

Aus dem Englischen
von Barbara Ostrop

Ullstein

Besuchen Sie uns im Internet:

www.ullstein.de

Wir verpflichten uns zu Nachhaltigkeit

- Klimaneutrales Produkt
- Papiere aus nachhaltiger Waldwirtschaft und anderen kontrollierten Quellen
- ullstein.de/nachhaltigkeit

MIX
Papier
FSC® C083411

Deutsche Erstausgabe im Ullstein Taschenbuch
1. Auflage Juli 2022

Die englische Originalausgabe erschien 2022 unter dem Titel
Small Miracles bei Harvill Secker, London.
Umschlaggestaltung: © Sabine Kwauka
Titelabbildung: Kathedrale: shutterstock / © Canicula; Fond: shutterstock / © Charunee Yodbun; Regenschirm: shutterstock / © Olga Save; Snackbox: shutterstock / © ONYXprj; Thermoskanne: shutterstock / © VectorCO; Bild im Rahmen: shutterstock / © Ironika; Bilderrahmen: shutterstock / © Victoria Sergeeva; Koffer: shutterstock /© LittleMiio; Rosen: shutterstock / © Naddya; Nonnen: shutterstock / © vectorara; Rosenkranz: shutterstock / © FishPouch
Gesetzt aus der Quadraat Pro powered by *pepyrus*
Druck und Bindearbeiten: CPI books GmbH, Leck
ISBN 978-3-548-06618-9

Prolog

Und jetzt flog sie, stieg auf, getragen von einer nahezu unerträglichen Zärtlichkeit. Grüne Blätter und Sonnenschein, Vogelgesang und blauer Himmel, höher und höher – das Gefühl erfüllte sie, bis ihr war, als müsste sie vor Liebe zerbersten, als könnte sie es nicht länger ertragen. Und dann löste sich die Umarmung, die Freude aber blieb.

I

Verflixt! Was hat Schwester Basil sich nur dabei gedacht, o Herr? Schwester Margaret blickte verzweifelt auf den Stapel unbezahlter Rechnungen und hingekritzelter Notizen, der auf ihrem Schreibtisch im Kloster St. Philomena, Fairbridge, England, lag.

Das Kassenbuch, das Schwester Basil als Schatzmeisterin des Klosters über Jahre hinweg unter den Stichworten »Einnahmen« und »Ausgaben« gewissenhaft mit langen Zahlenkolonnen gefüllt hatte, war nur noch ein mit Tinte bekleckstes Chaos, und in den letzten Monaten schien Basil ihre Bemühungen endgültig eingestellt zu haben. Hinter einer kleinen Plastikstatue ›Unserer Lieben Frau von Lourdes‹ auf dem Fensterbrett steckte ein Stoß Rechnungen, und mehr davon lagen in einer Plastiktüte am Boden eines alten Aktenschranks.

»Was hat sie denn erwartet? Dass Unsere Liebe Frau sich der Rechnungen annehmen würde?«, murmelte Margaret gereizt, doch dann beruhigte sie sich wieder. »Verzeih, Herr. Schwester Basil ruhe in Frieden. Ich danke dir, dass die Buchführung erst vor Kurzem im Chaos versunken ist.« Margaret hatte Schuldgefühle, weil die letzten Monate von Schwester Basils Leben offensichtlich von Angst und Unruhe geprägt gewesen waren. *Verzeih, dass ich nichts bemerkt habe, o Herr. Aber du weißt ja, dass ich nie etwas mit der Buchhaltung zu tun hatte, und außerdem hatte ich meine eigenen Probleme. Letztes Jahr hast du es uns nicht gerade leicht gemacht. Das letzte Jahr war, ehrlich gesagt …* Doch bevor Margaret genau aufzählen konnte, was für die Schwestern von der Heiligen Philomena sonst noch alles schiefgelaufen war, ertönte aus der Küche ein lauter Knall, gefolgt von verzweifeltem Gejammer. Margaret rannte in einem Tempo aus dem Büro, das selbst bei einer weit jüngeren und schlankeren Nonne eindrucksvoll gewesen wäre.

Mit hämmerndem Herzen riss sie die Küchentür auf und entdeckte Schwester Bridget, die unglücklich auf ein paar verkohlte Objekte auf einem Teller schaute.

»Was ist passiert?«, fragte Margaret außer Atem.

»Ich hatte gehört, dass der Bischof Pavlova ganz besonders gern mag. Weil der Herd kaputt ist, wollte ich die Meringen in der Mikrowelle backen«, erklärte Schwester Bridget. »Aber es hat geknallt, Rauch stieg auf, und jetzt sind sie hinüber.«

Margaret lehnte sich leicht keuchend an die Wand. »Gott sei Dank! Ganz ehrlich, Schwester Bridget. Du hast mir einen Riesenschreck eingejagt. Ich dachte, es wäre etwas Furchtbares passiert.«

»Aber es *ist* furchtbar«, entgegnete Schwester Bridget, empört, dass die Tragödie so schnell abgetan wurde. »Heute Abend kommt der Bischof zum Essen, und wir brauchen einen extra leckeren Nachtisch. Father Hugh will ihn um Geld für die Reparatur des undichten Kirchendachs bitten und außerdem um einen Kaplan. Die Meringen sind notwendig.«

Herr, verleihe mir Geduld. Muss sie wirklich schreien? Wenn ich anfangen würde, wegen der Buchhaltung zu schreien, würde ich gar nicht mehr damit aufhören, und wo kämen wir dann hin?

»Kannst du nicht im Pfarrhaus kochen und backen?«, fragte Margaret, die mit ihrer jahrelangen Erfahrung als Lehrerin ruhiger wirkte, als ihr zumute war.

»Der Ofen dort ist schon mit dem Braten belegt«, jammerte Bridget in ganz untypischer Verzweiflung. »Ich wollte, dass das Essen perfekt wird. Wir müssen den Bischof weichkriegen.«

»Kannst du keinen anderen Nachtisch machen?«, fragte Margaret.

»Die Meringen werden in der Diözese mit Gold aufgewogen«, fuhr Bridget fort, die gar nicht hinhörte. »Wir wissen, dass Monsignor Wilson in St. Anna ebenfalls einen Kaplan haben möchte, und er spielt Golf mit dem Bischof. Father Hugh, der Gute, kann nicht Golf spielen. Diese Meringen könnten ihn den Kaplan kosten. Und das undichte Dach macht ihn ganz krank vor Sorge. Es ist kein Geld da.« Bei diesen Worten glänzten Bridgets blaue Augen beunruhigt.

Das weiß ich. Father Hugh ist nicht der Einzige mit diesen Sorgen. Ich weiß genau, wie das ist, wenn kein Geld da ist.

»Könnten wir die Meringen im Nachtisch nicht ersetzen? Vielleicht verkauft Mr Abidi ja welche in seinem Laden?«, hakte Margaret noch einmal nach.

»Ja, das geht«, antwortete Bridget betrübt. »Nur wollte ich eben alles selbst zubereiten. Es ist ein so wichtiges Essen. Ich bringe nicht gern fertig Gekauftes auf den Tisch. Hätte ich doch nur einen Kuchen gebacken.«

Sie klang so enttäuscht, dass Margaret das Herz blutete. Bridget führte Father Hugh mit viel Engagement den Haushalt, und ohne ihr Zutun würde so manches in der Gemeinde nicht laufen.

»Der Bischof wird das gar nicht merken«, sagte Margaret. »Komm, Bridget, lass uns schauen, ob wir im Laden Meringen bekommen.« Sie umarmte die Nonne rasch.

Sie marschierten so schnell sie konnten über die lange Zufahrt, die von dem großen viktorianischen Haus wegführte. Eine Amsel flog mit erschrecktem Rufen auf. Ohne das Problem anzusprechen, bemühten sie sich, die schrecklichen Schlaglöcher und Risse im Asphalt gleichzeitig zu ignorieren und zu umgehen und das wuchernde Unkraut am Wegesrand zu übersehen. Nein, sagte Margaret sich wieder einmal, so ging es nicht weiter. Der Garten wuchs ihnen über den Kopf, und dasselbe galt für das Haus. Im Obergeschoss des Klosters gab es zu viele leer stehende, kalte Schlafzimmer mit schwerem, gegen den Staub abgedecktem Mobiliar; und auch unten hatten sie mehr Zimmer, als sie benutzen konnten. Das alles war einfach zu viel. Das Kloster St. Philomena hatte über viele Jahre hinweg zwölf Nonnen beherbergt, sowie eine Anzahl junger Frauen, die erprobten, ob sie fürs Klosterleben berufen waren. Viele von ihnen waren abgesprungen, manche aber, wie Margaret selbst, geblieben. Doch trotz der Neuzugänge hatten die Jahre ihren Tribut gefordert, auf dem Friedhof waren neue Kreuze hinzugekommen, und die Gesamtzahl der Bewohnerinnen war auf sechs zusammengeschrumpft. Im Verlauf eines einzigen Jahres, des letzten, schrecklichen Jahres, waren dann Helen, Frances und Basil gestorben, und nur drei Nonnen – Margaret, Bridget und Cecilia – waren übrig geblieben. Und da sonst niemand dafür in Frage kam, hatte Margaret widerstrebend das Amt der Oberin und der Buchhalterin in Personalunion übernommen.

Sie bogen nach rechts in die London Road ein, gingen an weiteren großen Häusern vorbei, die ebenfalls aus der zweiten Hälfte des vorletzten Jahrhunderts stammten und inzwischen überwiegend in Wohnungen unterteilt oder zimmerweise an Studenten vermietet waren, und kamen schließlich zu Mr Abidis Laden. Dort fanden sie Schwester Cecilia vor, das dritte verbliebene Mitglied der Gemeinschaft, die wie jeden Freitag betend für die Lotterie anstand. Seit Schwester Cecilia im vergangenen November mit der Teilnahme begonnen hatte, war sie überzeugt, dass Gott einen Spielschein benutzen würde, um ihnen zu helfen, und fünf Monate, in denen sie keinen Penny gewonnen hatte, hatten ihren Glauben nicht erschüttert. Sie stand hinter Thomas Amis, der seinerseits hinter einem Studenten anstand, der gerade bedient wurde. Thomas, früher Postbote und seit Neuestem in Rente, war mit den Nonnen von St. Philomena befreundet und kam seit einiger Zeit regelmäßig zum Kloster. Dieses Jahr tat er sein Bestes, um den Garten wieder in Schuss zu bringen, doch so sehr er auch schuftete, eine einzige Person konnte die viele Arbeit nicht bewältigen, und ein großer Teil des Grundstücks, das früher von den vielen Schwestern gepflegt worden war, war inzwischen verwildert.

»Hallo Thomas, noch einmal tausend Dank für die Gartenarbeit heute«, begrüßte Schwester Bridget ihn. »Die Mikrowelle ist kaputt, und ich kaufe Meringen für den Nachtisch des Bischofs«, erklärte sie Schwester Cecilia, die ehrlich gesagt nicht besonders interessiert wirkte und sich so weit vorn in der Schlange nicht gern bei ihren Gebeten stören ließ.

»Tut mir schrecklich leid, Schwester«, sagte Mr Abidi, der die Bemerkung mit angehört hatte, »wir haben keine Meringen da, aber soll ich Ihnen welche besorgen?«

»Danke, Mr Abidi, aber ich brauche sie leider schon heute Abend«, antwortete Schwester Bridget.

Mr Abidi nahm das Geld des Studenten entgegen und prüfte den Betrag mit leichtem Stirnrunzeln. Der Student wartete ab. Mit Mr Abidi stritt man sich nicht.

»Ich verstehe das nicht. Warum kaufst du nicht einfach ein paar Joghurts?«, fragte Cecilia, die sich mit der Tatsache abgefunden hatte, dass nun keine Zeit mehr blieb, ein weiteres Ave Maria hinzuzufügen, bevor sie an die Reihe kam. Sie hatte schon die ganze Woche intensiv gebetet, und so würde es nun wohl reichen müssen.

Margaret zuckte unwillkürlich zusammen, als Bridget empört zu einer Antwort ansetzte. Doch als Mr Abidi ihm seine Einkaufstüte reichte, drehte Thomas Amis sich in der Schlange um und mischte sich mit seinem weichen Newcastle-Akzent ein, bevor Schwester Bridget etwas entgegnen konnte.

»Ich habe noch den Schokoladenkuchen, den Sie mir heute Morgen geschenkt haben, Schwester Bridget. Es ist ein wunderbarer Kuchen. Bestimmt ist er gut genug für den Bischof?« Er wandte sich Schwester Cecilia zu. »Schwester, möchten Sie gern vor? Ich hab es nicht eilig.«

Schwester Cecilia nickte dankbar, froh, einem Gespräch über Kuchen zu entkommen, nahm ihre Liste mit den Lotozahlen heraus und diktierte sie Mr Abidi feierlich. Der respektierte ihr hohes Alter, und es wäre ihm im Traum nicht eingefallen, sie wegzuschicken, damit sie ihren Lotterieschein selbst ausfüllte. Er bewunderte die Nonnen, mochte sie gern und stellte das kleine allwöchentliche Ritual nicht infrage. Hätte es in seiner Macht gestanden, hätte er mit Sicherheit dafür gesorgt, dass die Schwestern gewannen. Dank Schwester Helen, die seine Töchter vor all diesen Jahren in der Schule von St. Philomena aufgenommen hatte, und da seine Frau und er alle von Gott gegebenen Stunden im Laden arbeiteten, um ihre Kinder nach Kräften zu unterstützen, hatten die Mädchen eifrig gelernt, waren auf die besten Universitäten gegangen und inzwischen Apothekerin, Ärztin und Rechtsanwältin. In Mr Abidis Augen konnten die Nonnen nichts falsch machen.

Was die Nonnen betraf, und insbesondere Schwester Bridget, konnte auch Mr Abidi nichts falsch machen. Er arbeitete hart, war immer früh auf, um die Zeitungen zu sortieren, und machte erst spät abends Feierabend. Er war streng mit schwierigen Kunden und jugendlichen Aushilfen, gegenüber allen anderen trat er energisch, aber gütig auf, wie erschöpft er auch sein mochte. Er war immer für ein Schwätzchen mit Schwester Bridget zu haben, die regelmäßig vorbeikam, fest entschlossen, ihn gegen die Konkurrenz der großen Supermärkte zu verteidigen, die aus Habgier inzwischen auch an Sonntagen öffneten und den kleinen Läden das Leben damit noch schwerer machten. Mr Abidi war noch nie in Irland gewesen und Schwester Bridget noch nie in Pakistan, doch sie versprachen einander regelmäßig und ernsthaft, wenn auch völlig unrealistisch, das Geburtsland des anderen eines Tages zu besuchen. Wann immer einer der beiden einen Besuch in seiner alten Heimat ankündigte, ließen sie Grüße an die Verwandtschaft ausrichten. Nach einem interessanten Gespräch über schwer erhältliche Lebensmittel hatte Mr Abidi, der nie vor einer Herausforderung zurückscheute, sogar ein kleines Wunder vollbracht und für Schwester Bridget irische Kimberley-Kekse aufgetrieben. Bald nahm er sie mit Profit in sein Sortiment auf, denn sie waren sehr beliebt bei seinen älteren irischen Kunden, die die Kekse in keinem anderen Supermarkt bekamen. Schwester Bridget wollte ihn auch dazu bewegen, Tayto-Chips anzubieten, doch die erwiesen sich als etwas schwerer zu beschaffen.

Im Moment ging es Schwester Bridget jedoch nicht um irische Kekse oder Chips, sondern um einen Nachtisch für den Bischof, und diesmal wirkte Thomas Amis das Wunder.

»Oh, Gott sei Dank! Thomas, das wäre riesig nett!«, rief sie und klatschte vor Begeisterung in die Hände. »Natürlich ist er gut genug für den Bischof. Um Ihnen für all das zu danken, was Sie für uns tun, habe ich mir mit dem Kuchen große Mühe gegeben! Ich backe Ihnen einen neuen. Im Kloster geht das zwar noch immer nicht, weil der Herd kaputt ist, aber Sonntagnachmittag backe ich Ihnen einen in der Küche des Pfarrhauses.«

»Machen Sie sich deswegen mal keine Sorgen«, sagte Thomas so ruhig wie immer. »Eins nach dem anderen, genau wie Rose es immer gesagt hat. Konzentrieren Sie sich erst einmal auf das Dinner für den Bischof. Der Philomenakirche einen Kaplan zu besorgen, hat Vorrang. Father Hugh kann die Last nicht mehr allein tragen. Ich laufe gleich im Anschluss nach Hause, hole den Kuchen und bringe ihn ins Pfarrhaus. Wenn Sie wollen, kann ich mir auch den Herd einmal anschauen.«

»Tausend Dank, Thomas!«, sagte Bridget strahlend. »Beim Bischof haben wir vielleicht noch Chancen. Er ist ein Feinschmecker.«

»Ich kann mir nichts Leckereres vorstellen als einen Ihrer Kuchen«, sagte Thomas, während er höflich eine junge Frau in der Schlange vorließ, um das Gespräch nicht abbrechen zu müssen.

»Vielen Dank, Thomas«, sagte nun auch Margaret aufrichtig. »Es wäre eine große Hilfe, wenn Sie nach dem Herd schauen könnten.« Das Dessert des Bischofs war ihr nicht so wichtig, und wie Schwester Cecilia war sie der Meinung, der Bischof könne genauso gut einen Joghurt verspeisen wie jeder andere Mensch, doch da sie, wenn auch wider Willen, die Oberin des Klosters von der Heiligen Philomena war, lag es ihr sehr am Herzen, einen fürchterlichen Streit zwischen zwei der drei verbleibenden Schwestern zu vermeiden. Auch so schon fand sie es schwierig, Bridget und Cecilia im Griff zu behalten. Und der Gedanke, wie viel ein neuer Herd kosten mochte, machte ihr Angst.

Thomas sah den drei hinausgehenden Nonnen nach, während die junge Frau vor ihm einen Lotterieschein erwarb. Das Kloster und die Schule daneben waren ein enorm wichtiger Bestandteil des katholischen Lebens von Fairbridge gewesen. Es war traurig, wie es dann gelaufen war. Rose und er waren so stolz und glücklich gewesen, als ihre Tochter Linda in die Klosterschule aufgenommen wurde, und dann Jahre später wiederum Lindas Tochter Sophie. Nichts hatte ewig Bestand, das war ihm klar, aber es war eine Schande, dass in der Schule keine Nonnen mehr unterrichteten. Schwester Helen war eine außerordentlich gute Direktorin gewesen, und seiner Meinung nach hatte man Schwester Margaret nicht lange genug als Nachfolgerin belassen, um ihr eine Chance zu geben. Aber natürlich wurden sie alle älter, genau wie er selbst.

Schwester Helen hatte sehr viel von Linda gehalten, selbst nach dem, was geschehen war. Und Sophie hatte in der Klosterschule geglänzt. Sie hatte den Fehler ihrer Mutter nicht wiederholt und studiert, bevor sie eine Familie gründete.

Wenn Rose ihm doch nur einen Rat geben könnte. Sie hätte gewusst, was zu tun war. Vielleicht würde er Schwester Bridget fragen, wenn er nächstes Mal im Kloster oder im Pfarrhaus half. Sie und Rose hatten in den Fünfzigerjahren im Fairbridge House gearbeitet, zwei irische Mädels, und waren sich so nah gewesen wie Schwestern. Rose hätte sich mit Sicherheit Bridget anvertraut. Ja, genau das würde er tun. Denn er war ratlos. Linda zog sich von allen zurück, nicht einmal Sophie kam an sie heran. Um das in Ordnung zu bringen, wäre schon ein Wunder nötig. Vielleicht könnte ja Schwester Bridget die Dinge wieder einrenken. Nach diesem Entschluss fühlte er sich wesentlich besser.

»Ganz lieben Dank«, sagte die junge Frau zu Thomas, als

sie von der Theke wegtrat. Zu seiner Überraschung zeigte sie ihm stolz ihren kleinen Verlobungsring. »Hoffentlich gewinne ich. Wir heiraten bald, und es wäre eine riesige Hilfe.«

»Stimmt, Hochzeiten sind teuer«, pflichtete Thomas ihr bei.

»Falls ich gewinne, möchte ich meinen Verlobten überraschen und für die Flitterwochen eine tolle Reise buchen, zum Beispiel nach Italien«, vertraute ihm die junge Frau an. »Ich weiß, er sorgt sich, dass wir uns eine Auslandsreise nicht leisten können. Aber mir ist es eigentlich egal. Ich möchte einfach nur mit ihm verheiratet sein, das ist die Hauptsache.«

»Meinen Glückwunsch.« Thomas lächelte sie an. Hier wusste er genau, was er sagen sollte. So ein Verlobungsring bereitete ihm immer große Freude. Die junge Frau hatte dieselbe entwaffnende Offenheit und Wärme wie damals Rose. Wen auch immer sie heiraten würde, der Mann war ein Glückspilz. Thomas selbst jedenfalls hatte mit seiner Frau ein Riesenglück gehabt.

Thomas stellte seinen Korb auf die Theke.

»Guten Morgen, Mr Abidi«, sagte er.

»Guten Morgen, Mr Amis«, antwortete Mr Abidi, der seine Stammkundschaft beim Namen kannte, und scannte die Waren.

»Sie sind Sophies Großvater, oder?«, fragte die freundliche junge Frau plötzlich und wandte sich Thomas wieder zu. »Vor Jahren hab ich mit Sophie bei Millers Arms gearbeitet. Ich erinnere mich noch, wie Sie dort Geburtstag gefeiert haben. Wie geht es Sophie?«

»Ja, ich bin ihr Großvater«, antwortete Thomas. »Danke,

Sophie geht es gut. Sie ist verheiratet, hat ein kleines Kind und ist sehr glücklich.«

»Würden Sie ihr Grüße von mir ausrichten?«, bat die junge Frau. »Sagen Sie ihr, Sie hätten Emily vom Miller's Arms getroffen.«

»Das mache ich. Bestimmt freut sie sich. Hätten Sie gern ihre Telefonnummer?«

Emily zog ein kleines Adressbüchlein aus ihrer Jackentasche und schrieb sich Sophies neue Nummer auf.

»Nach der Hochzeit melde ich mich bei ihr, ganz bestimmt«, versprach sie.

»Dann viel Glück Ihnen!«, rief Thomas ihr nach, als sie mit dem Lotterieschein in der Hand hoffnungsvoll den Laden verließ.

»Bitte entschuldigen Sie die Verzögerung«, sagte Thomas zu Mr Abidi, der nickte. Thomas nahm seinen Einkaufsbeutel heraus, um die Lebensmittel darin zu verstauen. Es war Roses Beutel gewesen. Die Mädchen hatten ihn ihr einmal zu Weihnachten geschenkt, weil er mit Rosen bedruckt war, und er benutzte ihn gern. Hoffentlich wäre sie zufrieden damit, wie er zurechtkam. Roses Tod lag jetzt zwei Jahre zurück. Sie hatte noch erlebt, wie Sophie Ben heiratete, einen Hausarzt, und im Hospiz hatte sie ihren Urenkel James noch als Neugeborenen im Arm gehalten. Eine Woche später war sie gestorben. Thomas schluckte, denn bei der Erinnerung daran, wie ihr Gesicht vor Liebe für ihren Urenkel geleuchtet hatte, den sie niemals heranwachsen sehen würde, erfasste ihn der vertraute Schmerz. *Ach, Rose.* Es kam ihm noch immer wie gestern vor, und heimzukommen, ohne von ihrem

Lächeln begrüßt zu werden, war noch immer hart. Es verletzte ihn, dass Linda so verschlossen und in sich gekehrt war. Letzthin arbeitete seine Tochter entweder bis spät abends oder blieb in ihrem Zimmer. Sie redeten einfach nicht mehr miteinander. Linda verhielt sich eher wie ein launischer Teenager als wie eine einundvierzigjährige Frau. Zum Glück konnte er wenigstens Father Hugh und den Nonnen als Handwerker und Gärtner helfen. Es war schön, das Haus zu verlassen und sich nützlich zu machen.

Später am Abend versammelten sich die drei Schwestern im Wohnzimmer und stärkten sich mit einem Becher Kakao. Schwester Bridget strahlte. Ihr Menü für den Bischof hatte großen Anklang gefunden, und er hatte sogar zwei Stücke Schokoladenkuchen gegessen und sie gebeten, den Rest mit nach Hause nehmen zu dürfen. Offensichtlich bekam seine eigene Köchin keinen solchen Kuchen hin. Bridget wusste, dass Stolz eine Sünde war, aber die Erkenntnis tat ihr dennoch gut. Sie war kein scheues Mäuschen und hatte begriffen, dass es keineswegs etwas Schlechtes war, seine eigenen Stärken zu kennen. Das hatte ihr Schwester Frances beigebracht. »Sie ruhe in Frieden«, fügte Bridget voll Liebe und Dankbarkeit automatisch hinzu. Im Jahr 1968, das war jetzt fast dreißig Jahre her, war Schwester Frances eine energische sechzigjährige Oberin gewesen. Befeuert durch die riesigen Veränderungen, die das Zweite Vatikanische Konzil in der katholischen Kirche ausgelöst hatte, war damals die alte Trennung zwischen ›Laienschwestern‹ und ›Chorschwestern‹ im St.-Philomena-Orden aufgehoben worden. Schwester

Frances hatte Schwester Bridgets Potenzial erkannt und ihre Begabung gefördert: Bridget, die die Schule mit vierzehn verlassen und seitdem immer im Haushalt gearbeitet hatte, hatte nach sechzehn Jahren, in denen sie sich als ›Laienschwester‹ fröhlich um Haus und Wäsche gekümmert hatte, während nur die gebildeteren ›Chorschwestern‹ in der Schule unterrichteten, die Erlaubnis erhalten, sich weiterzubilden.

Dank Schwester Frances hatte der Orden Bridget ein Kulinarik-Studium absolvieren lassen. Am College war sie zwar schon relativ alt gewesen, doch sie war aufgeblüht und hatte alle mit ihrer raschen Auffassungsgabe und Kochbegabung beeindruckt, besonders aber mit ihrer Fähigkeit, betörend köstliche Kuchen zu backen. Anschließend war sie die Klosterköchin geworden und hatte nebenher Hauswirtschaftslehre an der Schule unterrichtet. Bis zu ihrem Rückzug aus dem Schulbetrieb mit sechzig war sie eine sehr beliebte Lehrerin gewesen. Seitdem war sie die kirchliche Gemeindeschwester und bekochte den Pfarrer. Tief in ihrem Inneren wusste Bridget, dass der liebe Father Hugh, Gott segne ihn, keinen Begriff davon hatte, wie gut sie wirklich war, doch er aß alles auf, was sie ihm vorsetzte, und bedankte sich dafür.

Zumindest den Bingo-Spielern in der Gemeinde war es jedoch sehr wohl bewusst: Sie waren immer fest entschlossen, den Hauptpreis zu gewinnen, einen Kuchen, den Bridget jede Woche buk und der Gemeinde spendete. Und Schwester Bridget waren diese Leute genauso wichtig wie nur irgendein Bischof. Sie machte jeden Kuchen so gut sie konnte, und so wusste sie, dass das Exemplar, das sie Thomas geschenkt hatte, selbst gut genug für den Papst gewesen wäre. Sie dankte Gott, dass sie ihr Bestes gegeben hatte, denn heute war sie dafür belohnt worden. Sie wusste, dass es bei einer religiösen Berufung nicht um ausgefallene Kochkünste ging – und dass irgendein Postbote in Rente in den Augen Gottes genauso viel wert war wie ein Bischof –, aber es verschönerte einem dennoch den Tag, wenn ein hochkultivierter Mann wie der Bischof die eigene Kochkunst lobte und zu schätzen wusste.

Margaret betrachtete Schwester Bridget. So ganz ohne Herd waren es für Bridget letzthin schwere Wochen gewesen. Heute Abend war Thomas ins Kloster gekommen, hatte das Problem als Kurzschluss in dem Element an der Rückwand des Herds identifiziert, das Teil herausgenommen und die Sicherung wieder eingeschaltet (Margaret hatte sich vorgenommen, diesen Kniff so bald wie möglich selbst zu erlernen – solche Reparaturen waren immer Schwester Helens Domäne gewesen). Thomas sagte, er werde versuchen, ein Ersatzteil für den Herd zu finden. Vorläufig hatten sie zwar immer noch keinen funktionierenden Ofen, aber immerhin vier Herdplatten, auf denen Schwester Bridget kochen und Wasser aufsetzen konnte, um die Reparatur mit einer Kanne heißem Tee zu feiern.

»Ihr wisst, wir können uns nicht darauf verlassen, dass Thomas immer alles repariert«, schnitt Margaret widerstrebend das Thema an, über das keiner, sie selbst eingeschlossen, gern reden wollte. »Ich habe ihn gebeten, mir ein bisschen grundlegendes Handwerkerwissen beizubringen, aber das Problem ist zu groß für eine einzige Person. Thomas sagt, im ganzen Haus müssten neue elektrische Leitungen verlegt werden, und das wird Tausende kosten. Ich warte immer noch auf den Kostenvoranschlag der Baufirma wegen der Feuchtigkeit und der Risse. Früher oder später werden wir das Kloster verkaufen müssen.«

»Das geht nicht«, erklärte Schwester Cecilia energisch. »Edward Mortimer hat uns das Haus geschenkt, damit wir uns um die spirituellen Bedürfnisse der Bewohner von Fairbridge kümmern.«

»Darüber haben wir doch schon gesprochen. Das war 1920, Cecilia«, erklärte Margaret, bemüht, nicht verärgert zu klingen. »Vor fünfundsiebzig Jahren. Als wir noch viel mehr Schwestern waren. Und als die Leute in Fairbridge uns brauchten.«

»Der Orden wurde gegründet …«, begann Schwester Cecilia, doch Margaret unterbrach sie, recht unhöflich, das musste man leider sagen.

»Ich brauche keinen Vortrag über die Gründung des Ordens, Schwester Cecilia. Als Stellvertretende Direktorin und dann als Schulleiterin habe ich den Mädchen diese Rede an jedem Gründungstag gehalten.« Margaret stand auf und rezitierte aus dem Gedächtnis:

»Der Schwesternorden von der Heiligen Philomena wurde von acht belgischen Nonnen gegründet, die während des Ersten Weltkriegs nach England geflohen waren und von zwei Katholiken, Lord und Lady Mortimer, Räume in einem Flügel von Fairbridge House am Rande der Stadt Fairbridge erhielten. Damals wurden im Haus zahlreiche verwundete Soldaten gepflegt, und die Nonnen boten sich der Familie als

Krankenschwestern an. Als der Erste Weltkrieg endete, beschlossen die Nonnen nach langem Gebet und voll Dankbarkeit für ihre freundliche Aufnahme, nicht nach Belgien zurückzukehren. Mit der Unterstützung des Bischofs wurde ihnen genehmigt, sich in England niederzulassen und einen neuen religiösen Orden zu gründen, der sich dem moralischen Wohlergehen und der Bildung der Einwohner Fairbridges widmete. Die Schwestern von der Heiligen Philomena benannten sich nach der bestehenden Kirchengemeinde, und 1920 zog der Orden aus Fairbridge House aus und ließ sich im gegenwärtigen Klostergebäude nieder. Edward Mortimer, der älteste Sohn der Familie, schenkte ihnen das Haus aus Dankbarkeit für sein Überleben im Krieg. Die Oberschule wurde auf dem Nachbargrundstück erbaut und wird bis heute von den Ordensschwestern von der Heiligen Philomena geführt.«

Margaret setzte sich wieder. »Nur dass es nicht mehr stimmt. Wir führen die Schule nicht mehr, und wir werden nicht mehr gebraucht.«

»Natürlich braucht man uns noch, Margaret«, sagte Bridget schockiert.

»Sie brauchen uns mehr denn je«, stimmte Schwester Cecilia ihr zu. »In den heutigen Zeiten.«

Margaret saß da und sah die beiden an, die wiederum zu ihr zurückschauten.

Margaret hätte kaum zwei unterschiedlichere Persönlichkeiten betrachten können. Bridget, siebzig, außergewöhnliche Köchin, klein, rundlich, hübsch, herzlich, mit sprühenden Augen und einem warmen irischen Akzent, die Sorte

Mensch, mit der jeder sich gern an der Bushaltestelle unterhielt. Den Ordenshabit – einen schwarzen Schleier mit weißem Saum und ein schlichtes blaues, gegürtetes Kleid mit weißem Kragen – trug sie so freudig, dass allein schon ihr Anblick genügte, um einen aufzumuntern. Sie war die Klosterköchin, kochte aber außerdem noch für die Priester der Philomenakirche – das war allerdings seit einigen Jahren nur noch Father Hugh. Sie leitete das Bingo und die Kleinkindgruppe, machte Krankenbesuche und half in der Suppenküche. Von ganz allein flogen ihr alle Herzen zu, und es war wirklich unheimlich, wie oft sie bei Tombolas und Verlosungen gewann. Father Hugh behauptete, ohne sie würde das Gemeindeleben zum Stillstand kommen. Wahrscheinlich hatte er recht.

Und dann war da Cecilia, oder Schwester Cecilia, wie alle sie nennen mussten – ob nun Mitschwestern oder nicht. Sie war dünn, hatte einen elfenbeinbleichen Teint und trug das Haar streng unter dem Schleier verborgen. Aus jeder Pore verströmte sie jederzeit Missbilligung und gab sich jetzt, mit neunzig, noch genauso hoheitsvoll und abweisend wie zu der Zeit, als sie dem Kloster mit zwanzig Jahren beigetreten war. Sie hatte das Gelübde der Armut, Keuschheit und des Gehorsams abgelegt und in siebzig Jahren nie darum kämpfen müssen, es zu halten. Sie hörte auf ihre Oberen, als wären sie die Stimme Gottes, zeigte lobenswert wenig Interesse an Geld oder Besitz, und Margaret konnte sich nicht vorstellen, dass ein Mann je eine große Rolle für sie gespielt hatte. Sie würde auch niemals wagen, Cecilia danach zu fragen. Cecilia hatte eine lange Laufbahn als gefürchtete, wenn auch gerechte Lehrerin an der Klosterschule hinter sich und war in den dreißig Jahren seit ihrem Rückzug aus dem Berufsleben bei Bedarf immer wieder in aller Strenge in der Schule eingesprungen. Unterdessen hatte sie sich auch einen Ruf als Kennerin der lokalen katholischen Geschichte erworben und schrieb Artikel für die von der Kirchengemeinde herausgegebene Zeitschrift. Niemand käme auf die Idee, Schwester Cecilia an der Bushaltestelle anzusprechen. Mit vernünftigen flachen Schuhen an den Füßen ging sie im blauen Mantel unter dem Nonnenschleier durch Fairbridge, so entschlossen und energisch wie eh und je, wenn auch ein wenig langsamer als früher.

Und zuletzt kam Margaret selbst, mit achtundfünfzig die jüngste von den Dreien. Als Direktorin der römisch-katholischen Klosterschule von der Heiligen Philomena, einer reinen Mädchenschule, war sie widerstrebend ausgeschieden. Durch eine Verschmelzung war die Lehranstalt in eine gemischtgeschlechtliche katholische Gemeinschaftsschule übergegangen und mit einem futuristischen Anbau aus Glas und Metall erweitert worden. Genauso widerstrebend hatte Margaret sich zur Oberin des Klosters von der Heiligen Philomena ernennen lassen. Nach den Ordensregeln war Cecilia zu alt, um Oberin zu werden, und Bridget hatte zweifellos viel zu viel zu tun. Daher hatte Margaret die Rolle übernommen, genoss sie aber, wie man hinzufügen musste, absolut nicht. Der Umgang mit Backfischen war ein Kinderspiel im Vergleich zur Verantwortung für Bridget und Cecilia. Wie ihre Mitschwestern trug Margaret noch immer einen Habit, und obgleich sie sich vorstellen konnte, sich eines Tages wie viele andere Ordensschwestern für normale Kleidung zu entscheiden, fand sie es doch tröstlich, sich mehr oder weniger gleich zu kleiden wie alle Angehörigen des Ordens seit der Gründung (auch wenn der Schleier früher viel schwerer gewesen war). Außerdem fehlte ihnen das Geld, um sich neue Kleidung zu kaufen, und die Schränke waren voller Habite, Krägen und Schleier, die sie auftragen konnten. Zumindest brauchte man sich so nicht täglich aufs Neue mit der Frage zu beschäftigen, was man anziehen sollte. Margaret musste auch so schon genug Entscheidungen treffen.

»Nun, lasst uns beten«, sagte Margaret.

Sie öffneten die Seitentür, die in den alten Teil der Schule führte, wo sich die Kapelle befand. Mit hallenden Schritten gingen sie über den glänzenden Holzboden des Korridors, vorbei an der bemalten Statue eines Jesus, der auf sein Herz deutete, an einer aus Holz geschnitzten Madonna, die ihrerseits den kleinen Jesus im Arm hielt, an den Vitrinen mit Pokalen und Trophäenschilden, die im Laufe der Jahre von verschiedenen Schulmannschaften gewonnen worden waren, und an den Schwarz-Weiß-Fotos der Gesamtheit von Schülerschaft und Lehrkörper sowie von Theateraufführungen und Schulausflügen. Da hing auch ein Foto einer Pilgerfahrt der Schule nach Rom, der letzten, an der Schwester Helen vor ihrem Tod teilgenommen hatte, und eine reizende Aufnahme von Schwester Helen, Schwester Margaret und den Schülerinnen im Keats-Shelley-House in Rom. Es zeigte sie mit einer Absolventin ihrer Schule, Katy Bradshaw, die im Anschluss an ihren Universitätsabschluss den Sommer über dort gearbeitet hatte. Helen und Margaret waren entzückt und unglaublich stolz gewesen, als sie zufällig auf die Ehemalige stießen, die jetzt in einem berühmten Literaturmuseum in Rom arbeitete. Die ganze Reise war großartig gewesen. Dann kam das letzte Schulfoto, auf dem Schwester Helen und Schwester Margaret erneut von Schülerschaft und Lehrkörper umgeben waren. Es gab so viele Jahresfotos, auf denen Helen und Margaret ganz vorn nebeneinander saßen, lächelnd, entspannt und stolz.

Wir waren ein gutes Team, dachte Margaret düster. *Zwanzig Jahre lang waren wir ein richtig klasse Team, Helen und ich.*

Es gab nur ein einziges Foto mit Margaret als Schulleiterin. Sie sah angespannt aus, auf eine Weise nervös wie zuvor als Stellvertretende Direktorin niemals. Ihr neuer Stellvertretender Direktor, der ihr nach Helens Tod von ganz oben an die Seite gestellt worden war, blickte ernst. Vielleicht kannte er damals schon die Pläne der Diözese, die Knabenschule und die Mädchenschule zu verschmelzen. Und wusste bereits, dass er selbst der neue Direktor sein würde. Sie hatte ihn nie gemocht.

Ich habe mein Bestes gegeben, dachte sie trotzig und wischte sich wütend die Tränen weg, die ihr in die Augen traten.

Sie stieß die Tür zur Kapelle auf, tastete nach dem Lichtschalter und sah sich, als das Licht anging, kurz im Vorraum um. Beim Anblick eines Stapels Altarwäsche vom Vortag, der dort zurückgeblieben war, erfüllte sie einen Moment lang ein unwürdiges Gefühl der Befriedigung. Zur Zeit der Mädchenschule hatte die ganze Schülerschaft in die Klosterkapelle gepasst, doch die neue, größere Gemeinschaftsschule hielt die Schulmesse in der Philomenakirche ab. Man wollte die Kapelle jedoch weiter nutzen, und Father Hugh hatte sich bereit erklärt, dort die Messe für einzelne Jahrgänge zu zelebrieren. Vom gestrigen Gottesdienst lag noch ein Gewirr von Liederblättern herum, aber die hatte sie am Vorabend nicht beachtet. Das ging sie nichts mehr an.

»Wir hätten die Kapelle niemals so chaotisch hinterlassen«, brummte sie. Diesmal sammelte sie die Zettel trotzdem ein und legte sie in den Schrank, während Schwester Cecilia und Schwester Bridget sich bekreuzigten und schon vorgingen.

Die Kapelle selbst lag still da, in der Luft hing der Geruch von Weihrauch, vermischt mit dem Duft von Blumen und Kerzen. Das Ewige Licht in der Wandlampe, ein Teelicht, flackerte. Als Margaret eintrat, meinte sie einen Moment lang beinah, Helen an ihrem üblichen Platz sitzen zu sehen. Es war ihr fast, als würde sie sich umdrehen und sie anlächeln wie früher immer, dann auf der Kirchenbank zur Seite rutschen und ihr Platz machen. Blinzelnd schüttelte Margaret den Kopf. Von Cecilia und Bridget abgesehen, waren die Bankreihen leer. Sie waren nur zu dritt.

Na ja, nicht nur zu dritt – du bist natürlich ebenfalls hier, Herr, verbesserte sie sich stumm, beugte das Knie und setzte sich.

Schwester Margaret blieb nach dem Abendgebet noch allein sitzen. Schwester Cecilia und Schwester Bridget, letztere noch immer begeistert vom Erfolg ihres Dinners beim Bischof, waren schon auf dem Weg ins Bett. Margaret war jedoch zurückgeblieben, um dem Herrn in Ruhe ihr Herz auszuschütten.

Ich weiß, dass das kleinlich ist, Herr, betete sie, *und ich bin nicht stolz darauf, aber ich muss mit dir über Schwester Cecilias Gebiss reden. Es liegt daran, wie es beim Beten pfeift, o Herr. Manchmal denke ich, ich ertrage das keine Stunde länger. Es hat mir das Beten heute Abend absolut unmöglich gemacht.* Beim Aufblicken zu dem schlichten Kreuz auf dem Altar wurde ihr bewusst, dass sie vielleicht nicht ganz aufrichtig gewesen war.

Na gut, das Gebet war mir nicht wirklich unmöglich, gab sie zu. *Ehrlich gesagt, sind es nicht so sehr die Zähne – sondern sie selbst. Wenn ihr Gebiss pfeift, wissen wir beide, du und ich, dass sie wegen der Zahlen für ihren verflixten Lotterieschein betet. Und damit bin ich nicht einverstanden. Und du bestimmt auch nicht.*

Bitte mach, dass sie morgen nicht gewinnt. Ich weiß, dass sie erneut enttäuscht sein wird. Ich sehe sie nicht gern jeden Samstag in Elend versinken. Aber sie gibt einfach nicht auf, das ist das Problem. Sie hört einfach nicht auf mich. Ich hätte von Anfang an einschreiten sollen, aber bei allem, was hier los war, war ich der Sache nicht gewachsen. Sie behauptet, du würdest sie ermutigen, trotz allem weiterzumachen, und es macht die Dinge nicht besser, dass Schwester Bridget für die Kirchengemeinde wöchentlich ein Bingo veranstaltet und bei jeder Tombola absahnt, bei der sie mitmacht. Als Kirche sind wir beim Glücksspiel nicht gerade konsequent. Das weiß ich. Aber ich finde wirklich, dass du da mitreden solltest. Belehre Cecilia eines Besseren.

Das Ewige Licht vor dem Tabernakel flackerte, die kleine Holzmadonna daneben drückte ihr Baby an sich, und da eine direkte Offenbarung ausblieb, fühlte Schwester Margaret sich zum Weiterbeten genötigt.

Es geht auch nicht wirklich um die Lotterie. Aber es ärgert mich, dass Cecilia anscheinend glaubt, nur weil sie die Zahlen nach dem Heiligenkalender auswählt, gäbe es kein religiöses Problem. Aber die Sache ist doch die, es liegt gar nicht bei ihr, das zu entscheiden. Manche Menschen halten das Glücksspiel für eine Sünde. Sie hätte mich fragen sollen, was ich darüber denke, Herr. Seit Helens Tod bin ich die Oberin, auch wenn ich das gar nicht wollte. Wenn du mich aber schon zur Oberin gemacht hast, solltest du wenigstens Cecilia ermuntern, mir zu gehorchen. Tut mir leid –, aber da ich versuche, ehrlich zu sein, solltest du das wissen. Natürlich weißt du es schon. Du weißt alles. Da bin ich mir sicher. Aber es hilft mir, es auszusprechen. Nicht dass ich eine eindeutige Position zum Glücksspiel hätte, aber … darum geht es nicht. Du verstehst schon. Es geht um Autorität.

Von dem wenn auch einseitigen Gespräch ermutigt, fuhr Margaret fort.

Und was ist das nur wegen unserem Mobiliar, Herr? Da hat sie auch solche Rosinen im Kopf. Im Fernsehen schaut sie ständig Antiques Roadshow *und ist überzeugt, dass dort einmal ein Stuhl oder Tisch vorgestellt wird wie einer von unseren, der dann ein Vermögen wert ist und das Kloster rettet. Sie behauptet, du hättest ihr das eingegeben. Es macht mich wahnsinnig. Selbst wenn es uns gelingen sollte, ein paar Stühle oder Schreibtische zu verkaufen, dürfte dadurch kaum die Geldsumme hereinkommen, die wir brauchen.*

In der Kapelle blieb es stumm, und Margaret war einer Entscheidung nicht näher gekommen.

Was soll ich ihr sagen, Herr? Wie kann ich sie davon überzeugen, von dem ewigen Beten um ein Wunder abzulassen? Wie kann ich sie überzeugen, dass das Geld nun mal nicht auf uns herabregnen wird und wir das Haus verkaufen sollten? Wie bringe ich sie dazu, einzuse-

hen, dass wir nur noch zu dritt sind und der Orden von der Heiligen Philomena an seinem Ende angekommen ist? Und dass es Zeit ist, einen anderen Orden zu suchen, dem wir uns anschließen können? Wie kann ich ihr klarmachen, dass nicht etwa du ihr Hoffnung eingegeben hast, sondern dass es einfach nur Wunschdenken ist?

Ihr Gebet war zu Ende und sie verstummte bedrückt.

Es würde helfen, Herr, wenn du mir manchmal eine direktere Antwort auf mein Gebet geben würdest, sagte sie schließlich.

Keine Engelsstimmen, keine Vision, nichts dergleichen. Nicht dass Schwester Margaret etwas Derartiges in ihrem religiösen Leben schon einmal erfahren hätte. Aber so verlassen und hilflos wie jetzt, so sehr eines Zeichens bedürftig, fühlte sie sich auch erst seit wenigen Jahren.

Vielleicht sollte ich sie einfach segnen, dachte sie. *Das hat doch Father Hugh letzte Woche in seiner Predigt gesagt. Segnet eure Feinde. Natürlich ist Cecilia nicht meine Feindin. Aber wir sollten einander gewiss gegenseitig segnen. Vielleicht möchtest du das von mir, statt dass ich mich über sie und ihr Gebiss beklage. Tut mir leid, dass ich so viel klage. Ich sollte das Gute, das ich habe, schätzen. Ich sollte dir wohl zumindest dafür danken, dass du sie nicht die Lotterie hast gewinnen lassen.*

Schwester Margaret kniete sich nieder.

Bitte segne Cecilia in der kommenden Woche, betete sie. *Möge sie sich auf die Zukunft freuen, möge sie sich neuen Gedanken öffnen – und sich sogar dafür begeistern. Ich weiß, dass ich um ein Wunder bitte, Herr.* Sie neigte den Kopf. *Aber schließlich,* fügte sie mit einer gewissen Erbitterung hinzu, *bist du doch für Wunder zuständig.*

2

Ganz in der Nähe der viktorianischen Philomenakirche und des ein wenig heruntergekommenen, aber immer noch vornehmen georgianischen Pfarrhauses, in dem Father Hugh lebte und in dem Schwester Bridget gerade den Bischof mit einem köstlichen Mahl bestach, saßen George Sanders und Dr. Matthew Woodburn im Swan an der Market Street zusammen und genehmigten sich einen Drink. Freitagabends nach der Probe gingen die Mitglieder des Fairbridge-Chors immer zusammen in den Pub, doch heute hatten alle Sangesbrüder der beiden etwas anderes zu tun (Arbeiten benoten, Baby baden oder zu einer Geburtstagsfeier gehen), und so waren sie nur zu zweit.

»Du musst nicht ebenfalls los?«, fragte George (Bass, klein, vierzigjährig, sehr gutaussehend, dunkle Augen, dunkles Haar, abenteuerlustig, poetisch, musikalisch, unordentlich, gesprächig, in Gruppen witzig. Ein gestresster Reisebürobesitzer, der seine alte Mutter versorgte und unglaublich, beinahe erschütternd einsam war). Bemüht, nicht verzweifelt zu klingen, hob er den Blick zu Matthew (Tenor, hochgewachsen, achtunddreißig, gepflegt, Brillenträger, blond, Professor für Kunstgeschichte. In Gruppen still, trotzdem mit einem großen Freundeskreis. Er war gelassen, bescheiden, musikalisch, vorsichtig und ungemein liebevoll).

»Nein, nein. Es ist keiner zu Hause. Sarah trifft sich mit Freundinnen. Ich hab es nicht eilig«, erwiderte Matthew. Der schüchterne Mann freute sich, dass er mit George allein sein würde. Solche Abende waren selten. Er würde Sarah nichts davon erzählen. Er wollte nicht, dass seine Zwillingsschwester zwei und zwei zusammenzählte und auf fünf kam.

Sie redeten über Musik, über den Chor und über Konzerte, die sie letzthin besucht hatten. Wie immer gelang es George zu seinem Entzücken, Matthew zum Lachen zu bringen. Es war etwas an der Art, wie Matthews ernstes Gesicht aufleuchtete, wenn er etwas lustig fand – und das wollte George immer wieder sehen. Sie saßen in einer ruhigen Ecke des lauten Pubs, und im Verlauf des Abends erzählte George Matthew witzige Geschichten aus der Zeit nach der Uni, als er in Spanien Englisch unterrichtet hatte. Nach einigen Gläsern mehr als üblich berichtete er auch von einer Beziehung, die vor zwei Jahren mit dem Tod der einen Hälfte geendet hatte. Da seine betagte Mutter Unterstützung brauchte, war er nach England zurückgekehrt. Er hatte ein Reisebüro gekauft, samt einer Wohnung, die darüber lag, eine Katze adoptiert und kümmerte sich so gut wie möglich um seine Mutter. Doch es war anstrengend, sowohl für sie zu sorgen als auch seinem Vollzeitjob als Reiseplaner gerecht zu werden.

Matthew hatte ihm stundenlang zugehört, voll Mitgefühl mit diesem ungemein netten, unglücklichen Mann. George hatte sogar geweint. Er hatte es jedoch sorgfältig vermieden, durchblicken zu lassen, dass sein Lebensgefährte ein Mann gewesen war; selbst seinen Kummer musste er zensieren, und niemand in seiner Familie oder in seinem Kreis englischer Freunde wusste Bescheid.

Im Pfarrhaus hatte der gastliche Abend unterdessen geendet, und Father Hugh betete. Nach dem Dinner mit Lammbraten, den Schwester Bridget für sie zubereitet hatte, winkte der Pfarrer dem Bischof nach und nahm sich ohne Rücksicht auf seinen stets wachsenden Bauch noch einen überflüssigen Keks, da ihm leider das Wasser im Mund zusammenlief (warum hatte Gott Schwester Bridget auch mit so viel Talent geschaffen?). Dann entschied er sich, früh zu Bett zu gehen, und sei es auch nur, um der Keksdose zu entkommen. Er setzte sich für sein offizielles Abendgebet hin, ging nach oben, schlüpfte in den großen, bequemen blauen Pyjama mit Tunnelzug, den seine Schwester ihm zu Weihnachten geschenkt hatte, kniete sich steifbeinig neben seinem Bett nieder und sprach jetzt einige zusätzliche, sehr spezielle Gebete, in denen er um Hilfe bat.

Ich liebe ihre Mahlzeiten, lieber Gott, aber ich bin nur eine einzige Person. Sie müsste für eine ganze Mannschaft kochen. Ich würde sie gern bitten, keine Leckereien mehr für mich zuzubereiten, aber ich habe Angst, dass ich sie damit verletzen könnte. Sie sagt immer wieder, ich müsse bei Kräften bleiben, aber wir beide, du und ich, wissen ganz genau, dass ich nicht noch mehr Pfunde auf den Rippen brauche.

Ich weiß, dass ich schwach bin. Und du weißt das ebenfalls. Ich habe es nicht geschafft, den Nachschlag abzulehnen, und der Keks war vollkommen überflüssig. Ich werde nie jemanden dafür verurteilen können, dass er einer Versuchung nachgegeben hat, und das ist wohl etwas Gutes. Aber eher sterbe ich an einem Herzinfarkt, als dass diese liebe Frau aufhört, mich zu verwöhnen, und das willst du doch bestimmt nicht? Wir sind ohnehin schon zu wenige Priester.

Und bitte, mach, dass der Bischof uns den Kaplan schickt und nicht der Gemeinde St. Anna. Schwester Bridgets Kuchen scheint ihm heute Abend ausgezeichnet geschmeckt zu haben, Gott segne sie. Danke. Ich will einfach nur nicht, dass sie schon wieder einen für mich bäckt, und ich weiß nicht, wie ich sie daran hindern soll. Es war schrecklich für sie, als ich in der Fastenzeit auf Süßes verzichtet habe, aber wenn jetzt alles wieder normal läuft, wird es für mich noch schlimm enden. Bitte hilf uns.

Father Hugh erhob sich mühsam von den Knien und stieg ins Bett. Er brauchte einfach nur eine Woche Urlaub und Zeit zu proben, was er sagen würde. Jeden Abend nahm er sich vor, am nächsten Tag mit ihr zu reden und sie um leichtere Kost und weniger Süßes zu bitten, doch wenn er Schwester Bridget das nächste Mal sah, brachte sie immer einen neuen Kuchen oder frisch gebackene Kekse mit, und dann war sie so begeistert, dass er sie nicht enttäuschen konnte, und sich selbst natürlich auch nicht.

»Ich weiß einfach nicht, wie ich mit ihr umgehen soll, Herr«, sagte er, als er das Licht ausschaltete. »Ich brauche ein Wunder.«

»Was ist mit dir, Matthew?«, fragte George zur gleichen Zeit im Swan, von der ungewohnten Menge Alkohol ein wenig benebelt, und ihm fiel auf, wie blau und freundlich Matthews Augen waren. »Hast du die Liebe immer einfach gefunden?«

»Nein«, antwortete Matthew. »Beziehungen sind … kompliziert. Mit Freundschaften ist es einfacher, ja. Und meine Familie, ich liebe sie … aber …«

»Du hast Glück«, unterbrach George ihn bitter und voll Selbstmitleid. »Wenn meine Mutter mich anschaut … wenn sie mich anschaut, Matthew, sieht sie … sieht sie einen Versager. Genau das bin ich, Matthew.«

»Aber gewiss nicht«, entgegnete Matthew sanft.

»Sie ist so enttäuscht, Matthew«, fuhr George ein wenig lallend fort. »Von dir ist deine Mutter bestimmt nicht enttäuscht. Ich bin kein Professor wie du. Du hast dieses Haus an der London Road und gehst nachher zu deiner Sarah nach Hause – ich dagegen besitze nur eine kleine Wohnung und ein Reisebüro. Ich habe eine Katze, aber keine nette Frau. Meine Mutter … sie hält mich für einen Versager. Und vielleicht bin ich das ja auch.«

Matthew sah ihn mit einem Seufzer an. George – der witzige, empfindsame, intelligente, manchmal zum Verzweifeln neurotische und ach so liebenswerte George mit seinen wilden Locken, seinen großen braunen Augen und seiner lächerlichen Gewohnheit, ständig Witze über seine geringe Größe und sein zu hohes Gewicht zu reißen. Plötzlich hatte Matthew den verrückten Wunsch, George könnte sich selbst durch seine, Matthews, Augen sehen, und er fragte sich … doch er war zu schüchtern.

Eine Glocke verkündete, dass es Zeit für die letzte Bestellung war, und auch diese Minuten verstrichen.

»Komm, George«, sagte Matthew. »Du bist kein Versager. Es ist schon spät. Lass uns gehen.«

Georges Wohnung über dem Reisebüro lag ganz in der Nähe, und Matthews Heimweg führte daran vorbei.

»Das viele Gejammer tut mir leid«, sagte George, als sie vor seiner Tür ankamen, und warf die Arme um seinen überraschten Begleiter. Auch diesmal lallte er ein wenig. Er trat einen Schritt zurück. »Du und der Chor … und du, Matthew, ihr bedeutet mir alles.«

»Danke«, sagte Matthew und wartete geduldig, während George mit dem Schlüssel hantierte und die Tür aufschloss. Er folgte ihm nicht nach drinnen.

»Gute Nacht, George«, sagte er.

Matthew blieb draußen stehen, bis er sah, dass in der Wohnung im Obergeschoss Licht anging. Dann seufzte er und ging nach Hause.

»Wir werden genau das richtige Wetter dafür haben, Gott sei Dank«, sagte Schwester Bridget am nächsten Tag beim Frühstück in der Küche glücklich. Durch das geöffnete Fenster hörte man, wie die Vögel zwitschernd den Frühling begrüßten, und Schwester Bridget war genauso munter. Neben ihr lag ein kleiner Stapel mit Post, darunter ein in Packpapier eingeschlagenes Päckchen mit irischen Briefmarken. »Laut Wetterbericht könnte es am Vormittag Schauer geben, aber am Nachmittag scheint die Sonne.«

»Wofür werden wir das richtige Wetter haben?«, fragte Margaret abgelenkt. Mutlos öffnete sie ihren eigenen Brief. Sie hatte eine Baufirma um einen Kostenvoranschlag für die notwendigen Reparaturen gebeten und wollte die Summe nicht schwarz auf weiß geschrieben sehen.

»Natürlich für Schwester Frances' erstes Jahrgedächtnis!«, erwiderte Schwester Bridget ein wenig konsterniert. »Father Hugh sagte, er werde das Grab um drei Uhr segnen, wir haben also mehr als genug Zeit für das Binden der Sträuße. Monica Wells hat versprochen, uns vom Blumenschmuck der Kirche ein paar wunderschöne Blüten beiseitezulegen, die können wir nach der Messe abholen. Könnten wir nicht auch zwei kleinere Sträuße auf die Gräber von Schwester Helen und Schwester Basil legen? Ich weiß, die Ordensregel sieht das nicht vor, aber sie haben noch keinen Grabstein und sehen darum ein bisschen vernachlässigt aus.«

»Niemand auf dem Friedhof wird vernachlässigt«, erklärte Schwester Cecilia fest. »Auf keinem einzigen Grab der Schwestern wächst Unkraut.«

»Natürlich, Schwester«, beschwichtigte Bridget sie eilig. »Ich weiß, dass du die Gräber mit Thomas zusammen picobello hältst. Ich meinte nur, dass eben noch keine Grabsteine auf den drei Gräbern stehen. Die kleinen Holzkreuze sind natürlich sehr hübsch, aber es wäre schön, am Grab die Namen der Verstorbenen zu lesen. Schwester Margaret, wissen wir schon, wann wir die Grabsteine in Angriff nehmen können?«

Margaret blickte gerade entsetzt auf die Zahl, die unter dem Kostenvoranschlag stand. Sie wusste, dass sie in Schwierigkeiten steckten, aber das hier war schlimmer als ihre schlimmsten Befürchtungen. Für die notwendigsten Arbeiten, damit das Haus einfach nur intakt blieb, waren mehr als zweitausend Pfund erforderlich. Wo um Himmels willen sollten sie einen solchen Betrag hernehmen? *Herr, hilf uns.*

»Ich weiß nicht, Schwester Bridget«, sagte sie und stand

auf, um sich ein Glas Wasser einzuschenken und sich zu sammeln. Ein Blick aus dem Fenster zeigte Margaret, dass die Bäume im Obstgarten vor dem Klosterfriedhof wie immer auch dieses Frühjahr blühten. Schwester Bridget, die in jeder Jahreszeit etwas fand, wofür sie dankbar sein konnte – was, ehrlich gesagt, manchmal ziemlich nervte –, hatte sich bereits entzückt über deren Schönheit verbreitet, doch dieses Jahr hatte Schwester Margaret überhaupt keine Lust, dort unter den Bäumen zu beten, obwohl Schwester Helen und sie selbst das jedes Frühjahr getan hatten. Schwester Cecilia hielt noch immer mit religiösem Eifer die Statue Unserer Lieben Frau unkrautfrei, doch Margaret war letzte Woche kommentarlos ferngeblieben, als Bridget und Cecilia sich bei schönstem Wetter auf die Bank vor der Staute gesetzt und fröhlich den Rosenkranz gebetet hatten. Die blauen Vergissmeinnicht am Fuß der Statue, deren Blüten sich jetzt wieder öffneten, waren noch immer ein reizvoller Farbtupfer, doch selbst sie erinnerten Margaret daran, wie viel schöner der Garten einst gewesen war. Als sie letzte Woche hinausgegangen war, um Thomas auf eine Tasse Tee hereinzubitten, hatte ihr Habit sich in den noch nicht blühenden, dicht und dornig wuchernden Rosenbüschen verfangen. Seitdem war sie nicht wieder dort gewesen.

»Na ja, jedenfalls ist heute ein wunderschöner Tag. Liest du das Gebet zum Jahrgedächtnis vor?«, unterbrach Bridget ihre Gedanken. »Soll ich alles so organisieren?«

»Ich … ja. Danke, Schwester.«

»Ich habe versprochen, nach der Messe mit dem Blumenschmuck zu helfen. Als kleinen Ausgleich dafür, dass wir die Sträuße für Schwester Frances und die beiden anderen Schwestern geschenkt bekommen«, fuhr Schwester Bridget fort. »Danach bereite ich Father Hugh das Mittagessen zu. Ich stelle euch Suppe auf den Herd und lege Brot dazu, damit ihr nicht auf mich warten müsst. Heute Abend koche ich richtig für uns. Seid ihr damit einverstanden?«

»Ich gehe nach der Messe in die Bibliothek, um zu Edward Mortimer zu recherchieren«, antwortete Schwester Cecilia. »Das passt mir also sehr gut. Danke.«

»Danke. Ich nehme die Suppe auf einem Tablett mit ins Büro«, sagte Margaret.

»Ach, du musst auch mal Pause machen«, wandte Schwester Bridget ein. »Setz dich in die Küche und iss dort. Oh, also, das ist ja toll«, rief sie aus, als der Inhalt ihres Päckchens zum Vorschein kam. »Meine Schwester hat mir ein paar ältere Ausgaben des *Sacred Heart Messenger* geschickt, und ich weiß, dass Moira O'Sullivan die dringend sucht. Sie hat ein paar alte *Ireland's Owns*, die sie mir geben kann, und ich gebe sie nächste Woche an Nora Brennan weiter, die im Krankenhaus liegt, Gott steh ihr bei. Sie hat furchtbare Probleme mit dem Herzen.«

Auch Margaret tat das Herz weh. Sechs Monate seit Helens Tod, und noch immer hatten sie nichts wegen der Grabsteine unternommen. Wo sollte das Geld herkommen, wenn doch schon so viel nötig war, um das Haus zu reparieren? Thomas hatte drei schlichte Kreuze gezimmert, und sie wusste, dass man in manchen Klöstern aller Nonnen und Mönche auf diese Weise gedachte, doch die Schwestern von der Heiligen Philomena hatten immer für jede Verstorbene einen Grabstein mit dem Geburtsdatum, dem Datum des ewigen Gelübdes und dem Datum des Sterbetags aufgestellt.

»Sie war in Rom und hat den Papst gesehen!«, rief Bridget, die den beiliegenden Brief ihrer Schwester las. »Ach, ich wäre wirklich gern mitgekommen.«

In Bridgets Stimme lag etwas Sehnsüchtiges, das Margaret noch nie darin vernommen hatte, und das bestürzte sie. Bridget beklagte sich normalerweise nicht und war niemals neidisch oder unzufrieden.

»Es tut mir schrecklich leid. Es tut mir leid, dass uns das Geld gefehlt hat, dich mitfliegen zu lassen.«

»Ach was«, gab Bridget zurück, jetzt wieder in ihrer üblichen fröhlichen Art. »Ich durfte ja im Februar nach Irland reisen, um meiner Familie zu helfen. Wäre es mir bestimmt gewesen, nach Rom zu fliegen, hätten wir das Geld gehabt, da bin ich mir sicher. Ich freue mich sehr für Mary, dass sie da war. Nach dem Schreck mit der Krebserkrankung und den Sorgen in der Familie wird es ihr gutgetan haben.« Sie lächelte Margaret an und löffelte ihr Frühstücksei aus.

Dir hätte es auch gutgetan, dachte Margaret. *Das ist doch lächerlich, Herr. Wir haben nicht einmal das Geld, damit Bridget eine Pilgerreise machen kann. Ich muss endlich Ordnung schaffen. Andere Orden schicken ihre Nonnen zu Kursen und in den Erholungsurlaub. Ich muss die Schulden tilgen, die auf diesem Haus lasten.*

Diese Woche würde sie so lange im Büro bleiben, bis sie es geschafft hatte, sich einen Überblick über die Finanzsituation des Klosters zu verschaffen, deren Kontrolle Schwester Basil vor ihrem Tod entglitten war. Sie würde sich alles genau anschauen, und dann müsste sie die Stiftungsmitglieder und den Bischof anrufen und um ein Treffen in der Woche darauf bitten. Bis dahin würde sie genau wissen, wie schlimm es wirklich stand. Sie fühlte sich besser, sobald sie diesen Entschluss gefasst hatte.

»Und was hast du da, Schwester Cecilia«, fragte Bridget und riss dabei die Briefmarken, die sie für die Pfadfindermädchen der Gemeinde sammelte, aus dem Umschlag. Damit wollte die Gruppe zur Finanzierung der Ausbildung von Blindenführhunden beitragen. »Das ist ja ein unglaublich vornehmer Umschlag. Ist das nicht ein Wappen?«

Stirnrunzelnd machte Cecilia den Umschlag auf und las das darin eingeschlossene Schreiben. Sie rümpfte missbilligend die Nase.

»Es ist wie erwartet. Vor einigen Monaten hat mich der Bürgermeister für nächsten Samstag zur Eröffnung einer Ausstellung von Jack Mortimers Gemälden in die Universität eingeladen, und das hier ist das offizielle Einladungsschreiben. Als bekannte Lokalhistorikerin und Expertin für die Mortimers soll ich mich offensichtlich für die Feier des unsittlichen Lebenswandels von Edward Mortimers jüngerem Bruder interessieren.«

»Das haben sie doch bestimmt nicht so geschrieben?«, fragte Schwester Bridget schockiert. »Wie könnten sie eine Ordensschwester bitten, einen unsittlichen Lebenswandel zu feiern?«

»Oh, sie behaupten, die Feier gelte den Gemälden, aber Werk und Maler lassen sich meiner Meinung nach nicht trennen. Ich verstehe nicht, warum schlechte Menschen immer gedeihen«, erklärte Schwester Cecilia heftig.

»Gerechterweise muss man sagen, dass er eigentlich nicht gedeiht«, bemerkte Margaret. »Er ist tot, oder? War er nicht viele Jahre lang aus der Öffentlichkeit verschwunden?«

»Er hat ein Skandalleben geführt und einer guten katholischen Familie Schande bereitet. Er ist nach Paris abgehauen und noch nicht einmal zurückgekehrt, als sein Vater starb. Warum die Kunstkritiker ihn jetzt so hochjubeln, verstehe ich nicht. Seinen Bruder Sir Edward dagegen und all das Gute, was er getan hat, beachten sie gar nicht.«

»Na ja, sie *sind* nun mal Kunstkritiker. Ich glaube nicht, dass Edward Mortimer mit Augustus John befreundet war und selbst gemalt hat«, wandte Margaret ein.

»*Natürlich* war er nicht mit Augustus John befreundet«, erklärte Schwester Cecilia äußerst gekränkt. »Er war ein Mann von untadeligem Ruf, der viele gute Werke tat. Ich bin mir sicher, dass er ein Heiliger ist – ich brauche nur Beweise. Bestimmt kann ich in den Archiven der Mortimers etwas finden – einen Brief, ein Tagebuch –, das seine Heiligkeit beweist.«

»Wenn du Beweise für ein Wunder findest, wird das die Kirche zu einer Untersuchung veranlassen«, sagte Schwester Bridget. »Natürlich kostet das ein bisschen Geld. Vielleicht würde der Bischof ja helfen.«

Alles kostet Geld, dachte Margaret düster. *Sogar Heilige.*

Sie hatte das verzweifelte Verlangen, in die Messe zu gehen und um ein Wunder für sie und ihre Schwestern zu bitten. Nur das Gebet konnte ihnen jetzt noch helfen.

Nach dem Frühstück gingen die Schwestern auf der London Road zur Morgenmesse in der Philomenakirche.

»Man hat mich letzthin oft um einen Victoria-Sponge-Cake als Bingo-Preis gebeten. Ich glaube, Delia Smith' Rezept ist besonders gut«, plauderte Schwester Bridget. Der Himmel war bewölkt, und Margaret meinte, einen Regentropfen auf der Haut gespürt zu haben. Auf dem vertrauten Weg war Schwester Cecilia schweigsam, doch das kümmerte weder Margaret noch Bridget. Cecilia hielt nichts vom Schwatzen und Plappern, und samstagmorgens war sie immer besonders still. Jeden Samstag darum zu beten, in der Lotterie zu gewinnen, worauf die Antwort jedes Mal »Nein« lautete, war eine Übung in Glaubensfestigkeit. Schwester Cecilia hatte keinen Zweifel, dass ihre Gebete eines Tages erhört würden, wenn sie nicht abließ, und wie eine Sportlerin, die sich auf einen Wettbewerb vorbereitet, hatte sie das Bedürfnis, sich auf die vor ihr liegende spirituelle Aufgabe zu konzentrieren. Ein Austausch von Nettigkeiten hätte sie nur abgelenkt.

Als sie sich dem Zentrum von Fairbridge näherten, zog sich der Himmel zu.

»Oh, das hat der Wetterbericht angekündigt«, sagte Bridget und reichte jeder von ihnen einen Regenschirm.

»Pathetic fallacy«, sagte Margaret laut.

»Entschuldigung?«, fragte Bridget.

»Tut mir leid. Da spricht die ehemalige Englischlehrerin. Die Vermenschlichung der Natur. Das sagt man, wenn das Wetter der Stimmung eines Protagonisten entspricht«, erklärte Margaret.

»Schau doch«, rief Bridget. »Die Sonne kommt durch, und

ist da drüben nicht ein Regenbogen?« Das letzte kurze Stück des Wegs zur Kirche rannten sie.

Ein vorbeifahrender Taxifahrer sah den Regenbogen und die drei rennenden Nonnen und lächelte. Er dachte an sein Lieblingsmusical: *The Sound of Music*. Den ganzen Rest des Tages ließ er die CD mit dem Soundtrack in seinem Taxi laufen, und einer Laune folgend kaufte er am Abend eine Schachtel Pralinen für seine Frau, weil sie die so gern mochte. Außerdem mochte sie die Schnurrhaare von kleinen Kätzchen – vielleicht sollten sie einmal darüber reden, sich wieder eine Katze anzuschaffen.

Der volle Name der Kirche, eines viktorianischen Gebäudes im neogotischen Stil, lautete Römisch-katholische Gemeindekirche von Unserer Lieben Frau und der Heiligen Philomena, Fairbridge. Priester und Gemeindemitglieder nannten sie aber einfach nur Philomenakirche oder St. Phil's. Nachdem sie sich mit Weihwasser bekreuzigt hatten, sahen die Schwestern sich noch ein wenig in der Vorhalle um.

Bridget verharrte kurz, um ein paar Zettel am Infobrett zu studieren und die irischen Briefmarken sowie die Marken, die sie mit Schwester Cecilias und Schwester Margarets Erlaubnis aus deren Umschlägen ausgerissen hatte, in den Umschlag der Pfadfindermädchen zu stecken. Er war bereits erfreulich voll, und so würde vielleicht bald die Ausbildung eines weiteren Blindenführhunds beginnen und die Welt zu einem besseren Ort machen. Jemand suchte einen Job, und Bridget betete, dass die Person einen finden würde. Eine ausländische Studentin suchte für ein Jahr ein Zimmer im Haus einer katholischen Familie. Herrschte im Kloster derzeit nicht so viel Unruhe, hätten sie ihr vielleicht helfen können. Sie würde ein Auge darauf haben und ein Gebet sprechen. Bei Schwester Margaret sprach sie das Thema im Moment besser nicht an. Wohlwollend registrierte sie, dass in der katholischen Kathedrale ein Wochenendseminar für Gläubige stattfinden würde, die sich für eine religiöse Berufung interessierten. *Gott segne sie. Möge der Herr Arbeiter für die Ernte schicken.*

Father Hugh stand am Altar und überprüfte, dass die Gebete und Lesungen für die Messe auf der richtigen Seite aufgeschlagen waren. Als der heutige Messdiener Cuthbert Brown in die Sakristei gekommen war, hatte er Father Hugh um Gebete für seine Schwester Myrtle gebeten, die in Jamaica lebte und krank war, und so schrieb dieser ihren Namen auf eine Postkarte und stellte sie auf das Altarpult, damit er es nicht vergaß. Er hatte dieser Tage so vieles im Kopf – da waren das kaputte Dach und die Verschuldung der Gemeinde und so viele Gläubige, die Besuche und Hilfe benötigten. Nicht einmal die Sache mit Schwester Bridget hatte er im Griff. Er brauchte wirklich unbedingt einen Kaplan.

Er betrachtete die vertrauten Menschen, die auf den Kirchenbänken saßen oder vor Beginn der Messe im Gang inbrünstig Kerzen anzündeten. Zur Messe an Werktagen kamen weniger Menschen als an Sonntagen und auch andere. Zwar sah man gelegentlich ein paar jüngere, noch im Beruf stehende Gläubige und manchmal sogar den einen oder anderen Studenten, doch im Wesentlichen setzte sich die kleine

Versammlung, die zur Samstagmorgenmesse erschien, aus Rentnern zusammen. Abgesehen von Thomas Amis, Cuthbert Brown und seiner Familie, dem walisischen Dr. Spencer und seiner Familie sowie den Pritchards waren die Gläubigen meistens ältere irischstämmige Briten aus der Arbeiterschicht.

Der sanfte Father Hugh, der aus einer englischen Mittelschichtfamilie kam, war sehr dankbar für die Iren. Zwar hatten die wohlhabenden englischen Mortimers zu Beginn des Jahrhunderts einen bedeutenden Beitrag geleistet, doch die Gemeinde St. Philomena und die dazugehörigen katholischen Schulen stützten sich seit Jahrzehnten auf die Frömmigkeit und die Spenden der irischen Einwanderer, die sich über lange Zeit hinweg in der Gegend niedergelassen hatten. Die Kirche war teilweise mit Zuwendungen der Iren erbaut worden, die für den Kanalbau eingewandert waren, und wurde Anfang des zwanzigsten Jahrhunderts von den Männern weiterfinanziert, die wegen der Arbeit in der Brauerei gekommen waren, sowie von den Frauen, die sich in den großen Häusern an der Fairbridge Road als Dienstmädchen verdingten. In den Fünfziger- und Sechzigerjahren gab es eine neue Welle irischer Einwanderung nach England, und viele Iren ließen sich in Fairbridge nieder, um an den neuen Straßen, der neuen Universität, dem Krankenhaus und dem Sozialwohnungsblock mitzubauen. Junge irische Frauen wurden in der Klinik als Krankenschwestern ausgebildet oder ließen sich die Überfahrt bezahlen, um als Dienstmädchen in Fairbridge House selbst zu arbeiten, welches in den Fünfzigerjahren ein Mädcheninternat war. Zu ihnen hatten auch Schwester Bridget und Thomas' Frau Rose gehört. Die jungen Leute trafen sich in der Sonntagsmesse und in den irischen Clubs der Stadt, und bald waren Fairbridges katholische Schulen mit ihrem Nachwuchs bevölkert. Father Hugh, der eine irische Großmutter aus Kerry hatte, liebte seine Gemeinde und war sehr froh, dass man ihm St. Philomena zugewiesen hatte und nicht St. Anna. Doch wenn er erschöpft war, und das war er oft, fragte er sich manchmal, wie es wohl wäre, ein gut gefülltes Bankkonto oder einflussreichere Gemeindemitglieder aus der Mittelschicht im Rücken zu haben. Vielleicht hätte der Bischof dann mehr Achtung vor ihm. Vielleicht bekäme er dann schneller einen Kaplan.

Doch jetzt musste er sich auf die Messe vorbereiten. Schluss mit Zukunftssorgen. Jetzt war die Zeit, Gott in der Gegenwart zu feiern. Alles würde gut werden.

Moira O'Sullivan vom Bingo tippte Bridget auf die Schulter und gab ihr einen Stoß alter *Ireland's Owns*. »Die sind für Sie, Schwester«, sagte sie in einem durchdringenden Flüsterton.

»Tausend Dank, Moira«, antwortete Schwester Bridget. »Hier habe ich ein paar *Sacred Heart Messengers*, die gebe ich Ihnen im Austausch.«

Ich weiß nicht, was ich dir im Austausch geben soll, Herr, damit du mir hilfst, Ordnung in das alles zu bringen, betete Schwester Margaret, als der Beginn der Messe eingeläutet wurde. *Ich weiß nicht, ob das, was ich zu bieten habe, gut genug ist.*

George Sanders, Besitzer des *Fairbridge Tours* Reisebüros, machte in seiner Küche eine Teepause und unterhielt sich dabei mit seinem Kater, den er aus dem Tierheim geholt und dem er den Namen ›Sebastian der Prachtvolle‹ gegeben hatte.

»Hallo, du Schöner!«, sagte er, als das Tier ihm um die Beine strich.

Er füllte frisches Wasser in den Napf und nahm ein paar Leckerli aus der Schachtel. Der Kater, der es zu Beginn seines Lebens so schwer gehabt hatte, hatte einen riesigen Appetit, und George verwöhnte ihn gern.

»Warum lasse ich mich von meiner Mutter so runterputzen, Sebastian? Ich dachte, nach ihrem Herzanfall wäre es gut, wenn ich zurückkomme, um mich um sie zu kümmern – das wäre auch in Miguels Sinne gewesen. Aber ganz ehrlich, sie meckert unaufhörlich an mir herum. Gerade hat sie angerufen, um sich wegen der Einkäufe zu beschweren, die ich ihr heute Vormittag vorbeigebracht habe. Andere Frühstücksflocken kann ich ihr immerhin kaufen. Gestern hat sie gejammert, ich hätte ihr keine Enkel geschenkt. Das ist nicht so leicht zu beheben.«

Er nahm Sebastian auf den Arm und berührte die Nase des Katers mit seiner eigenen.

»Du zählst für sie wohl nicht. Aber für mich zählst du sehr wohl. Ich muss jetzt wieder ins Reisebüro.« Er setzte den Kater auf den Boden und streichelte ihn. »Wünsch mir Glück. Es ist Samstag, aber trotzdem läuft das Geschäft heute schleppend. Ein paar mehr Leute, die die Reise ihres Lebens buchen, wären nicht schlecht. Wir sehen uns, wenn ich zurückkomme. Natürlich gehe ich nicht davon aus, dass du hier auf mich wartest, aber es wäre nett, wenn du es tätest.«

Sebastian drückte sich mit dem Kopf an ihn und schnurrte laut. George lächelte.

»Ich hatte gestern einen großartigen Abend, Sebastian. Wenn ich zurückkomme, erzähle ich dir alles über einen Mann namens Matthew.«

3

Schwester Bridget hatte recht gehabt. Es war tatsächlich ein großartiger Tag für eine Feier auf dem Klosterfriedhof. Regen und Regenbogen hatten einem wunderschönen Apriltag Platz gemacht – weiße Wölkchen am blauen Himmel und Vögel, die sangen. Als Margaret ihr Büro um fünf vor drei widerstrebend verließ, sah sie bereits Schwester Bridget, Schwester Cecilia und Father Hugh am Ende des Gartens warten. Schwester Bridget hielt bunte Blumensträuße in beiden Händen und scherzte mit Father Hugh. Schwester Cecilia studierte voll Ernst ihr schwarzes Notizbuch, in dem sie in den vergangenen Jahren mithilfe von Archiven und Zeitzeugen die Lebensereignisse aller Schwestern systematisch verzeichnet hatte. Schwester Margaret bedauerte jedoch, dass es weder wie aus Kübeln goss noch schneite noch bitterkalt war wie bei den meisten anderen Jahrgedächtnissen seit Schwester Helens Tod. Sechs Monate lang waren alle Jahrgedächtnisse in der Kapelle begangen worden. Heute beteten sie zum ersten Mal wieder zwischen den Gräbern, und die Wirklichkeit ließ sich unmöglich verleugnen.

Nicht dass Bridget das gewollt hätte. Sie kümmerte sich

hingebungsvoll um die Jahrgedächtnisfeiern. Natürlich kannte sie die Lehre der Kirche über das Fegefeuer, diesen der Reinigung bestimmten Wartesaal, in dem viele Seelen leiden mussten, bis sie ins Paradies eingelassen wurden, doch nach ihrer Überzeugung amüsierten sich alle Frauen, deren Leichen auf dem Friedhof lagen, bereits prächtig dort oben im Himmel, und das Fest hatte sozusagen gleich an ihrem Todestag begonnen. Nicht dass Bridget die Ordensgemeinschaft durch die rosarote Brille gesehen hätte. Sie wusste, dass von den Schwestern, die sie persönlich gekannt hatte, manche brummig gewesen waren, andere heikel mit dem Essen, und einige von ihnen hätten sie auch besser behandeln können, als sie selbst noch eine demütige Laienschwester war. Vor vielen Jahren war sogar eine der Schwestern ihr zunächst mit starken antiirischen Ressentiments begegnet, und das war wirklich schwer zu verzeihen, doch die meisten von ihnen waren gütig und freundlich gewesen, und alles in allem glaubte Bridget, dass sie sich nach besten Kräften bemüht hatten – im Rahmen des familiären Hintergrunds und der Persönlichkeit, die der Herr ihnen gegeben hatte –, und dass sie ihre Sünden bereut hatten. Und mehr verlangte der liebe Gott nicht.

»Gib dein Bestes und überlasse Gott den Rest«, hatte Bridgets Mutter ihr immer gesagt, und daran glaubte sie mit derselben Überzeugung, wie dass der Papst ein Katholik war. Sie selbst mit all ihren Fehlern würde doch zur Himmelspforte eilen, um sie für ihre Mitschwestern zu öffnen, ganz ungeachtet deren eigener Fehler (selbst Schwester Basil würde sie hereinlassen, obwohl sie Bridget bei deren Eintritt in den Orden wegen ihres Connemara-Akzents verspottet und sie einmal sogar als irischen Bodensatz bezeichnet hatte). Wenn aber selbst sie, Bridget, so etwas tun würde, dann würde doch wohl ein unendlich liebender und verzeihender Gott kein Problem damit haben, die Zweifel des Heiligen Petrus, des Hüters der Himmelspforte, zu überstimmen, mochten sie auch noch so berechtigt sein? Nach ihrem Tod waren die Schwestern in Bridgets Augen vollständig etablierte Heilige, die sich im Himmel für den Orden unten auf der Erde ins Zeug legten, und diesen Gedanken fand sie sehr ermutigend.

Hätte man Schwester Cecilia gefragt, hätte sie Schwester Bridget bezüglich des himmlischen Aufenthaltsorts ihrer Mitschwestern nicht unbedingt zugestimmt. Cecilia erwartete keineswegs, gleich an ihrem Sterbetag Einlass in den Himmel zu bekommen – diese Ehre war nach ihrer Überzeugung allein jenen Christen vorbehalten, die als echte Heilige eine außergewöhnliche und bewunderungswürdige Vollkommenheit erlangt hatten, entweder offiziell wie ihre eigene Namenspatronin, oder als noch nicht vom Papst anerkannte Heilige wie Sir Edward Mortimer, der Wohltäter des Ordens. Schwester Cecilia war absolut darauf vorbereitet, in jener Schule für Heiligkeit, die man Fegefeuer nannte, den letzten Schliff zu erhalten, und zweifellos würde sie diese der höheren Töchterschule vorziehen, die auf Erden zu besuchen ihre Eltern sie gezwungen hatten, bevor sie ihr erlaubt hatten, in den Orden einzutreten. Pflichtbewusst betete sie jeden Abend für die Schwestern, die bereits im Fegefeuer waren, zur Sühne ihrer Sünden geduldig litten, die Lektionen lernten, die sie auf Erden versäumt hatten, und darauf warteten, zum Paradies zugelassen zu werden. Eines durfte man ja nicht vergessen: Wenn man es überhaupt erst einmal geschafft hatte, ins Fegefeuer zu gelangen, war das etwas Gutes, denn der Platz im Himmel war nun garantiert. Dann musste man nur noch warten, leiden und auf Gebete der auf Erden Weilenden hoffen, die den Vorgang beschleunigen würden. Die bekamen die Schwestern auf dem Friedhof, deren Gräber Schwester Cecilia so sorgfältig pflegte, reichlich von ihr. Zum Ausgleich für die Gebete, mit denen sie sie unterstützte, bat Schwester Cecilia sie ihrerseits um Gebete für die Gemeinschaft der noch Lebenden. Gerade in Zeiten wie diesen war die Fürbitte der Verstorbenen hilfreich. Sie hatte um Gebete für ihre Lotteriezahlen gefragt, und war sich sicher, dass sowohl die Schwestern im Fegefeuer als auch die Heiligen im Himmel, die sie ebenfalls mit einbezog, sich der Dringlichkeit ihrer Bitte bewusst waren.

Der schlichte Gottesdienst begann. Margaret las das Gebet vor, das von der Ordensregel anlässlich eines Jahrgedächtnisses einer Schwester von der Heiligen Philomena vorgesehen war.

»Am Jahrgedächtnis des Todes unserer lieben Schwester danken wir für die Hingabe, mit der sie ihren Glauben als Mitglied des Ordens von der Heiligen Philomena lebte. Wir bitten den Herrn und seine Engel, ihr ihre Sünden zu vergeben und ihre Seele gnädig ins Paradies aufzunehmen, und wir bitten um die Fürsprache unserer verstorbenen Schwester für die Fortsetzung unseres Ordenswerks auf Erden und ebenso um den Segen des Herrn. Amen.«

Margaret, Bridget und Father Hugh hielten kurz inne und dachten an die herzliche, geistreiche und weise Schwester Frances, die sie alle geliebt und bewundert hatten. Kein Nachruf und keine Predigt zu ihrem Gedächtnis könnten ihrem Wesen jemals gerecht werden – Worte reichten dafür einfach nicht aus.

Margaret gestattete sich keinen Blick auf Schwester Helens braunen, unkrautfreien Grabhügel mit dem Holzkreuz. Sie sah ihn zwar aus dem Augenwinkel, zog es aber vor, dass Bridget den Strauß auf Schwester Helens Grab legte und Cecilia den nächsten auf Schwester Basils Grab, während sie selbst mit dem größten Strauß Schwester Frances' Grab schmückte.

»Bete für mich, dass ich eine ebenso weise Oberin werde wie du eine warst, Schwester Frances«, flüsterte Margaret lautlos.

»Was für ein hübsches Rotkehlchen eben auf Schwester Helens Grab gesungen hat«, flötete Bridget entzückt, als sie wieder zu ihnen trat. »Meine Mutter, Gott hab sie selig, hat immer gesagt, ein Rotkehlchen auf einem Grab sei eine Seele, die nach uns schaut.«

Margaret sah sich rasch um, doch da war kein Vogel mehr. Das Rotkehlchen war weggeflogen.

Nachdem sie den ganzen Nachmittag einen Spendenaufruf geschrieben und mehrfach überarbeitet hatte, den sie den ehemaligen Schülerinnen der Philomenaschule schicken wollte, stieß Margaret auf Bridget, die einen alten Servierwagen von der Küche ins Wohnzimmer schob.

»Die Ziehung der Lotteriezahlen?«, fragte Margaret und verdrehte die Augen. »Ganz ehrlich, ich finde, dieser Unsinn sollte aufhören. Wir ermutigen Cecilia nur, sich falsche Hoffnungen zu machen.«

Margaret sah, dass Bridget leicht zusammenzuckte, und da erst wurde ihr richtig bewusst, was sie gerade gesagt hatte. Sie hatte ungewöhnlich gereizt reagiert und musste sich eingestehen, dass sie unhöflich gewesen war.

»Tut mir leid, Bridget«, sagte sie. »Die Buchführung … ist in Unordnung. Ich bekomme Kopfschmerzen davon. Ich habe die Quittung und die Garantie für den Herd gesucht. Verzeih mir.«

»Natürlich«, erwiderte Bridget. »Aber du arbeitest zu viel. Komm mit ins Wohnzimmer. Eine gute Tasse Tee wird gegen die Kopfschmerzen helfen. Wir setzen uns zusammen, schauen die Ziehung und leisten Schwester Cecilia Gesellschaft. Dann beten wir zum Heiligen Antonius, er soll uns helfen, die Quittung zu finden. Morgen ist schließlich auch noch ein Tag. Jeder Tag hat genug eigene Plagen.« Bridget schob das Wägelchen ins Wohnzimmer, wo Schwester Cecilia bereits mit geradem Rücken im Ohrensessel vor dem Fernseher saß, den Lotterieschein in der Hand.

»Welche Heiligen hast du diese Woche ausgewählt, Schwester«, fragte Bridget und schenkte Tee ein.

»Ich habe die Eins gewählt, für den Tag des Heiligen David, die Sechzehn für die Heilige Margaret von Schottland, die Siebzehn für den St. Patrick's Day und die Dreiundzwanzig für den Tag des Heiligen George.«

»Ein Heiliger für jedes Land des Vereinigten Königreichs.

Das ist … sehr patriotisch von dir«, sagte Margaret, die gerade beschlossen hatte, ermutigender zu sein.

»Außerdem habe ich noch die Vier für den Heiligen Franziskus und die Achtzehn für den Heiligen Josef von Copertino hinzugefügt.«

»Wie schön. Josef von Copertino ist der Schutzheilige der Piloten und Flugreisenden. Man kann nie wissen, vielleicht fliegen wir ja doch noch in Urlaub«, sagte Bridget strahlend, fing dann aber Margarets warnenden Blick auf.

»Jedenfalls können wir dir dank Mr Abidi heute Gesellschaft leisten«, erklärte Bridget und zog zwei weitere rosa Scheine aus der Tasche ihres Habits. »Ist das nicht schön?«

»Was ist das, Schwester?«, fragte Margaret, die ihren Augen nicht traute.

»Na ja, Mr Abidi hat sie mir heute Nachmittag geschenkt«, erklärte Bridget, angesichts des ausbleibenden Lächelns ein wenig verunsichert. »Du weißt ja, als die Tombola zugunsten des Hospiz' veranstaltet wurde, habe ich einen Kuchen gebacken? Seine Schwiegermutter ist dort gestorben. Jedenfalls haben die Leute damals Losscheine in seinem Laden gekauft. Damit sind gut 100 Pfund zusammengekommen. Und … na ja, als ich heute Nachmittag dort vorbeigeschaut habe, um Zucker zu kaufen, hat er sich noch einmal für den Kuchen bedankt. Er sagte, er wisse ja, dass Schwester Cecilia später noch kommen würde, um ihren Lotterieschein auszufüllen. Er hofft, dass wir die Lotterie gewinnen, damit wir das Haus nicht verkaufen müssen … und plötzlich bestand er darauf, dass ich einen kostenlosen Lotterieschein für dich und mich mitnehme, Schwester Margaret, um Schwester Cecilia Gesellschaft zu leisten.«

Cecilia setzte sich in ihrem Sessel ein wenig aufrechter hin, ihr Schweigen war ohrenbetäubend. Bridget reichte Margaret den unerwünschten Lotterieschein. Die sah ihn ungläubig an.

»Die Zahlen wurden vorab mit dem Zufallsgenerator ausgewählt und eingefüllt«, erklärte Bridget eilig. »Ganz anders als *deine* Zahlen, Schwester Cecilia. Um die hast du so inbrünstig gebetet. Auf sie setzen wir unsere Hoffnung.«

Cecilia neigte zustimmend den Kopf. Die Hand, in der sie den Lotterieschein hielt, zitterte ein wenig.

Margaret sandte schnell ein stummes Gebet zum Himmel. *Gott – ich kann es nicht fassen! Ich gebe mir so viel Mühe. Warum machst du es mir so schwer?*

Sie legte ihren Lotterieschein neben den Sandwiches auf den Servierwagen.

»Entschuldigt mich bitte, Schwestern, mir ist gerade etwas eingefallen, was ich vergessen habe, und ich muss es mir schnell notieren, bevor es mir wieder entschwindet«, sagte sie. »Ich bin gleich wieder da.« Das stimmte nicht wirklich, es sei denn, sie hätte vergessen, inständig genug um Geduld zu beten, aber es bedeutete, dass sie das Zimmer verlassen konnte, ohne einen Schreianfall zu bekommen.

Sie ging in ihr Büro, schnappte sich einen Zettel und schrieb hastig *AARGH!* Und *HILF MIR!* und *GIB MIR GEDULD!* darauf. Dann blätterte sie mutlos durch die Unterlagen auf ihrem Schreibtisch und ordnete sie zu einem Stapel. Sie war zu müde, um noch zu arbeiten. So saß sie eine kleine

Weile still da, den Kopf in die Hände gelegt, und schob die Rückkehr ins Wohnzimmer auf. Margaret hatte ihr Bestes getan, damit Schwester Basils Büro ein wenig fröhlicher wirkte. Sie hatte das bunt bemalte Fair-Trade-Holzkreuz aus El Salvador – Schwester Helen hatte es ihr geschenkt – an die Wand gehängt. Es war ein sehr positives Kreuz. Ein lächelnder, auferstandener Christus, mit ausgebreiteten Armen vor einem Feld leuchtend gelber und roter Blumen, über sich weiße Tauben an einem blauen Himmel. Der bunte Fair-Trade-Läufer auf dem Boden, ein Recyclingprodukt, griff das farbenfrohe Motto auf, doch obwohl ein kleiner elektrischer Heizofen die schlimmste Kälte vertrieb, genügte das neue Inventar nicht, um aus dem Raum ein freundliches Büro zu machen oder Margarets Stimmung aufzuhellen.

Sie schaute auf die Uhr. Inzwischen waren die Lotteriezahlen gewiss gezogen. Sie hörte eine Art Schrei und eilte zu den beiden Schwestern.

Sie betrat das Wohnzimmer, in dem sie der Atmosphäre nicht auf Anhieb entnehmen konnte, ob etwas sehr Gutes oder etwas sehr Schlechtes vorgefallen war.

»Oh Margaret«, sagte Bridget und schwenkte einen rosa Schein. »Wir haben gerade in der Lotterie gewonnen!«

Margaret setzte sich vor Bestürzung hin.

»Was meinst du damit?«

»Es sind nur fünf Zahlen und die Superzahl«, erklärte Bridget. »Den Jackpot werden wir nicht knacken …«

Margaret empfand eine widersinnige Enttäuschung.

»… aber Tausende werden es jedenfalls sein«, fuhr

Bridget fort. »Wie viele, weiß ich nicht, das hängt davon ab, wie viele Gewinner es sonst noch gibt.«

»Ach, Schwester Cecilia, ich kann es kaum fassen – nach all deinen Gebeten!«, sagte Margaret, die nicht ganz begriff, wieso Schwester Cecilia kein bisschen lächelte.

»Also, es war eigentlich mein Schein mit den voreingefüllten Zahlen, Schwester Margaret.« Bridget sah sie beunruhigt an. »Aber ich habe Schwester Cecilia gesagt, wenn es stimmt und wir tatsächlich gewonnen haben, haben wir es allein ihr zu verdanken. Ohne ihr Vorbild wäre Mr Abidi niemals auf den Gedanken gekommen, uns zwei zusätzliche Spielscheine zu schenken.«

»Wir müssen Gott dafür danken«, verbesserte Cecilia sie, doch sie sah furchtbar enttäuscht und alt aus, und Margaret bemerkte, wie ihr Blick sehnsüchtig zu dem rosa Spielschein in Bridgets Hand wanderte.

»Nimm ihn, Schwester Cecilia«, sagte Bridget und hielt ihr den Schein hin. »Es war deine Idee, nicht meine.«

Cecilia schüttelte den Kopf.

»Ohne dich hätten wir überhaupt keine Lotteriescheine gehabt, Schwester«, erklärte Margaret. Sie reagierte damit auf Bridgets flehenden Blick, denn sie wusste, dass ihre Stellungnahme für Cecilia eine Rolle spielen würde, umso mehr, als Margaret im förmlichen Tonfall der Sorte Oberin sprach, die sie in Wirklichkeit gar nicht war. »Bitte, kümmere du dich um die Abwicklung. Schwester Bridget und ich haben keine Ahnung, wie man vorgeht. Nimm doch bitte den Schein, geh mit Schwester Bridget zu Mr Abidi und frag ihn, wie der nächste Schritt aussieht. Als Oberin übertrage ich dir die Verantwortung für das Prozedere, da ich keine Ahnung habe, wie es abläuft.«

Auf Cecilias Wangen traten zwei kleine rote Flecken der Erregung.

»Wir gehen sofort zu Mr Abidi und fragen ihn«, antwortete sie stolz. Bridget und Margaret wechselten einen erleichterten Blick. Bridget konnte nicht anders, sie nahm ihre zurückhaltende alte Freundin fest in den Arm.

»Kommt, lasst uns ein bisschen jubeln!«, frohlockte sie. Bisher hatte die Bestürzung darüber, dass die falsche Nonne gewonnen hatte, ihr die Freude an dem Ereignis verdorben. Margaret lachte, und Cecilia konnte wieder lächeln.

»Es ist wundervoll!«, sagte Margaret, nahm Cecilias Hände in ihre und sah ihr in die Augen. »Und ohne dich wäre es niemals dazu gekommen. Das Geld wird uns sehr helfen.«

»Aber fünf Richtige werden das Kloster nicht retten, oder?«, fragte Cecilia und sah Margaret in die Augen. »Sie werden unsere Zukunft nicht sichern?« Paradoxerweise war Cecilia jetzt, mit einem siegreichen Lotterieschein in Händen, zum ersten Mal seit Monaten realistisch, und es brach Margaret fast das Herz.

»Ich weiß es nicht«, antwortete sie aufrichtig. »Aber jedenfalls ist es eine riesige Geldsumme, die uns einfach aus dem Nichts in den Schoß fällt.«

»Aus dem Himmel«, erklärte Bridget.

»Und wie schon gesagt, ohne dich, Schwester Cecilia, wäre es nie dazu gekommen, das ist sicher. Jetzt gehen wir erst einmal zu Mr Abidi und wickeln das Ganze technisch ab, dann fragen wir Father Hugh um Rat und gehen im Gebet in uns. Ich bin mir sicher, Gott möchte, dass wir das Geld nutzen, wie viel auch immer es ist. Ich weiß nur noch nicht wie«, sagte Margaret. *Ich weiß, dass du mir zuhörst, Gott. Ich begreife nicht recht, was hier läuft. Ich bemühe mich nach Kräften, aber das hier macht es nicht einfacher.*

»Vielleicht sollten wir jetzt eine Dekade Rosenkranz beten«, schlug Bridget vor.

»Mr Abidi macht bald zu – ich finde, wir sollten später beten«, entgegnete Cecilia.

Die anderen starrten sie ungläubig an.

»Schwester Cecilia – ich hätte niemals gedacht, dass ich so etwas einmal von dir hören würde«, platzte Bridget heraus, und als sie und Margaret sich vor Gekicher krümmten, musste selbst Cecilia lachen.

4

Am Sonntagmorgen nach der Neun-Uhr-dreißig-Messe herrschte im Gemeindesaal der Kirche ein einziges Gewimmel. Bridget war eigentlich mit der Teebewirtung dran, aber an der Durchreiche entstand ein Stau, weil alle verweilten, um sich ihren aufgeregten Bericht über den Lotteriegewinn von zwanzigtausend Pfund anzuhören – sie erzählte ihn mit Schwester Cecilia als Heldin und Vorreiterin. Margaret übernahm bereitwillig die Verantwortung für den Teeausschank, damit Bridget mit Cecilia in den Saal hinausgehen konnte. Dort wurden die beiden Schwestern von begeisterten Gemeindemitgliedern umringt, denen Bridget ausführlich erzählte, was genau Mr Abidi mit ihrem Lotterieschein angestellt hatte, als sie ihn in den kleinen Laden brachten. Sie schilderte das Piepen, mit dem der Scanner über den Schein fuhr, und den Betrag, den Mr Abidi ihnen verkündet und den sie dank Schwester Cecilias Glauben gewonnen hatten.

Margaret sah Thomas in der Menge, die sich um Bridget angesammelt hatte. Mit strahlenden Gesichtern hörten die Leute der Schwester hingerissen zu.

»Sie hat so viele Freunde in der Gemeinde«, dachte Margaret. »Sie ist hier wirklich wichtig – die Leute lieben sie.«

»Herzlichen Glückwunsch, Schwester Margaret!«, sagte Father Hugh, der hinter der Durchreiche zu ihr trat.

»Ach, gratulieren Sie nicht«, gab Margaret mit einem leisen, kläglichen Seufzer zurück. Niemand würde sie hier belauschen – alle hatten ihren Tee und waren um Cecilia und Bridget versammelt. »Es ist einfach nur eine weitere Komplikation. Ich meine, zwanzigtausend Pfund ist eine riesige Summe, und ich bin sehr erleichtert, dass wir die elektrischen Leitungen erneuern und alle Außenstände begleichen können. Wir wollen zweitausend Pfund für das Kirchendach abzweigen …«

»Danke!«, sagte Father Hugh und verschwieg, dass der Kostenvoranschlag, den er bekommen hatte, sich auf eine viel, *viel* höhere Summe belief.

» … aber es ermutigt Bridget und Cecilia einfach nur zur Hoffnung«, fuhr Margaret fort. »Unser Problem, wie wir weiter vorgehen sollen, ist damit nicht gelöst. Wir können es uns nicht mehr leisten, in einem so großen Haus zu leben. Und selbst wenn wir es könnten, wäre es nicht richtig. Nicht nur zu dritt, wo doch die Wohnungsnot so groß ist. Ich habe mich gefragt – das sage ich im Vertrauen –, ob ich Bruder William kontaktieren sollte, den Bischofsvikar für die Ordensleute, und ihn fragen sollte, welches Vorgehen vorgesehen ist, wenn man sich einem anderen Orden anschließen will. Das heißt natürlich nur, falls irgendjemand uns nimmt. Aber wenn wir einem anderen Orden beitreten, müssen wir das Haus hier verkaufen und dorthin ziehen, wo der andere Orden sein Kloster hat.«

»Wir würden Sie schrecklich vermissen, wenn Sie die Gemeinde verlassen würden, das wissen Sie«, sagte Father Hugh.

»Aber würde die Gemeinde uns wirklich vermissen?«, fragte Margaret mit einem Blick auf ihren alten Freund. In ihrer kurzen Phase als Schulleiterin war Father Hugh in seiner Rolle des Gemeindepriesters ihr Verbündeter gewesen und hatte sie unterstützt. Er war genauso traurig gewesen wie sie, als die neue Verwaltungsleitung sie durch einen jüngeren Schulleiter ersetzt hatte. »Schwester Bridget, die würde man natürlich vermissen. Ohne sie träte in der Gemeinde Stillstand ein, und ich weiß, wie sehr Sie ihre Küche schätzen. Aber Cecilia und ich – wozu sind wir nütze? Was haben wir jetzt noch zu bieten? Zwei Nonnen jenseits des Ablaufdatums.«

»Schwester Margaret!«, widersprach Father Hugh. »Reden Sie bitte nicht so. Sie sind noch immer jung! Jünger als Schwester Bridget, und sie ist ständig auf Trab. Ich bin nur einige wenige Jahre älter als Sie, aber ich gehöre überhaupt nicht zum alten Eisen. Und selbst bei der neunzigjährigen Schwester Cecilia versagen weder Körper noch Geist.«

Margaret sah ihn an und brach plötzlich in Tränen aus.

»Es tut mir schrecklich leid«, sagte sie beschämt.

»Ich glaube, vielleicht brauchen Sie zuerst einmal eins«, bemerkte Father Hugh sanft, »nämlich einen Urlaub.« Er reichte ihr eine Rolle Küchenpapier von der Theke, und sie schnäuzte sich.

»Gott sei gepriesen für Ihren Lotteriegewinn! Zwanzigtausend Pfund! Was fangen Sie bloß mit dem vielen Geld an, Schwester?«, fragte Mrs Ryan, die mit ihrer geleerten Teetasse zur Durchreiche trat.

Margaret blinzelte. Sie war nicht an derart direkte Fragen über die Finanzen des Klosters gewöhnt, aber sie begriff, dass sie unvermeidlich waren. Das Problem mit dem Gewinn war, dass nun andere Gemeindemitglieder das Gefühl haben würden, ein gottgegebenes Mitspracherecht beim Verplanen des Geldes zu besitzen.

»Sie sind bestimmt außer sich vor Freude, Father«, fuhr Mrs Ryan fort. »Ihre Gebete um Geld für das Dach wurden erhört.«

»Na ja, Maria, die Lotterie habe ja nicht ich gewonnen«, wandte Father Hugh hastig ein. »Die Schwestern haben ihre eigenen finanziellen Nöte, und es ist sehr nett von ihnen, dass sie uns einen Teil des Geldes spenden.«

»Ja, aber wir beten schon seit Jahren um Geld für das Kirchendach«, entgegnete Mrs Ryan. »Die Schwestern brauchen keine zwanzigtausend Pfund. Ich dachte, sie hätten Armut gelobt.«

»Entschuldigen Sie«, entzog Margaret sich dem Gespräch, bevor sie noch etwas sagte, das sie bereuen würde. Sie ging zur Toilette, wusch sich die Hände und betrachtete sich dabei im Spiegel.

Sie wusste, dass sie ein freundliches Gesicht hatte. Es war nicht streng. Vielleicht war das der Grund, warum Leute wie Mrs Ryan so mit ihr umsprangen. Oder warum man sie durch den ehrgeizigen jungen Schulleiter ersetzt hatte.

Schwester Cecilia schien den Leuten Respekt einzuflößen, obgleich sie manchmal so mürrisch war und fast nie lächelte. Sie war sogar unhöflich. Sie selbst, Margaret, war niemals unhöflich.

Nicht einmal als Lehrerin hatte Margaret besonders stark auf Disziplin geachtet, aber andererseits war das bei den Mädchen auch nicht wirklich nötig gewesen. Margaret hatte die Schule geliebt, und die Schülerinnen hatten ihrerseits sie geliebt. Die Philomenaschule war für die Kinder jener Leute gegründet worden, die in der Fabrik der Mortimers arbeiteten, doch nach der Schließung der Fabrik hatte sie Jahrzehnte als kleine Privatschule für katholische Familien gedient und eine andere Schülerschaft angezogen. So war es gewesen, als Margaret als Lehrerin in der Schule angefangen hatte.

Die Mädchen, die sie unterrichtet hatte, waren im Großen und Ganzen nicht schwierig gewesen, doch wenn sie es waren, hatte Margaret immer einen guten Grund dafür gefunden. Selbst die reichsten Familien hatten definitiv ihre Probleme. Die Schülerinnen, die sich freiwillig in der Schulbibliothek engagierten, waren immer ihr ganzer Stolz gewesen; durch Margaret angeregt, waren sie bald genauso aufs Lesen versessen gewesen wie sie selbst. Margaret hatte gern Bücher empfohlen, Erfahrungen gesammelt, was den Mädchen gefiel, und ihnen Autoren vorgestellt, die aus anderen Jahrhunderten zu ihnen sprachen. In den zwanzig Jahren unter Helens Regie als Schulleiterin hatte Margaret in jeder Klasse regelmäßig Book Clubs veranstaltet, und sie bot auch englische Literaturkurse für kleine Gruppen oder einzelne Schülerinnen an. Im Laufe der Jahre war eine gewisse Zahl von Mädchen zusammengekommen, die sie von der Vorschule bis zur Abschlussklasse begleitet hatte. Am Ende hatte sie nicht nur jede Schülerin gekannt, sondern auch fast alle Mütter, die früher ebenfalls ihre Schülerinnen gewesen waren. Die Schule war ihr Leben. Ihre Gemeinschaft. Ihre Familie.

Dann aber war Helen gestorben, und alles hatte sich geändert. Drei Monate lang war Margaret kommissarische Schulleiterin gewesen – tatsächlich nie eine »echte«. Sie hatte gewusst, dass sie in keiner Hinsicht so dynamisch oder stark war wie Helen, aber sie war dennoch entschlossen gewesen, für die Schule ihr Bestes zu geben. Nur dass ihr Bestes offensichtlich nicht gut genug gewesen war.

Margaret schüttelte den Kopf, damit ihre Gedanken nicht schon wieder die falsche Richtung einschlugen wie so oft in letzter Zeit. Sie stand schon viel zu lang vor dem Spiegel, während das warme Wasser ungenutzt abfloss. Verschwendet. Die Schülerinnen der Umweltgruppe, die sich immer in ihrer Bibliothek getroffen hatten, hätten das gar nicht gut gefunden. Aber natürlich war es auch nicht mehr ihre Bibliothek.

»Tut mir leid, Kinder, das war Maßlosigkeit«, sagte sie verärgert über sich selbst und drehte den Hahn zu.

Als sie aus der Toilette herauskam, waren die meisten Gläubigen einschließlich Mrs Ryan gegangen, genau wie erhofft. Bridget und Cecilia waren mit dem Abwasch fertig, und sie konnten nach Hause gehen, nach dem Mittagessen einen ruhigen Nachmittag genießen, sich an den Gedanken des Lotteriegewinns gewöhnen und unter Gebeten darüber nachdenken, was sie mit dem Geld tun sollten, wenn es erst einmal auf der Bank war.

Nur dass der Nachmittag alles andere als ruhig verlief. Father Hugh hatte der Gemeinde beim Abschluss der Mittagsmesse verkündet, dass die Schwestern in der Lotterie gewonnen hätten und einen Teil des Geldes als Beitrag zu den Reparaturkosten des Daches spenden würden. Daraufhin hatte sich die Nachricht wie ein Lauffeuer verbreitet. Bridget plauderte am Telefon ein wenig zu angeregt mit den Gemeindemitgliedern, die anriefen, und irgendwie bekamen das Lokalradio, die BBC und die *Fairbridge Gazette* innerhalb weniger Stunden Wind von dem Gewinn und baten um eine Stellungnahme.

»Das läuft aus dem Ruder«, sagte Margaret, als sie beim Nachmittagstee zusammensaßen.

Das Telefon läutete erneut.

»Nicht abnehmen«, sagte sie, als Bridget aufstand, um den Anruf entgegenzunehmen. »Also, erinnerst du dich, was genau du dem letzten Anrufer gesagt hast, und wer das war?«

»Jemand von der BBC, denke ich. Lokalradio. Eine reizende junge Frau. Sie wollten jemanden vorbeischicken, um ein Foto zu schießen. Ich habe geantwortet, darüber würde ich erst mit dir reden müssen. Aber sie haben noch nicht wieder angerufen, um etwas auszumachen.

»Wenn sie ein Foto wollten, kann es nicht nur das Radio gewesen sein, oder?«

»Vielleicht war das mit dem Foto dann die *Fairbridge Gazette*. Das war ein netter junger Mann. Tut mir leid, Margaret«, sagte Bridget. »An so etwas bin ich nicht gewöhnt.«

Es klingelte an der Tür.

»Meine Güte, wer kann das sein?«, fragte Cecilia beunruhigt. Sie wirkte blass und angespannt.

»Falls das schon ein Fotograf ist, schicke ich ihn weg«, erklärte Margaret energisch.

Doch so war es nicht. Vielmehr trat ein sehr zerknirschter Father Hugh in die Küche.

»Es tut mir schrecklich leid, Schwestern«, sagte Father Hugh. »Ich hatte keine Ahnung, dass wir in unserer Gemeinde so gut mit den Medien vernetzt sind. Den ganzen Nachmittag hat bei mir das Telefon geläutet, und bei Ihnen war es wahrscheinlich nicht anders. Ich habe den Bischof angerufen, und er möchte, dass wir alle sofort zu ihm kommen und uns über eine einmalige Pressekonferenz absprechen, um den Aufruhr im Keim zu ersticken. Monsignor Wilson hält für mich die Abendmesse, da er einen Freund hat, der seinerseits für ihn einspringen kann. Ich soll Sie jetzt sofort zum Bischof fahren.«

»Aber dann verpassen wir *Antiques Roadshow!*«, wandte Schwester Cecilia überraschenderweise ein. Es sah ihr gar nicht ähnlich, eine Gelegenheit auszuschlagen, Bischof John persönlich zu treffen. »Ich habe einen Trailer gesehen. Vielleicht reden sie in der Sendung uber einen bestimmten Schreibtisch, und ich bin mir sicher, dass wir genau so einen im Kloster haben.«

»Ich schalte jetzt gleich das Videogerät ein«, versprach Bridget. »Dann kannst du dir die Sendung jederzeit anschauen, Schwester. Das ist sofort passiert. Die moderne Technik ist etwas Wunderbares.«

Beim Einsteigen ins Auto war Margaret aufgebracht. Dass sie mit Bischof John über den Lotteriegewinn reden musste, war wirklich das Letzte, was sie wollte. Wieso hatten sie sich überhaupt mit Lotteriescheinen abgegeben? Es war unglaublich peinlich. Den Bischof hatte sie noch nie besonders gern gemocht, und in den vergangenen Jahren hatte sie viel zu oft mit ihm zu tun gehabt. Selbst als sie noch eine junge Nonne gewesen war und er ein junger Priester, war er immer wieder bei Kursen oder Klausurtagen aufgetaucht, an denen sie teilnahm, und immer hatte er es geschafft, sie gegen sich aufzubringen. Es half nicht gerade, dass er beunruhigend gut aussah und es wusste. Er neigte unweigerlich dazu, Frauen auf freundliche Weise gönnerhaft zu behandeln, aber dennoch erregte er bei vielen weiblichen Gläubigen glühende Bewunderung. Dabei war er so gut aussehend, dass Margaret es nachvollziehen konnte, selbst wenn es sie nervte.

»Ich bin neunundzwanzig Jahre alt! Ich kann es nicht fassen, dass ich gerade rot geworden bin, weil Father John mich angelächelt hat«, hatte sie einst ihrer ebenfalls neunundzwanzigjährigen Mitschwester Helen anvertraut. Das war nach einem Tag im Jahr 1966 gewesen, den die Diözese über die Auswirkungen des zweiten Vatikanischen Konzils veranstaltet hatte. »Ich mag den Kerl nicht mal!«

»Ahh, das ist der Stoff, aus dem die Liebesromane sind«, neckte Helen sie. »Wir müssten sagen, dass du offensichtlich wahnsinnig verliebt in ihn bist.«

»Helen! Ich habe ein Gelübde abgelegt!« Margaret war ehrlich schockiert, und als Schwester Helen das bemerkte, ließ sie von ihr ab.

»Tut mir leid. Keine Sorge. Er ist einfach einer von diesen Männern, Priester hin oder her, die wissen, wie man den Charme aufdreht. Er kann nicht anders. Er weiß instinktiv, was er machen muss, damit andere Menschen ihn mögen. Er wird es wahrscheinlich weit bringen, leider.«

»Aber ich mag ihn überhaupt nicht. Seine selbstgefällige Art missfällt mir. Ich weiß, er erwartet von mir, dass ich rot anlaufe. Und genau das macht mich rasend, aber rot werde ich trotzdem.«

»Tja, Margaret, das ist keine große Sache. Du bist einfach sehr lieb«, sagte Schwester Helen. »Du bist von Natur aus gefallsüchtig, und du tust, was patriarchalische spirituelle Autoritäten von dir erwarten.«

»Das ist einfach nicht fair, Helen«, wehrte Margaret sich. Die gut gelaunte, aber bei aller Beiläufigkeit niederschmetternde Einschätzung durch ihre Freundin kränkte sie tief, und Tränen standen in ihren Augen. »Das klingt so, als wäre ich furchtbar schwach.«

»Tut mir leid«, tröstete Schwester Helen, die merkte, dass sie zu weit gegangen war. »Es tut mir wirklich leid, Margaret. Es sollte nur ein Scherz sein.«

»Ich fühle mich einfach gedemütigt«, beschwerte Margaret sich weiter. »Ja, stimmt, ich versuche, anderen Leuten angenehm zu sein, aber ich bin *nicht* gefallsüchtig. Ich kann es nicht fassen, dass du mich so einschätzt, Helen, ehrlich nicht. Ich bemühe mich wirklich, auf Gott zu hören und rechtschaffen und mutig zu sein. Sicher, ich bin nicht so mutig oder selbstbewusst wie du, aber ich habe die Entscheidung getroffen, zum Katholizismus überzutreten und mich dann dem Orden anzuschließen, obwohl meine Eltern unglücklich darüber waren. Ich habe meine Wohnung und meine Arbeit aufgegeben. Ich gehorche nicht blindlings und tue nicht einfach alles, was irgendwelche Männer von mir verlangen.«

Es war der schlimmste Streit, den es in ihrer ruhigen und langen Freundschaft jemals gegeben hatte, und er hatte sich nie wiederholt. Selbst jetzt, nach dreißig Jahren, tat die Erinnerung noch immer weh, obgleich Helen, die merkte, wie tief sie ihre Freundin getroffen hatte, sich wiederholt entschuldigt hatte. Immer wieder hatte sie Margaret versichert, wie sehr sie sie wertschätze und bewundere. Sie habe etwas Falsches gesagt und bedauere ihre Worte sehr.

»Warum kann ich diesen dummen Streit nach all den Jahren nicht einfach vergeben und vergessen«, dachte Margaret unglücklich. »Es war doch einfach nur so dahingesagt. Sie hatte es nicht so gemeint. Warum erinnere ich mich heute daran? Wahrscheinlich, weil ich befürchte, Helen könnte recht gehabt haben. Ich neige tatsächlich dazu, zu tun, was man von mir erwartet. Es war ein Wunder, dass ich es geschafft habe, dem Orden beizutreten. Nur merke ich eben, dass ich Bischof John wirklich nicht sehen möchte, Herr. Tut mir leid. Ich weiß, dass du ihn für seine Position bestimmt haben musst, und ich weiß mit Sicherheit, dass du mich für die meine bestimmt hast, denn jemand anders stand einfach nicht dafür bereit, aber ich fühle mich, ehrlich gesagt, noch immer nicht wie eine Mutter Oberin. Helen hätte niemals so reagiert. Es widert mich an. Ich bin achtundfünfzig und fühle mich wie ein freches, kleines Mädchen, das gleich eine Standpauke bekommt. Ich bin so ein Würstchen. Herr, du musst mir beim Bischof helfen.«

Zu Margarets dankbarer Erleichterung war der Bischof tatsächlich überraschend gut gelaunt und nur ein kleines bisschen herablassend.

»Willkommen, Schwestern. Herzlichen Glückwunsch! Wie ich hörte, haben Sie genug gewonnen, um Ihr Dach zu reparieren und Father Hugh etwas zu spenden. Ausgezeichnet. Ich meinte zu verstehen, dass die Aufmerksamkeit der Medien Sie ein wenig überwältigt, und so wollte ich Ihnen nur versichern, dass die Diözese eine ausgezeichnete Pressestelle besitzt, die zu Ihrer Verfügung steht.«

Er führte sie in seinen Salon, der so elegant war wie der Mann selbst. Über dem Kaminsims hing ein wunderschönes Gemälde einer Madonna mit Kind, ausgeführt in Eitempera und Blattgold von der katholischen Künstlerin Kate Wilson. Auf der Anrichte aus Walnussholz stand ein Foto des Bischofs im Ornat, wie er von Johannes Paul II. gesegnet wurde, und daneben nur ein einziger Hinweis auf ein Leben vor der Priesterweihe, nämlich ein Bild des jungen Mannes in der blauen Sportkleidung der Oxforder Spitzenruderer des Boat Race, die Arme um die Schultern zweier lächelnder Mannschaftskameraden geschlungen. Margaret war sich sicher, im Team mindestens einen Politiker sowie einen wohlbekannten Nachrichtensprecher zu erkennen.

Der Bischof war ein sehr gut aussehender Student gewesen, und selbst jetzt, mit Mitte sechzig, war er noch immer ein eindrucksvoller Mann, schlank und groß, mit schönen, langen, manikürten Fingern und einem leicht gebräunten, glatt rasierten Gesicht. Wie der Papst fuhr er im Urlaub gern Ski, und einer seiner alten Oxforder Freunde, inzwischen ein reicher Unternehmer, besaß ein Ferienhaus in der Schweiz, das der Bischof mehrmals jährlich nutzte.

»Nun«, sagte der Bischof, nachdem Margaret sich gesetzt und zugelassen hatte, dass Father Hugh, Schwester Bridget und Schwester Cecilia alles erklärten und sich mehrfach entschuldigten, »machen Sie sich keine Sorgen. Ich schlage vor, dass wir morgen eine Pressekonferenz abhalten, und wir können eine Pressemitteilung über die Arbeit des Klosters von der Heiligen Philomena herausgeben. So legen wir Zeugnis über das Ordensleben ab. Wir können betonen, dass Sie nur eine relativ kleine Summe gewonnen haben und diese mit der Kirchengemeinde teilen, und dass das Geld leider nicht reichen wird, um die Bedürfnisse des Ordens oder der Gemeinde zu decken. Spenden von Gemeindemitgliedern und ehemaligen Schülerinnen sind also weiterhin willkommen. Das könnte Ihnen bei der Spendenbeschaffung helfen, Father Hugh – soviel ich weiß, läuft die nicht so gut –, und könnte genau der richtige Ansatz sein, um mehr Geld für Ihre Arbeit zusammenzubekommen, Schwestern.«

»Das ist ja das Problem«, brach Margaret ihr Schweigen. »Nachdem wir die Schule nicht mehr führen, weiß ich eigentlich gar nicht, worin genau unsere Arbeit besteht.« Sie hörte, dass ihre Stimme ziemlich gereizt und verärgert klang, obwohl sie das nicht wollte. Ihnen beiden war klar, dass der Bischof die Entscheidung, den Schwestern die Schule aus den Händen zu nehmen, vollständig mitgetragen hatte, und dennoch tat er jetzt aalglatt so, als hätte er sie die ganze Zeit unterstützt.

»Ihre Arbeit ist doch sicherlich, wie immer für das moralische und spirituelle Wohlergehen der Kirchengemeinde zu sorgen?«, fragte der Bischof mit hochgezogenen Augenbrauen. Margaret fühlte sich klein, dumm und sehr verärgert.

»Genau, Exzellenz«, erklärte Cecilia inbrünstig.

»Bischof John, bitte, Schwester. Wie weit sind eigentlich Ihre Nachforschungen zu Edward Mortimer gediehen?«

»Ich mache Fortschritte«, antwortete Schwester Cecilia, entzückt, dass der Bischof sich an ihre Bemühungen erinnerte. »Natürlich war er ein sehr bescheidener Mensch, und obgleich er als Philanthrop viele wichtige Anliegen unterstützt hat, habe ich bedauerlicherweise noch keine Berichte über sein eigenes spirituelles Leben oder irgendwelche Wunder gefunden.«

»Ja, ich fürchte, dass wir in diesem gottlosen Zeitalter Wunder brauchen, um Aufmerksamkeit zu erregen. Und Geld, um weitere Nachforschungen zu betreiben.«

»Warum geht es bei allem immer ums Geld?«, fragte Margaret.

»Aber so ist es doch gar nicht, Schwester. Das wissen wir. Der Herr wird für uns sorgen«, erklärte der Bischof gewandt. »Worum es letztlich geht, das ist der Glaube, nicht wahr? Darum bete ich für unsere Diözese um einen modernen englischen Heiligen, und insbesondere einen Heiligen aus Fairbridge, einen Mann dieses Jahrhunderts. Das würde dem Glauben nach meiner Überzeugung einen gewaltigen Auftrieb verleihen. Deshalb halte ich Schwester Cecilias

Nachforschungen zu Edward Mortimer für so entscheidend wichtig.«

Schwester Cecilia glühte.

»Nun, ich möchte es noch einmal betonen, Schwestern, Father Hugh, machen Sie sich keine Sorgen, was Sie den Medien wegen des Lotteriegewinns sagen sollen. Nach der Pressekonferenz morgen können wir das hinter uns zurücklassen.«

Darauf hoffe ich, betete Margaret, als sie zur Tür geleitet wurden.

Father Hugh machte sich Sorgen, wie blass und still Schwester Margaret auf der Rückfahrt wirkte. Sie sah erschöpft aus. Ja, sie brauchte wirklich Urlaub.

»Was halten Sie davon, Schwestern, mit Ihrem Lotteriegewinn auch eine kleine Pilgerreise zu unternehmen? Ich bin mit einer sehr günstigen Bustour nach Rom und Assisi gefahren. Die Anzeige habe ich damals auf der Rückseite von *The Universe* gefunden. Es gibt einige großartige katholische Pilgerreisenanbieter.«

»Es wäre schön, aber das können wir uns nicht leisten«, erwiderte Margaret. »Im Kloster stehen zu viele Reparaturen an.«

»Aber einen kleinen Teil des Gewinns könnten Sie bestimmt dafür verwenden? Einmal abschalten, das könnten Sie alle gewiss gut gebrauchen.«

Befreie mich aus diesem Wagen, Herr, bevor ich etwas sage, was ich hinterher bereue, betete Margaret stumm, doch sie wartete nicht auf das göttliche Eingreifen.

»Ich möchte alle daran erinnern, dass wir kein Vermögen gewonnen haben. Wir haben genug gewonnen, um das Haus so weit in Ordnung zu bringen, dass wir es verkaufen und umziehen können.«

»Wohin, Margaret?«, fragte Bridget erschrocken.

»Ich weiß es nicht, aber für uns drei Schwestern ist das Haus viel zu groß. Seit Jahren haben wir keine Neuzugänge mehr aufgenommen. Aus welchem Grund auch immer, der Orden von der Heiligen Philomena zieht keine Novizinnen an. Vielleicht ist die Zeit gekommen, Schicht zu machen.«

»Schicht machen?«, fragte Bridget verwirrt und warf Cecilia einen Blick zu.

»Was um Himmels willen meinst du damit, Schwester Margaret?«, fragte Cecilia. »Wir wurden von Sir Edward Mortimer gegründet, um den Leuten von Fairbridge zu helfen. Sie brauchen uns immer noch. Bischof John begegnet uns mit größter Achtung.«

Das war zu viel für Margaret.

»Darf ich dich daran erinnern, Schwester Cecilia, dass wir zum Teil gerade wegen Bischof John nichts mehr mit der Schule zu tun haben? Ich bin Oberin eines Ordens mit *drei* Mitgliedern. Wir haben keine Schule mehr. Wir müssen uns einem Orden anschließen – wir müssen darum bitten, uns einem anderen Orden anschließen zu dürfen.«

»Schwester Margaret!«, rief Cecilia.

»Einem anderen Orden?«, fragte Bridget von hinten. »Was für einem denn?«

»Das weiß ich nicht – Orden wie den Sisters of St Joseph of Peace oder den Franziskanerinnen. Schwestern, die in der

Welt etwas bewirken – die Gottes Werk tun. Sie arbeiten mit Drogensüchtigen, Obdachlosen oder treten für den Glauben ein. Sie schützen die Umwelt. Sie kommen ins Gefängnis.«

»Ins Gefängnis?«, wiederholte Bridget schockiert.

»Ja, ja. Sie werden verhaftet, wegen …« Das wusste Margaret selbst nicht so genau, doch zum Ausgleich hob sie die Hände. »Sie werden für das verhaftet, was sie machen, zum Beispiel weil sie gegen Atomwaffen protestieren. Sie helfen den Ausgestoßenen, sie tun Gottes Werk. Sie wirken in die Welt hinein.«

»Aber Edward Mortimer …«, begann Cecilia.

»Meine Güte«, unterbrach Margaret sie. »Hörst du mir überhaupt zu? Verstehst du denn nicht? Die Dinge müssen sich ändern. Du *idolisierst* unser Kloster und Edward Mortimer, Cecilia, und als deine Oberin kann ich dir sagen, dass *Idolatrie* eine Sünde ist.«

»Wieso sollte es eine Sünde sein, das Werk tun zu wollen, das Gott uns gegeben hat?« Cecilia ließ sich nicht einschüchtern. »Wieso soll es eine Sünde sein, um ein Wunder zu beten? Und es anzuerkennen, wenn es geschieht? Vielleicht haben wir mit Sir Edward Mortimer einen Heiligen, der direkt aus Fairbridge kommt. Der Bischof persönlich hält das für möglich. Unsere Gemeinde könnte ein Pilgerort werden.«

»Ach, wie schön«, sagte Bridget. »Wie Knock, meinst du? Das hat eine wunderbare Basilika, und natürlich einen Flughafen.«

»Wovon redet ihr?« Margaret schaute sich nach den beiden um. »Was soll das? Flughäfen, Basiliken? Selbst wenn der Heizkessel repariert wird, können wir es uns nicht leisten, alle Zimmer in unserem Haus zu beheizen. Wenn wir im Winter noch hier sind, werden wir uns totfrieren. Wir sind vollkommen pleite, und ihr schlagt vor, dass wir aus Fairbridge eine Art Lourdes machen? Ehrlich, ihr seid beide verrückt geworden!« Sie sah, wie die Schwestern auf ihren Plätzen zusammenzuckten.

Der Wagen hielt, und Father Hugh räusperte sich verlegen.

»Nun, hm, da wären wir, Schwestern.«

Margaret, die eben noch vor Zorn geglüht hatte, war plötzlich ernüchtert. »Danke, Father Hugh. Ich, hm, ich gehe zum Gebet in die Kapelle.« Sie schnallte sich ab, stieg aus und eilte ins Kloster, weil sie spürte, dass sie gleich in Tränen ausbrechen würde.

5

Father Hugh parkte vor dem Pfarrhaus. Was für ein verstörender Abend. Es war ihm unangenehm, die drei lieben Frauen in solchen Schwierigkeiten zu sehen. Er hatte Schwester Margaret noch nie so verzweifelt und reizbar erlebt, und er hatte auch noch nie einen Streit zwischen den Schwestern mitbekommen. Er verstand Geldsorgen und begriff, dass Margaret sich hilflos fühlte, war aber überzeugt, dass ihr Wunsch, das Kloster aufzugeben, ein Fehler war. Er konnte sich die Kirchengemeinde nicht ohne die Schwestern vorstellen. Er musste für sie beten. Er selbst fühlte sich ebenfalls bedrückt und niedergeschlagen. Nach einer Begegnung mit Bischof John war das ohnehin immer ein wenig der Fall. Sie waren zusammen aufs Priesterseminar gegangen, auch wenn man das angesichts ihrer derzeitigen Beziehung nicht glauben sollte. Jetzt war Father Hugh der arme Gemeindepriester, der vor seinem Vorgesetzten den Hut abnahm. Der Father spielte die zweite Geige, der Bischof die erste.

Plötzlich wollte Father Hugh nicht in sein leeres Zuhause zurückkehren. Er stieg aus, schloss den Wagen ab und ging auf ein Bier in den Swan. Vielleicht würde ja Thomas da sein.

Hoffentlich. Es wäre schön, ein freundliches Gesicht zu sehen.

Die Klosterkapelle war dunkel, vom Ewigen Licht einmal abgesehen, und Margaret war nicht danach, die Lampen einzuschalten. Sie nahm den erstbesten Platz, kniete sich nieder und legte das Gesicht in die Hände. Tränen strömten ihr über die Wangen und benetzten ihre Finger. Außerdem lief ihr die Nase, und sie schniefte. Sie tastete in der Tasche ihres Habits nach einem Taschentuch, fand aber keines.

Ich war Direktorin einer Mädchenschule, und jetzt schaffe ich es nicht einmal mehr, ein Taschentuch einzustecken, damit ich mir die Nase putzen kann, weinte sie. In der dunklen Kapelle spähte sie zum Altar und zur Silhouette des Kreuzes.

Das ist nicht fair, betete sie. *Dafür bin ich nicht dem Orden beigetreten. Ich habe dir mein Leben geschenkt, und es gab so viele, die dasselbe getan haben. Es war wundervoll. Na ja, vielleicht nicht immer wundervoll, Herr, aber es fühlte sich richtig an. Selbst als wir noch Novizinnen waren und Mutter Veronica die Oberin, konnten wir uns gegenseitig mit einem Lächeln aufmuntern. Keine war allein. Wir haben füreinander gebetet, sie ist gestorben, und alles ist besser geworden. Das klingt schrecklich. Du weißt, wie ich es meine, Herr. Ich weiß, dass du Schwester Veronica ebenfalls geliebt hast – und liebst. Ich weiß, dass wir in deinen Augen alle gleich kostbar sind. Bestimmt verstehst du, warum sie so gemein war, und jetzt ist sie bei dir, wird vollkommen geliebt und ist deswegen viel netter. Aber du weißt außerdem auch, dass ich dir sehr dankbar dafür bin, dass du sie damals zu dir genommen hast. Und dass du die auf Erden gelassen hast, die geblieben sind – Helen, aber nicht nur Helen, sondern sie alle. Sie waren meine Schwes-*

tern. Wir waren so glücklich. Wir haben so gut zusammengearbeitet. Und wir hatten so viel Spaß. Du hast uns Freude geschenkt. Es war eine so lebensfrohe, glückliche Schule. Wir waren den Mädchen wichtig, ja, das waren wir.

Sie rutschte auf der Bank zurück.

Ich möchte wieder für jemanden wichtig sein, Herr. Helen glaubte, dass wir in der Welt etwas bewirken, und ich möchte, dass es wieder so ist. Helen hat genug für uns alle geglaubt. Ich dachte, du hättest uns für einen Zweck geschaffen. Jemand muss die Oberin sein, aber ich hätte nie gedacht, dass die Aufgabe am Ende bei mir landen würde. Und wovon bin ich die Oberin? Von einer Gemeinschaft aus drei Schwestern in einem riesigen Haus? Wir haben nicht das Geld, überhaupt irgendetwas anzuleiern. Zumindest nichts, was der Mühe wert wäre. Was willst du von uns? Was sollen wir drei nur tun?

Die Kerze in der roten Lampe flackerte im Dunkeln.

Was willst du von mir? Was soll ich *nur tun?*

Erneut Schweigen, und Margaret dachte an Cecilias schockiertes Gesicht.

Sie seufzte.

»Es tut mir leid, dass ich zu Cecilia so furchtbar war.« In der menschenleeren Kapelle sprach sie laut. »Nur finde ich sie so schwierig, Herr. Sie ist nicht gerade ein herzlicher Mensch, und manchmal erschöpft sie mich. Es tut mir furchtbar leid, dass ich diese grausamen Dinge gesagt habe. Bitte hilf uns. Bitte führe uns.«

Eine Weile saß sie da und spürte, wie langsam Frieden in ihr einkehrte und sich neben dem Elend Platz schuf. Die Lage war noch immer schlimm, aber nicht mehr ganz so schlimm.

Jemand hustete, und im selben Moment ging das Licht an.

»Oh, Entschuldigung, Margaret«, sagte Schwester Bridget an der Tür, während Margaret in der neu entstandenen Helligkeit blinzelte.

Erneut hustete jemand, und Schwester Cecilia erhob sich hinten in der Kapelle von den Knien.

Wie lang ist sie schon da, Herr? Margaret betete stumm und in Panik. *Wie viele meiner Gebete hat sie gehört? Welche habe ich laut gesprochen?* Sie fühlte, dass sie rot wurde.

»Ich dachte, es könnte Zeit fürs Abendgebet sein«, sagte Bridget ein wenig zögernd.

»Gut… gute Idee.« Margaret nahm das Andachtsbuch entgegen, das Bridget ihr reichte, und das sogar noch willkommenere Papiertaschentuch.

Sie wandte sich ab und schnäuzte sich.

»Ich möchte nur sagen … bevor wir beten … Schwester Cecilia. Schwester Bridget. Es tut mir leid. Was ich gesagt habe, tut mir leid.«

Margaret blickte auf Bridget. Die streckte die Arme aus und drückte sie kurz an sich. Sie war warm, weich und roch nach Bridget – nach Seife und Kochdüften. Zum Frühstück würde es frisch gebackenes Brot geben. Gott sei für Bridget gedankt.

»Schon gut, Margaret. Du bist erschöpft. Dieses Haus ist eine schreckliche Sorge. Das ganze Kloster. Und es ist sehr schade, dass wir die Schule verloren haben. Aber ich habe das Gefühl, dass Gott alles zum Guten wenden wird.« Bridget setzte sich neben Margaret, kramte in der Tasche ihres Habits und reichte ihr ein weiteres Taschentuch. Margaret schnäuzte sich erneut, dankbar. Cecilia blieb auf der anderen Seite der Kapelle, getrennt von ihnen.

Margaret verzog das Gesicht. »Ich hoffe es, Schwester, ich hoffe es.« Sie wandte sich um und schaut zu der Gestalt hinüber, die kerzengerade auf ihrem Platz saß, den Blick fest auf den Altar geheftet.

»Cecilia. Schwester Cecilia. Es tut mir wirklich leid.«

Cecilia neigte den Kopf zum Zeichen, dass sie verstanden hatte, blieb aber dem Kreuz zugewandt und kam nicht zu ihnen. Zu ihrer Bestürzung spürte Margaret, wie ein Moment des Zorns in ihr aufstieg.

Hilf mir!, betete sie, diesmal wirklich stumm. *Es hat mir aufrichtig leidgetan. Es tut mir aufrichtig leid. Aber schau. Sie macht es mir nicht einfach.*

Bridget fing Margarets Blick auf und lächelte ihr mitfühlend zu. Sie schüttelte den Kopf.

»Am besten, du lässt es auf sich beruhen«, flüsterte sie ihr zu. »Lass uns einfach beten.«

»Also, es tut mir wirklich leid«, sagte Margaret in die Kapelle hinein und vermied es dabei, zu Cecilia zu schauen, da sie befürchtete, dass diese ihren Blick nicht erwidern würde. »Es stand mir nicht zu, so etwas zu sagen. Ich weiß immer noch nicht, was wir tun werden, das stimmt.« Irritiert bemerkte Margaret, wie ihre Stimme zitterte. »Aber lasst uns jedenfalls unser Nachtgebet sprechen und alles in Gottes Hand legen. Er weiß alles und hat Pläne für uns, die uns gewiss enthüllt werden.«

Als sie das Lesezeichen für das Nachtgebet fand, fügte sie lautlos hinzu: »Und bitte, wenn es geht, schon bald.«

Am Montag hielt der Bischof Wort. Er bat Father Hugh, die Schwestern gleich nach der Morgenmesse zur Kathedrale zu fahren, und sie hielten im Haus des Bischofs eine kleine Pressekonferenz ab, auf der Fotos erlaubt waren, der relativ kleine Betrag des Gewinns unterstrichen und eindringlich darauf verwiesen wurde, dass Kirche und Kloster weiterhin dringend Geld benötigten. Schwester Bridget nahm die Reporter mit ihrem reizenden irischen Akzent, ihrem Lächeln, ihrer Redseligkeit und aufrichtigen Dankbarkeit für sich ein, und alle freuten sich, als sie ihnen unaufgefordert aus dem Stegreif ein Rezept für einen Kuchen diktierte, den sie zur Feier des Ereignisses für das nächste Bingo der Kirchengemeinde backen wollte. Den Journalisten machte die Pressekonferenz Spaß, auch wenn sie enttäuscht waren, wie nachdrücklich der Bischof die bescheidene Größe des Gewinns betonte. Die meisten kehrten mit Notizen und der Pressemitteilung bewaffnet in ihr Büro zurück und schrieben verschiedene kurze Artikel über das Thema. Die Geldsumme war nicht groß genug, um es auf die erste Seite einer gängigen Tageszeitung zu schaffen, würde aber unter »Vermischtes« dem Leser ein Lächeln entlocken.

Um elf kehrten die Schwestern von der Pressekonferenz zurück. Schon bald waberten köstliche Düfte und die sanfte Stimme von Bridgets Lieblingssänger Daniel O'Donnell – er sang »Footsteps« – durch den Korridor und schlüpften unter

Margarets Bürotür hindurch. Daniel O'Donnell und Bridget waren in fröhlichem Einklang überzeugt, dass Gott an ihrer Seite ging, und Margaret, die sich dessen gern genauso sicher gewesen wäre, entnahm dem Glauben der beiden ein wenig Trost. Mittags setzte sie sich für eine Kartoffel-Lauch-Suppe zu Cecilia und Bridget. Sie aßen schweigend. Bridget legte eine Kassette der St. Louis Jesuits ein, die im Hintergrund Hymnen sangen, und ohne sich abzusprechen, beteten die Schwestern stumm beim Essen.

»Danke, Schwester Bridget«, sagte Margaret schließlich. »Das war genau das, was ich nach so einem Vormittag gebraucht habe.«

Leider hielt der Frieden, der beim Mittagessen geherrscht hatte, für Margaret nicht lange an. Sie versuchte, sich einen Überblick zu verschaffen, welche Rechnungen als erste zu begleichen und welche Reparaturen vorrangig zu erledigen wären. Wie viel davon würden die zwanzigtausend Pfund abzüglich der zweitausend Pfund für Father Hugh und die Kirche abdecken? Letztlich waren sie keinen Schritt weitergekommen – die drängendsten Probleme waren gelöst, doch der Gewinn würde nicht genügen, um die langfristigen Betriebskosten des Klosters zu bestreiten, und je mehr Abrechnungen Margaret sich vornahm, desto deutlicher wurde ihr das Ausmaß des Problems. Um zwei ging sie in die Küche, um eine Pause zu machen und Schwester Bridget ihr Herz auszuschütten, doch dort saß bereits Thomas Amis und aß nun seinerseits Suppe mit Bridget.

Margaret nahm sich einen Teebeutel, bereitete sich eine Tasse zu und kehrte zu ihren Abrechnungen zurück.

»Nun, Thomas, erzählen Sie. Wie geht es Ihnen?«, fragte Bridget, während sie Thomas' Suppenteller wegräumte und ihm einen frisch aufgebrühten Becher Tee einschenkte. Er hatte den ganzen Vormittag im Garten gearbeitet und das Gemüsebeet des Klosters gejätet, damit sie mehr eigene Produkte anbauen konnten.

Schwester Bridget stellte ihm die Frage genauso aufmerksam wie früher immer Rose. Sie war wirklich an der Antwort interessiert – und Thomas empfand eine riesige Erleichterung.

»Ich mache mir Sorgen um meine Linda«, gestand er. »Ich vermisse Rose so sehr. Sie war eine großartige Mutter und eine wunderbare Ehefrau. Sie hätte gewusst, was zu tun ist.«

»Was ist passiert, Thomas?«, fragte Schwester Bridget mit besorgtem Blick.

»Ich weiß es nicht. Linda ist plötzlich so in sich gekehrt und deprimiert. Sie ist noch immer jung, egal was sie sagt. Einundvierzig ist kein Alter, aber so, wie sie redet, könnte man sie für viel älter halten. Ich weiß nicht … sie war in den letzten Jahren so gefordert, hatte als Immobilienmaklerin alle Hände voll zu tun und hat Sophie mit dem kleinen James geholfen. Da habe ich mir oft Sorgen gemacht, sie könnte irgendwann völlig erschöpft sein. Ich weiß nicht, vielleicht ist sie krank, aber als ich ihr geraten habe, mal zum Arzt zu gehen, hätte sie mir fast den Kopf abgerissen. Sophie sagt, ihr gegenüber verhält sie sich ebenfalls merkwürdig. Seit James in die Kindertagesstätte geht, schaut Linda kaum noch bei ihr vorbei. Laut Sophie war Linda schon seit einer

Woche nicht mehr bei ihnen, und sie weiß nicht warum. Sie fehlt ihnen. Ich wünschte, Rose wäre da. Sie wüsste Rat.«

»Wir werden beten«, sagte Schwester Bridget. »Lassen Sie uns beten, und alles wird gut, Sie werden sehen. Ich habe heute Nachmittag Sophie mit dem kleinen James eingeladen. Vielleicht finden wir dann ein bisschen mehr heraus.«

Um halb fünf war Schwester Margaret mit dem Ausmisten des Augiasstalls, wie Helen es genannt hätte, noch nicht viel weiter gediehen. Sie ging in die Küche, um sich noch einmal einen Tee zuzubereiten. Auch jetzt war Thomas wieder da und machte Pause, aber diesmal war aus irgendeinem Grund auch seine Enkeltochter Sophie gekommen, und der kleine James saß auf dem Schoß seines Urgroßvaters. Auf dem Tisch standen ein Kuchen, eine Teekanne und Becher.

Margaret trug Pantoffeln und trat auf einen Brontosaurus aus Plastik, der anscheinend auf dem Küchenboden herumstreifte. Es tat wirklich weh.

»Hallo, Margaret! Möchtest du einen Tee?«, fragte Bridget. »Wir wollten gerade welchen trinken.«

»Nein, nein, schon gut«, erwiderte Margaret wenig überzeugend. »Du hast zu tun. Ich komme später wieder.« Damit kehrte sie in ihr Büro zurück. Auf der Fußmatte der Haustür entdeckte sie einen Wurfzettel und schnalzte missbilligend mit der Zunge. Sie wollte nicht noch mehr Papierkram, mit dem sie sich befassen musste. Sie hob ihn auf und wollte ihn gerade zusammenknüllen, als ihr Blick auf den Text fiel.

Breiten Sie die Flügel aus und fliegen Sie in ein neues Nest!, verkündete die Schrift, unter der ein blauer Glücksvogel über ein

Haus flog. *Würden Sie gern wissen, wie viel Ihre Immobilie wert ist? Die Bluebird-Immobilienagentur kommt und bewertet ihr Haus. Vollkommen vertraulich.* Margaret wusste, dass das Maklerbüro von Thomas' Tochter Linda geführt wurde, Auszeichnungen für guten Service erhalten hatte und nur einen Telefonanruf entfernt war.

Sie ging in ihr Büro und griff zum Hörer.

6

Margaret hatte gerade den Hörer aus der Hand gelegt, da kam Schwester Bridget mit einem Becher Tee für sie herein.

»Oh, danke, Bridget.« Margaret nahm den Becher entgegen. »Übrigens, diese Woche kommt jemand vom Maklerbüro Bluebirds vorbei, um den Wert unserer Immobilie zu schätzen. Es geht wirklich nur darum – um einen Schätzwert. Wir bieten das Kloster nicht zum Verkauf an – zumindest noch nicht. Es wird nichts im Hau-Ruck-Verfahren durchgezogen. Ich tue nichts ohne deine und Cecilias Unterstützung. Nur … nur denke ich, das Wissen, wie viel das Kloster ungefähr wert ist, könnte nützlich sein.«

Schwester Margaret erwartete mehr Enttäuschung oder Widerstand von Schwester Bridget, doch die machte im Gegenteil ein interessiertes Gesicht.

»Das Maklerbüro Bluebirds? Wird das nicht von Thomas' Tochter Linda geführt? Wann kommt denn jemand?«

»Mittwoch. Gegen elf.«

»Weißt du, wer die Schätzung durchführt?«

»Linda. Thomas' Tochter.«

»Oh, gut.«

»Warum?«

»Ach, nichts. Ich freue mich einfach nur, sie zu sehen. Dann lass ich dich jetzt mal weitermachen«, sagte Bridget.

»Danke«, antwortete Margaret, erleichtert, die Tür hinter ihr zugehen zu sehen.

Linda legte den Hörer auf und notierte: *Philomenakloster. Mittwoch, 11 Uhr.* Beim Gedanken, dorthin zu gehen, ohne Schwester Helen zu sehen, fühlte sie einen Stich. Schwester Helen hatte sie nie aufgegeben. Sieben Monate war es her, da hatte sie zum letzten Mal bei einer Tasse Kaffee mit ihr geplaudert, wie sie es damals regelmäßig taten. Wie sich herausstellte, war das nur einen Monat vor ihrem Tod gewesen, aber Linda hatte nicht gewusst, wie krank Schwester Helen war.

Linda hatte Schwester Helen damals erzählt, dass Sophie für James einen Ganztagsplatz in einer Kindertagesstätte gefunden hatte.

»Das bedeutet, dass Sie sich endlich an einer Universität bewerben können!«, hatte Schwester Helen strahlend geantwortet. Sie war früher Lindas Lieblingslehrerin gewesen, und als Linda mit siebzehn schwanger geworden war und behauptet hatte, den Vater nicht zu kennen, war Schwester Helen diejenige gewesen, die ungeachtet der Dramatik, des allgemeinen Entsetzens und der Tränen vorgeschlagen hatte, Linda könne mit etwas Unterstützung nach der Geburt des Kindes trotzdem noch studieren. Damals hatte niemand auf die junge Nonne gehört, aber Linda hatte es sehr wohl vernommen, und obwohl sie bereit gewesen war, sich zu Hause nach Arbeit umzusehen, hatte sie Schwester Helens Vorschlag nie vergessen. Und dreiundzwanzig Jahre später hatte Schwester Helen, inzwischen Direktorin der Philomenaschule, ebenfalls nicht vergessen, wie vielversprechend diese hochintelligente Schülerin gewesen war.

»Das geht nicht, Schwester Helen«, hatte Linda geantwortet. »Dafür ist es zu spät. Ich bin zu alt.«

Überrascht hatte sie registriert, welcher Trübsinn sie überkam, als sie diese Worte aussprach. Und sie erinnerte sich, wie sie, nur mit Schwester Helen als Zeugin, ein paar Tränen zugelassen hatte. Dieses eine Mal hatte sie sich gestattet, die Traurigkeit zu fühlen, die sie sonst immer energisch zurückdrängte.

Helen hatte sie bei den Schultern gepackt, ihr in die Augen geschaut und in gütigem Zorn gesagt: »Schluss damit! Das stimmt nicht. Es ist nicht zu spät! Ich habe gesehen, wie Sie all die Jahre immer andere vorangestellt haben. Sie haben so hart gearbeitet. Sie haben alles, was Sophie brauchte, allein bezahlt, sie studieren lassen, Ihre Mutter gepflegt, Sophies Hochzeitsfeier bezahlt, ihr und Ben die Anzahlung für ihr Haus geschenkt, meine Güte.«

»Na ja, ich bin ihre Mum. Das ist meine Pflicht. Sie hat nicht darum gebeten, in die Welt gesetzt zu werden.«

»Das hat meines Wissens keiner von uns«, merkte Schwester Helen trocken an.

»Sie wissen, was ich meine.«

»Was denn? Sophie war ihr ganzes Leben von Liebe umgeben. Ihrer Sophie geht es prima. Sie ist eine schöne Frau, die ein Studium abgeschlossen hat – und sie ist mit einem

Arzt verheiratet. Sie hat einen sehr netten Mann und sehr nette Schwiegereltern. Wenn sie Unterstützung braucht, sind genug Leute für sie da.«

»Ich war nicht für sie da, als sie klein war.«

Schwester Helen schnalzte missbilligend mit der Zunge.

»Ja. Aber Ihnen ist keine andere Wahl geblieben, oder? Ihre Mutter hat derart eisern darauf bestanden, dass sie selbst das Baby betreut. Sie haben Ihren guten Schulabschluss und Ihren Platz an der Uni aufgegeben und sofort bei Bluebirds angefangen. Dort haben Sie schrecklich hart gearbeitet. Schauen Sie doch, wie gut Sie Ihre Sache gemacht haben. Hören Sie, Linda.« Schwester Helen wartete, bis Linda ihr in die Augen schaute. »Sie sind Sophie nichts schuldig – Sie sind niemandem etwas schuldig. Hören Sie auf, sich zu schämen. Sie sollten stolz auf sich sein. Sie haben so viel erreicht, aber Sie haben auch schrecklich viel aufgegeben. Sophie hat alles gehabt, was ein Kind sich nur wünschen kann …«

»Außer einem Vater …«

»Linda! Schluss jetzt! Hat Ihre Mutter Ihnen das eingeredet? Falls ja, müssen Sie aufhören, diese Stimme in Ihrem Kopf zu beachten. Früher haben die Leute gegenüber Mädchen, die schwanger wurden, eine grundfalsche Haltung eingenommen, nicht nur in Irland, sondern auch hier. Es war verkehrt von Ihrer Mum, Ihnen so viel Scham einzureden. Ich weiß nicht, warum Sie den Vater nicht nennen konnten oder wollten, aber ich vertraue Ihrer Entscheidung, Linda. Ihre Mum hätte sie Ihnen nicht vorhalten sollen.«

»Mum hat alles für mich getan. Für uns«, entgegnete Linda.

»Das stimmt, und Rose war in vieler Hinsicht ein ganz wunderbarer Mensch. Aber sie war nicht vollkommen – und selbst eine wunderbare Mutter kann Fehler machen«, bemerkte Schwester Helen und sah Linda dabei in die Augen.

»Aber … es fühlt sich mies an, so über Mum zu reden. Sie haben nicht mitbekommen, wie außer sich sie damals war. Und dann hat sie wegen meines Fehlers ihr eigenes Leben auf die lange Bank geschoben und sich ganz Sophie gewidmet …«

»Das war ihre eigene Entscheidung. Ich weiß, dass sie Sophie erzogen und geliebt hat, und ich weiß leider durchaus, Linda, wie fassungslos sie zunächst war, aber ich war nie damit einverstanden, wie sie Sie nach Ihrer Schwangerschaft behandelt hat. Ich fand es nicht richtig, wie sie darauf bestand, dass Sie auf ein Studium verzichten und sich eine Vollzeitstelle suchen, während sie Ihr Kind versorgte. Sie machen sich solche Sorgen um Sophie, Linda – dabei ist sie mit so viel Liebe groß geworden. Bitte hören Sie auf, sich selbst zu bestrafen. Es gibt viel schlimmere Dinge, als ein Baby auf die Welt zu bringen, glauben Sie mir.«

»Ich habe wirklich genug gespart, um Sophies Hochzeitsfeier zu bezahlen und Ben und ihr die Anzahlung für ihr Haus zu schenken. Und ich habe nach James geschaut, damit sie in Teilzeit ihre Ausbildung zur Lehrerin machen konnte«, wiederholte Linda, als müsste sie sich selbst überzeugen.

»Genau. Und Sie? Warum haben Sie sich nie eine eigene Wohnung genommen?«

»In meinen Zwanzigern hätte ich das, ehrlich gesagt, ganz gern getan, aber Mum und Dad waren ganz vernarrt in

Sophie, und Mum regte sich furchtbar auf, wenn ich einmal erwähnte, ich könnte mit ihr ausziehen. Nach allem, was die beiden für mich getan hatten, kam es mir ihnen gegenüber unfair vor. Dann bekam Mum Krebs, und ich konnte nicht ausziehen und Dad sich selbst überlassen.«

»Sie sind eine wunderbare Tochter«, sagte Schwester Helen.

Linda schüttelte den Kopf, doch Schwester Helen legte nach.

»Ganz aufrichtig, Linda. Sie sind eine wunderbare Tochter, eine wunderbare Mutter und eine wunderbare Frau, was auch immer die Stimme in Ihrem Inneren Ihnen sagt. Ich habe Sie im Verlauf der Jahre beobachtet und den Mund gehalten, aber ich habe immer gehofft, Sie würden schließlich die Gelegenheit bekommen, sich einmal um Ihre eigenen Bedürfnisse zu kümmern. Sie waren in allem so tüchtig – aber ich möchte, dass Sie nun auch einmal sich selbst einen Wunsch erfüllen. Man muss das Leben nutzen, solange man es hat. Ich möchte, dass Sie mir das versprechen.« Sie sah Linda mit leidenschaftlichem Mitgefühl in die Augen, doch noch mit etwas anderem – mit Trauer –, wie Linda erst später begriff. Schwester Helen musste damals schon gewusst haben, dass sie nicht mehr lange zu leben haben würde.

»Versprochen.«

Schwester Helen umarmte sie, und danach sah Linda sie nie wieder. Bald danach war Helen ins Krankenhaus gekommen und kurz darauf gestorben. Der einzige Mensch, der sie je wirklich als sie selbst wahrgenommen hatte, war tot, und

Linda stellte fest, dass sie nicht die Kraft fand, ihr Versprechen zu halten.

Die Besucher waren gegangen. Schwester Bridget trocknete das Geschirr ab. »Herr, gib mir den Mut, die Dinge zu verändern, die ich ändern kann«, las sie das Zitat auf dem Geschirrhandtuch laut vor. Es tat ihr weh, Thomas so unruhig zu sehen. Er leistete so großartige Arbeit im Garten. Er hatte es nicht verdient, sich derart um seine Familie sorgen zu müssen, und jetzt, nach Roses Tod, war er ganz auf sich gestellt. In manchen Fällen konnte nur eine Frau Frauenprobleme lösen. Wenn Rose noch hier wäre, würde sie nicht untätig zusehen, wie ihre Tochter litt – und Schwester Bridget würde es auch nicht tun.

Schwester Cecilia sah niemals tagsüber fern. Sie hatte den ganzen Tag darauf gewartet, die Videoaufzeichnung von *Antiques Roadshow* schauen zu können, und nach dem Abendessen machte Bridget das Videogerät und den Fernseher für sie bereit.

»So, das wär's, Schwester. Jetzt sollte es gleich losgehen«, sagte Bridget. Doch so war es nicht. Auf dem Bildschirm stellte kein lächelnder Hugh Scully sein Team von Experten vor, sondern die Mattscheibe sah aus wie ein Schneesturm, und das einzige Geräusch war Knistern und statisches Rauschen. Schwester Bridget schaltete den Fernseher aus und gleich danach wieder ein, doch es blieb dabei.

»Tut mir schrecklich leid, Schwester«, sagte sie. »Vielleicht ist das Gerät kaputt. Anscheinend habe ich die Sendung gar nicht aufgezeichnet.«

Cecilia schob die Lippen vor und seufzte. »Nicht so schlimm, Schwester. Da lässt sich nichts machen. Dann lege ich eben mein Puzzle weiter.«

»Ich könnte morgen bei der Frühmesse fragen, ob zufällig noch jemand anders die Sendung aufgenommen hat.«

»Nein, lass. Es soll wohl nicht sein. Ich hatte eine Idee … aber vielleicht sollten wir diese Richtung nicht einschlagen.«

»Sicher? Es tut mir furchtbar leid. Bisher hat das Gerät immer funktioniert.«

»Nein. Wenn Gott wollte, dass ich die Sendung sehen kann, würde ich sie jetzt sehen«, erklärte Cecilia fest und ging zu einem Tisch am Rand des Raums, wo ein Tausend-Teile-Puzzle des Petersdoms in Rom sie erwartete, ein Weihnachtsgeschenk der Kirchengemeinde an Father Hugh, das diesem nicht gefallen hatte. »Ich bleibe einfach bei meinen Recherchen zu Edward Mortimer. Anscheinend ist das meine Aufgabe.«

»Moment noch. Vielleicht hilft uns ja die heilige Klara … Sie ist die Schutzpatronin des Fernsehens«, erklärte Bridget. »Heilige Klara, hilf uns.« Wieder schaltete sie den Fernseher ein, doch erneut war nur der enttäuschende Schneesturm zu sehen.

»Na ja, vielleicht ist sie nicht die Schutzpatronin der Videorekorder«, räumte Bridget ein.

Father Hugh ging müde zu Bett. Es war erst Montag, doch schon jetzt hatte er eine Messfeier gehalten, an einer Pressekonferenz teilgenommen, ein Altenheim sowie ein Krankenhaus besucht, am Nachmittag an einer Schulversammlung teilgenommen und am Abend mit einem Brautpaar über die Hochzeit gesprochen. Außerdem hatte er zwischen zwei Hauptstützen seiner Kirche geschlichtet, Maura und Bridie, die sich über die Frage zerstritten hatten, wer den Kerzenvorrat des Opferlichtständers vor der Statue Unserer Lieben Frau regelmäßig auffüllen sollte. Sein Kompromissvorschlag war gewesen, einen zweiten Opferlichtständer für die Statue des Heiligen Josef anzuschaffen und die Verantwortung aufzuteilen. Immerhin wollte er den Ständer schon seit Ewigkeiten, weil der Heilige Josef ihm immer ein bisschen vernachlässigt vorgekommen war, und sie konnten dafür ja einen Teil der zweitausend Pfund verwenden, die die Schwestern ihnen schenken würden.

»Bitte, Herr, schicke mir einen Kaplan, genug Geld, um das Dach reparieren zu lassen, und bring Schwester Bridget dazu, kleinere Portionen zu kochen. An all dem kann ich nichts ändern. Ich übergebe es dir. Herr, du hast uns das Gleichnis über die Witwe erzählt, die den ungerechten Richter um Hilfe bittet, und betont, dass er am Ende nachgegeben hat. Du hast ausdrücklich gesagt, wir sollen dir immer wieder sagen, was wir brauchen, und nicht aufgeben. Und so bitte ich dich voll Demut erneut. Bitte hilf mir. Danke für das schöne Treffen mit Emily und Chris heute Abend. Segne ihre Hochzeit, ihre Ehe und alle ihre Pläne.« Er nahm seinen Rosenkranz zur Hand und betete eine Dekade für Frieden in der Welt. Dann schlief er tief und fest ein.

Margaret wachte mitten in der Nacht auf und lag schlaflos im Bett. Sie versuchte zu beten, nicht für ihre eigenen unmittelbaren Belange, sondern in Bezug auf die nationalen und internationalen Nachrichten. Es half nicht wirklich. Sie hoffte, das Beten über die Sorgen anderer Menschen könnte ihre eigenen Sorgen in die richtige Perspektive rücken, doch wenn sie an die schrecklichen Dinge dachte, die überall geschahen, fühlte sie sich nur noch elender. Dann hatte sie ein schlechtes Gewissen, weil sie nicht genug Mitgefühl aufbrachte, nur an sich dachte und zu wenig Glaube, Hoffnung oder Liebe hatte, und nach allem konnte sie immer noch nicht einschlafen. Am Ende stand sie auf, um sich einen Becher Kamillentee zuzubereiten. Ohne Schwester Bridget und ihren derzeit fast konstanten Daniel-O'Donnell-Soundtrack war die Küche ganz anders als sonst. Es war still. Das Mondlicht fiel auf die Spüle, die Bridget wie immer glänzend sauber hinterlassen hatte. Das Geschirrhandtuch war getrocknet, und Margaret nahm es vom Gestell, um es an den Haken zu hängen. Dabei las sie die Worte, die darauf standen.

Herr, gib mir die
Gelassenheit,
die Dinge hinzunehmen,
die ich nicht ändern kann, den
Mut,
die Dinge zu ändern, die ich ändern kann, und die
Weisheit,
das eine vom anderen zu unterscheiden.

»Gott, bitte hilf mir, das Haus morgen für die Schätzung vorzubereiten«, sagte sie. »Ich kann die Welt nicht ändern und bin weise genug, um zu begreifen, dass ich Cecilia und Bridget nicht ändern kann, also gib mir Gelassenheit und Mut.«

Das Gebet auf dem Geschirrhandtuch besserte ihre Stimmung. Sie bereitete ihren Kamillentee zu, nahm ihn mit ans Bett und schlief ein, sobald sie ihn ausgetrunken hatte.

Emily lag im Bett, ganz zappelig vor Glück. Zwar hatte sie am Samstag nicht in der Lotterie gewonnen und in der Philomenakirche, wo die Trauung stattfinden würde, auch ein paar Tränen über die Eimer vergossen, die dort wegen des schadhaften Dachs herumstanden, aber Father Hugh war so beruhigend und ermutigend gewesen. Die Hochzeit würde wundervoll werden. Die Frau, die er ihnen für den Blumenschmuck empfohlen hatte, war ungemein hilfsbereit gewesen – sie würde sich sogar mit Emily treffen und mit ihr zu dem Markt fahren, auf dem sie normalerweise die Blumen für die Sonntagsmesse kaufte. Damit könnten sie richtig viel Geld sparen. Den Brautstrauß und die Sträuße der Brautjungfern könnte Emily dort besorgen, und außerdem ein wenig Blumenschmuck für ihr Haar.

»Mein Haar! Ich muss vor der Hochzeit einen Friseurtermin machen!« Sie setzte sich im Bett auf und schaltete das Licht ein. Sie kritzelte *HAAR* in ihr Notizbuch, unterstrich das Wort und setzte einen Haufen Ausrufezeichen und einen Smiley dahinter.

Zum Glück war es ihr rechtzeitig eingefallen. Sie wusste

genau, wie sie es frisiert haben wollte, und es würde umwerfend sein.

Sie legte sich wieder hin und träumte von der Hochzeit. Sie konnte sie gar nicht erwarten.

Es war Dienstagvormittag, und Matthew Woodburn saß in seinem Büro am Institut für Kunstgeschichte der Fairbridge University, schaffte es aber nicht, sich auf die Arbeit zu konzentrieren. Er musste ein Empfehlungsschreiben für einen Studenten verfassen, der sich um eine Stelle bewerben wollte, ein interessantes Buch über Augustus John und seine Zeitgenossen rezensieren, und er wollte seine kurze Rede zur Ausstellungseröffnung noch einmal durchlesen. Es brachte ihn ein wenig aus der Fassung, wenn auch auf angenehme Weise, dass Jack Mortimer, der Künstler, zu dessen Werk er seit Jahren in aller Stille forschte, nun allmählich die Aufmerksamkeit bekam, die er verdiente, und der bescheidene Matthew musste sich erst an die Tatsache gewöhnen, dass er als der anerkannte Experte für Jack Mortimer seinerseits plötzlich mehr Aufmerksamkeit erhielt als je zuvor.

Der bevorstehende Samstag war sehr wichtig. Matthew war inzwischen ein erfahrener Redner, doch schon vor dem zugenommenen Interesse an seinem Spezialgebiet war es ihm nie gelungen, sein Lampenfieber in den Griff zu bekommen. Vor seinen Kollegen verbarg er seine Angst und bat normalerweise am Vorabend Sarah, ihr seine Rede vorlesen zu dürfen. Daher war es ungewöhnlich, dass er sich diesmal nicht an seine Schwester wenden würde. Vielmehr nahm er den Hörer ab und rief George an.

»Hier Fairbridge Tours«, ertönte die vertraute Stimme, und Matthew ging das Herz auf.

»Sie sehen fröhlich aus«, sagte Jenny, Georges Teilzeithilfskraft, als er auflegte.

»Ja, ja, das bin ich auch«, antwortete er.

»Ein Date?«, fragte Jenny kühn. Sie arbeitete noch nicht lange für George und dachte über solche Fragen nach. Er war wirklich nett. Mit seinen braunen Augen, dem dunklen Haar und dem reizenden Lächeln sah er toll aus. Er war nicht wie die Jungs am College. Er war ein richtiger Mann.

»Nicht direkt«, antwortete er lächelnd. »Aber …«

Es waren keine Kunden da, und Jenny war in die Küche geschlendert. Einer plötzlichen Eingebung folgend, griff George nach dem Hörer.

»Hallo? Hier ist noch mal George. Ich hatte mich gefragt … sollen wir nicht einen Happen essen, bevor wir heute Abend deine Rede durchgehen? Ich kenne ein kleines spanisches Restaurant, es liegt ganz in der Nähe des Pubs. Wir könnten ein paar Tapas essen, wenn du magst? Ja? Wunderbar. Es heißt El Toro und liegt in der Oak Street. Sehen wir uns da um sieben? Prima.« Lächelnd legte er auf.

Plötzlich veränderte sich seine Miene. »Verflixt. Ich hab Mutter vergessen.«

Schon wieder griff er nach dem Hörer.

»Mutter, hier ist George. Ich habe einen Termin um sieben – kann ich heute Abend direkt nach der Arbeit kommen und dir dein Essen etwas früher kochen? Was für ein Termin? Es ist ein Freund aus dem Chor, der Samstag an der Universität eine Rede hält und mich um Hilfe gebeten hat. Worum es geht? Um Kunstgeschichte. Warum sagst du das? Ich weiß eine ganze Menge über spanische Kunst, falls dich das interessiert. Nein, nein, es geht nicht um spanische Kunst. Es ist ein Vortrag über einen englischen Maler, und mein Freund möchte die Rede mit mir durchgehen. Warum denn nicht? Nein, das ist überhaupt nicht merkwürdig. Meine Güte, Mutter, das diskutiere ich nicht. Schon gut. Ich weiß, sechs Uhr ist früher, als du es magst. Ich werde versuchen, meinen Termin zu verlegen. Ich komme um sieben zu dir und stelle dir das Abendessen in den Ofen. Um acht Uhr muss ich wieder los. Warum? Zu dem Termin. Ja, der war um sieben, aber ich verschiebe ihn nach hinten. Ich lege dir einen schönen Film ein, bevor ich gehe. Tut mir leid, ich muss Schluss machen, es sind Kunden da.« Er legte auf und starrte das Telefon wütend an.

»Kaffee?«, fragte Jenny mitfühlend. Sie stand mit einer dampfenden Tasse vor ihm. Sie war eine sehr aufmerksame Hilfskraft.

»Für Gin dürfte es noch zu früh sein!«, sagte er dankbar. »Meine Mutter ist ein Albtraum, Jenny. Wie ist Ihre?«

»Sie ist nett, tut aber so, als wäre ich noch ein Kind«, antwortete die achtzehnjährige Jenny ungnädig und kam ihm in ihrer Bewunderung ein wenig zu nah, als sie ihm die Tasse hinstellt.

»Ich bin vierzig, und meine Mutter tut immer noch so«, erwiderte George. Belustigt registrierte er, wie Jenny bei der Erwähnung seines Alters unwillkürlich zusammenzuckte. *Ganz gut so. Diese Komplikation brauche ich wirklich nicht.*

Als das Telefon läutete, nahm Jenny ein wenig schneller ab als üblich, und bald wurden sie von hereinkommenden Kunden unterbrochen, gefolgt vom Postboten mit einer Handvoll Prospekten und Rechnungen.

»Am Mittag rufe ich Matthew noch einmal an und verschiebe die Tapas«, dachte George. »Wir können später hingehen, nach dem Pub.« Diese Aussicht munterte ihn auf.

7

Sarah Woodburn bezahlte den Parkschein und ging einkaufen. Dienstag war ihr freier Tag. Sie würde im Feinkostladen vorbeischauen, um für Matthew und sich selbst etwas zum Abendessen zu besorgen. Und wenn sie ohnehin schon einmal da war, würde sie auch Miss Taylor etwas Nahrhaftes zum Lunch mitbringen. Sich zu eng auf Patienten einzulassen, fand sie eigentlich nicht richtig und tat es normalerweise auch nicht, aber Miss Taylor hatte sie berührt: ihre vollständige Einsamkeit, die vollkommene Abwesenheit von Selbstmitleid und ihre sanfte Höflichkeit und Dankbarkeit für alles, was Sarah für sie tat.

»Vielleicht ist das so, weil sie so lieb ist wie Mum«, dachte Sarah. »Und sie ist auch in Mums Alter. Oder zumindest in dem Alter, das Mum jetzt hätte, wäre sie älter als fünfzig geworden. Vielleicht würde ich dann jetzt nach meiner eigenen Mutter schauen.«

Sie hinterfragte nicht, wieso sie automatisch sich selbst und nicht ihren Zwillingsbruder Matthew als die Fürsorgende sah. So war es einfach. Und zwar schon seit dem Unfall, der vor zwanzig Jahren, als die Zwillinge achtzehn waren, beide Eltern hinweggerafft hatte. Oder zumindest war es so gewesen, seit Matthew, gerade der Eltern beraubt, in Oxford eine traumatische Trennung durchlitten hatte und an die Fairbridge University zurückgekehrt war. Damals hatte es Sarah eingeleuchtet, ihre eigenen Pläne zurückzustellen, um ihrem empfindsamen Bruder Halt zu geben.

Ehrlich gesagt, wusste sie nicht, welchem alternativen Lebensplan sie gefolgt wäre, wäre Matthew nicht im Verlauf seines ersten Studienjahres aus Oxford zurückgekehrt. Vielleicht hätten sie das geerbte Haus verkauft und jeder sein eigenes Leben gelebt. Doch damals war es Sarah vernünftig erschienen, in ihrem Elternhaus zu wohnen, während sie in Fairbridge die Ausbildung zur Krankenschwester und Hebamme machte. Zwanzig Jahre später war sie noch immer da, nach zehn glücklichen Jahren als Hebamme und weiteren Jahren als Bezirkskrankenschwester. Der brillante, verletzte Matthew hatte sich seiner Schwester angeschlossen, seine Empfindsamkeit in sein Kunstgeschichtsstudium in Fairbridge eingebracht, mit Auszeichnung promoviert und war Professor und Experte in seinem Spezialgebiet geworden. Sie liebten einander. Ungewöhnlicher noch, sie schätzten die Gesellschaft des anderen. Als Zwillinge hatten sie schon vor ihrer Geburt das Zusammenleben gelernt. Jeder liebte seinen Beruf. Ihr Leben war in Ordnung. Alles war gut.

Für Miss Taylor kaufte Sarah ein Stück Quiche und einen Salat, hatte jedoch Schwierigkeiten, sich bei ihrem eigenen Abendessen zu entscheiden. Die Telefonzelle draußen war leer, und so schob sie sich wie so oft hinein, um ihren Bruder kurz anzurufen.

»Ich bin's. Ich steh in der Telefonzelle neben dem Feinkostladen und hab mich gefragt, ob ich zum Abendessen eine Quiche kaufen sollte, oder ob ich lieber Fish and Chips besorge? Ach … du gehst heute Abend aus? Okay.« Sie war überrascht, bemühte sich aber, nicht so zu klingen. Sie waren beide erwachsen und hatten das Recht auf ihr eigenes Leben, doch tatsächlich ging jeder von ihnen so selten zum Essen aus, dass sie erwartet hätte, darüber informiert zu sein. Veranstaltungen in seinem Institut trug Matthew normalerweise in den Kalender ein. So wie sie selbst das Weihnachtsessen der Praxis, bei der sie angestellt war.

Matthew wusste, dass Sarah verstimmt war, auch wenn sie es nicht sein wollte.

»Es ist ein Arbeitskollege«, log er und bereute es sofort.

»Wirklich? Wer denn?«

»Jemand Neues. Du kennst ihn nicht.«

»Ich wusste nicht, dass ihr einen Neuzugang hattet?« Jetzt klang Sarahs Stimme tatsächlich gereizt.

»Nein. Schau … es ist jemand aus dem Chor. Er hilft mir, meinen Vortrag durchzugehen.«

»Jemand aus dem Chor? Warum hast du dann gesagt, es sei ein Arbeitskollege?« Nun klang sie verletzt.

»Tut mir leid, Sarah. Ich wollte einfach nur keine große Sache daraus machen. Ich wollte nicht, dass du denkst, zwei und zwei gibt fünf.«

»Oh. Dann … hat diese Person also Erfahrung mit dem Halten von Reden?«, fragte Sarah.

»Ja«, antwortete Matthew. Sie wussten beide, dass er log,

aber Sarah nahm es nicht übel. Sie wollte dieses Verhör nicht fortsetzen und hakte nicht mehr nach.

»Heute Morgen hat Hugo angerufen«, wechselte Matthew das Thema.

»Oh, prima. Wie geht es Cassie und den Jungs?«, fragte Sarah. Sie hatte Hugo immer gemocht. Als einer von Matthews Freunden aus dessen kurzer Oxforder Zeit hatte er nach dem Zusammenbruch ihres Bruders den Kontakt gehalten und eine enge Beziehung bewahrt. So war aus dieser schrecklichen Zeit doch wenigstens eine gute Sache erwachsen.

»Sehr gut. Er hat mich gebeten, für eine Kultursendung der BBC, die er produziert, ein Interview über Jack Mortimer zu geben. Es wird Donnerstag aufgezeichnet und Freitag ausgestrahlt. Sehr nützlich, so kann ich die Samstag bevorstehende Ausstellungseröffnung und den Studientag ankündigen.«

»Soll ich dich Donnerstag begleiten? Es macht mir immer Spaß, mit dir zum Funkhaus zu gehen.«

»Also, nein. Ich … ich hab bereits meinen Freund vom Chor darum gebeten.«

»Der mit der Erfahrung im Halten öffentlicher Reden?«

»Ja, genau«, antwortete Matthew erleichtert.

»Na ja, das ergibt Sinn«, bemerkte Sarah, wieder ganz fröhliche Bezirkskrankenschwester, doch im Kopf zog sie ihre Schlüsse so laut, dass ihr Zwillingsbruder es praktisch hören konnte und sich ärgerte. »Na dann, bis heute Abend.«

»Ja. Vielleicht … wird es spät, bleib also nicht auf«, antwortete Matthew sanft, aber bestimmt.

Sarah ging über den Gartenweg zu Miss Taylors Haus. Wie immer bewunderte sie das Harlekinmuster des gefliesten Wegs, die Erkerfenster und die aus Ton gebrannten Blumentöpfe mit Geranien zu beiden Seiten der Haustür. Unter einem von ihnen lag ein Schlüssel, und getreu ihrer Absprache mit Miss Taylor schloss sie die Tür selbst auf. Miss Taylors Haus war etwa so groß wie das der grantigen Mrs Sanders, doch die Atmosphäre war ganz anders. An den Wänden standen Bücherregale, und wo keine Bücher waren, hingen gerahmte Ölgemälde und Aquarelle. Die Stühle waren bequem. Der kleine ummauerte Garten hinter dem Haus, auf den der Blick durch die Terrassentür des langen, offenen Wohnzimmers fiel, schmeichelte dem Auge mit Blumentöpfen, grünen Büschen und einem kleinen, blühenden Kirschbaum. Es war offensichtlich ein Garten, der von seiner betagten Besitzerin liebevoll gepflegt wurde, und er dankte es ihr mit seiner lebensvollen Farbenpracht.

Dadurch wirkte Miss Taylors Mattigkeit und Blässe nur umso beunruhigender.

Sarah war froh, dass sie das Blutdruckmessgerät dabeihatte, und maß Miss Taylors Werte.

»Sie wissen, dass Dr. Pritchard Sie gern so bald wie möglich für eine Kontrolluntersuchung im Krankenhaus sehen würde«, sagte sie nicht zum ersten Mal.

»Jetzt noch nicht, Schwester«, antwortete Miss Taylor höflich, aber fest. »Ich habe eine Verpflichtung. Ich habe etwas versprochen. Es gibt jemanden, der auf mich angewiesen ist und den ich nicht im Stich lassen darf.«

»Haben Sie Verwandte, die Ihnen bei dieser Verpflichtung

beispringen könnten?«, fragte Sarah. »Gibt es jemanden, den Sie darum bitten könnten?«

»Nein, leider nicht.«

Sie wirkte nicht verbohrt, sondern einfach nur entschlossen, und in ihrem unverrückbaren Widerstand gegen Sarah lagen weder Aggressivität noch Gemeinheit oder Selbstmitleid. Da war einfach nur die übliche tadellose Höflichkeit. Kein Wunder, dass sie Sarahs Lieblingspatientin war.

»Versuchen Sie, ihr Vertrauen zu gewinnen«, hatte Dr. Pritchard senior gesagt. »Sie muss diese Untersuchungen wirklich machen lassen. Wir müssen dahinterkommen, warum sie einen Krankenhausaufenthalt ablehnt, aber mir erzählt sie es nicht.«

Sarah kramte in ihrer Handtasche. »Ich dachte, vielleicht würden Sie ja gern mit mir zusammen zu Mittag essen, falls Sie sich noch nichts gekocht haben.«

Sie wussten beide, dass Miss Taylor sich nicht wohl genug fühlte, um zu kochen.

»Nein, habe ich nicht. Das wäre nett.«

»Ich habe ein Stück Quiche und einen Salat besorgt. Wir könnten im Garten essen, wenn Sie mögen. Ich könnte uns einen Tee kochen und ihn mit hinausbringen.«

»Danke. Sie sind sehr nett. Nur möchte ich sagen, bitte schauen Sie nicht in den Besenschrank. Dafür wäre ich sehr dankbar.«

Hmm. Was sollte das?

»Natürlich.«

Gut, dass sich Miss Taylor ein wenig in die Sonne setzte. Der Kirschbaum blühte, und in den Beeten leuchteten noch immer Tulpen und Narzissen. Doch einige Anzeichen deuteten darauf hin, dass die freundliche Gärtnerin ihre Arbeit in letzter Zeit vernachlässigte, und in den Beeten und zwischen den Terrassenfliesen spross Unkraut. Sarah fragte sich, ob sie mit dem Angebot, sich um den Garten zu kümmern, eine Grenze überschreiten würde.

Wie versprochen ließ Sarah den Besenschrank links liegen, gab das Essen auf zwei Teller und stellte alles auf ein Tablett. Draußen schenkte sie Tee ein. Sie saßen in friedlichem, geselligem Schweigen beieinander und lauschten dem Gesang der Vögel, doch Sarah registrierte besorgt, wie wenig und wie langsam Miss Taylor aß. Erneut kramte Sarah in ihrer Tasche und brachte eine Packung Kekse zum Vorschein, sowie eine Zeitung, die sie unterwegs bei Mr Abidi gekauft hatte.

»Haben Sie die Nachricht über die Nonnen schon gehört?«, fragte sie und zeigte ihr das Foto auf der ersten Seite der Zeitung.

»Ich kenne sie persönlich!«, erklärte Miss Taylor lebhafter, als Sarah es seit einer Weile bei ihr erlebt hatte. »Tatsächlich war Schwester Margaret in meiner Zeit als Lehrerin viele Jahre lang eine sehr geschätzte Kollegin.« Ihr Gesicht hellte sich bei der Erinnerung auf.

Sarah wählte ihre Worte mit Bedacht.

»Ich weiß, dass Sie das Gefühl haben, wegen einer Verpflichtung nicht ins Krankenhaus gehen zu können, mir aber nicht sagen wollen, worum es sich handelt. Aber wir wissen beide, dass die Untersuchungen wichtig sind. Wenn ich Kontakt mit Schwester Margaret aufnehmen würde, könnten Sie dann mit ihr vertraulich darüber reden?«

»Ja. Ja, das fände ich gut.«

Es war wie ein Wunder.

Nach dem Lunch half Sarah Miss Taylor ins Haus zurück, schlug das Kloster in den Gelben Seiten nach und rief Schwester Margaret an.

»Hallo, spreche ich mit Schwester Margaret? Ich heiße Sarah Woodburn und bin die Bezirkskrankenschwester. Eine meiner Patientinnen, eine Miss Antoinette Taylor, würde gern mit Ihnen sprechen.«

»Hallo, Schwester Margaret. Tut mir schrecklich leid, Sie zu stören. Hier ist Antoinette.«

Eine halbe Stunde später ging Schwester Margaret über den Gartenweg zu Miss Taylors Haus. Sarah öffnete die Tür.

»Danke, dass Sie gekommen sind«, sagte sie, spontan von Schwester Margaret eingenommen. »Wir brauchen dringend Miss Taylors Einwilligung, für ein paar Untersuchungen ins Krankenhaus zu gehen, aber etwas macht ihr zu schaffen. Ich bin riesig erleichtert, dass sie bereit ist, mit Ihnen zu reden.«

Im selben Moment, in dem Miss Taylor Schwester Margaret ins Wohnzimmer treten sah, entspannte sie sichtlich die Schultern und sah aus, als fiele ihr ein Stein vom Herzen.

»Sie vertraut dieser Frau vollkommen«, dachte Sarah, und ihre spontane Sympathie für Schwester Margaret wurde noch stärker.

»Hallo, Antoinette!«, sagte Margaret, die sofort sah, wie

kränklich ihre ehemalige Kollegin wirkte. »Ich bin so schnell wie möglich gekommen. Wie kann ich Ihnen helfen?«

»Könnten Sie zum Besenschrank in der Küche gehen?«, bat Miss Taylor. »Sie beide. Und hineinschauen?«

Margaret und Sarah wechselten einen erstaunten Blick, gingen in die Küche, öffneten die nur angelehnte Tür und sahen in den Schrank.

Auf einem Handtuch am Boden lag eine sehr hübsche und sehr trächtige Katze und blickte zu ihnen auf.

Margaret schloss vorsichtig die Tür, ließ aber auch jetzt wieder einen kleinen Spalt.

»Ich wusste gar nicht, dass Sie eine Katze haben, Miss Taylor!«, sagte Sarah.

»Sie gehört mir nicht im eigentlichen Sinne. Sie ist eine Freundin. Eine liebe Freundin. Im Verlauf der letzten Monate hat sie mich regelmäßig besucht. Ich ließ sie kommen und gehen und habe sie anfangs nicht gefüttert, weil es ja jemanden geben mochte, der sie vermisste und sich ihretwegen Sorgen machte. Aber in letzter Zeit sah sie so schwach und mager aus, dass ich das Gefühl hatte, jemand sollte sich um sie kümmern. Also habe ich sie zum Tierarzt gebracht und ihn gebeten, sie zu untersuchen.«

Sarah und Margaret wechselten einen Blick. Miss Taylor schien sich der Ironie der Situation gar nicht bewusst zu sein.

»Er hat bestätigt, dass sie trächtig ist, sie ist von sich aus in den Besenschrank eingezogen, und das ist jetzt die Lage. Sie sehen also, ich kann unmöglich ins Krankenhaus gehen, bis sie ihre Jungen geworfen hat, die Arme.«

»Aber Antoinette, das Tierheim hat Platz für Katzen …«, begann Schwester Margaret.

»*Nein!*«, erklärte Miss Taylor sehr laut. Margaret trat einen Schritt zurück, Sarah einen vor, aber Miss Taylor winkte sie weg. »Tut mir leid, dass ich so geschrien habe, aber das kann ich einfach nicht. Ich muss Ihnen hier und jetzt sagen, dass ich sie in ihrer Stunde der Not nicht allein lasse. Ich kann sie nicht im Stich lassen. Ich habe ihr versprochen, ein gutes Zuhause für ihre Kleinen zu suchen – ihre Kätzchen –, und das werde ich auch. Ich weiß nur nicht wie. Bitte, bitte, können Sie mir helfen?« Sie hielt inne, nach ihrem so untypischen Ausbruch ermattet, und sah die beiden besorgten Frauen an.

»Vielleicht hätte der Bischof ja gern ein Kätzchen?«, bemerkte Schwester Bridget beim Abendessen. »Und Father Hugh könnte ebenfalls eines kriegen – dann hätte er Gesellschaft, falls er keinen Kaplan bekommt.«

Margaret sah plötzlich eine Katze mit Hundehalsband und einen sehr enttäuschten Father Hugh vor sich.

»Bridget, bitte, lassen wir das Thema heute Abend ruhen«, sagte Margaret. »Wir haben hier nicht die Verantwortung. Die Kätzchen sind noch nicht einmal geboren, und wir wissen noch gar nicht, wie viele es sein werden. Sarah, die Krankenschwester, kümmert sich um alles. Sie sagte, sie wird täglich bei Antoinette und den Kätzchen vorbeischauen, und ich werde mit ihr telefonieren, Miss Taylor ebenfalls besuchen und Sarah auf dem Laufenden halten. Aber wir sind keine Katzenvermittlungsstelle.«

»Ja, ihr macht eure Sache gut. Aber Miss Taylor wird

trotzdem Hilfe brauchen, um die Kätzchen unterzubringen, wenn sie einmal da sind. Ich hatte mir überlegt, ob nicht auch wir eines nehmen könnten?«, fuhr Bridget fort, ohne Margarets Stimmung zu beachten. »Ein altes Haus wie das unsere zieht Mäuse an … Es wäre schön, hier eine kleine Katze zu haben. Wenn sie weiß wäre, könnten wir sie Pangur Bán nennen, wie in dem Gedicht, das wir in der Schule gelernt haben. Das mochte ich sehr. Die kleine weiße Katze, wie sie Mäuse jagt, und der Mönch, wie er sich in seine Studien vertieft. Ja, ein kleines weißes Kätzchen wäre toll. Eine Katze hätte ich wirklich gern.«

»Wie oft habe ich dir schon gesagt, dass ich nicht weiß, ob wir hier bleiben, Bridget …«, begann Margaret aufgebracht, doch Schwester Cecilia räumte bereits den Tisch ab und trug die Teller zur Spüle, während Bridget den Teekessel füllte und sie beim Rauschen des Wassers nicht verstehen konnte. Margaret sprach also zu sich selbst. Und so ließ sie das Thema vorläufig fallen.

»Wünsch mir viel Glück, Sebastian«, sagte George, der gerade ins dritte Hemd dieses Abends schlüpfte. Der Kater lag auf dem Bett und beobachtete ihn dabei. George betrachtete sich im Spiegel. »Ich entscheide mich für lässig, aber unwiderstehlich attraktiv. Was meinst du?«

Sebastian gähnte. »Das ist nicht hilfreich«, sagte George, knöpfte dieses Hemd ebenfalls wieder auf und warf es aufs Bett. Ein wenig zu dicht neben dem Kater, der sich empört erhob und vom Bett springen wollte.

»Nein, geh nicht, ich brauche deinen Rat«, erklärte George, nahm ihn hoch und streichelte ihn. »Ich mag diesen Mann, Sebastian, aber ich weiß nicht, ob er mich mag. Außerdem lebt er mit einer Frau namens Sarah zusammen, und ich weiß nicht, was sie für eine Beziehung haben. Irgendwie muss ich ihn danach fragen. Schließlich könnte er auch einfach nur ein netter Heterosexueller sein, auf der Suche nach einem guten Freund.«

Sebastian schnurrte.

»Ja, richtig. Freundschaft ist gut. Ich mag diesen Mann wirklich sehr. Ich könnte mich freuen, wenn ich sein Freund sein dürfte. Aber ich glaube … ich glaube, dass ich mehr möchte. Nur weiß ich nicht, ob er der Richtige ist und dasselbe empfindet.«

Beim Gehen nahm George ein gerahmtes Bild von einem Schränkchen und küsste es.

»Du hast mir gesagt, ich soll mich noch einmal verlieben. Gute Nacht, mein Liebster. Ich hoffe, da oben bei deinen Heiligen und Engeln bist du glücklich. Sprich ein kleines Gebet für mich. Ich fände es wunderbar, wenn dieser Mann der Eine für mich würde.«

»Warum hast du dich für dein Treffen derart in Schale geworfen?«, fragte Georges Mutter säuerlich, als er ihr zum Abendessen Pasta Carbonara servierte. Als er eintraf, hatte sie plötzlich beschlossen, dass sie nicht nur um sieben Uhr essen wollte, sondern auch einen schön gedeckten Tisch mit Tischtuch und Kerzen benötigte. Obgleich sie das Datum, soweit George wusste, nie weiter erwähnt hatte, war es anscheinend der Jahrestag, an dem Georges Vater zum ersten Mal mit ihr ausgegangen war, und sie empfand große Trauer. George hatte also nach dem Kochen auch noch mit schöner weißer Tischwäsche gedeckt, und all das kostete ihn Zeit.

»Dein Aftershave ist ein bisschen aufdringlich.«

George begann, bis zehn zu zählen, verlor aber bei fünf die Beherrschung.

»Das ist ganz schön unhöflich, Mutter, und außerdem stimmt es nicht. Es ist ein sehr teures und zurückhaltendes Rasierwasser.«

»Und warum benutzt du es dann für dein Treffen? Warum sparst du es nicht?«

»Warum? Warum soll man nicht ein einziges Mal ein bisschen verschwenderisch sein und das Leben genießen?«

Seine Mutter zuckte mit den Schultern. »Mein Leben ist ohnehin vorbei.«

»Sag das nicht!«

»Na ja, worauf soll ich mich schon freuen?«, beklagte sie sich. »Dein Vater ist tot, du hast keine Zeit für mich, und ich habe keine Enkel.«

Darauf lasse ich mich nicht ein, versprach George sich mehrmals stumm. *Ich lasse mir von ihr nicht den Abend verderben.*

»Trink ein bisschen Wein, Mutter«, sagte er. »Danach lege ich einen Videofilm für dich ein.«

»Ich hatte meinen Nachtisch noch nicht, und du weißt, dass ich nicht gern allein Filme schaue.«

»Na schön, dann schau ich ihn morgen mit dir zusammen, aber jetzt muss ich wirklich los.«

»Dann lege den Film eben ein«, erklärte seine Mutter leidend. »Heute Abend kann ich meinen Nachtisch wohl ausnahmsweise vor dem Fernseher essen. Was gibt es denn?«

»Eiscreme, Mutter«, antwortete George.

»Ich dachte, du hättest vielleicht etwas Besonderes zubereitet. Bei unserem ersten Date haben dein Vater und ich etwas besonders Leckeres gegessen.«

»Mit Sicherheit, Mutter, aber ich habe den ganzen Tag gearbeitet und kann dir versichern, dass das hier ausgesprochen teure Eiscreme aus dem Feinkostgeschäft in der Stadt ist.«

Seine Mutter verzog den Mund, was er hasste, ließ aber zu, dass er sie in ihren Sessel setzte und ihr die Eiscreme auf einem Tablett brachte. Er legte den Film ins Videogerät.

»Was schaue ich gleich?«, fragte sie.

»Doris Day als *Calamity Jane.* Du weißt ja, das magst du gern.«

»Eigentlich habe ich keine Lust auf ein Musical«, erwiderte sie.

»Was willst du denn dann, Mutter – einen Horrorfilm?«, murmelte George.

»Entschuldigung?«

»Ach, nichts. Schau mal, ich muss jetzt los. Dieser Freund von mir muss einen sehr wichtigen Vortrag halten, und ich habe ihm versprochen, zu helfen.«

»Kommst du heute Abend noch einmal her?«

»Ich glaube nicht. Vielleicht gehen wir im Anschluss Essen.«

»In welches Restaurant denn? Es ist schon ewig her, seit ich in einem Restaurant war.«

»Ich führ dich demnächst einmal aus. Wir gehen zum Spanier.«

»Oh nein. Die spanische Küche mag ich nicht, und es ist mir unbegreiflich, wieso du sie schätzt«, erklärte seine Mutter mit Nachdruck.

»Dann ist es ja gut, dass ich heute Abend dort essen gehe und nicht du. Also, alles bestens. Ich komme morgen wieder.« George verabschiedete sich mit einem Kuss. »Viel Spaß mit dem Film!« Er schaltete das Gerät ein, reichte seiner Mutter die Fernbedienung und ging schnell, bevor er noch etwas sagte, was er bereuen würde.

8

Es war Mittwoch. Linda ging die Klosterzufahrt hinauf und registrierte mit ihrem professionellen Blick das Unkraut und die allgemeine Vernachlässigung. Sie wusste, dass ihr Vater den Garten hinter dem Haus pflegte, aber wenn die Schwestern das Kloster wirklich verkaufen wollten, mussten sie sich um die Frontseite kümmern. Der erste Eindruck zählte. Allerdings war ihr nicht klar, wer die potenziellen Käufer sein würden. Das Haus hatte zwar genau die richtige Größe für einen wohlhabenden viktorianischen Geschäftsmann mit einer großen Familie und Dienstboten gehabt, war aber für eine heutige Familie viel zu weitläufig. Man könnte es jedoch in ein attraktives Hotel oder ein Studentenwohnheim umwandeln. Die Fensterrahmen müssten zwar gestrichen werden, wirkten ansonsten aber noch gut in Schuss. Die schwere Haustür stammte aus der Erbauungszeit. Sie betätigte die Klingel neben der Tür. Beinahe unmittelbar darauf wurde ihr aufgemacht.

»Linda!«, sagte Schwester Margaret lächelnd. »Willkommen. Hätten Sie gern einen Tee?«

»Nein, danke, Schwester«, antwortete Linda. »Vielleicht

nachher, im Anschluss an die Besichtigung, falls dann noch Zeit ist. Ich habe später noch einen Termin. Ich habe einen Zollstock dabei und könnte auch ein paar Fotos schießen, wenn es Ihnen recht ist. So können wir uns eine Vorstellung davon machen, was genau wir zum Verkauf anbieten und woran wir vielleicht noch arbeiten müssen, um den bestmöglichen Preis zu erzielen.«

Sie wirkte extrem professionell. Margaret hatte sofort das Gefühl, hier eine Person vor sich zu haben, die genau wusste, was sie tat. Am Ende der Besichtigung würde sie eine Ahnung haben, wie viel das Kloster wert war – zumindest in Pfund Sterling. Das Problem war nur, trotz allem, was sie Bridget und Cecilia gesagt hatte, war Margaret sich plötzlich nicht mehr sicher, ob sie selbst bereit war.

Linda und Margaret besichtigten das Kloster einschließlich der Küche und des Gartens.

»Schauen Sie doch noch einmal hier herein, wenn Sie im Kloster durch sind, damit wir uns verabschieden können«, sagte Bridget, als die beiden die Küche verließen. Sie war mit dem Abwasch beschäftigt, und aus dem kürzlich reparierten Ofen duftete ein Kuchen herrlich. Sie wirkte jedoch nicht zu einem Schwätzchen aufgelegt, was untypisch für sie war. Thomas, der gerade das alte Gemüsebeet zurechtmachte, winkte seiner Tochter aus der Ferne zu, kam aber nicht zu ihnen.

»Das Haus hat ein riesiges Grundstück«, sagte Linda. »Das war mir gar nicht so bewusst. Ich mag den Obstgarten. Als noch viele Schwestern im Kloster waren, muss es hier richtig schön gewesen sein. Als Schülerin hatten wir natürlich keine Gelegenheit, hinter die Mauern zu schauen, aber wir haben uns immer gefragt, wie es wohl dort aussehen mag.«

»Es war wundervoll«, stimmte Margaret ihr zu. Vor ihrem inneren Auge sah sie ihre Mitschwestern im Garten arbeiten. Plötzlich fiel ihr ein, wie Schwester Martha auf dem Aufsitzrasenmäher übers Gras gebrettert war, und sie dachte an einen sehr heißen Tag im Jahr 1976 zurück, als Schwester Frances, die gerade den Salat wässerte, in einem übermütigen Moment eine vorbeigehende Gruppe von Novizinnen mit Wasser bespritzt hatte. Sie hatten furchtbar gelacht.

»Dort drüben haben wir Fußball gespielt – und Frisbee«, erzählte Margaret und zeigte auf eine wild wuchernde Wiese.

»Wirklich?«, fragte Linda lachend, jetzt nicht mehr ganz so nüchtern professionell. »Ich wette, Schwester Helen hat Fußball gespielt. Sie war eine klasse Coachin für die Mädchenmannschaft.«

»Ja – sie war die beste Torjägerin.«

»Gegen wen haben Sie gespielt?«

»Na ja, als wir noch genug Schwestern waren, haben fünf auf jeder Seite gespielt. Es ging einfach nur um den Spaß und die Bewegung, aber einmal hat uns eine Mannschaft von Loretoschwestern besucht, da hatten wir einen richtigen Wettkampf.«

»Wie haben Sie abgeschnitten?«

»Wir haben natürlich gewonnen. Schwester Helen hat fünf Tore geschossen. Ich war Torwartin und habe zwei Bälle durchgelassen, aber tatsächlich hatte die gegnerische Mannschaft keine Chance.«

Beide lächelten und seufzten dann.

»Sie fehlt mir sehr«, sagte Linda plötzlich, verärgert darüber, dass ihre Stimme zitterte.

In Margarets Augen traten Tränen.

»Wir vermissen sie alle«, sagte sie.

In nachdenklichem Schweigen kehrten sie ins Büro zurück. »Ich schicke Ihnen den Schätzwert im Verlauf der Woche«, sagte Linda.

»Könnten Sie mir vielleicht jetzt schon eine grobe Vorstellung geben?«, fragte Margaret. »Ich denke derzeit darüber nach, wie es mit uns weitergehen soll, und das würde mir helfen, mir unsere Alternativen zu überlegen.«

Linda holte einen Spiralnotizblock und einen Taschenrechner hervor, rechnete ein wenig und machte ein paar Notizen.

»Nun, natürlich führe ich die Berechnungen viel detaillierter durch, wenn ich wieder bei mir im Büro bin, und jedes Angebot wird vorbehaltlich eines Gutachtens erfolgen – bei dem man Schäden feststellen könnte, die den Preis drücken –, aber selbst unter Berücksichtigung der Tatsache, dass die Elektrik erneuert und das Haus renoviert werden muss, sollten Sie dennoch für Haus und Grundstück einen guten Preis erzielen können. Bei konservativer Schätzung denke ich, dass wir es für diese Summe hier anbieten sollten.«

Linda schrieb eine Zahl in ihren Notizblock, riss die Seite heraus und gab sie Margaret. Die ließ den Zettel um ein Haar fallen, als sie den Betrag sah.

»So viel?«

»Ja. Es ist ein sehr schönes Haus, und da es so nah bei der

Universität und dem Stadtzentrum liegt, könnte es vielleicht ein Hotel oder ein Studentenwohnheim werden. Doch selbst wenn jemand es abreißen und nur das Grundstück weiterverkaufen würde, wäre es immer noch ein Schnäppchen.«

»Wissen Sie zufällig, wie viel neue Elektrik kosten würde?«

»Ehrlich gesagt, weiß ich nicht, ob Sie das noch selbst anpacken sollten, falls Sie tatsächlich bald verkaufen. Vielleicht sollte ich meine nächsten Worte besser herunterschlucken, da ich natürlich diejenige sein möchte, die das Haus auf den Markt bringt, aber falls Sie wirklich verkaufen, werde ich es bedauern. Ich kann mir Fairbridge nicht ohne das Kloster vorstellen, auch wenn ich verstehe, dass die Dinge sich geändert haben.«

»Das kann man wohl sagen. Zu sehr. Nun, ich weiß, dass Sie noch einen Termin haben. Aber kommen Sie doch noch schnell mit herein und verabschieden Sie sich von Schwester Bridget«, sagte Margaret. »Selbst wenn Sie keine Zeit für einen Tee haben, wird sie es mir nicht verzeihen, wenn Sie ohne Abschied gehen.«

»Selbstverständlich«, antwortete Linda. »Es hat mich sehr gefreut, Sie wiederzusehen, Schwester, auch wenn es ein trauriger Anlass ist.«

»Für mich war es ebenfalls eine Freude, Linda.«

Sie gingen zur Küche, und Margaret öffnete die Tür. Sie fühlte, wie Linda an ihrer Seite zurückzuckte. Die Küche war voller Menschen, und mitten auf dem Tisch standen eine Teekanne und eine prachtvolle Kaffee-Walnusstorte. Thomas, Schwester Bridget, Sophie und der kleine James waren darum versammelt, und Margaret sah, dass zwei weitere Plätze gedeckt waren.

»Bamma!«, rief der Kleine entzückt und versuchte zappelnd, sich vom Schoß seiner Mutter zu befreien.

»Setzen Sie sich doch zum Tee zu uns«, sagte Schwester Bridget und deutete auf die freien Plätze.

»Nein – tut mir leid. Das geht nicht. Ich habe einen Termin«, wehrte Linda ab. »Ich muss los. Wiedersehen, James, Liebling.« Damit machte sie kehrt.

Margaret schloss die Tür, hörte trotzdem noch, wie James nach seiner »Bamma« schluchzte.

Die Oberin holte die weinende Linda ein.

»Linda, was ist denn los?«

»Es tut mir schrecklich leid. Ich hatte keine Ahnung, dass sie da sein würden. Es ist nicht ihre Schuld, aber … sie überfordern mich zurzeit, verstehen Sie? Familie. Es ist schwer zu erklären. Ich liebe sie, aber …«

»Nein, entschuldigen Sie sich nicht. Ich verstehe das sehr gut. Manchmal brauchen wir einfach ein bisschen Freiraum. Selbst von Menschen, die wir lieben.«

»Ja«, antwortete Linda dankbar. »Tut mir leid. Ich weiß wirklich nicht, was in mich gefahren ist. Ich bin gleich darüber hinweg.« Sie schnäuzte sich.

»Wenn ich irgendetwas tun kann …?«, fragte Margaret.

»Leider nein. Danke, Schwester. Ich muss jetzt los. Ich schicke Ihnen noch ein offizielles Schreiben mit meinem Schätzwert. Auf Wiedersehen.« Margaret sah Linda nach, wie sie so schnell wie möglich ohne tatsächlich zu rennen, die Zufahrt des Klosters hinuntereilte.

Margaret ging nicht direkt in die Küche. Ganz kurz riet ihr eine innere Stimme, sich in die Kapelle zu setzen, doch sie hörte nicht auf diese und kehrte in ihr Büro zurück, um aufzuräumen. Um sich zu beruhigen, zerriss sie alte Unterlagen und Umschläge und steckte sie in den Papierkorb. Warum genau Lindas Tränen sie so aus der Fassung gebracht hatten, warum sie jetzt so wütend und traurig war, wusste sie nicht. Sie ließ die Bürotür offen stehen, und sobald sie hörte, wie die Gäste sich verabschiedeten und die Haustür sich hinter ihnen schloss, ging sie in die Küche hinunter, wo Bridget gerade den Tisch abräumte.

»Bridget – Linda war ganz außer sich, als sie gegangen ist. Worum ging es bei dem Ganzen?«

»Das weiß ich nicht wirklich. Thomas hat sich solche Sorgen gemacht, weil Linda deprimiert ist und sich von der Familie zurückzieht – sie geht allen aus dem Weg, sogar dem kleinen James. Ich dachte, es könnte sie aufmuntern, wenn sie alle auf einmal trifft. Eine kleine Überraschung.«

»Aber es ist doch klar, dass das nicht funktioniert, wenn du ihr nicht vorher Bescheid gibst«, sagte Margaret, im Angesicht von Bridgets offensichtlicher Enttäuschung bemüht, ihre Verärgerung im Zaum zu halten. »Das hier ist keine Fernsehsendung über herzerwärmende Wiedervereinigungen von Familienmitgliedern.«

»Das verstehe ich jetzt. Ich hatte nur nicht erwartet, dass es so schlecht laufen würde. Ich … dachte einfach, dass ein Stückchen Kuchen jedem guttun würde, und alle sagten, dass sie zu hart arbeitet. Daher habe ich gebacken …«

»Du hättest sie nicht so überfallen dürfen, nur weil sie

geschäftlich hier war. Sie hat ein Recht auf ihr Privatleben, auf Freiraum. Es geht um Thomas' Familie, nicht um deine, Bridget. Du bist nicht Rose.«

Sobald die Worte heraus waren, und dazu in so wütendem Tonfall, tat es Margaret leid. Sie sah, dass Bridget einen Schritt zurücktrat und erbleichte, die Augen vor gekränkter Bestürzung geweitet.

»Nein, natürlich bin ich nicht Rose«, erklärte Bridget leise. »Und ich habe mich auch nie für einen Ersatz für sie gehalten. Genauso wenig wie Thomas.«

»Bridget … es tut mir furchtbar leid …«, begann Margaret.

»Ich kann jetzt nicht darüber reden. Ich muss Father Hughs Lunch vorbereiten.« Damit verließ Bridget die Küche.

9

Bridget kam etwas später als üblich von Father Hugh zurück, und so hatten Schwester Cecilia und Schwester Margaret das Mittagsgebet ohne sie gesprochen. Sie fanden Bridget in der Küche vor, den Tisch bereits gedeckt, und als die Köchin Zwiebelsuppe für die Schwestern auftrug, beeilte Margaret sich, sich zu entschuldigen.

»Schwester, das von vorhin tut mir furchtbar leid. Ich weiß, dass du nur versucht hast, Thomas und seiner Familie zu helfen, und Thomas war für uns alle ein guter Freund. Im Garten wirkt er Wunder. Es tut mir furchtbar leid«, sagte sie, als Bridget ihr die Suppe reichte.

»Nun, deine Bemerkung hat mich getroffen. Du hast mich sehr verletzt, Margaret, aber mir … mir tut es ebenfalls leid«, antwortete Bridget. »Das heute hätte ich wirklich nicht tun sollen. Ich hatte ein gutes Gespräch mit Father Hugh und war beichten, und nun begreife ich, dass ich mich falsch verhalten habe. Ich weiß, dass ich mich zurückhalten sollte, dass ich mich nicht einmischen sollte und dass sich nicht alles mit einer Torte heilen lässt.« Sie lachte bedauernd. »Und ich weiß außerdem, dass du erschöpft bist.« Als sie das sagte, wirkte sie aufrichtig versöhnt und lächelte, auch wenn sie nicht ganz dieselbe sonnige Schwester Bridget war wie sonst.

Doch Margaret ließ es gern dabei bewenden. Sie würde selbst auch zur Beichte gehen. Es wäre eine Erleichterung, all diesen schrecklichen Zorn und die Verzweiflung zu gestehen, die beim kleinsten Anlass aus ihr herausplatzten. Sie hatte es satt, so zu sein.

»Ich hab mir ein Buch über Jack Mortimer aus der Bibliothek geliehen«, erzählte Cecilia, der Margarets gerötete Augen und die ungewöhnlichen Spannungen bei Tisch gar nicht auffielen. »Der Verfasser ist der Professor, der am Samstag den Vortrag hält, daher erschien es mir erforderlich, etwas von ihm zu lesen, aber ich muss sagen, dass das Buch mir überhaupt nicht gefällt. Ich finde es erstaunlich, dass dieser Maler einen solchen Heiligen zum Bruder haben konnte. In seiner Jugend hat er ein zügelloses Leben geführt, und dass er seiner Familie so viel Kummer bereitet hat, indem er einfach den Kontakt abbrach, ist furchtbar.«

»Nun, Familien sind kompliziert«, erwiderte Margaret.

Wie Gemeinschaften, dachte sei bei sich und wechselte das Thema.

»Sag, Schwester Cecilia, hat dir *Antiques Roadshow* gefallen?«, fragte sie.

»Habe ich dir das gar nicht erzählt?«, fragte Bridget. »Unsere Schwester konnte die Folge leider nicht schauen. Das Videogerät ist anscheinend kaputt. Ich weiß nicht, ob es beim Aufzeichnen versagt hat oder beim Abspielen. Aber ich habe versuchsweise ein anderes Video eingelegt – das aus Lourdes – und das lief genauso wenig.«

»Da lässt sich nichts machen«, sagte Cecilia tapfer.

»Ich weiß nicht«, sagte Margaret, die unbedingt wollte, dass endlich einmal etwas klappte. »Vielleicht könnten wir es ja noch einmal versuchen.«

»Ich könnte Thomas bitten …«

»Nein … Lasst es uns erst mal selbst probieren«, unterbrach Margaret sie. »Los, kommt, Schwestern.«

»Ich sehe tagsüber normalerweise nicht fern«, erklärte Cecilia, die ihr folgte und damit einen rührenden Glauben in Margarets Fähigkeit bewies, das Problem zu lösen. Ein Glaube, den diese zwar zu schätzen wusste, aber, offen gestanden, nicht vollständig teilte.

Sie versammelten sich im Wohnzimmer und legten wieder das ursprüngliche Video ein. Wieder nichts als weißes Rauschen.

»Siehst du – das Ding ist kaputt«, sagte Bridget.

»Schauen wir mal«, erwiderte Margaret und schlug plötzlich kräftig auf das Gerät. Unvermittelt tauchte das Bild auf, und sie hörten Hugh Scullys Stimme. Allerdings stand Hugh diesmal kopf, und er klang, als redete er unter Wasser.

»Na ja, das ist … eine Verbesserung«, sagte Bridget erfreut. »Das Aufnehmen hat immerhin geklappt.«

Margaret war hochkonzentriert. »Ich versuche es noch einmal. Sprecht ein Gebet, Schwestern«, sagte sie und schlug aufs Gerät.

Mit einem Mal war das Bild richtig.

»Willkommen zur heutigen Ausgabe von *Antiques Roadshow*«, sagte Hugh Scully.

»Dank sei Gott!«, rief Bridget entzückt.

»Vielen Dank, Schwester Margaret.«

»Lasst uns eine Tasse Tee trinken und die Folge jetzt gleich schauen«, schlug Margaret kühn vor.

Unterdessen stieg George singend die Treppe vom Reisebüro in seine Wohnung hinauf, um in der Mittagspause nach Sebastian zu schauen, der im Sessel schlief.

»Once I had a secret love, which lived within the heart of me!«, sang er und tanzte ein wenig mit dem Besen. Der Kater blickte auf. George streichelte ihn, und Sebastian schnurrte.

»Der gestrige Abend war wunderschön. Hatte ich dir das schon erzählt? Ja, ich weiß, habe ich, aber tut mir leid, Sebastian, ich muss es dir noch einmal schildern. Das ist schließlich keine Geschichte für Jenny im Reisebüro. Und für Mutter erst recht nicht! Also musst du jetzt mein Vertrauenskater sein. Matthew ist so intelligent. Sein Vortrag über Jack Mortimer wird faszinierend. Ich hätte ihm den ganzen Abend lang zuhören können. *I could have danced all night, I could have danced all night, and still have begged for more«*, sang er jetzt eine Melodie aus einem anderen Musical. »Nicht dass wir getanzt hätten, Sebastian, aber wir sind in die Tapas-Bar gegangen, und Matthew ist absolut hinreißend. Und so nett, so freundlich. Ich möchte ihn einfach küssen, ich möchte – Schluss, George! Was soll ich nur machen? Vielleicht ist er verheiratet. Ich weiß nicht, warum ich es ihn nicht einfach gefragt habe. Ich wollte beiläufig fragen: ›Na, wer ist eigentlich Sarah?‹ Oder ganz direkt: ›Bist du verheiratet?‹, aber ich habe mich nicht getraut. Ich muss es wissen, aber wenn die Antwort nicht wie gewünscht lautet, ertrage ich es einfach nicht. Du weißt ja, mit verheirateten Männern fang ich nichts an. Ach, reiß dich zusammen, George. Himmel, du widerst mich an«, sagte er gereizt, stellte den Besen an seinen Platz zurück und verließ die Wohnung. Sebastian, der nur geschnurrt hatte, rollte sich wieder zusammen.

George ging nach unten ins Reisebüro und verbrachte die nächste Stunde in verdrossenem Schweigen, ein scharfer Gegensatz zum Vormittag, an dem er mal Songs aus Musicals geträllert hatte, mal außergewöhnlich charmant zu Jenny und seinen Kunden gewesen war. Seine Hilfskraft hatte ihn noch nie so unausgeglichen erlebt, und es war ein bisschen anstrengend. Seine düstere Stimmung legte sich erst später am Nachmittag, als jemand anrief, den George mit »Matthew« anredete.

»Ich gehe morgen zu einem Radiointerview der BBC, Jenny«, sagte er lächelnd, als er auflegte. »Ich setze mich in eine Kabine und höre zu, wie ein Freund von mir interviewt wird. Er ist einfach nur das. Einfach nur ein guter Freund, wissen Sie.«

»Das ist schön«, sagte Jenny.

»Es *ist* schön, nicht wahr? Sehr schön sogar«, antwortete George strahlend. »Daran ist alles in Ordnung. Waren Sie jemals mit einem Freund bei einem Radiointerview, Jenny?«

»Nein«, antwortete sie.

»Aber es wäre okay, wenn sie gingen.«

»Vermutlich schon«, antwortete Jenny verwundert.

George verließ das Reisebüro und kehrte mit zwei Stücken Sahnetorte zurück.

»Hier, meine reizende Jenny«, sagte er. Er kochte Kaffee, brachte ihren ins Büro und bestand darauf, dass sie miteinander anstießen, als wären die Tassen mit Champagner gefüllt.

»Ist heute ein besonderer Anlass?«, fragte seine Aushilfe.

»Nein, nicht wirklich«, antwortete George. »Ich bin einfach nur glücklich …, ich war so lange unglücklich, und jetzt fühle ich mich wie beschwipst, wissen Sie. Nein, so was können Sie nicht wissen.«

»Oh doch«, antwortete Jenny empört. »Ich war schon mal beschwipst.«

»Ja, natürlich. Tut mir leid, Sie müssen diesen alten Mann für sehr merkwürdig halten.«

»Sie sind nicht alt«, erwiderte Jenny anbetend.

»Danke, Jenny«, sagte George mit einem so strahlenden Lächeln, dass Jennys Herz einen kleinen Hüpfer tat, und sie ganz vergaß, wie alt er tatsächlich war. Doch dann verlor er sich zu ihrer Enttäuschung rasch in seinen eigenen Gedanken, summte lächelnd vor sich hin und beachtete sie überhaupt nicht mehr.

Im Kloster ging die *Antiques Roadshow* unterdessen dem Ende entgegen. Einige Militärorden, ein Aquarell aus den ersten Jahren des letzten Jahrhunderts, eine Zuckerzange aus dem achtzehnten Jahrhundert, ein viktorianisches Waschbecken und die Kopie eines Fabergé-Eis waren den Experten gezeigt und von ihnen beurteilt worden. Nun waren die jeweiligen Besitzer mal stolz, mal erfreut, fasziniert, überrascht oder ungläubig angesichts des von den Experten verlautbarten Schätzwerts.

Margaret fühlte beinahe körperlich, wie Cecilia in ihrem Lehnsessel ihre ganze Willenskraft darauf richtete, dass das letzte Objekt für sie Bedeutung haben sollte. So war sie nicht überrascht, als sie hörte, wie das letzte Stück angekündigt wurde und auf dem Bildschirm erschien.

»Also, jetzt wird es lustig«, sagte der Experte.

»Ich wusste es!«, rief Cecilia äußerst befriedigt aus.

»Das ist ja dein Schreibtisch, Margaret!«, sagte Bridget aufgeregt.

»Pekuniär ist er natürlich wenig wert«, fuhr der Experte fort. »Diese Art von schwerem, klobigem Holzschreibtisch ist zurzeit einfach nicht beliebt.«

»Aber leider wertlos. Wie schade«, meinte Margaret.

»Es gibt da allerdings eine Eigenheit, auf die ich Sie gern aufmerksam machen würde«, fuhr der Experte fort. »Wenn Sie hier drücken, unter der Schublade« – die Kamera zoomte heran –, »hören Sie ein leises Klicken, und dann …« Er spähte in die Schublade, den Kopf zur Seite geneigt, und der Goldrahmen seiner eines Gelehrten würdigen Halbbrille blitzte im Licht auf. Dann griff er hinein. Während die Kamera eine Nahaufnahme einer kleinen Münze in seiner Hand machte, bemerkte er leutselig: »Ah, wie schade, in diesem Geheimfach lag nur eine alte Viertelpennymünze. Ihr Großvater hatte anscheinend keine beschämenden Geheimnisse.« Die weißhaarige ältere Dame, Besitzerin des Schreibtischs, machte ein verlegenes Gesicht. Der Moderator Hugh Scully verabschiedete sich und kündigte die nächste Sendung in einer Woche an, während die Experten und die Leute im Publikum zum Abschied in die Kamera lächelten. Der enttäuschende Schreibtisch blieb im Bild, und seine Besitzerin lächelte den Experten nervös an, noch immer die kleine Münze in der Hand. Dann kamen Musik und der Abspann.

War das wirklich nötig, Herr? Margaret schickte stumm ein entsetztes Gebet zum Himmel. *Ein Geheimfach? Hättest du die Dinge nicht einfach so lassen können, wie sie waren? Und was geschieht als Nächstes?*

Cecilia beugte sich vor und schaltete den Fernseher aus.

»Ja, in Ordnung«, sagte Margaret, bevor eine der anderen sich äußerte. »Aber es ist bestimmt nichts darin. Ich bin mir sicher.«

Angestrengt durch ihre Brille spähend, trat Cecilia zu Margarets Schreibtisch und drückte auf dieselbe Stelle, auf die der Experte im Fernsehen gedrückt hatte. Den Kopf mit dem schwarzen Schleier seitlich geneigt, schob sie die lange, schmale Hand ganz nach hinten in die Schublade und holte … einen Umschlag hervor.

»Ein Brief! Wie aufregend!«, sagte Bridget und klatschte entzückt in die Hände.

»Bitte mach, dass es eine alte Rechnung ist«, betete Margaret stumm.

Zwei kleine, leuchtend rote Flecken traten auf Cecilias elfenbeinbleiche Wangen, als sie mit gesenktem Kopf auf das schaute, was der Schreibtisch freigegeben hatte. Mit ungewöhnlich hell glänzenden Augen reichte sie Margaret den Umschlag in einer fast liturgischen Geste.

»Als Oberin solltest du ihn aufmachen«, sagte sie.

Als Oberin nahm Margaret die Bitte an. In ihrem Abendgebet würde sie eine *Menge* zu sagen haben. Hatten sie nicht schon genug Schwierigkeiten zu verarbeiten?

Die Adresse war mit Tinte schwungvoll von Hand geschrieben. Die Briefmarken waren italienisch – der Poststempel datierte den Brief auf das Jahr 1920. Er war an Edward Mortimer adressiert.

Bridget schaute Margaret über die Schulter.

»Edward Mortimer!«, rief sie glücklich. »Das muss ein Zeichen sein! Du hast recht, Schwester Cecilia. Er schaut *tatsächlich* von oben zu uns herab und hilft uns ein weiteres Mal.«

Cecilia strahlte.

»Wie soll ein alter Brief uns denn helfen?«, fragte Margaret. Sie unterdrückte den Impuls, die Augen zu verdrehen, doch innerlich stieg zunehmend Unbehagen in ihr auf, fast schon Angst.

Sie öffnete den Umschlag und zog ein dünnes, zusammengefaltetes Blatt Schreibpapier heraus, vom Alter vergilbt. Sie entfaltete es und las laut vor:

»›Lieber Edward, ich habe Ellen gefunden. Sie lebt jetzt in einem Kloster in Cardellino. Schau selbst, und dann vergiss sie.‹«

»Da stehen weder Namen noch Adresse«, sagte Margaret.

Sie öffnete den Umschlag und holte einen weiteren gefalteten Umschlag und ein altes Schwarz-Weiß-Foto heraus. Die drei Schwestern schauten auf das Bild einer jungen Frau mit hellem Teint, die in einem langen Nonnenhabit in einem Obstgarten saß. Das Eigenartige war, dass der Saum ihres Kleides so wirkte, als schwebte sie beim Beten ein wenig über dem Boden. Sie war mit einigen weiteren Nonnen zusammen, die sie mit erstaunter Miene betrachteten. Eine ältere Schwester hob sich davon jedoch ab und schaute verärgert. Die schlechte Qualität des alten Fotos und der Schleier, der ihr Gesicht umfasste, erschwerten es, die individuellen Züge der jungen Nonne zu erkennen, doch trotz des großen zeitlichen und räumlichen Abstands war es nicht so sehr die eigenartige Levitation, die einem sofort ins Auge sprang, sondern die Tatsache, dass die Nonne so ausgesprochen … glücklich wirkte. Ihr Gesichtsausdruck, den die Kamera deutlich einfing, zeigte reine Seligkeit, und als die drei Schwestern das Foto betrachteten, nahm jede von ihnen einen plötzlichen inneren Schmerz wahr, eine geheime Sehnsucht, die sie sich bislang nicht eingestanden und über die sie noch nicht nachgedacht hatten. Doch sie war so stark, dass es schien, als strömte sie aus den drei Frauen heraus und schwängerte die Atmosphäre im Büro, obwohl niemand etwas sagte.

Margaret schluckte und schob das Gefühl erst einmal beiseite. Aber beim stillen Gebet heute Abend würde sie ordentlich zu tun haben, so viel war sicher. Sie brach das Schweigen.

»Wie außergewöhnlich.« Margaret drehte das Foto um. Darauf standen nur die Worte: *Ellen – »Schwester Angelina« – Cardellino, 1920*. Margaret nahm sich den zweiten Umschlag vor und verglich ihn mit dem ersten. »Der hier scheint ein paar Monate nach dem anderen eingetroffen zu sein – wieder aus Italien, vermutlich von demselben Ort.« Sie öffnete ihn und zog ein Blatt Papier heraus.

Lieber Edward, begann der Brief in einer sorgfältigen, gerundeten, fast kindlichen Schrift. Obwohl die Tinte verblasst war, wirkten die Worte so klar, als wären sie gerade erst geschrieben worden. Schwester Margaret las sie laut vor, widerstrebend, aber deutlich.

»Ich schreibe Ihnen dies auf Anweisung der hiesigen Mutter Oberin und des Gemeindepriesters. Ich bitte Sie, von dem Versuch abzulassen, Kontakt mit mir aufzunehmen. Weder ich noch das Kloster hatten den Wunsch, dass Sie in den Besitz des Fotos gelangen sollten. Sollte ich, die unwürdige Dienerin des Herrn, die Gnade genossen haben, ins Gebet vertieft, unerwartete Segnungen zu erfahren, ist das nicht für die Kenntnis der Welt bestimmt. Die Erfahrung, die wir beide in unserem vergangenen Leben in Fairbridge gemacht haben, müssen wir der Güte Gottes überlassen. Ich bin hier glücklich, glücklicher als je zuvor, und es ist der Wille des Herrn, dass Sie alle Sorge um mich und mein Wohlergehen ablegen und sich auf Ihre Pflichten als Ehemann konzentrieren. Was mich betrifft, so geht mein Leben hier dem Ende entgegen. Ich bin mir Gottes Liebe gewiss, die mich so umfängt wie auch den kleinsten Spatz am Himmel, und in dieser Liebe verabschiede ich mich von Ihnen und bitte Sie dabei nur, keinerlei weitere Nachforschungen über mich anzustellen und das Foto zeit unseres Lebens niemand anderem zu zeigen.
Die Ihre im Herrn
Ellen«

»Ah, sie lag im Sterben«, sagte Bridget. »Und sie hat sich vor ihrem Tod verabschiedet.«

»›Zeit unseres Lebens‹«, zitierte Cecilia nachdenklich.

»Sie hat *ausdrücklich* darauf bestanden, dass man ihr nicht nachforscht«, sagte Margaret. Ihre Stimme klang lauter, als sie es beabsichtigt hatte. Sie spürte, dass Bridget sie ansah, wich ihrem Blick aber aus. Stattdessen konzentrierte sie sich auf Cecilia.

»*Damals*, richtig. Aber jetzt, jetzt ist sie tot«, erklärte Cecilia mit Nachdruck. »Jetzt da sie tot und eine Heilige im Himmel ist, ist die Lage ganz anders. Siehst du es denn nicht? Siehst du nicht, dass sie beim Gebet schwebt? Dass ihre Füße den Boden nicht berühren? Es steht zweifelsfrei fest, dass sie eine gesegnete Frau war. Eine Heilige. Unsere Fairbridge-Heilige!«

Margaret setzte sich und legte das Gesicht in ihre Hände. Dann blickte sie auf. »Schwestern, tut mir leid, aber das wird mir zu viel, gerade auch bei allem, was sonst noch los ist. Ich wüsste gar nicht, wo ich anfangen soll. Zum Beispiel verrät mir der Blick auf das Foto nicht, ob es nicht gefälscht ist.«

»Gefälscht? Aber Margaret, wir *wissen*, dass es Heilige gibt, die *tatsächlich* levitiert haben«, sagte Bridget.

»In der Tat. Da fallen mir auf Anhieb die Heilige Katharina von Siena und der Heilige Josef von Copertino ein«, pflichtete Cecilia ihr bei.

»Und auch der Heilige Martin von Porres. Er hatte die Fähigkeit zur Bilokation und zur Levitation. Padre Pio war dafür wohlbekannt«, fügte Schwester Bridget hinzu.

»Aber wir wissen, dass die Dinge oft anders sind, als sie auf den ersten Blick zu sein scheinen«, erklärte Margaret. »Fotos sind manipulierbar.«

»Das hier ist ein sehr altes Foto, Schwester Margaret. Das sieht man am Poststempel«, sagte Cecilia.

»Na ja, die Fotos der Cottingley-Feen waren auch alt.

Trotzdem ist Sir Arthur Conan Doyle auf sie hereingefallen«, erwiderte Margaret müde.

Sie betrachtete die beiden anderen Schwestern. Deren Mienen zeigten ihr, dass ihre Argumente bei ihnen auf taube Ohren stießen.

»Schaut, ich möchte mich nicht streiten. Ich kann verstehen, warum ihr der Sache nachgehen wollt. Liegt es daran, dass diese Ellen von hier kam?«

»Natürlich! Es passt perfekt zum Wunsch des Bischofs, wir bräuchten neue Heilige, die die Fantasie der Menschen berühren. Stellt euch nur vor, wie die Leute von Fairbridge reagieren werden, wenn sie erfahren, dass ein hiesiges Mädchen zur levitierenden Heiligen wurde? Es könnte die ganze Stadt neu beleben – das ganze Land!«, erklärte Cecilia leidenschaftlich.

»Wirklich? Heute, 1995? Glaubst du, dass das die normalen Leute sonderlich beeindrucken wird?«, fragte Margaret erschöpft.

»Heilig ist heilig«, erklärte Cecilia inbrünstig. Margaret hatte sie noch nie so verwandelt erlebt, ihr mürrisches Gesicht strahlte richtiggehend.

»Aber warum diese Heilige? Warum schickt Gott uns nicht mehr Informationen über Edward Mortimer selbst, wenn er uns wirklich einen Fairbridge-Heiligen schenken möchte?«

»Das weiß ich nicht, Schwester, aber ich glaube nicht, dass es an uns ist, diese Frage zu stellen. Und wir sehen auch so schon, dass es eine Verbindung zu Edward Mortimer gibt.

Vielleicht stellen wir ja fest, dass wir zwei Heilige haben und nicht nur einen.«

»Und es ist wundervoll, dass sie eine Nonne ist«, fügte Bridget hinzu.

»Schaut, ich verspreche euch, dass wir später wieder darüber reden werden, aber können wir die Sache einfach ein paar Tage auf sich beruhen lassen? Ich mache … ich mache einen Termin mit Bischof John aus. Versprochen. Aber können wir einfach ein paar Tage lang darüber schweigen, während ich alles andere in den Griff zu bekommen versuche?«

»Meine Nachforschungen zu Edward Mortimer kann ich aber fortsetzen?«, fragte Cecilia.

»Natürlich. Lasst mir einfach nur ein bisschen Zeit. Um wieder zu Atem zu kommen. Erst die Lotterie, dann das … Das muss alles verarbeitet werden.«

»Selbstredend«, sagte Schwester Bridget. »Aber es ist sehr aufregend, oder?« Und sie ging singend davon.

Der nächste Tag, ein Donnerstag, verlief für die Schwestern von der Heiligen Philomena oberflächlich gesehen ruhig. Sie trafen sich wie üblich zum Frühstück und zum Morgengebet, gingen gemeinsam zur Morgenmesse und kehrten gemeinsam zurück, doch trotz all dieser Gelegenheiten, sich über die Briefe zu unterhalten, wurde das Thema sorgfältig vermieden. Cecilia und Bridget strahlten jedoch eine unterdrückte Erregung aus, die Margaret wahrnahm, aber unkommentiert ließ.

Thomas arbeitete wieder im Garten, und Margaret sah, dass er in der Küche eine wohlverdiente Tasse Tee mit Bridget trank, ging aber nicht hinein. Sie erwähnte es auch nicht Bridget gegenüber, die sie hoffentlich, so dachte sie, nicht in der Küchentür gesehen hatte. Bridget, die sie sehr wohl gesehen und bemerkt hatte, wie sie wieder wegging, erwähnte es ebenfalls nicht.

Margaret sprach ein Gebet und wählte eine Telefonnummer.

»Linda«, sagte sie, als abgenommen wurde. »Ich hatte mich gefragt, ob wir uns vielleicht einmal treffen könnten? Schwester Helen hat Sie sehr gern gehabt, und ich bin mir sicher, dass sie Ihnen helfen würde, wenn sie noch hier wäre. Natürlich kann ich Schwester Helen nicht ersetzen, und eine Lösung weiß ich vielleicht ebenfalls nicht, aber es ist unübersehbar, dass irgendetwas Sie sehr aus der Fassung bringt, und zumindest kann ich Ihnen zuhören. Alles wäre selbstverständlich vertraulich.«

»Sie verstehen einfach nicht«, sagte Linda. »Niemand kann etwas ändern.« Doch zu Margarets Erleichterung war sie bereit, Samstagnachmittag zum Kaffee zu kommen.

Im Reisebüro sang und summte George vor sich hin und begegnete der Kundschaft den ganzen Vormittag über äußerst aufgeräumt, bis er einem Ehepaar, das bald seine Rubinhochzeit feiern würde, eine teure Kreuzfahrt verkaufte. Normalerweise hätte ihn das fröhlich gestimmt, aber nachdem er Jenny erzählt hatte, wie sehr er lange Ehen bewundere, versank er aus unerfindlichen Gründen in Trübsal. Jenny verstand das nicht. Er war wirklich gemein zu ihr und fuhr sie an, als sie ihm eine Frage zu den Flitterwochenbroschüren stellte, worauf er sich übertrieben zerknirscht entschuldigte. Auch heute kaufte er zwei Stücke Sahnetorte. Jenny war froh, dass sie am Freitag freihatte. Diese Woche dauerte schon viel zu lang. Sie sagte sich, dass George zwar immer noch gut aussah, sie aber nicht mehr in ihn verliebt war. Ältere Männer waren einfach zu undurchschaubar.

Matthew holte George um sechs Uhr nach der Arbeit ab und fuhr mit ihm ins lokale BBC-Funkhaus. Ein lächelnder junger Producer führte sie in eine Kabine und gab ihnen Kopfhörer. Er stellte Georges Headset so ein, dass er zwar zuhören, selbst aber nichts sagen konnte, was nur gut war, da George ein bisschen aufgeregt war. Der Producer war sehr hilfsbereit und schien sich über Georges Begeisterung zu freuen. Der Moderator Hugo wechselte vor dem Interview ein paar Worte mit Matthew, dann leuchtete das grüne Licht auf, und das Interview begann.

»Die internationale Kunstwelt beobachtet fasziniert, wie der bisher relativ unbekannte britische Maler Jack Mortimer bei Auktionen immer höhere Preise erzielt«, begann Hugo. »In unserer Sendung *Painting the Past* strahlen wir heute ein exklusives Interview mit Dr. Matthew Woodburn aus, Großbritanniens wichtigstem Experten für Jack Mortimers Werk. Nun, Dr. Woodburn – was können Sie uns über die Arbeiten dieses Künstlers und seiner Zeitgenossen erzählen …?«

Matthew beschrieb die Bilder, die bei der Ausstellung zu sehen sein würden, und gab einige Hintergrundinformationen über Jack Mortimers Zeit in den Schützengräben des Ersten Weltkriegs und seine Freundschaft mit Augustus

John. Er sprach anschaulich, informativ und selbstbewusst, und George war hingerissen.

»Sie sagen also, Jack habe nach seiner Abreise aus England mit dem Malen aufgehört?«, fragte Hugo.

»Nun, hin und wieder hat eine sehr diskrete Londoner Galerie das eine oder andere Gemälde von ihm auf den Markt gebracht, dessen Szenerie auf Italien verweist. Der Galerist hat sich jedoch immer eisern geweigert, irgendwelche Informationen über den Künstler preiszugeben, da dieser verlangt hatte, dass alle persönlichen Informationen zurückgehalten würden. In all den Jahren waren es überraschend wenige Gemälde, aber wir besitzen eine kleine Sammlung in der Universität. Die Bilder wurden von unserem Institut für Kunstgeschichte angekauft, weil Jack Mortimer ein Künstler aus Fairbridge war, und ich forsche seit Jahren zu ihm. An der Universität gebe ich einen Kurs über Jack Mortimer, Augustus und Gwen John und ihre Zeitgenossen. Natürlich konnten wir die Stücke damals nur erwerben, weil Mortimers Gemälde nicht angesagt und wesentlich billiger waren als heute.«

»Das war eine kluge Vorgehensweise, wenn man bedenkt, dass es so wenige sind.«

»Ja. Allerdings empfinde ich diese geringe Zahl als eigenartig, weil wir wissen, dass die Bilder, die sich in unserem Besitz befinden, in einer kurzen Phase gemalt wurden, und darin blieb sich sein Stil treu. Er scheint ein Maler gewesen zu sein, der von Natur aus schnell arbeitete. Man hätte von ihm erwarten können, dass er ein wesentlich größeres Werk hinterlässt.«

»Vielleicht war sein Bedürfnis zu malen eine Reaktion auf den Ersten Weltkrieg. Später könnte sich sein Leben gewandelt haben und dieser Antrieb verschwunden sein?«, fragte Hugo.

»Möglich, aber ich hätte erwartet, ein Mensch mit der künstlerischen Leidenschaft von Jack Mortimer könnte das Malen nicht lassen.«

»Tja, ein Geheimnis unserer Zeit«, sagte Hugo. »Falls er noch mehr gemalt hat, wo sind die Bilder dann? Angesichts der Preise, die seine Gemälde inzwischen erzielen, sollten die Hörer vielleicht einmal bei sich auf dem Dachboden nachschauen, ob da noch ein unerkannter Jack Mortimer steht? Nun, wir sind für diese Woche am Ende unserer Sendezeit angelangt, und so bleibt mir nur noch, mich bei Dr. Woodburn für die faszinierenden Informationen über unseren lang übersehenen britischen Künstler Jack Mortimer zu bedanken und denjenigen unserer Zuhörer, die in England leben, ans Herz zu legen, sich morgen die Ausstellungseröffnung und den Studientag an der Uni Fairbridge nicht entgehen zu lassen.«

Dann lief die Schlussmusik der Sendung.

»Danke, Matthew. Das war so gut wie immer. Hoffentlich kommen dadurch ein paar zusätzliche Leute zu eurer Ausstellungseröffnung am Samstag. Für euch an der Uni ist es bestimmt schön, dass Jack Mortimer endlich die wohlverdiente, wenn auch verspätete Anerkennung erhält?«

Matthew verzog das Gesicht. »Nun, wie sich herausstellt, ist es ein zweischneidiges Schwert. Es ist eher unerfreulich für uns, dass seine Gemälde inzwischen Spitzenpreise erzielen, denn nun macht die Universität Druck auf das Kunstgeschichtsinstitut, unsere kleine Gemäldesammlung mit seinen Werken zu verkaufen, um Geld hereinzuholen.«

»Wirklich? Aber das ist doch gewiss furchtbar kurzsichtig?«

»Nun, das denke ich auch, aber es wird argumentiert, wenn wir jetzt verkauften, würde es der ganzen Universität zugutekommen. Ich bin überzeugt, wir sollten die Bilder in unserem Besitz behalten und wenn möglich noch mehr Jack Mortimers kaufen, um eine nennenswerte Sammlung zeigen zu können. Schließlich stammt der Künstler aus Fairbridge. Aber die Preise, zu denen die Gemälde heutzutage gehandelt werden, machen diesen Wunsch unrealistisch.«

»Ihr braucht die Hilfe eines philanthropischen Stifters«, sagte Hugo.

Matthew seufzte und verzog bedauernd das Gesicht. »Schön wär's!«, sagte er, und George, der sich gern eingemischt hätte, sich aber zurückhielt, wünschte sich plötzlich, er hätte eine Million Pfund, mit der er Matthew alle Bilder von Jack Mortimer kaufen könnte, die er sich nur wünschte.«

»Das lief super«, sagte George begeistert zu Matthew, als sie das Studio verließen.

»Danke«, antwortete Matthew und erwiderte sein Lächeln.

»Der junge Mann, der uns geholfen hat, war sehr nett, oder?«, fragte George. »Ich war bisher noch nie in einem Tonstudio.«

»Ja, ich hatte den Eindruck, dass er dich mochte«, antwortete Matthew. *Natürlich mochte er George. Wer würde diesen hinreißenden Mann nicht lieben? Er spielt in einer ganz anderen Liga als du, Matthew. Mach dich nicht zum Narren. Nicht noch einmal.*

»Und du warst großartig! Sollen wir uns noch einen Drink gönnen, um deinen Triumph zu feiern?«, fragte George locker.

»Lieber nicht«, antwortete Matthew und übersah beim Öffnen der Wagentür Georges enttäuschte Miene. »Ich glaube, Sarah war ein bisschen geknickt, dass ich sie heute nicht zu der Aufnahme eingeladen habe, und gestern Abend war ich auch schon lange weg. Ich fahre besser zurück.«

»Oh, natürlich. Tut mir leid«, antwortete George. »Die arme Sarah. Du solltest heimfahren.«

»Nein, entschuldige dich nicht. Danke. Du warst mir diese Woche eine große Hilfe. Also … dann sehen wir uns morgen im Chor?«

»Ja. Na ja, ich glaube schon«, antwortete George. *Ich weiß nicht, ob ich es ertrage, dich zu sehen, wo ich doch weiß, dass ich dich nicht haben kann. Aber gleichzeitig weiß ich nicht, ob ich es ertrage, dich nicht zu sehen.*

Die beiden Männer verabschiedeten sich voneinander. Keiner von ihnen schlief in dieser Nacht besonders gut.

Es war Freitag, und am Vormittag war kein anderes Mitglied der Familie Amis in der Küche zu sehen. Nach einer Woche, in der er sehr fleißig gewesen war, nahm Thomas sich einen Tag frei.

Margaret war froh darüber, einmal mit Bridget allein zusammensitzen zu können. Bridget wählte für Margaret ihren eigenen kostbaren Teebecher aus, auf dem Papst Johannes Paul II. abgebildet war und der normalerweise sicher auf der Küchenfensterbank stand. Eine Geste, die Margaret sehr berührte.

»Meine Mutter, Gott hab sie selig, hat immer gesagt: ›Gib dein Bestes und überlasse Gott den Rest‹, und ich glaube, dass sie recht hatte«, sagte Bridget, als sie ihr den Tee reichte.

Margaret umfing den Becher mit beiden Händen. Es war gut, in der warmen Küche zu sitzen. Sie hatte sich nach Kräften bemüht, das Büro schöner zu gestalten, doch so farbenfroh es inzwischen auch sein mochte, war es dort doch kalt, und sie hatte immer eisige Finger.

»Ich habe jetzt wohl alle Außenstände beglichen«, erzählte sie.

»Gott sei Dank!«, antwortete Schwester Bridget froh. »Hast du es schon Schwester Cecilia erzählt?«

»Nein, das mache ich beim Mittagessen. In den letzten Tagen haben wir sie nicht oft gesehen.«

»Sie ist in Gedanken wohl ganz bei ihren Nachforschungen zu Edward Mortimer«, bemerkte Bridget. Insgeheim nahm sie an, dass Cecilia über das Foto der levitierenden Nonne recherchierte, doch das wollte sie nicht ansprechen, damit Schwester Margaret sich nicht aufregte.

»Ja, richtig«, sagte Schwester Margaret, die ebenfalls glaubte, Cecilia werde vor allem das Foto im Sinn haben, und überzeugt war, dass Bridget diesen Gedanken teilte. Dennoch war sie Bridget dankbar, dass sie taktvoll darüber hinwegging.

Bridget umarmte sie. »Sei geduldig, Margaret. Hauptsache, wir haben unsere Schulden bezahlt und genug Geld, um alles zu reparieren, was repariert werden muss, Gott sei Dank. Und …«, Bridget konnte der Versuchung nicht widerstehen, den Umschlag trotz allem zu erwähnen, » … es gibt diesen Brief, den können wir uns nächste Woche anschauen, wenn du dich ausgeruht hast. Seien wir dankbar für das, was wir haben«, fügte sie eilig hinzu, ohne Margaret richtig anzuschauen. »Magst du noch einen Becher Tee, Schwester, und einen Keks?«

Wo werden wir nächstes Jahr um diese Zeit sein, Herr?, fügte Margaret an diesem Abend ihrem Nachtgebet hinzu. *Und Cecilia. Was wird mit ihr geschehen? Selbst falls ein anderer Orden Bridget und mich aufnehmen möchte, werden sie sich wohl kaum um eine Neunzigjährige kümmern wollen. Ich weiß, manche Klöster haben Altenheime für betagte Schwestern, und manche Schwestern gehen auch in öffentliche Pflegeeinrichtungen, aber irgendwie … kann ich mir Cecilia da nicht vorstellen. Eine Singrunde oder ein Bastelnachmittag, das ist einfach nichts für sie. Andererseits scheint mir manchmal, wie ich gerechterweise zugeben muss, dass sie mehr Energie hat als eine bestimmte andere Person, die zwanzig Jahre jünger ist. Oder, ehrlich gesagt, mehr als dreißig.*

Margaret seufzte.

Bitte segne Cecilia und Bridget. Und mich. Bitte segne uns, hilf uns und führe uns.

Cecilia, die auf der anderen Seite der Kapelle saß, nahm ihren Rosenkranz heraus, bekreuzigte sich so, wie ihre Kinderfrau es sie vor all dieser Zeit gelehrt hatte, und betete ebenfalls.

Danke, Herr, für den Brief und das Foto der schwebenden Nonne. Höre mein Flehen und gewähre uns eine neue Heilige für Fairbridge, damit wir unser Werk auf Erden fortführen können. Ich gelobe feierlich, dem mein Leben zu weihen.

10

Gleich gehe ich mit Cecilia zur Ausstellung von Jack Mortimers Gemälden in der Universität, betete Margaret am nächsten Morgen in ihrem Zimmer. Sie hatte sich auf die Suche nach ihren Handschuhen gemacht und sie dank einer schnellen Reaktion des Heiligen Antonius rasch gefunden. Und so hatte sie nun ein paar Minuten, um sich zum Plaudern aufs Bett zu setzen.

Ich möchte dich nur bitten, Herr, dass alles gut verläuft. Ich weiß, Cecilia ist kein großer Freund von Jack Mortimer, weil sie ihn für einen unmoralischen Künstler hält, aber ich hoffe, dass sie den Anlass genießt. Heute beim Frühstück hat sie beinahe fröhlich gewirkt.

Und kannst du mir bitte nach der Ausstellung beim Kaffee mit Linda helfen? Ich habe sie eingeladen, sich uns anzuschließen – wir hatten ja noch die Eintrittskarte für Schwester Bridget, aber die wollte nicht gehen. Mir schien, dass ich das tun sollte, aber ich bin, ehrlich gesagt, furchtbar erschöpft. Ich bin nicht scharf darauf, mich in einen Familienstreit einzumischen. Aber ich weiß, dass bei den Amis' irgendetwas falsch läuft, und Schwester Helen hätte bestimmt gewollt, dass jemand Linda hilft. Also werde ich es versuchen. Aber du musst mir helfen, denn allein schaffe ich es nicht.

Tut mir leid, dass ich mich in letzter Zeit immer so viel beklage. Ich bemühe mich wirklich, dankbar zu sein. Für das dankbar zu sein, was ich habe. Und dir zu vertrauen. Nur … nur ist es einfach ein bisschen schwierig. Ich bin sehr erschöpft und von allem auch ein bisschen verwirrt. Ich muss sagen, dass der Brief und das Foto die Dinge nicht einfacher gemacht haben … Sie hatte positiv sein wollen, aber das war schwer aufrechtzuerhalten. Trotz aller guten Vorsätze spürte sie, wie die Verzweiflung Besitz von ihr ergriff, und so schloss sie die Augen.

Tut mir leid. Ich glaube, ich brauche ein bisschen Hilfe, Herr, sagte sie. Cecilia erwartete sie unten. Margaret musste einfach nur irgendwie die Energie auftreiben, sich in Bewegung zu setzen. Dann begann plötzlich draußen, vor dem Fenster, ein Vogel zu singen. Eine Amsel. Es war ein bei aller Alltäglichkeit außergewöhnlich schöner Klang. Transzendent. Margaret lauschte andächtig, und während dreier von der Ewigkeit berührter Minuten überflutete der reine, wortlose Gesang der Lebensfreude ihre Seele und ihre Sinne.

»Danke«, sagte Margaret, als die Amsel schwieg. »Das hat wirklich geholfen.«

Als sie gingen, buk Bridget in der Küche, Daniel O'Donnell sang eine sehr fröhliche Version von ›Singing the Blues‹, und die verlockenden Düfte von Kuchen und Keksen folgten ihnen zur Tür hinaus.

Zum Campus der Fairbridge University war es nicht weit, und es war ein sonniger Tag. Neben ihnen rollte der Verkehr mit Bussen, Autos und Kleintransportern, doch die Bäume an der Hauptstraße waren grün belaubt, und die Vögel zwitscherten ermutigend. Cecilia marschierte zielstrebig und energiegeladen neben Margaret. Die bewunderte ihre Mitschwester, konnte es ihr aber nicht gleichtun. Offensichtlich hatte sich die Enttäuschung wegen der Lotterie längst gelegt. Schwester Cecilia wollte die Jack-Mortimer-Eröffnung einfach rasch hinter sich bringen, damit sie sich wieder ihren Recherchen zu dem Mortimer-Bruder widmen konnte, für den sie sich interessierte. Und sie wollte dem faszinierenden Foto nachgehen, das ihm vor langer Zeit geschickt worden war und das gewiss *nicht* gefälscht war, sondern wirklich eine levitierende Heilige zeigte.

Als sie auf dem Campus und im Institut für Kunstgeschichte ankamen, sah Margaret zu ihrer Freude, dass Linda ihre Einladung, Bridgets Eintrittskarte zu übernehmen, angenommen hatte und schüchtern auf sie wartete.

»Danke, Gott«, sagte Schwester Margaret leise.

»Guten Morgen, Schwestern!«, empfing der Bürgermeister sie strahlend. Er stand mit einigen weiteren Leuten im Eingang des kleinen Saals der Universität. »Ich werde die Ausstellung gleich eröffnen. Wie schön, dass sie hier in Fairbridge stattfindet. Bitte, kommen Sie doch herein.«

Im Ausstellungssaal wimmelte es von Gästen, aber vom Bürgermeister geleitet, gelang es Cecilia, Margaret und Linda, einen guten Platz weit vorn zu finden, direkt neben Matthews Schwester Sarah, die ihnen der Bürgermeister vorstellte. Linda und Sarah kannten einander, lächelten sich zu und begrüßten sich kurz, bevor der Bürgermeister mit der Eröffnungsrede begann.

»Ich freue mich sehr, diesen Studientag für Kunstgeschichte hier in der Fairbridge University mit der Eröffnung einer kleinen Dauerausstellung von Jack Mortimers Gemälden beginnen zu können. Wir dürften wohl alle darin übereinstimmen, dass Jack Mortimer Fairbridges berühmtester Sohn ist, und gerade jetzt, da das Interesse an seiner Arbeit nach Jahren der Vernachlässigung plötzlich zunimmt, haben wir das Glück, einen Professor vor Ort zu haben, der zu ihm forscht, nämlich Dr. Matthew Woodburn.« Er deutete auf einen hochgewachsenen Gelehrten mit hellem Teint und Brille, einen Enddreißiger mit blondem Bart und einem gut aussehenden, ausgesprochen freundlichen Gesicht.

Margaret spürte, wie Schwester Cecilia sich neben ihr anspannte, und brauchte nicht hinzuschauen, um zu wissen, dass sie bei dieser Aufwertung des Bohemiens Jack Mortimer missbilligend die Lippen schürzte. Fairbridges *›berühmtester Sohn‹*. Welche Frechheit!

Der Bürgermeister hatte keine Ahnung, wie kränkend seine Worte aufgenommen wurden, und sprach unbekümmert weiter. »Außerdem freue ich mich sehr, hier eine lokale Expertin zur Familie der Mortimers zu begrüßen, Schwester Cecilia vom Fairbridger Kloster. Das Klostergebäude war übrigens ursprünglich das Elternhaus von Jack und Sir Edward Mortimer, bevor Sir Edward es den Nonnen schenkte.«

Als alle Augen sich auf Cecilia richteten, neigte sie den Kopf, ein wenig besänftigt, weil Edwards Name nun endlich gefallen war.

»Und so erkläre ich nun ohne weitere Worte diese Ausstellung für eröffnet. Ich schlage vor, dass wir uns hier eine Stunde Zeit nehmen. Danach können wir uns um 11.30 Uhr im Raum AH1 versammeln, dem Seminarraum direkt neben dem Ausstellungssaal, wo wir einem Vortrag von Dr. Woodburn lauschen dürfen.«

Margaret, Cecilia, Linda und Sarah schlossen sich der Menge an und betrachteten die kleine Gemäldesammlung. Die farbenfrohen, unkonventionellen Szenen, die glücklichen Gesichter, die tanzenden, sich küssenden, lachenden Gestalten – Erwachsene und Kinder im Grünen –, all das munterte Margaret auf. Man sah immer wieder Lagerfeuer und Pferdewagen. Alles wirkte sehr entspannt und frei. Sehr sonnig. Es machte gute Laune.

Neben ihr gab Schwester Cecilia ein missbilligendes Geräusch von sich. »Unmoralisch«, sagte sie ein wenig zu laut. Einige Leute in der Nähe drehten sich nach ihnen um, leicht bestürzt über die Heftigkeit der Äußerung.

»So war es damals eben«, erklärte Margaret eilig, erleichtert, dass Linda und Sarah inzwischen außer Hörweite waren. »Augustus John und andere berühmte Maler – sie lebten alle so. Jack gehörte zu ihrem Kreis.«

»Dadurch wird es noch nicht richtig«, entgegnete Cecilia. »Sünde ist Sünde, wo immer man ist und wann auch immer oder wo auch immer man sündigt.«

Der Bürgermeister trat mit dem Jack-Mortimer-Experten zu ihnen. »Schwestern«, sagte er. »Darf ich Ihnen Dr. Woodburn vorstellen?«

Matthew Woodburn lächelte schüchtern, ein Lächeln, das in seinen Augen ankam, und reichte ihnen die Hand. Margaret schüttelte sie. Sein Händedruck war angenehm – fest genug, um aufrichtig zu sein, aber nicht zu kräftig, nicht beengend –, der höfliche Händedruck eines freundlichen Menschen.

Leider musste man sagen, dass man Cecilia, die die ausgestreckte Hand nicht ergriff, sondern nur knapp nickte, nicht als höflich beschreiben konnte. Sie war gekränkt, und den verwirrten Gesichtern der Männer sah man an, dass sie nicht begriffen, womit sie die Schwester verletzt hatten.

Wirklich, Herr, Cecilia kann so peinlich sein, betete Margaret stumm und lächelte die beiden betont freundlich an.

»Schwester Cecilia könnte Ihnen vielleicht mit Informationen über die Familie Mortimer helfen«, fuhr der Bürgermeister zu Dr. Woodburn gewandt fort. Der wütende Blick, den Cecilia ihm zuwarf, brachte ihn ein wenig aus dem Konzept, doch er ließ sich nicht unterkriegen. Mit den nächsten Worten versuchte er, beide Schwestern in die Unterhaltung einzubeziehen. »Dr. Woodburn hat mir erzählt, dass trotz des plötzlichen Interesses an Jack Mortimers Werk leider sehr wenig über den Verbleib des Künstlers nach 1920 bekannt ist. Er scheint England verlassen zu haben, doch wir wissen, dass er auch danach noch gemalt hat, weil er bis 1939 Bilder über eine Londoner Galerie verkaufte. Weitere Informationen lassen sich dagegen nicht auftreiben. Der Galerist war sehr diskret, und im Krieg wurde sein Geschäft von einer Bombe getroffen, sodass es keine Unterlagen mehr gibt, die Aufschluss geben könnten.«

»Ich weiß nichts über Jack Mortimer, abgesehen von der Tatsache, dass es zwischen ihm und seinem Bruder Edward zum Zerwürfnis kam«, erklärte Cecilia energisch. »Edward Mortimer war ein sehr tugendhafter Mensch. Jack, wie wir wissen und hier eindeutig sehen, dagegen nicht, und ich interessiere mich nicht im Geringsten für ihn.«

»Du liebes bisschen«, sagte der Bürgermeister bedauernd zu Margaret, als Cecilia ihnen ohne Abschied kühl den Rücken kehrte und sich voll Missbilligung vor einem frühen Jack Mortimer aufbaute – einer überschäumenden Szene mit lachenden Frauen, die spärlich bekleidet um ein Lagerfeuer saßen.

»Tut mir schrecklich leid«, sagte Margaret leise zu Dr. Woodburn und dem Bürgermeister. »Sie nimmt leider alles, was mit den Mortimers zu tun hat, sehr persönlich, und die Hinwendung zu Jack Mortimer erscheint ihr wie eine Herabsetzung des tugendhaften Edwards.«

»Keine … keine Sorge«, erwiderte Dr. Woodburn, der vor Schüchternheit und im Wunsch, sie zu beruhigen, leicht stotterte.

Was für ein netter Mensch, dachte Margaret, der der freundliche Blick seiner blauen Augen auffiel.

»Ich … ich verstehe. Meine Großmutter würde Schwester Cecilia hundertprozentig zustimmen. Tatsächlich haben viele Zeitgenossen Jack Mortimers das Gleiche über sein Leben als Bohemien gedacht. Bestimmt lag der Entfremdung der Brüder ein Streit über eine moralische Frage zugrunde. Nur ist das alles recht frustrierend und verwirrend, da wir einfach nicht wissen, wo er sich nach seinem Aufbruch aus England schließlich niedergelassen hat. Er hat seine Spuren gut verwischt. All das ist ziemlich geheimnisvoll.«

»Nun, ich hoffe, dass Sie das Geheimnis lösen«, sagte Margaret und lächelte ihm zu.

»Es wäre zweifellos sehr aufregend, wenn mir das gelänge«, antwortete er.

Sie gingen zu Cecilia.

»Schwester, Jack Mortimer hat auch die hinreißende Madonna gemalt, die wir in der Ausstellung zeigen«, berichtete Dr. Woodburn. »Es ist das einzige Werk religiöser Kunst, das wir von ihm besitzen, und wurde 1922 von der Londoner Galerie verkauft.« Sanft führte er Cecilia von dem Gemälde weg und zu dem sehr schönen Bild einer Madonna mit Jesuskind. Linda und Sarah standen bereits davor.

»Was für ein reizendes Bild«, sagte Linda zu Margaret und Cecilia, als diese zu ihr traten.

»Ganz erlesen, nicht wahr?«, bemerkte Matthew Woodburn mit einem dankbaren Lächeln. »Wir wissen nicht, ob er noch mehr Religiöses gemalt hat oder warum.«

»Nun, für mich hat es den Anschein, als hätte Jack Mortimer sich wieder zum Glauben bekehrt, oder?«, meinte Schwester Cecilia, schon nicht mehr ganz so frostig. »Eine Läuterung? Ich könnte mir vorstellen, dass sein Bruder Edward für ihn gebetet hat. Er war ein sehr heiliger Mann.«

Dr. Woodburn hüstelte. »Leider wissen wir nichts über Jack Mortimers späteres Leben. Es entzieht sich auf frustrierende Weise unserer Kenntnis, und der Künstler hat im Verkehr mit seiner Galerie immer vollständige Geheimhaltung verlangt. Er hat sich vollkommen von der Welt zurückgezogen. Wir wissen noch nicht einmal, wo er gelebt hat, sondern nur, dass er Kontakt mit einer Londoner Galerie hatte. Falls Sie vermuten, er habe sich gegen Ende seines Lebens ausschließlich auf explizit religiöse Themen konzentriert, kann ich das leider nicht bestätigen. Nach seinem Aufbruch aus Fairbridge hat er weiter Werke gemalt und ausstellen lassen, die vielleicht weniger nach Ihrem Geschmack wären. Abgesehen von diesem einen hier wissen wir nichts von ausdrücklich religiösen Bildern. Hm …« Dr. Woodburn sah Cecilias frostiger Miene an, dass sie seine Ehrlichkeit nicht gut aufnahm. »Ich glaube jedoch, dass Ihnen diese schönen italienischen Landschaften, die wir von ihm besitzen, vielleicht gefallen könnten«, fuhr er fort und deutete auf einige zarte Aquarelle einer italienischen Kirche mit Piazza. »Ich werde sie später in meinem Vortrag erwähnen.«

Der arme Mann, Herr. Cecilia macht es ihm nicht leicht, betete Margaret stumm. Sie schüttelte den Kopf mit dem richtigen Maß an höflicher Zurückhaltung. Sie wollte ihm zu verstehen geben, dass sie Cecilias missbilligende Reaktion nicht teilte.

»Vielen Dank«, antwortete Margaret und lächelte Dr. Woodburn an. »Leider können wir nicht zum Lunch oder für das Seminar bleiben. Wir begeben uns gleich zur Mittagsmesse, und dann geht Schwester Cecilia in der Bibliothek einigen Recherchen nach, während ich … noch etwas erledigen muss, finanzielle Dinge.«

»Aber natürlich«, antwortete Dr. Woodburn, der seine Erleichterung nicht verbergen konnte. »Nun, Schwestern, ich danke Ihnen sehr für Ihr Kommen. Hoffentlich haben die freizügigeren unter diesen Gemälden Sie nicht gekränkt …«

»Oh nein!«, antwortete Margaret ein wenig zu begeistert und errötete. Dr. Woodburn lächelte amüsiert.

»Nun, ich glaube, die *Gazette* möchte ein Foto schießen,

ich muss los. Aber noch einmal vielen Dank, dass Sie hier waren.«

»Ja, aber selbstredend«, antwortete Margaret und war recht erleichtert, als Dr. Woodburn den Saal durchquerte und zu einem Fotografen trat.

»Ganz herzlichen Dank für die Einladung, Schwester«, sagte Linda zu Margaret. »Ich bin begeistert von diesen Bildern. Ich bleibe noch und höre mir den Vortrag an, den Dr. Woodburn gleich hält.«

»Wie schön«, sagte Margaret. »Anscheinend kannten Sie seine Schwester schon?«

»Ja. Sarah und ich waren als Kinder zusammen in derselben Pfadfindergruppe, und als Mum krank wurde, habe ich sie erneut regelmäßig gesehen. Sie war eine der Krankenschwestern, die der Pflegedienst schickte. Es war schön, sie heute zu treffen.«

»Steht unsere Verabredung zum Kaffee noch?«, fragte Schwester Margaret. »In der Miller´s Lane gibt es eine sehr gute kleine, unabhängige Buchhandlung, die auch ein Teehaus betreibt.«

»Das klingt wunderbar«, antwortete Linda.

Die Schwestern brachen zur Messe in der Philomenakirche auf, wo Bridget sie erwarten würde.

»Heute Nachmittag gehe ich wieder in die Bibliothek und recherchiere zu Edward Mortimer«, erklärte Cecilia auf dem Weg von der Universität zur Kirche. »Ich fühle mich veranlasst, mir seine Korrespondenz und die dazugehörigen Umstände genauer anzuschauen.« Beide dachten sofort an einen gewissen Brief und ein Foto, übergingen das aber. »Für Jack Mortimer habe ich bereits mehr als genug Zeit aufgewendet.«

Margaret widersprach ihr nicht.

Als Cecilia und Margaret ankamen, saß Bridget bereits auf der vordersten Kirchenbank, hatte sich aber umgedreht, um mit Lindas Tochter Sophie zu plaudern, die den Platz hinter ihr belegte. Deren kleiner Sohn James war mit einem Plastikeimer voller Dinosaurier beschäftigt, die er eifrig (und überraschend leise) auf dem Sitz der Kirchenbank aufstellte. Als Cecilia und Margaret sich zu Bridget setzten, wandte sich diese nach vorn, doch das Lächeln, das sie James geschenkt hatte, einem wirklich außergewöhnlich niedlichen Kleinkind, verweilte noch auf ihren Lippen.

Hilf mir, mehr wie Bridget zu sein, betete Margaret. Sie hob die Augen zur Decke. Die Holzsparren erinnerten sie immer an ein Boot. *Noahs Arche*, dachte sie. *Ihn hast du vor Unheil bewahrt. Und all die Tiere ebenfalls.* Sie spürte, wie ihr etwas Hartes in den Rücken stach, und als sie sich umdrehte, sah sie, dass James auf der Gebetbuchablage hinter ihr einen Tyrannosaurus rex spazieren führte.

»Entschuldigung, Schwester Margaret«, flüsterte Sophie und bugsierte das Kind mit seinem Dinosaurier wieder an seinen Platz. Wahrscheinlich steckte in diesem Eimer dasselbe verflixte Plastiktier, auf das sie in der Küche getreten war, dachte Margaret.

Sind wir Ordensschwestern Dinosaurier?, betete sie plötzlich voll Angst. *Brauchst du uns Nonnen überhaupt noch? Gibt es in der Arche einen Platz für uns? Aber die Dinosaurier hast du getötet*, dachte sie düster, wenn auch ein wenig wirr. Die Glocke, die

die Messe einläutete, riss sie aus ihren Gedanken und brachte sie vom Durcheinander von Metaphern aus prähistorischer Zeit zur Gegenwart zurück. Zu einem freundlichen Priester, schönen Blumen, Säulen und Kerzen, ihren Mitschwestern und den guten Menschen, die um sie herum beteten. Zur Messe. Wenn auch nur für vierzig Minuten, gelang es den Lesungen bei der Messe, den schönen Worten der Liturgie und der Kommunion selbst immer wieder, sie aus ihren Sorgen zu reißen. Sie taten ihr gut.

Aus allen Völkern berufst du dein Volk, wiederholte sie im Geist. Vielleicht ging es gar nicht um Dinosaurier, sondern um Generationen von Menschen, die sich durchwurstelten, versuchten, einander zu lieben, Fehler begingen und Gott um Hilfe baten. Manches lief gut. Sie sah sich zu beiden Seiten nach Schwester Bridget und Schwester Cecilia um und empfand ein plötzliches Aufwallen von Liebe für sie und ihren Glauben, der so fest war, während ihr eigener sich so schwach anfühlte.

Father Hugh war nach der Messe ansprechbar, und Margaret bat die anderen, schon nach Hause zu gehen, während sie selbst sein Ohr suchte und beichtete, dass sie so gemein zu Bridget gewesen war. Es erleichterte sie sehr. Father Hugh war immer so gütig.

»Danken Sie Gott für eine gute Beichte. Sprechen Sie drei Gegrüßet-seist-du-Maria und versuchen Sie, heute zum Ausgleich besonders nett zu Schwester Bridget zu sein«, trug er ihr auf. »Aber vergeben Sie sich auch selbst, so wie der Herr Ihnen vergibt. Er weiß, dass Sie unter großem Druck stehen.«

Nach dem Mittagessen im Kloster kehrte Margaret in die Stadt zurück und traf sich in dem bunten kleinen Buchladen mit Linda.

Sie stellten sich für Kaffee an und setzten sich mit ihren Tassen an einen Tisch für zwei.

»Ich freue mich sehr, dass Ihnen der heutige Vortrag gefallen hat. Und ich möchte mich noch einmal dafür entschuldigen, dass wir Sie im Kloster kürzlich so unvermittelt mit ihrer Familie überfallen haben.« Margaret wählte ihre Worte mit Bedacht und betete um Inspiration. »Dass Sie das so sehr aus der Fassung gebracht hat, kann ich nicht auf sich beruhen lassen. Ich weiß, dass Schwester Helen Sie sehr mochte, und mache mir Ihretwegen Sorgen.«

Linda rührte in ihrem Kaffee, obwohl sie gar keinen Zucker hineingetan hatte, und biss sich auf die Lippen. Sie schaute nach unten, damit Margaret ihre Tränen nicht sehen konnte.

»Ich möchte verstehen, was los ist. Bitte helfen Sie mir«, sagte Margaret. »Schwester Helen hätte das so gewollt.«

»Ich weiß es selbst nicht recht. Wenn ich bei der Arbeit bin, fühle ich mich gut, aber sobald ich nach Hause komme, bin ich vollkommen erschöpft. Ich bin so furchtbar erschöpft, Schwester Margaret. Heute Morgen fühle ich mich tatsächlich viel besser – die Ausstellung und der Vortrag waren faszinierend –, aber ich fürchte, wenn ich daheim bin, kommt diese schreckliche Erschöpfung zurück.«

»Waren Sie schon beim Arzt?«

»Nein, denn was ist das für eine Art von Krankheit, die

macht, dass es mir bei der Arbeit gut geht, ich aber zu Hause erschöpft bin?«

»Sind Sie auch so erschöpft, wenn Sie Sophie und James besuchen? Kleinkinder können einen viel Kraft kosten …«

»Ich weiß es nicht. James geht jetzt ganztags in die Kindertagesstätte, Sophie braucht also in der Woche kaum mehr Unterstützung von mir. Früher habe ich immer meine Arbeitszeiten entsprechend gelegt und ganz früh oder ganz spät gearbeitet, damit ich nach James schauen konnte, während Sophie einmal Pause machte, aber sie unterrichtet jetzt wieder halbtags, und ich denke, die Wochenenden sollten für Eltern und Kind reserviert sein, weil Ben ja ebenfalls hart arbeitet. Da will ich nicht stören.«

»Sie würden Sie bestimmt nicht als störend empfinden, Linda«, wandte Margaret ein. »Sie würden sich bestimmt riesig freuen, Sie zu sehen. Bei der Gelegenheit kürzlich wirkte James ganz begeistert über die Begegnung. Warum sollte Ihr Besuch als störend empfunden werden? Ich glaube, sie vermissen Sie, Linda.«

Linda stieß einen leisen Schluchzer aus. »Es tut mir leid. Auch ich vermisse die kleine Familie ganz schrecklich, aber ich fühle mich so bedürftig und nutzlos. Ich komme mir vor, als würde ich alles Elend der Welt mit mir herumschleppen, und das möchte ich ihnen nicht antun. So sollte eine Großmutter nicht sein. So wie ich derzeit bin, kann niemand etwas mit mir anfangen, Schwester.«

»Ich kann sehr wohl etwas mit Ihnen anfangen«, entgegnete Margaret.

»Es ist einfach so … wenn ich bei der Arbeit bin, bin ich

die Maklerin. Ich bin ein Profi und weiß, was ich tue. Aber wenn ich nicht arbeite … Bisher habe ich meine ganze Freizeit darauf verwendet, James' Großmutter zu sein und Sophie zu helfen. Davor habe ich Mum gepflegt. Jahrelang war ich für andere da. Dad ist ein so glücklicher und vielbeschäftigter Mensch. Er ist immer im Kloster und macht dort den Garten – ich muss nicht einmal für ihn kochen, weil Schwester Bridget ihm Mittag macht, und er meint, das sei seine Hauptmahlzeit. Ich weiß nicht, was ich mit all dieser freien Zeit anfangen soll. Ich weiß gar nicht mehr, wer ich bin.«

»Ach, Linda, das ist überhaupt nicht überraschend. Sie haben sich ihr ganzes Leben lang um andere gekümmert – erst um Sophie, dann um ihre pflegebedürftige Mutter, und zum Schluss haben Sie mit James geholfen. Aber Sie sind mehr als eine Kümmerin. Jetzt könnten Sie auch eigene Träume verwirklichen. Was würden Sie gern tun? Was macht Sie glücklich?«

Linda zuckte mit den Schultern. »Die Arbeit, aber gleichzeitig fühle ich mich dort auch ein bisschen festgefahren. Seit ich achtzehn bin, arbeite ich bei Bluebirds, und ich hätte wohl gern eine Veränderung. Ich will nicht den Rest meines Lebens als Geschäftsführerin arbeiten.«

»Na ja, was an Ihrer Arbeit mögen Sie denn? Was bereitet Ihnen Freude?«

»Am liebsten besichtige ich die Häuser selbst. Die Begehung des Klosters hat mir tatsächlich sehr viel Spaß gemacht. Sicher, am Ende ist es schiefgelaufen, aber der eigentliche Gang durchs Gebäude war extrem interessant. So etwas liebe ich. Es gibt so viele schöne Häuser, und die Architektur weist so viel faszinierende Geschichte auf.«

»Und der Vortrag heute hat Ihnen ebenfalls gefallen? Sie sagten, beim Betrachten der Bilder und während des Vortrags hätten Sie sich nicht erschöpft gefühlt.«

»Nein, das war toll. Ich war begeistert von Jack Mortimers Gemälden, und durch den Vortrag habe ich sehr viel über ihn, seinen Farbengebrauch und den Einfluss von Augustus John auf sein Werk erfahren. Und Dr. Woodburn hat auch extrem interessant über den Hintergrund des Ersten Weltkriegs berichtet.«

»Ich finde, Sie sollten über das nachdenken, was Sie glücklich macht, Linda, über das, was sie mit Freude und Energie erfüllt. Beim Gespräch über Architektur und Jack Mortimer kamen Sie mir gar nicht erschöpft vor.«

»Nein, da haben Sie recht.«

»Haben Sie je darüber nachgedacht, doch noch zu studieren? Ich erinnere mich aus Ihrer Jugend, dass Sie das wollten.«

»Ich könnte Fairbridge und Dad und Sophie, James und Ben nicht verlassen.«

»Das wäre doch auch gar nicht nötig – Dr. Woodburn und das Institut für Kunst- und Architekturgeschichte von Fairbridge haben einen sehr guten Ruf. Sie könnten sehr wohl studieren. Schließlich arbeiten Sie seit Ihrem achtzehnten Lebensjahr – haben Sie Ersparnisse?«

»Ich habe Geld für Sophie zurückgelegt.«

»Sophie kommt allein zurecht. Sie hat einen guten Abschluss, einen liebevollen Mann und sehr nette Schwiegereltern. Sie haben genug für sie getan.«

»Ich weiß nicht recht«, antwortete Linda zögernd.

»Linda, bitte versprechen Sie mir, dass sie darüber nachdenken und der Frage nachgehen, womit Sie Ihre Batterien wieder aufladen können. Lesen Sie ein paar Bücher über Kunstgeschichte und Architektur. Bestimmt würde Dr. Woodburn Sie zu der Frage beraten, was Sie für eine Bewerbung benötigen. Keine Sorge – alles wird sich zum Guten wenden.«

Margaret stand auf und umarmte Linda. Beiden Frauen kam es so vor, als wäre Helen ganz nah.

»Danke«, sagte Linda. »Jetzt fühle ich mich hoffnungsvoller. Es tut so gut, mit Ihnen zu reden. Ich wünschte, das hätte ich schon längst getan.«

»Ich auch«, erwiderte Margaret. »Aber jetzt, wo wir damit angefangen haben, sollten wir den Faden nicht wieder abreißen lassen.«

11

Am nächsten Abend empfing der Bischof sie erneut bei sich. Er schenkte allen Schwestern ein Glas Sherry ein, selbst der enthaltsamen Schwester Cecilia, nicht aber Father Hugh, der sich erneut erboten hatte, die drei zu fahren.

»Nun«, sagte der Bischof, als Margaret sich gesetzt und es Father Hugh, Schwester Bridget und Schwester Cecilia überlassen hatte, alles zu erklären, »das ist wirklich äußerst erfreulich! Es kann kein Zufall sein, dass der Lotteriegewinn und der Fund des Fotos der fliegenden Nonne sich innerhalb einer einzigen Woche ereignet haben. Es scheint so bestimmt zu sein.«

Margaret wünschte, sie könnte die Begeisterung der anderen teilen. Sie hatte das eigenartige Gefühl, nicht dazuzugehören und nur Zuschauerin zu sein.

»Außerdem habe ich heute in der Bibliothek ein sehr interessantes Dokument entdeckt, Exzellenz«, ergänzte Schwester Cecilia.

»Bischof John, bitte«, verbesserte wieder einmal der Bischof Cecilia jovial. Dieser Abend war wirklich eine Antwort auf seine Gebete. Erst heute Morgen hatte er beim Gebet in der Kathedrale angesichts des Unglaubens in der heutigen Gesellschaft, der Krise in der katholischen Kirche und des Mangels an Ehrerbietung vor dem Heiligen die Versuchung der Verzweiflung gespürt. Voll Verlangen, etwas Eindrucksvolles über seine Diözese erzählen zu können, hatte er an das im Mai bevorstehende Treffen mit Kardinal Hume gedacht. Er hatte um Glauben gebetet, und dann war diese wunderbare kleine, fliegende Nonne wie aus dem Nichts aufgetaucht. »Was denn für eines?«

»Es lag in Edward Mortimers Archiv. Da er eine so bedeutende Persönlichkeit der Stadt war, wurden nach seinem Tod alle seine privaten Unterlagen an die Bibliothek übergeben. Für meine Geschichte Fairbridges habe ich sie durchgearbeitet, muss aber gestehen, dass ich mich auf jene Dokumente konzentriert habe, die mit England zu tun hatten. Bei dem Schreiben handelte es sich um einen Brief aus Italien, den ich mir noch nicht angeschaut hatte, aber nach unserer kürzlich erfolgten Entdeckung schien mir, dass ich das tun sollte, und glauben Sie mir, mit dem Brief haben wir das letzte Puzzleteilchen gefunden. Ich habe ihn abgeschrieben. Er ist an Edward gerichtet und wurde 1925 von einem gewissen Monsignore Lawrence in Rom verfasst.«

»Faszinierend!«, sagte der Bischof.

»Wenn ich ihn vorlesen dürfte, Bischof John?«

»Aber bitte doch.«

Cecilia kramte in ihrer Handtasche und brachte ein schwarzes Notizbuch zum Vorschein. Mit leicht zitternden Händen klappte sie es auf und las ihre tadellos ordentliche Abschrift vor.

»›Lieber Edward, Ihr kleines Hausmädchen scheint eine Art Lokalheilige geworden zu sein. Ich schicke Ihnen einen Bericht mit, den ich entdeckt habe. Er ist fünf Jahre alt und handelt von einer englischen Nonne im Kloster einer italienischen Stadt, die man während der Messe hat levitieren sehen.‹« Schwester Cecilia blickte kurz auf und las weiter vor:

»›Da Sie in Ihrer Anfrage ein Kloster in Cardellino erwähnt haben, nehme ich an, dass es sich um dieselbe junge Frau handelt, nach der Sie sich erkundigt haben. Und so habe ich es auf mich genommen, Erkundigungen über den derzeitigen Verbleib der Ordensfrau einzuziehen. Leider muss ich Ihnen mitteilen, dass die junge Ordensschwester, die ehemalige Angestellte Ihrer Familie, zu unserem Herrn und seiner heiligen Mutter eingegangen ist.‹«

»Sie ist gestorben, verstehen Sie«, mischte Bridget sich überflüssigerweise ein. Cecilia beachtete sie nicht und fuhr fort:

»›Ein Priesterkollege hat mich zuverlässig informiert, dass Cardellino inzwischen einen gewissen Ruf erlangt hat. Anscheinend verwendet sich Ihre Ellen Kerr, oder Schwester Angelina, wie sie in dem Zeitungsausschnitt genannt wird, seit ihrem Tod für kinderlose Paare und erwirkt für sie das Geschenk eines Kindes.‹«

»Nun, das ist sicherlich äußerst interessant«, sagte der Bischof. »Ich muss sagen, dass ich noch nie von dieser Ellen Kerr gehört habe. Sie stammte also aus Fairbridge und war Hausmädchen bei den Mortimers?«

»Das ist noch nicht das Ende des Briefs. Am besten, du fährst fort, Schwester«, bat Bridget.

»Ja, richtig. Also, der Brief endet mit den Worten des Monsignore … einen Moment … ah, ja, da ist es. Er schreibt: ›Ich muss Ihnen gestehen, dass es mir ein Anliegen ist, mehr über diese heiligmäßige Engländerin herauszufinden. Mir scheint, Gott könnte Sie durch Ihre Sorge über das Schicksal Ihrer früheren Bediensteten dazu veranlasst haben, England durch mich eine neue Heilige zu schenken. Ich beabsichtige, nächsten Monat nach Cardellino zu reisen, um mir ein Bild zu verschaffen, ob wir einen Prozess zur Heiligsprechung von Ellen Kerr – oder Schwester Angelina – in Gang setzen können.‹«

»Guter Gott. Dann wäre sie hier inzwischen eine Lokalberühmtheit. Warum haben wir nie von ihr gehört? Hat der Monsignore seine Absicht nicht umgesetzt?«

Schwester Cecilia straffte im Sitzen stolz die Schultern. »Nun, ich weiß nicht, was genau geschehen ist, aber ich habe mich bei einer mir bekannten Archivarin erkundigt, die ausführlich zu katholischen Geistlichen in Rom geforscht hat. Sie hat entdeckt, dass dieser Monsignore Lawrence im selben Monat, in dem er diesen Brief schrieb, in Rom verstorben ist.«

»Das könnte der Grund sein, warum niemand dem Fall dieser Schwester Angelina nachgegangen ist«, sagte Father Hugh mit einem Blick zum Bischof.

»Aber ihre Klostergemeinschaft in Italien müsste doch etwas unternommen haben?«, überlegte Margaret.

»Ich habe Erkundigungen eingezogen, bin aber auf nichts dergleichen gestoßen. Soweit ich es beurteilen kann, ist gerade keine Untersuchung zu Schwester Angelina von Cardellino in Gang«, erwiderte Cecilia. »Ich habe keine Bücher, keine Zeitungsartikel, keine Broschüren über sie gefunden. Nichts. Es ist ein Rätsel.«

»Vielleicht lag es an den fehlenden finanziellen Mitteln«, vermutete der Bischof. »Leider erfordert der Kanonisierungsprozess viele Nachforschungen, und das bedeutet Zeit und Geld.«

»Mir schien immer etwas verkehrt daran, für die Heiligsprechung eines Menschen Geld zu bezahlen«, sagte Margaret zu jedermanns Überraschung, auch ihrer eigenen. »Was ist mit dem Heiligen Franziskus – der war doch arm, oder? Oder mit dem Heiligen Patrick – oder übrigens auch den Heiligen Bridget, Margaret und Cecilia? Wer hat denn für die bezahlt?«

»Also, natürlich reden wir hier nicht über die älteren Heiligen«, erklärte Cecilia und sah den Bischof peinlich berührt an. »Heutzutage wissen wir, dass viele Untersuchungen, Detektivarbeit und Ähnliches erforderlich sind. Wir wissen, dass ein *advocatus diaboli* auftreten muss, um sicherzugehen, dass es sozusagen keine Leichen im Keller gibt. Die Kirche braucht Gewissheit. Niemand hat etwas davon, wenn sie in einen Skandal verwickelt wird.«

»Aber trotzdem«, blieb Margaret rebellisch. »Finden Sie es nicht schrecklich, für eine Heilige zu bezahlen?«

Cecilia sah sie so geschockt an, als wäre Margaret gerade verrückt geworden.

Vielleicht hat sie recht, dachte Margaret.

»›Für eine Heilige bezahlen‹«, wiederholte der Bischof nachdenklich. »Wenn Sie in Italien genug Informationen finden, wird Gott gewiss dafür sorgen, dass die notwendigen

Mittel zusammenkommen, um den Prozess durchzuführen. Es gibt einige einflussreiche katholische Spender, die so etwas gewiss interessieren würde.«

»Würde es die Spender vielleicht ebenfalls interessieren, für die Reparatur des Kirchendachs zu bezahlen?«, fragte Father Hugh, doch sie hörten seiner Stimme an, dass er selbst nicht dran glaubte.

»Nun, leider müssen wir darauf vertrauen, dass die jeweilige Kirchengemeinde das dazu erforderliche Geld auftreibt«, antwortete der Bischof geschmeidig. »Wenn wir an die Spender, die ich im Sinn habe, mit der Bitte herantreten würden, für alle Kirchendächer mit Löchern zu bezahlen, würden wir sie rasch überfordern! Die großzügige Spende der Schwestern hat doch gewiss geholfen?«

Father Hugh nickte, obwohl er den Kopf hätte schütteln sollen. Der Bischof bewirkte so etwas bei ihm.

»Nun«, fuhr der Bischof fort, »für diese Nachforschungs-Pilgerfahrt haben Sie meinen ausdrücklichen Segen.« Er hielt kurz inne.

»Sie brauchen ein wenig Zeit für die Vorbereitungen. Eine Woche erscheint mir vernünftig. Ja«, er nickte, mit seiner eigenen Entscheidung zufrieden. Jetzt oder nie. Bei seinem bevorstehenden Treffen mit dem Kardinal wollte er so viele gute Nachrichten wie möglich präsentieren können. »Eine Woche reicht. Ich schlage vor, dass Sie zum Reisebüro von Fairbridge gehen und für nächsten Sonntag drei Flüge nach Rom buchen. Außerdem sollten Sie ein Taxi reservieren, sowie Zimmer in einem Hotel in diesem Cardellino, für … drei Nächte sollten reichen.«

»Nächsten Sonntag?«, fragte Margaret bestürzt. »In einer Woche?«

»Ja, Sonntag«, antwortete der Bischof in einem Tonfall, der keine weiteren Einwände duldete. »Sie haben Reisepässe?«

»Ja, die haben wir. Schwester Helen hat sie vor zwei Jahren erneuern lassen, als wir glaubten, wir würden zu Schwester Basils Jubiläum nach Lourdes pilgern. Damals wussten wir noch nichts von unseren Geldsorgen. Dann wurde Schwester Helen krank, alles änderte sich, und die Reise wurde verschoben. Aber ich … ich bin mir nicht sicher, ob wir den Lotteriegewinn rechtzeitig auf dem Konto haben«, sagte Margaret, die ein wenig stotterte, weil alles so schnell ging.

Der Bischof zog eine Schublade auf und nahm ein Scheckbuch heraus. Mit einem sehr edlen Füllfederhalter stellte er einen Scheck über zweitausend Pfund aus, unterschrieb ihn und reichte ihn Margaret.

Father Hugh bemühte sich, keinen Stich zu empfinden, weil der Bischof so etwas nie für ihn getan hatte.

»Sie können mir das Geld zurückzahlen, wenn der Lotteriegewinn da ist. Und danach, keine Sorge – ich werde mit dem Kardinal sprechen, und gewiss können wir das Geld für Untersuchungen im Rahmen des Kanonisierungsprozesses auftreiben. Entscheidend ist jetzt erst einmal, dass sie so bald wie möglich hinfliegen, um mehr über diese Geschichte herauszufinden. Ich habe das Gefühl, Schwestern, dass es erfolgversprechender ist, persönlich an die Nonnen heranzutreten, als ihnen einen Brief zu schreiben.«

»Aber wir sprechen kein Italienisch«, wandte Margaret ein.

»Nun, hoffentlich sprechen die Nonnen dort Englisch, wie die meisten Leute«, antwortete der Bischof, etwas zu lässig, wie Margaret fand. »Sollte es *tatsächlich* ein Problem geben, kontaktieren Sie mich bitte. Dann finde ich jemanden in Rom, der zu Ihnen stoßen kann. Aber angesichts all der Fügungen, die Ihnen in dieser Sache beschieden waren, habe ich das Gefühl, dass alles sich von selbst ergeben wird. Ehrlich gesagt, widerstrebt es mir, jetzt schon zu viele Mitwisser einzuweihen. Die Sache ist heikel. Ich bitte Sie, diskret vorzugehen. Denn rein formal ist dies eine Angelegenheit der italienischen Kirche. In Italien gibt es den Bischof und die Interessen der Kirche vor Ort, und wir wollen niemandem auf die geistlichen Zehen treten oder zu Klatsch und Tratsch einladen. Doch ich weiß, dass ich mich in dieser Hinsicht auf Ihr Urteilsvermögen verlassen kann. Vorläufig unternehmen Sie einfach nur eine Pilgerreise nach Rom. Cardellino und die fliegende Nonne bleiben unser Geheimnis.«

»Vielen Dank«, sagte Margaret und nahm den Scheck verwundert entgegen.

»Wie aufregend!«, rief Bridget. »Ich fühle mich wie in einem heiligen Spionagefilm. Ganz herzlichen Dank! Aber was werden Sie in der Zeit essen, Father Hugh?«

»Ach, machen Sie sich meinetwegen mal keine Sorgen«, antwortete der Angesprochene, der sich schon freute, dass während Schwester Bridgets Abwesenheit so viele kulinarische Versuchungen wegfallen würden. Der Gedanke erleichterte ihn. Ein wenig Fasten konnte ein Genuss sein.

»Ich möchte, dass Sie sich nicht die geringsten Sorgen machen, Schwestern«, sagte der Bischof. »Von jetzt an sollen Sie sich ganz auf die Vorbereitungen für diese aufregende Pilgerreise konzentrieren. Und wenn Sie jetzt die Köpfe senken, gebe ich Ihnen meinen Segen, bevor Sie die Flüge buchen und packen.«

Margaret machte sich zum Schlafengehen bereit. Sie nahm die Nadel aus ihrem Schleier und legte ihn zur Seite. Dann zog sie ihr langes, blaues Nachthemd an, dessen Wärme in dem kalten Haus mit zu viel Raum und Zugluft unbedingt erforderlich war. Ordentlich hängte sie ihr marineblaues Kleid auf einen Kleiderbügel und kniete sich für ein letztes Nachtgebet neben dem Bett nieder.

Eine Vision der jungen Nonne, die so von Gottes Geist erfüllt war, dass sie levitierte, trat ihr vor Augen, und plötzlich empfand Margaret Sehnsucht nach einer solch inbrünstigen Begeisterung – nach der puren Energie ihrer Jugend.

»Was ist mit meinem Schwung passiert, Herr?«, betete sie. »Bitte gib mir ein Ziel.« Zu ihrer Überraschung spürte sie, wie ihr eine Träne die Wange hinunterrann. »Du liebe Güte«, dachte sie verärgert. Wie derzeit beim Abend- und Nachtgebet ihre Gewohnheit, betete sie auch diesmal für die bescheidene Miss Taylor, die ungewöhnlich gütige Krankenschwester, die sich ihrer angenommen hatte, und sogar für die trächtige Katze. Sie dachte an die junge Nonne, eine Ordensschwester wie sie selbst, wenn auch aus einer anderen Zeit, und bat um ihre Fürsprache für die Gemeinschaft. »Schwester, wenn du wirklich eine Heilige bist, dann hilf uns und bete für uns. Bitte für uns, dass wir vom Heiligen Geist erfüllt werden. Bitte für uns, dass wir von Gottes Liebe auf Adlerflügeln getragen werden.« Sie musste selbst über die für sie so untypisch blumige Ausdrucksweise lächeln, und ganz unerwartet war sie gerührt. Müde, deprimiert und von Gelenkschmerzen geplagt, hatte sie sich niedergekniet. Mit einem Gefühl, als wäre eine Last von ihr genommen, erhob sie sich von den Knien, ging ins Bett und schlief so tief und fest, wie schon seit Monaten nicht mehr.

12

Am Dienstagmorgen ging George die Treppe zu seinem Reisebüro hinunter, das Gesicht bei der Erinnerung an den Vortag verzogen. Er hatte allein daheim gesessen und zu viel getrunken, da er sich von seinem enttäuschenden Wochenende erholen musste. Er hatte Matthew vorgeschlagen, sich Samstagabend auf einen Drink zu treffen, und war überglücklich gewesen, als dieser zustimmte – doch am späten Nachmittag hatte Mutter sich entschieden, einen Schwindelanfall zu erleiden, war gefallen und hatte sich eine Wunde am Bein zugezogen. Und so hatte er Samstag das Reisebüro eine Stunde früher geschlossen, sie in die Notaufnahme gefahren und den ganzen Samstagabend bei ihr verbracht. Das sonntägliche Mittagessen war eine Verpflichtung, der er sich nicht entziehen konnte, Sonntagabend konnte er sie nicht allein lassen, und so war das ganze Wochenende vergangen, ohne jemanden froh zu machen. Montags war sein freier Tag, daher war er bei ihr, als die Krankenschwester kam, um die Wunde zu verbinden, und hatte das zweifelhafte Vergnügen, Mutter beim peinlich unhöflichen Umgang mit der netten Frau zu erleben. Als die Krankenschwester ging, hatte er sich vor der

Tür bei ihr entschuldigt, war dann zu seiner Mutter zurückgekehrt und so lange geblieben, wie er es ertrug. Er hatte seiner Mutter das Mittagessen und das Abendessen zubereitet, obwohl sie absolut in der Lage war, das selbst zu tun. Dann war er heimgegangen und hatte den Rest des Abends damit verschwendet, aus seiner Videosammlung einen Krimi nach dem anderen zu schauen und dabei Rioja zu trinken. Jetzt war Dienstagmorgen, er war erschöpft und verkatert, und bereits jetzt fühlte er sich so, als wäre die Woche, die vor ihm lag, viel zu lang.

»Ich bin eine Enttäuschung für meine Mutter, und ich werde immer mehr zu einer Enttäuschung für mich selbst«, murmelte er, als er das Reisebüro aufsperrte. Jenny hatte sich krankgemeldet, doch er rechnete nicht damit, dass heute viel los sein würde. Er schaltete den Computer ein, drehte das Schild an der Tür von »Geschlossen« auf »Geöffnet« und stellte zu seiner Überraschung fest, dass draußen bereits zwei Kunden warteten.

»Hallo!«, sagte eine junge Frau, schob die Tür auf und stürmte so eifrig herein, dass George aus dem Weg treten musste, um nicht angerempelt zu werden.

»Entschuldigung!«, sagte die junge Frau. »Wir sind einfach so aufgeregt, wissen Sie?« Sie war Anfang zwanzig, hatte dunkle Locken und ein offenes, freundliches Gesicht. Mit einem preisgünstigen, aber schicken Kleid und Blazer von der Stange, glitzernden Ohrsteckern und hohen Absätzen war sie attraktiv zurechtgemacht. Sie war bei einem hochgewachsenen, sportlich wirkenden jungen Mann etwa gleichen Alters eingehängt, der mit Jeans, einem blau karierten Hemd und einer Baumwolljacke bekleidet war. Sie trat erwartungsvoll ein, ohne ihren Begleiter loszulassen, und an der Hand, die auf seinem Ärmel lag, funkelte ein Verlobungsring. Der Mann kam herein, stellte sich neben sie und sah sie so liebevoll an, dass George einen Anfall von Selbstmitleid erlitt.

»Ja?«, fragte er, war aber dann selbst bestürzt, wie unfreundlich er klang. Miguel wäre schrecklich enttäuscht von ihm gewesen. Miguels Schwester Anna sah dieser jungen Frau sogar ein bisschen ähnlich, und mit ihr hatten sie immer so viel Spaß gehabt. Na ja, diese Frau war nicht Anna. Und Miguel war nicht mehr da. Aber trotzdem. Unfreundlichkeit war nicht gut fürs Geschäft. »Was kann ich für Sie tun?«, fuhr George fort, bemüht, ein wenig begeisterter zu klingen. Um eine Luxusreise oder eine Safari würde es nicht gehen, soviel war sicher. Keiner der beiden sah wohlhabend aus.

»Wissen Sie«, vertraute ihm die junge Frau an. »Wir heiraten bald, verstehen Sie?«

George beneidete sie darum, wie sie ihre Liebe so mühelos zur Schau stellte, über den Ärmel ihres Verlobten strich und ihn ohne eine Sorge in der Welt anlächelte.

»Und wann würden Sie gern reisen?«

»Also, das ist ja das Aufregende«, sagte die junge Frau. »Wir heiraten nächsten Samstagvormittag, aber in der ganzen Kirche stehen Eimer, und das ist einfach schrecklich.«

George runzelte die Stirn.

»Entschuldigung – Eimer?«

»Ja, Eimer. Das Dach ist undicht, verstehen Sie, und da habe ich geweint. Sie wissen schon, wir schreiten durch den Mittelgang, und dann stehen da überall Eimer. So hab ich mir meine Hochzeit einfach nicht vorgestellt. Aber vielleicht regnet es ja auch gar nicht. Chris sagt, es regnet bestimmt nicht.« Dabei sah sie Chris hingerissen an, und er nickte lächelnd.

Aha, der gut aussehende Chris ist also Meteorologe, dachte George.

»Jedenfalls sagt Chris, nach unserer Hochzeitsnacht im Hotel von Fairbridge am Samstag – das Hotel bezahlen meine Eltern – fahren wir Sonntag nicht zu den Seen – nicht zum Wohnwagen meiner Tante, der übrigens sehr schön ist, und das war ein ganz liebes Angebot von ihr. Aber zum Ausgleich für die Eimer möchte Chris mich nach *Rom* einladen! Da wollen wir also hin.«

»Sie wollen Urlaub in Rom machen? Wann denn?«

»Diesen Sonntag«, antwortete die junge Frau vertrauensvoll. »Bis Mittwoch. Chris hat gerade sein Motorrad verkauft.« Sie stellte sich auf die Zehenspitzen und küsste ihren Verlobten. »Er ist so wundervoll.«

Chris, der ihr das Reden überlassen hatte, blickte lächelnd zu ihr hinunter.

George musste innerlich um Fassung ringen. Er schaute auf das Paar und senkte den Kopf, um seine Tränen zu verbergen. Das war echte Liebe.

Zum Teufel mit Mutter und ihrer gemeinen Art, Leute in Schubladen zu stecken. Er hatte geglaubt, Miguel habe ihm diesen Charakterzug ausgetrieben und ihn zu einem besseren Menschen gemacht. Doch direkt unter der Oberfläche lauerten offenbar immer noch ererbte Kleinlichkeit und Neid. *Du bist ein selbstmitleidiger Snob, George, und das ist ganz schön schwach.*

»Setzen Sie sich, dann schauen wir mal, was sich tun lässt«, sagte er laut. »Wie viel wollen Sie denn ausgeben?«

»Chris will es mir nicht sagen«, erzählte die junge Frau, drückte ihrem Liebsten die Hand und strahlte ihn an.

Der junge Mann griff in seine Jackentasche, zog einen gefalteten Zettel heraus und schob ihn George über den Tisch hinweg zu. Die Blicke der beiden Männer trafen sich. Chris' braune Augen schauten flehend.

George entfaltete den Zettel und verstand warum. Selbst wenn sie nur ein paar Nächte blieben, würde der Betrag kaum mehr als die Flugkosten decken. Die Unterbringung würde Herbergsstandard haben. Wenn die Braut schon wegen Eimern in der Kirche weinte, wäre das nichts im Vergleich zu den Flitterwochen.

»Möglicherweise ist so kurzfristig nichts zu bekommen«, setzte George zu einer Erklärung an. Er sah die Enttäuschung in den Augen der jungen Frau, bevor diese sie rasch verbarg.

»Das macht nichts, Chris. Wirklich nicht. Wir können ein andermal dorthin reisen. Das war so lieb von dir. Und du hast recht, es regnet bestimmt nicht. Mir ist egal, wohin wir reisen, solange wir nur zusammen sind.«

George fühlte sich zwischen Verärgerung und Mitgefühl hin- und hergerissen. Warum brachten sie ihn in diese Lage? Er war keine Flitterwochen-Fee.

»Könnten Sie … könnten Sie noch ein bisschen schauen und mir Bescheid geben, falls Sie etwas finden?«, bat der junge Mann und gab George seine Karte.

Ah. Er ist Gärtner. Für den armen Kerl wächst das Geld nicht auf den Bäumen. Für das bisschen, was er hat, so kurzfristig eine schöne Unterkunft in Rom zu finden, dafür bräuchte es ein Wunder.

»Ich melde mich wieder bei Ihnen. Aber versprechen kann ich nichts. Leider kann ich Ihnen keine großen Hoffnungen machen, aber ich tue mein Bestes«, sagte George.

»Danke dafür«, antworteten die junge Frau und Chris gleichzeitig und verließen das Geschäft Hand in Hand. George sah, wie sie sich auf der Straße rasch küssten, bevor sie in entgegengesetzte Richtungen davongingen, und er bemerkte, wie sie einander anlächelten, wie dann aber die Enttäuschung in ihr Gesicht trat, sobald sie glaubten, dass der andere es nicht sehen könne.

»Sie lieben sich, Miguel«, sagte George laut. »Wie wir damals. Du fehlst mir so sehr.«

Er griff nach einem Papiertaschentuch und schnäuzte sich. »Ja, ja, ich weiß, du findest sie hinreißend. Ich weiß, du beneidest sie nicht darum, dass sie heiraten oder Flitterwochen vor sich haben. Dass sie so lebendig sind. Neid war einfach nicht Teil deines Wesens. Wenn du mir *tatsächlich* zuhörst, wenn du *tatsächlich* mit deinen geliebten Heiligen dort oben im Himmel bist, wie du immer geglaubt hast, Miguel, dann kannst *du* ihnen vielleicht zu schönen Flitterwochen verhelfen. Und wenn du jetzt schon zuhörst – *falls* du zuhörst, Miguel, mein Geliebter – bitte, bitte hilf mir. Wie wäre es, wenn du für mich betest? Denn ich kann es nicht. Ich schaffe es nicht alleine. Ich schaffe überhaupt nichts mehr alleine.«

Und in diesem Moment kamen drei Nonnen herein.

George war kein Experte für Nonnen. Er hatte zwar mit Miguel, der eine Schwäche für Nonnen hatte, *Sister Act* eins und zwei gesehen, aber nie irgendeinen persönlichen Kontakt gepflegt. Daher war er ein wenig überrumpelt, als in seinem Reisebüro gleich drei von ihnen auftauchten. Sie trugen keine langen Gewänder, aber alle hatten einen Schleier auf dem Kopf und ein Kreuz auf der Brust, und die kleine mit dem fröhlichen Lächeln war besonders einnehmend. Sie wäre gewiss Miguels Lieblingsnonne gewesen.

»Was kann ich für Sie tun, Schwestern?«, fragte er.

»Wir sind hier, um Flüge nach Rom zu buchen«, erklärte die kleine Nonne aufgeregt mit breitem irischen Akzent. Ja, Miguel hätte sie geliebt. »Und zwar für kommenden Sonntag.«

Was ist das nur mit Rom und dem kommenden Sonntag?, dachte George.

»Ich verstehe. Sehr schön. Und wann fliegen Sie zurück?«

»Also, wir brauchen drei Rückflüge, und zunächst einmal ist die Rückreise für Mittwoch geplant. Aber es sollten vielleicht Open Return Tickets sein, weil wir nicht mit Sicherheit wissen, wie lang wir dort bleiben werden«, antwortete die jüngste der drei, eine Frau Ende fünfzig. Sie wirkte eher resigniert als vorfreudig, was George wunderte. Er hätte geglaubt, dass alle Nonnen gern nach Rom wollten.

»Wir werden uns nicht wirklich in Rom aufhalten, wissen Sie. Wir fahren von dort etwa eine Stunde zu einem Dorf namens Cardellino«, erzählte die irische Nonne im Plauderton. »Kennen Sie es?«

»Ich weiß, dass *cardellino* auf Italienisch ›Goldfink‹ bedeutet, aber einen Ort dieses Namens kenne ich nicht«, antwortete George.

Die älteste Nonne reagierte gereizt und starrte ihre Mitschwester wütend an, als wollte sie nicht, dass diese noch mehr erzählte. Doch ihre Begleiterin schien das nicht zu bemerken und fuhr fort:

»Ist es nicht großartig, dass Sie Italienisch können? Wir machen eine Pilgerreise nach Cardellino, aber keine von uns hat Ahnung von der Sprache.«

»Wir machen eine Pilgerreise nach *Rom*«, warf die jüngste Nonne ein, der die gereizte Reaktion der ältesten Nonne bewusst zu sein schien. »Cardellino besuchen wir nur.«

»Oh! Ja, ja, natürlich. Wir besuchen Cardellino nur. Natürlich. Nur ein Besuch«, verbesserte sich die irische Nonne schuldbewusst.

Was ist denn hier los? Das ist ja wie ein Krimi. Was haben sie zu verbergen? Sind sie überhaupt echte Nonnen? Bei dieser albernen Frage musste George innerlich lachen – die drei waren ganz offensichtlich echt – doch nach außen bewahrte er die Fassung.

»Sie hätten also gern Flugtickets nach Rom. Und dort brauchen Sie keine Zimmer?«

»Nein, diesmal nicht«, antwortete die jüngste Nonne. »Wir wollen den ersten Tag dort verbringen, können hoffentlich eine Messe im Petersdom besuchen und fahren am Abend nach Cardellino weiter. Die Fahrt dauert wohl eine Dreiviertelstunde. Ich weiß nicht, kann man dort ein Taxi reservieren? Ich möchte nicht gern selbst fahren.«

»Ich kenne da jemanden. Soll ich also Flugtickets nach

Rom buchen, eine Transportgelegenheit nach Cardellino arrangieren und dort Zimmer für drei Nächte reservieren, aber keine in Rom?«, fragte George.

»Ja, machen Sie das bitte«, antwortete die jüngste Nonne, die das Sagen zu haben schien.

»Sie hätten bestimmt gern einen frühen Flug nach Rom, damit sie dort den ganzen Tag verbringen können?«

»Ja, ja, danke«, antwortete sie, als hätte sie selbst gar nicht daran gedacht. George bemerkte aber, wie glücklich die anderen beiden darüber wirkten. Diese Pilgerreise nach Rom war also nicht so wichtig wie der Besuch in Cardellino, wo auch immer das sein mochte. Jessica Fletcher aus *Mord ist ihr Hobby* hätte hier ihren Spaß dran gehabt. Und Miss Marple hätte den dreien ihr Geheimnis im Handumdrehen entlockt.

Die Nonnen gaben ihm ihre Reisepässe, und nachdem George sich vergewissert hatte, dass sie über die notwendigen Mittel verfügten, schaute er alles nach, während sie warteten. Die irische Nonne konnte nicht still sitzen, sondern ging lieber strahlend herum und betrachtete die Plakate an den Wänden. Sie genoss den Aufenthalt im Reisebüro mehr als alle Leute, die George bisher hier erlebt hatte. Auch Miguel war von Reisebüros fasziniert gewesen – nur von ihm hätte George sich vorstellen können, dass er Plakate mit solchem Genuss betrachtete. Aus dem Augenwinkel bemerkte George, dass die irische Nonne versuchte, ihre älteste Mitschwester für einen Prospekt zu interessieren. Doch die saß einfach nur mit geschlossenen Augen da, ließ den Rosenkranz durch die Finger gleiten und bewegte stumm die Lippen. Vermutlich war es das erste Mal, dass jemand in seinem

Reisebüro betete. George fiel plötzlich wieder ein, mit welchem Ausdruck in den Augen der junge Mann ihm vorhin den Zettel zugeschoben hatte. Rein theoretisch war es vielleicht kein Gebet gewesen, aber in der Praxis war es ein von Herzen kommender Wunsch gewesen.

»So, ich habe das Hotel gefunden. Es scheint in Cardellino nur ein einziges zu geben. Jetzt muss ich dort anrufen«, sagte der freundliche Reisebüroinhaber.

Er griff nach dem Hörer und unterhielt sich schon bald in fließendem Italienisch. Er nickte stirnrunzelnd und schaute zu den Schwestern hinüber, doch dann vernahm er vom anderen Ende der Leitung etwas, was ein überraschtes Lächeln in sein Gesicht treten ließ.

»Schwestern – dort drüben fragt man, ob Sie vom Philomenakloster Fairbridge kommen«, sagte er.

»Ja, genau so ist es«, antwortete Cecilia stolz.

Er gab am Telefon Antwort, redete weiter und blickte dabei auf die Zahlen, die er auf einem Blatt Papier notierte. Dabei nickte er immer eifriger mit dem Kopf. Er sagte etwas, hielt dann inne und wandte sich an Margaret.

»Nun, ich weiß selbst nicht recht, was hier vor sich geht, denn anscheinend ist das Hotel wegen Renovierungsarbeiten geschlossen, doch als ich erwähnte, dass sie drei Nonnen aus Fairbridge seien, hat man beschlossen, eigens für Sie zu öffnen. Außerdem hat man angeboten, Sie mit dem Auto abzuholen und zum Hotel zu bringen. Der Zimmerpreis ist äußerst günstig. Hinzu kommt, dass man sie auch für den

Rückflug wieder zum Flughafen fahren möchte. Man scheint dort etwas für Nonnen übrig zu haben!«

»Das ist Bestimmung!«, rief Bridget aufgeregt. »Sie haben gehört, dass wir aus Fairbridge kommen. Sie müssen Bescheid wissen über …«

»Also, ganz herzlichen Dank«, unterbrach Margaret sie. »Und die Flugtickets nach Rom?«

»Der Flug ist beinahe ausgebucht, und so kann ich auf dem Hinflug leider nicht alle Plätze nebeneinander bekommen. Eine von Ihnen wird in einer anderen Reihe sitzen müssen, aber jedenfalls sind Sie nah beieinander. Ist das für Sie in Ordnung?«

Die Schwestern nickten.

»Gut. Dann mache ich jetzt Nägel mit Köpfen und buche die Zimmer im Hotel. Sie bekommen sie wirklich zu einem verblüffend günstigen Preis.«

»Könnten Sie vielleicht noch schnell fragen, ob dort jemand Englisch spricht?«, fragte Margaret plötzlich. »Wir brauchen vielleicht einen Dolmetscher, der uns bei einer bestimmten Sache unterstützt.«

»Oh, was für eine gute Idee!«, sagte Bridget.

Der Reiseverkehrskaufmann sagte etwas auf Italienisch, lächelte und fuhr auf Englisch fort: »Das werde ich den Schwestern ausrichten.« Er drehte sich um, hob den Daumen und formte die Worte »kein Problem« mit den Lippen. Dann wandte er sich wieder dem Telefongespräch zu. »Das ist eine wunderbare Nachricht. Wenn wir die Zimmer also wie besprochen buchen könnten …«

»Der Bischof hatte recht!«, flüsterte Bridget laut und begeistert.

»Es hat den Anschein«, erwiderte Margaret. Da war nichts zu machen, die Dinge nahmen ihren Lauf.

»Dann ist jetzt alles gebucht. Drei Flugtickets zum Flughafen Rom-Fiumicino, Abflug früh am Morgen, sodass Sie einen ganzen Tag in Rom haben«, sagte er und reichte Margaret eine detaillierte Rechnung. Die stellte einen Scheck aus, und der Reiseagent druckte die Tickets.

»Margaret Lewis?«, las er vor.

»Hier, danke«, antwortete Margaret.

»Der Wagen wird Sie vor dem Englischen Kolleg in Rom abholen. Das ist leicht zu finden und liegt nicht weit vom Petersdom. Ich habe jedem Umschlag einen Stadtplan beigelegt.«

»Danke«, erwiderte Margaret resigniert.

»Jean McKenzie?«, sagte er als nächstes.

»Das bist du, Schwester Cecilia«, warf Bridget überflüssigerweise ein.

Cecilia nahm Reisepass und Flugticket ehrfürchtig in Empfang.

»Darf ich fragen, warum es ein anderer Name ist?«

»Nun, sehen Sie, früher bekam man beim Eintritt ins Kloster einen Ordensnamen, aber später, in den Sechzigerjahren, nach dem Zweiten Vatikanischen Konzil erhielten wir das Recht, zu unseren ursprünglichen Taufnamen zurückzukehren«, antwortete Bridget zu Margarets Erleichterung. Es war nicht gerade Cecilias Talent, das Ordensleben und seine vertrackteren Eigenheiten zu erklären. »Den Namen Bridget mochte ich lieber als Schwester Paul, weil die Heilige Bridget mir viel bedeutet, und so habe ich diese Möglichkeit wahrgenommen. Aber Schwester Cecilia gefiel Cecilia besser als Jean, und so hat sie ihren Ordensnamen behalten. Wie hast du eigentlich noch mal geheißen, Margaret?«

»Ich war Schwester Aloysius, und ich habe ebenfalls meinen alten Namen wieder angenommen«, antwortete Margaret. »Aber bestimmt will Mr …«

»Sanders. George Sanders«, warf George ein.

» … bestimmt will Mr Sanders keinen Abriss der Geschichte des Ordenslebens hören«, sagte Margaret.

»Oh doch, das interessiert mich«, sagte Mr Sanders. »Ich finde es faszinierend. Ich habe mich, glaube ich, noch nie mit Nonnen unterhalten. Das hier für Bridget O'Sullivan ist also für Sie, Schwester Bridget?« Damit reichte er ihr den Umschlag.

Bridget nickte und drückte ihn, vor Freude strahlend, wie einen Hauptgewinn an sich.

»Was für eine wundervolle Berufung Sie haben!«, rief sie aus und sah ihm dabei in die Augen.

»Entschuldigung?«

»Mit Ihrer Arbeit machen Sie bestimmt sehr viele Menschen glücklich«, erklärte sie, die freundlichen Augen voller Anerkennung. »Es gibt bestimmt sehr viele Menschen, die sich wohlverdiente Ruhepausen, Abenteuer oder vielleicht auch Flitterwochen wünschen, oder? Wie schön ist es da, die Träume der Menschen wahr werden zu lassen!«

Das brachte Mr Sanders vollkommen aus der Fassung, und er brach in Tränen aus. Die Nonnen stießen alle besorgte

Rufe aus – Cecilia tat einen Schritt rückwärts, Margaret und Bridget traten ein Stück vor.

»Tut mir schrecklich leid. Ich bin gerade einfach überwältigt. Meine Mutter hält mich für einen Versager – ich bin eine riesige Enttäuschung für sie. Mein … ein lieber Freund ist vor zwei Jahren gestorben … ich weiß nicht, warum mich das gerade heute so fertigmacht. Vielleicht, weil er Nonnen so mochte. Meine Mutter macht es mir nicht leicht. Tut mir leid. Ich bin gerade ein bisschen nah am Wasser gebaut. Entschuldigen Sie bitte«, stieß er in einem Wortschwall heraus.

»Wir gehen«, sagte Cecilia.

»Ist mit Ihnen alles in Ordnung?«, fragte Margaret teilnahmsvoll.

Mr Sanders schluchzte noch ein wenig mehr.

»Sie Armer! Könntest du Schwester Cecilia bitte nach Hause bringen, Margaret? Ich bleibe noch«, sagte Bridget.

George hörte das Klingeln, mit dem die Tür zufiel, und dann befand er sich in Bridgets Obhut. Er lag in ihrer tröstenden Umarmung und erhielt einen dicken Packen Papiertaschentücher für seine Tränen. Schwester Bridget drehte das Schild an der Tür auf »Geschlossen« und bugsierte ihn in die Küche, wo sie ihm wundersam schnell, so schien es ihm, eine Tasse Tee und einen Keks vorsetzte.

»Viele Kekse haben Sie ja nicht mehr«, sagte sie bei einem Blick in die nahezu leere Dose, als sie sich, ebenfalls mit einer Tasse Tee, zu ihm setzte. »Ich bringe Ihnen nachher einen leckeren Kuchen vorbei. Und schau einmal einer an – ein ganz süßer kleiner Kerl kommt hier durch die Katzenklappe und leistet Ihnen Gesellschaft. Ist er nicht hinreißend?«

Sebastian der Prachtvolle sprang auf Georges Schoß und drückte laut schnurrend den Kopf an seine Brust.

»Nun, offensichtlich liebt er Sie *sehr!*«, sagte Schwester Bridget erfreut. »Und haben Sie sich hier nicht wunderbar eingerichtet? Ein erstklassiges Reisebüro, dann diese reizende Teeküche mit dem Lagerraum, und hinten sehe ich einen hübschen kleinen ummauerten Garten, in dem die Katze ein Sonnenbad nehmen kann. Und Ihre Wohnung, liegt die im Obergeschoss? Im Garten ist ja eine Feuertreppe. Wahrscheinlich kann der kleine Kerl dort selbstständig hinaufsteigen, statt den Weg durchs Reisebüro zu nehmen?«

George nickte, ohne recht zu verstehen, wieso das Kommen und Gehen seines Katers von solchem Interesse sein sollte.

»Das habe ich mir gedacht.« Schwester Bridget nickte. »Sehr fürsorglich von Ihnen. Er hat einen wunderbaren, sicheren Garten, den er genießen kann, während Sie arbeiten, und er kann kommen und gehen, wie es ihm gefällt.«

George fühlte sich von diesem Lob lächerlich aufgemuntert. Er hatte keine Ahnung, dass er so viel richtig machte. Normalerweise lobte niemand einen Vierzigjährigen so ausführlich, und schon gar nicht wegen der Versorgung eines Katers. Sie redete mit ihm, als wäre er ein Fünfjähriger, aber überraschenderweise störte ihn das nicht im Geringsten.

»Und diese Teeküche ist *picobello*. Ich wünschte, ich könnte Father Hugh beibringen, hinter sich selbst aufzuräumen. Man merkt es immer, wenn er sich einen Becher Tee zubereitet hat. Nun, ich muss sagen, mit Ihrem kleinen Unternehmen haben Sie sich perfekt eingerichtet. Ich habe keine Ahnung, von was Ihre Mutter enttäuscht ist. Ist Sie krank, was meinen Sie?« Bridget fragte das im Plauderton, als könnte nur eine kranke Mutter den Werdegang eines Sohns missbilligen, der ein so wundervolles Reisebüro besaß.

George schenkte ihr ein tränennasses Lächeln. »Vor einem Jahr hatte sie einen Herzanfall, kurz nach dem Tod meines Freundes. Danach bin ich aus Spanien zurückgekehrt, um sie im Auge zu behalten. Sie wohnt an der London Road. Aber es ist nicht leicht, es ihr recht zu machen. Ich finde es ziemlich … schwierig.«

»Wahrscheinlich ist sie einsam«, diagnostizierte Bridget. »Eine Witwe?«

George nickte.

»Dann haben also auch Sie Ihren Vater verloren? Er ruhe in Frieden.«

»Ja –, aber schon vor fünfzehn Jahren.«

»Das ist wirklich hart. Haben Sie Geschwister?«

»Nein.«

»Dann lastet ein furchtbarer Druck auf Ihnen. Sie sollten Ihre Mutter zum Bingo bringen. Ich rufe jede Woche die Zahlen aus. Im Gemeindesaal der Philomenakirche gleich hier um die Ecke. Kann sie gehen?«

»Ja. Gesundheitlich geht es ihr wieder gut. Sie ist … einfach nur unglücklich.«

»Nun, dann sagen Sie ihr, dass sie diesen Donnerstag kommen soll. Wenn Sie sie selbst bringen, können Sie sie bei mir lassen und wieder an die Arbeit gehen. Ich stelle ihr ein paar nette Freundinnen von mir vor.«

»Ich glaube, ehrlich gesagt, nicht, dass sie kommen würde, Schwester. Sie hat noch nie Bingo gespielt.«

»Sie wird begeistert sein!«, prophezeite Bridget überzeugt. George konnte sich nichts vorstellen, was seiner Mutter weniger gefallen würde. Schwester Bridget bemerkte seinen Gesichtsausdruck und legte nachdenklich den Kopf schief. »Wäre es vielleicht hilfreich, wenn ich bei ihr vorbeischaute? Ich lebe selbst auch an der London Road. Im großen Kloster neben der Schule. Welche Hausnummer hat sie denn?«

»Vierundsiebzig. Aber ich muss Ihnen sagen, Schwester, ich glaube wirklich nicht, dass Mutter mitkommen wird.«

Bridget tätschelte ihm die Schulter. »Nur keine Sorge. Überlassen Sie das mir.«

Heute war Sarahs freier Tag, und sie würde zum Friseur gehen, bevor sie sich zum Lunch mit einer alten Freundin traf. Ihr war klar, dass sie sich an ihrem freien Tag keine Gedanken um Antoinette Taylor machen sollte, doch sie hatte die Absicht, ihr nachher noch einen Kuchen vorbeizubringen und nach der Katze zu schauen. Sie könnte ihr auch ein Stück ihrer Lieblings-Quiche und einen Salat bringen. Falls sie nichts zu Mittag gegessen hatte. Sarah war sich sicher, dass die Katze ihr Futter bekommen würde, aber bei deren Besitzerin war sie nicht so überzeugt.

Sie blickte sich in ihrem und Matthews gemeinsamem Wohnzimmer um: Die vollen Bücherregale, in denen noch immer viele Bücher ihrer Eltern standen, ihre eigenen Topfpflanzen, Matthews Klavier, die von ihren Eltern ausgewählten Bildern an den Wänden und die Stühle, Tische und das Sofa, mit denen sie aufgewachsen waren. Es war ein schönes Haus. Jeder mochte die Gesellschaft des anderen. Sie fühlten sich wohl und geborgen. Sie hatten gemeinsame Freunde und jeder auch eigene Freunde von der Arbeit. Gemeinsam machten sie gern Wanderurlaub und gingen ins Kino oder in Konzerte. Aber sie verfolgten auch getrennte Interessen. Matthew ging in den Chor, und sie selbst nahm Malkurse. Manchmal spielten sie Schach miteinander. Matthew war ein ausgezeichneter Koch. Sie werkelte gern im Garten, und Freunde, die zu Besuch kamen, lobten immer die entspannte Atmosphäre. Beide arbeiteten hart und hatten viel zu tun. Ihr Leben war vollkommen in Ordnung.

Doch Sarah hatte das Gefühl, dass eine Veränderung bevorstand. Matthew wirkte irgendwie anders als sonst. Er hatte sich dem Chor noch nie mit so viel Eifer gewidmet. Seine Schritte waren so federnd, und er strahlte etwas so Hoffnungsvolles und Verletzliches aus, wie sie es seit Jahren nicht mehr bei ihm erlebt hatte. Er wirkte … irgendwie jünger. Da war dieser geheimnisvolle Freund, der ihm bei seiner Rede geholfen und ihn ins Funkhaus begleitet hatte. Matthew wieder glücklich zu sehen, erfüllte auch sie mit Glück, aber sie fürchtete auch um ihn.

Außerdem fühlte sie sich in dieser Situation älter als ihr Zwillingsbruder. Und das war nicht richtig so.

Sie fand, dass sie Matthew letzthin biestig begegnet war, und das kam ihr unfair vor.

Sie waren achtunddreißig Jahre alt. Ihr Leben war so, wie es jetzt war, nicht in Stein gemeißelt. Und dass Matthew glücklich war, war etwas Gutes. Schließlich wünschte sie sich das für ihn, selbst wenn es sie verwirrte, nicht zu wissen, warum er gar so beschwingt war, und selbst wenn sie vermutete, dass der Grund dafür … beunruhigend war.

Im Wandspiegel in der Diele sah sie sich prüfend an, bevor sie das Haus verließ. Ihr selbst an ihrem freien Tag straff zum Pferdeschwanz zusammengefasstes langes Haar langweilte sie. Sie wollte nicht länger die vernünftige Sarah sein.

Ja, es war Zeit für eine Veränderung.

13

Francesco sah zu, wie seine Frau Maria nach dem Frühstück den Tisch abräumte. Er fand sie mit fünfzig sogar noch schöner als damals beim Kennenlernen vor dreißig Jahren, dabei hatte er nie eine schönere Zwanzigjährige gesehen. Unbefangen schob sie sich eine Haarsträhne hinters Ohr, und in ihm erwachte Begehren.

Sie sollten eigentlich nicht hier in Cardellino sein. Vielmehr sollten sie reisen, Wein trinken, bei Tagesanbruch aufstehen, um den Sonnenaufgang zu sehen, lange Strandspaziergänge im Mondschein machen und einander dabei bei den Händen halten. Das hatten sie einander vor Jahren versprochen, damals als sie sich bereit erklärt hatten, zurückzukommen und seiner Großmutter zu helfen. In den Sommermonaten würden sie im Hotel anpacken, nach der Saison aber würden sie wegfahren.

»Wenn wir im Winter immer reisen können, komme ich damit klar«, hatte Maria vor zwanzig Jahren gesagt. Als die Frage, ob sie nach Italien zurückkehren sollten, zum Thema geworden war, hatte sie ganz allein einen langen Spaziergang gemacht, um darüber nachzudenken. Als sie in ihre gemeinsame Wohnung in Paris zurückkehrte, war sie bereit gewesen, ihre gute Stelle aufzugeben und mit ihm nach Cardellino zurückzukehren. Wenn sie einmal etwas entschieden hatte, blieb sie dabei. Schon damals hatte er gewusst, dass sie absolut zuverlässig war, aber er hatte trotzdem nachgehakt. Sie hatte ja schon einmal schrecklich viel aufgegeben, als sie begriffen hatten, dass sie niemals Kinder bekommen würden. Danach hatten sie ihr Leben völlig neu ausgerichtet und waren mit erfüllenden Berufen und guten Freunden glücklich geworden. Seine Frau darum zu bitten, alles, woran ihr etwas lag, ein zweites Mal loszulassen, erschien ihm damals zu viel verlangt.

»Bist du dir sicher? Wir hatten nie geplant, das Hotel meiner Großmutter zu führen«, hatte Francesco gesagt.

»Dann lass uns unsere Pläne ändern!«, hatte Maria ihm lachend geantwortet. Sie hatte ihm in die Augen geblickt und ihn umarmt. »Wir mussten schon viel wichtigere Pläne über den Haufen werfen, und schau doch, Liebster, wie gut alles herausgekommen ist. Lassen wir uns doch auf ein neues Abenteuer ein! Das ist unsere Stärke!«

Und so waren sie nach Cardellino zurückgekehrt und hatten in den nächsten fünfzehn Jahren im Frühling und Sommer das Hotel geführt, da Francescos Großmutter und ihr Mann – sein Großonkel – dafür zu alt geworden waren. Sie waren ein tolles Team und machten das Hotel zu einem Ort liebevoller, vergnüglicher Gastlichkeit. Sie sorgten dafür, dass jeder sich an ihrem Tisch willkommen fühlte, und kaum jemand bemerkte, mit welchem Geschick und auch mit wie viel harter Arbeit ihre Gastgeber es schafften, dass Fremde sich wie Freunde fühlten. Im Hotel herrschte stets eine fröhliche Stimmung. Die Gäste gingen zufrieden zu Bett, ohne zu wissen, dass sie ihre Gastgeber auch erschöpft hatten. Die Gäste buchten Jahr für Jahr erneut und zählten die Monate, bis sie Marias schönes Lächeln wiedersahen. Dann berichteten sie ihren Gastgebern alles Neue, hörten sich die klugen Ratschläge der beiden an und lachten, wenn Francesco Witze erzählte, ihnen Wein nachschenkte und köstliche Mahlzeiten servierte. Zwar hatte das Paar nie die Kinder bekommen, die es sich einmal gewünscht hatte, doch beide wussten, dass sich jeder, den sie trafen, als Teil ihrer Familie fühlte, und so waren sie glücklich gewesen. Saison für Saison arbeiteten sie hart, und im Winter machten sie lange Urlaub, reisten und besuchten Freunde, alte und neue. Im Frühjahr putzten sie dann das Hotel und eröffneten wieder, erfrischt und voller Lebenslust und Liebe. Das Leben hatte sich vielleicht nicht so entwickelt, wie sie es ursprünglich geplant hatten, aber es war gut zu ihnen gewesen. Sehr gut.

Aber die letzten fünf Jahre waren zu hart gewesen, dachte Francesco. Sein Großonkel war gestorben, und alle trauerten um ihn, doch bei Nonna nahm das ein ganz anderes Maß an. Sie steckte in der Vergangenheit fest, weigerte sich, irgendetwas auszuräumen, was ihm einmal gehört hatte, weigerte sich, nach vorn zu schauen und über die Zukunft zu reden. Und weil sie immer gebrechlicher wurde, konnten sie sie nicht allein lassen. Francesco und Maria hatten ihre Pläne gestrichen, verzichteten auf ihren geliebten Winterurlaub und steckten mit Nonna in diesem Schwebezustand fest. Dann hatte man bei Maria Krebs festgestellt, und sie war entsprechend behandelt worden.

Es war einfach nicht richtig, dachte Francesco aufgebracht. Er fand es unerträglich, dass er so viel Zorn auf seine geliebte Nonna empfand, doch so war es. Maria verlangte nicht viel, aber nach allem, was sie durchgemacht hatte – dem Schreck, der Operation und der Chemotherapie – hatte sie es verdient, frei von der Bürde des Hotels zu sein. Er wollte, dass sie neue Dinge sah, neue Freunde gewann und sich mit den Menschen, die sie liebte, vor Ort austauschen konnte. Sie liebte so viele, und so viele liebten sie. Die Ärzte sagten, sie hätten den Tumor rechtzeitig entdeckt, der Krebs sei beseitigt und es seien einfach nur jährliche Kontrolluntersuchungen nötig. Doch nachdem er so dicht davorgestanden hatte, Maria zu verlieren, wollte er keinen einzigen weiteren Tag ihres gemeinsamen Lebens vergeuden. Dies war der erste Sommer, in dem sie nicht geöffnet hatten. Das Hotel war »wegen Renovierungsarbeiten« geschlossen geblieben. Sie wollten reisen, solange sie es konnten. Aber dann war da Nonna. Sie hatte ihr Leben gelebt – warum ließ sie nicht zu, dass Maria und er das Ihre lebten? Warum ließ sie das Hotel und ihre Erinnerungen nicht los?

Maria schaute ihn an, fing seinen Blick auf und lächelte ihm zu. Sein Herz machte einen Satz. Wie hatte er es geschafft, eine so schöne Frau für sich zu gewinnen?

»Komm her, *carissima*«, sagte er und zog sie in seine Arme.

»Machst du dir Sorgen?«, fragte sie liebevoll. »Das brauchst du nicht. Die Dinge werden sich ändern. Ich spüre schon jetzt, wie sie sich wandeln. Ich weiß es. Das Thema dieser Radiosendung? War das nicht ein Wunder?«

»Ein kleines Wunder«, räumte Francesco ein. »Aber dass Nonna nun weiß, welchen Wert diese Sachen haben, scheint sie nicht zu motivieren, sie aufzugeben und nach vorn zu schauen. Oder uns eine Zukunft zuzugestehen.«

»Du musst Geduld haben, Liebling. Und jetzt kommen plötzlich die Nonnen aus Fairbridge. Wie könnte das etwas anderes sein als ein Wunder? Das kann kein Zufall sein, so unmittelbar nach der Radiosendung. Etwas wird geschehen. Nonna möchte die Nonnen sehen. Das alles ist aufregend, Francesco. Etwas Gutes liegt in der Luft, das fühle ich.

»Etwas sehr Gutes liegt in meinen Armen«, erwiderte Francesco lächelnd. »Mehr brauche ich im Moment nicht zu fühlen.« Und er küsste sie.

Im selben Moment, in dem Sarah bei ihrem Friseur eintraf und die vertraute Mischung aus Haarpflegeprodukten und frischem Kaffee roch, wusste sie, dass sie die richtige Entscheidung getroffen hatte. Die Frau am Empfang nahm ihre wetterfeste Jacke entgegen und hängte sie mit Sorgfalt auf.

»Hallo Sarah! Was kann ich für Sie tun?«, fragte Nick, der Inhaber des Salons.

»Ich weiß nicht recht«, antwortete Sarah. »Ich brauche einfach eine Veränderung. Ich fühle mich ein bisschen festgefahren.«

Nick dachte darüber nach.

»Eine große Veränderung?«

»Na ja, es sollte meine Patienten nicht kopfscheu machen«, antwortete Sarah. »Aber ja, etwas anderes.«

»Hmm«, brummte Nick nachdenklich, wog ihr Haar in den Händen und betrachtete es mit dem Blick eines Künstlers, der kostbares Tuch oder Seide musterte. »Sie haben wunderschönes dickes, sehr langes Haar, und die Farbe gefällt mir gut, aber wenn Sie es normalerweise ohnehin zurückbinden, sollten wir es vielleicht kürzen und ihre Locken befreien. Mir scheint, ihr Haar ist so lang, dass es Sie mit seinem Gewicht belastet. Ja, ja, jetzt sehe ich, was wir tun könnten. Wäre es Ihnen recht, wenn ich eine ziemlich radikale Veränderung vornehme?«

»Ja. Warum nicht?«

Ihr Haar wurde von einer Auszubildenden sorgfältig gewaschen. Das Mädchen überprüfte gewissenhaft, dass das Wasser weder zu heiß noch zu kalt war, wusch ihr Haar mit Schampon und Haarspülung, massierte dabei ihre Kopfhaut und brauste anschließend alles mit Wasser heraus. Sarah schloss die Augen, entspannte sich und genoss die Fürsorge.

Bevor sie einschlafen konnte, legte das Mädchen ihr ein trockenes Handtuch um die Schultern und geleitete sie zu ihrem Platz.

Die aufmerksame Auszubildende kam mit Kaffee und einer Zeitung. Nick, der ihre Haare schnitt und die blonden Locken auf den Boden fallen ließ, warf einen Blick auf das Blatt.

»Ah, die Lotterie-Nonnen! Glauben Sie, die haben getrickst und sich ein bisschen göttliche Hilfe verschafft?«

»Tatsächlich habe ich letzte Woche eine von ihnen kennengelernt«, erzählte Sarah. »Die, die am jüngsten aussieht, links.«

»Ach ja? Wie war sie?«

»Nett. Sie war früher die Kollegin einer meiner Patientinnen und ist ihr beigesprungen. Wir versuchen, ihr gemeinsam zu helfen.«

»Das klingt gut«, sagte Nick, kämmte ihr Haar, schnipselte an den Spitzen herum und betrachtete Sarah prüfend im Spiegel. »Sie leisten hervorragende Arbeit, Sarah. Ich bewundere Sie wirklich. Sie und der alte Dr. Pritchard sind großartig mit meiner Granny umgegangen. Das vergesse ich Ihnen nie.«

»Danke, Nick – Sie wollen nicht vielleicht ein kleines Kätzchen, oder?«

»Ein Kätzchen? Warum, ist Ihre Katze trächtig?«, fragte Nick, trat zurück und musterte sein Werk mit zusammengekniffenen Augen.

»Ich habe gar keine Katze. Es geht um die Patientin, von der ich Ihnen eben erzählt habe. Eine trächtige Streunerkatze ist bei ihr eingezogen, und die alte Dame ist erst bereit, ins Krankenhaus zu gehen, wenn alle Jungen gut untergebracht sind.«

Konzentriert und mit fachmännischem Selbstvertrauen nahm Nick das Schneiden und Kämmen wieder auf und drehte den Friseursessel dabei leicht hin und her.

»Witzig, dass Sie gerade von Katzenjungen reden. Meine Frau ist verrückt nach Katzen und will schon seit einer Ewigkeit, dass wir uns eine anschaffen. Nächsten Monat hat sie Geburtstag …«

»Das wäre perfekt! Ehrlich, ich muss diese Kätzchen vermitteln, sonst ist die alte Dame nicht bereit, für die Untersuchungen ins Krankenhaus zu gehen.«

»Ich nehme eines. Und bestimmt kann ich auch ein oder zwei meiner Kunden dazu überreden. Rufen Sie mich an, wenn die Kätzchen da sind und man weiß, wie viele ein Zuhause brauchen, dann schaue ich, was ich tun kann.«

Weitere Locken fielen auf den Boden, und Nick schnitt immer noch. »Jetzt gibt es kein Zurück mehr«, dachte Sarah. Dann spritzte er sich süß duftenden Haarschaum in die Hände, rieb ihn ihr ins feuchte Haar und betrachtete sie im Spiegel. Er nahm Fön und Bürste zur Hand und blies das Haar trocken.

»Nun – was meinen Sie?«

Sarah, die wegen Nicks Angebot noch immer strahlte, blickte auf und war von ihrem Spiegelbild verblüfft.

»Es ist wunderbar, danke!«, sagte sie.

»Ich bin sehr zufrieden«, erklärte Nick mit dem leidenschaftslosen Urteil des Künstlers. »So sind Sie wirklich schön. Sie wirken um Jahre verjüngt.«

»Schön wär's«, sagte Sarah, doch plötzlich hatte sie das irrationale Gefühl, dass es stimmte. Zumindest meinte sie zu spüren, dass noch viel mehr Leben vor ihr lag, als sie vorher geglaubt hatte.

»Das also ist heute passiert«, erzählte George später am Abend Matthew, als sie in einer ruhigen Ecke des Swan saßen und etwas tranken. Das Treffen mit Matthew hatte er Schwester Bridget zu verdanken. Sie hatte sein Haus nur unter der Bedingung verlassen, dass er den Abend nicht allein verbringen würde.

Nun, haben Sie einen netten Freund, den Sie anrufen könnten, damit Sie heute Abend nicht sich selbst überlassen sind?, hatte sie gefragt. *Wahrscheinlich ist es besser, wenn Sie Ihre Mutter heute nicht besuchen. Sie könnten sie anrufen. Sie sagten doch, dass sie genug Essen im Haus hat, sie wird also zurechtkommen. Aber ich glaube, Sie brauchen Gesellschaft.*«

Also hatte George seine Mutter angerufen und, durch Schwester Bridgets Verständnis gestärkt, das unvermeidliche Gemecker ignoriert, mit dem seine Mutter versuchte, ihm ein schlechtes Gewissen einzureden. Er entschuldigte sich mit Kopfschmerzen und sagte, er könne nicht vorbeikommen, um ihr etwas zu Abend zu kochen. Danach schlug er Dr. Matthew Woodburn im Telefonbuch nach und rief seine Nummer in der Universität an, um ihn zu fragen, ob er Lust habe, später etwas trinken zu gehen. Und zu seinem Entzücken hatte Matthew bejaht.

»Sie ist wundervoll«, schwärmte George und nahm sich ein paar Chips aus der Tüte, die Matthew geöffnet und rücksichtsvoll zwischen ihnen auf den Tisch gelegt hatte. Es tat Matthew in der Seele weh, ihn sich als weinendes Häufchen Elend vorzustellen, und er war dieser Schwester Bridget ungemein dankbar. »Später ist sie mit einem köstlichen Bananenkuchen für mich zurückgekommen, und morgen besucht sie Mutter. Allerdings mache ich mir in dieser Hinsicht wenig Hoffnungen. Aber die Schwester ist einfach hinreißend, Matthew.«

»Es klingt so, als fände sie dich ebenfalls hinreißend, und

das überrascht mich nicht!«, sagte er und lächelte George an, der noch immer sehr bewegt war. Die Worte kamen allerdings ein wenig zu inbrünstig heraus. George blickte auf, angesichts des Tonfalls plötzlich hoffend, doch Matthew, der sich innerlich schalt, gab sich gleich wieder kühler.

Sei doch kein Dummkopf. Geh nicht das Risiko ein, wieder alles kaputt zu machen und ihn zu vertreiben, falls du dich irrst. Vielleicht solltest du es nicht einmal versuchen.

»Ich würde Schwester Bridget gern einmal kennenlernen«, sagte er. »Die anderen beiden Schwestern, von denen du erzählst – Schwester Margaret und Schwester Cecilia –, habe ich bereits einmal getroffen. Schwester Cecilia ist eine Art Expertin zur Familie der Mortimers und hat letzten Samstag an Jack Mortimers Ausstellungseröffnung teilgenommen. Sie hält nichts von ihm, so viel ist klar. Für ihren Geschmack war sein Leben viel zu anstößig. Sie wirkt persönlich gekränkt, dass ich zu ihm forsche und nicht zu seinem Bruder. Vermutlich würde sie die Tatsache, dass sein Bruder kein Künstler war, absolut nicht als Entschuldigung gelten lassen!« Sie lächelten einander an. »Hmm. Und dieser kleine Ort Cardellino, nach dessen Erwähnung Schwester Cecilia verärgert wirkte … Irgendwie kommt mir der Name bekannt vor«, fuhr Matthew nachdenklich fort. »Aber ich weiß nicht mehr woher …«

»Da ist etwas, was Schwester Bridget sagte«, unterbrach ihn George. »Ich meine, als sie sagte, ich würde Träume wahr werden lassen. Darüber habe ich den ganzen Nachmittag nachgedacht. Vor den Nonnen war ein junges Paar im Reisebüro, und sie konnten sich Flitterwochen in Rom wirklich nicht leisten, und ich habe mir den Kopf darüber zerbrochen. Wenn ich ein paar Kontakte spielen lasse, bekomme ich vielleicht ein preisreduziertes Paket. Dieses Jahr war ich gar nicht in Urlaub, und ich habe eine Abmachung mit einem Hotel in Rom ….«

»Und ich habe einen Vetter, der in Rom studiert. Der könnte ihnen vielleicht Zugang zum Vatikan verschaffen«, griff Matthew den Faden auf, jetzt wieder warm und herzlich. »Ich könnte ihn wohl bitten, diesem Paar auf Hochzeitsreise kostenlose Eintrittskarten für die Sixtinische Kapelle zu besorgen. Meinst du, das würde ihnen gefallen?«

»Ganz bestimmt!«, antwortete George. »Es ist ein toller Gedanke, dass wir auf diese Weise jemandes Träume wahr werden lassen können!«

Sie strahlten einander an, und Matthew stellte peinlich berührt fest, dass er ein wenig errötete.

»Und was für einen Song sollte der Chor wohl als Nächstes in Angriff nehmen?«, wechselte er rasch das Thema.

Am nächsten Morgen beschloss Chris, der gerade ein Beet im Vorgarten von Unkraut befreit hatte, eine Pause einzulegen. Wie üblich hatte die mürrische alte Mrs Sanders ihn durchs Fenster beobachtet, damit er die Arbeit nur ja nicht unterbrach. Dabei wussten sie beide, dass er seine Sache ausgezeichnet machte. Nun hatte er jedenfalls schon Stunden gearbeitet und musste einmal ein wenig herumlaufen, um sich zu recken und zu strecken. Während er davonging, dachte er über Emily nach und überlegte, wie innig sie auf eine Reise nach Italien gehofft hatte. Wie sehr wünschte er doch, dass er besser verdiente und ihr ihren Traum erfüllen könnte. Es war ausgeschlossen, dass der Mann vom Reisebüro etwas gefunden hatte, was sie sich leisten konnten. Dennoch trat Chris in eine in der Nähe gelegene öffentliche Telefonzelle und rief ihn an. Tja, Mrs Sanders würde ihn wahrscheinlich aus ihrem Fenster beobachten. Sie hatte ja nichts Besseres zu tun.

Erstaunt hörte er, wie der Reiseberater am anderen Apparat ihm erklärte, er habe ihn ohnehin am Abend anrufen wollen, da er für kommenden Sonntag ein Zimmer mit Vollpension gefunden habe. Außerdem habe er ihm kostenlose Eintrittskarten für die Sixtinische Kapelle besorgen können. Ein strahlendes Lächeln breitete sich auf Chris' Gesicht aus. Er bestätigte alle Daten und versprach, dass sie vor Geschäftsschluss mit ihren Reisepässen vorbeikommen würden. Ohne seine unglückliche alte Auftraggeberin zu beachten, deren vorwurfsvollen Blick er selbst durch die Glasscheibe der Telefonzelle spürte, kramte er ein paar weitere Münzen aus seiner Jackentasche und rief seine Verlobte an.

»Emily – ich bin's. Ich habe eine unglaubliche Nachricht!«

Während er noch am Telefon redete, ging eine fröhliche, fest entschlossene Nonne auf der Straße an ihm vorbei und bog in die Zufahrt zu Mrs Sanders Haus ein.

»Mein Vetter Stephen hat mir bestätigt, dass er dem Paar zwei Eintrittskarten für die Sixtinische Kapelle besorgen konnte«, sagte Matthew, der George am Donnerstag in seinem Reisebüro anrief.

»Großartig!«, antwortete George, der noch immer beglückt war, wie sehr Emily und Chris sich gefreut hatten, als sie am Vortag mit ihren Reisepässen vorbeigekommen waren. »Ich rufe die beiden heute Abend an und gebe ihnen Bescheid. Sie sagten, diese Hochzeitsreise bedeutet ihnen unendlich viel. Sie bleiben eine Nacht in dem Hotel, in dem der Hochzeitsempfang stattfindet, und am Sonntag fliegen sie nach Rom. Sie sind so glücklich, dass ich mir fast schon wünschte, ich könnte sie begleiten!«

Am anderen Apparat lachte Matthew.

»Also … hm …« George beschloss, tapfer zu sein und klarzumachen, dass er wusste, wo er mit Matthew stand. »Habt ihr, also Sarah und du, eure Hochzeitsreise eigentlich ebenfalls nach Rom gemacht?«

»Entschuldigung?«, fragte Matthew überrascht.

»Eure Flitterwochen. Hast du die mit Sarah in Rom verbracht?«, wiederholte George.

»Nein. Nein. Sarah ist meine Zwillingsschwester. Ich … ich bin nicht verheiratet. Und war es auch nie«, antwortete Matthew.

Einen Moment lang herrschte absolute Stille. Da keiner der Männer den anderen sehen konnte, beeilten sich beide, das Schweigen zu brechen.

»Ich denke immer noch darüber nach, wo ich den Namen Cardellino schon einmal gehört habe …«, begann Matthew.

»Und noch ein Wunder – Schwester Bridget hat Mutter heute zum Bingo mitgenommen. Die Schwester hat mich angerufen, um mir davon zu erzählen, und berichtet, dass Mutter sogar ein Glas Marmelade gewonnen hat. Aber bestimmt wird sie heute Abend weder das eine noch das andere zugeben«, sagte George zur gleichen Zeit.

»Vielleicht bäckt sie dir ja eine Marmeladenrolle«, bemerkte Matthew. »Damit verrät sie sich dann.« Innerlich stöhnte er über den ziemlich lahmen Scherz.

George lachte ein wenig zu laut.

»Ja – dadurch würde sie sich verraten! Schwester Bridget sagte, Mutter habe ein Weilchen gebraucht, um ins Bingo hineinzufinden, aber als sie die Marmelade gewann, sei sie lebhafter geworden. In zwei Wochen, wenn die Nonnen zurück sind, möchte sie wieder hingehen.«

»Es klingt so, als wäre Schwester Bridget eine wundervolle Frau«, sagte Matthew.

»Ja, das ist sie wirklich«, antwortete George. »Und deine Schwester bestimmt auch«, hörte er sich hinzufügen. »Ich würde sie gern kennenlernen.«

Was faselst du da, George?, fragte er sich selbst in Panik.

»Na ja«, sagte Matthew, der ein wenig überrascht klang. »Ich stelle euch einander gern vor.«

»Wollt ihr vielleicht bald einmal zum Abendessen kommen?«, fragte George. »Du und Sarah?«

Warum habe ich auch noch Sarah eingeladen?

»Ja, also danke. Das wäre schön«, antwortete Matthew ein wenig steif.

»Nächsten Sonntag?«, fragte George. »Um neunzehn Uhr?«

»Das sollte passen. Ich frage sie und ruf dich zurück, um es noch einmal zu bestätigen«, sagte Matthew.

Beide Männer seufzten beim Auflegen. Das Gespräch hatte nicht ganz wie erhofft geendet.

Freitag ließen sich Emily, ihre Mum und ihre Brautjungfern alle beim Frisör die Haare schneiden. Nick, der sie am nächsten Tag noch frisieren würde, hatte für die jetzt schon kichernden Damen kostenlosen Sekt besorgt. Der ganze Salon schien vor Glück überzusprudeln. Die Frisöre lächelten ihre Kundinnen im Spiegel an, die Brautjungfern, die Mutter der Braut und die Braut riefen einander Komplimente zu und gerieten wegen des großen Tags zunehmend in Hochstimmung.

»Ich kann die Hochzeit mit Chris kaum erwarten!«, sagte Emily. Da sie die Braut war, schnitt Nick ihr die Haare selbst. »Danach fliegen wir für die schönste Hochzeitsreise, die es jemals gab, nach Italien, und wenn wir zurückkommen, suchen wir uns eine eigene Bleibe. Dann möchte ich alles, was dazugehört – Kinder, Katzen und Hunde.« Emily schwenkte begeistert ihr Sektglas. »Einen Job möchte ich auch haben – aber vor allem möchte ich eine Familie. Wir könnten mit einer Katze anfangen. Eine Katze fände ich toll.«

Nick erinnerte sich lächelnd an Sarahs Bitte.

»Na ja, wenn Sie nach Ihrer Rückkehr gern ein Katzenjunges hätten, weiß ich von welchen, die ein Zuhause suchen.«

»Ach, das wäre wundervoll!«, sagte Emily sehnsüchtig. »Nur werden Chris und ich uns nach einer Wohnung umschauen, und wenn wir eine mieten, dürfen wir wahrscheinlich keine Haustiere halten.« Plötzlich klang sie ein wenig ernüchtert.

»Ihr wohnt ja erst mal bei mir, und ich hätte nichts dagegen«, sagte Emilys Mum.

»Ja, aber wenn wir es dann nicht mitnehmen könnten,

würde ich dich *und* auch noch das Kätzchen verlassen«, sagte Emily. »Das würde mich traurig machen.«

»Reden wir nicht über traurige Dinge«, sagte Nick. »Konzentrieren wir uns lieber darauf, Sie zur schönsten Braut zu machen, die die Philomenakirche je gesehen hat!«

»Das wird sie wirklich sein!«, erklärte ihre Mum stolz. »Und vergessen Sie nicht, uns zu erzählen, wenn das Kätzchen auf der Welt ist. Die beiden werden erst mal bei mir leben, es würde also gleich ein Zuhause bekommen, und dann finden sie ja auch sicher bald ihr eigenes Heim.«

»Ach, Mum!«, sagte Emily, und jetzt strahlte sie wieder.

»Na ja, man muss einfach hoffen. Vielleicht kann Nick sich ja umhören, ob es irgendwo eine katzenfreundliche Wohnung für ein junges Paar gibt. Wunder gibt es immer wieder! Ihr seid Glückspilze, wirklich. An die Reise nach Rom hattet ihr auch nicht mehr geglaubt.«

In Cardellino betrat Nonna das Zimmer des geliebten Mannes und setzte sich hin. Viele Jahre lang hatte er dort gearbeitet, und wenn es abends spät wurde, hatte sie ihm Essen und Trinken gebracht. Als sie zum Fenster ging, hörte sie das vertraute Knarren, das ihre Schuhsohlen auf den nackten Holzdielen erzeugten. Dabei erinnerte sie sich an das Geräusch seiner Schritte, wenn er mal schnell, mal langsam auf und ab ging und über verschiedene Herangehensweisen und Blickwinkel bei seiner Arbeit nachdachte. Sie streckte die Hand nach den hölzernen Fensterläden aus und berührte sie. Dabei kamen ihr lange Winterabende in den Sinn, in denen ein Feuer im Holzofen gebrannt hatte und der Raum von Kerzenlicht erhellt gewesen war, damit er bei der Arbeit etwas sah, oder heiße Sommerabende, wenn die Gerüche der von der Sonne erwärmten Erde, des Gartens und des Obstgartens durchs offene Fenster hereingeweht waren, zusammen mit dem Zirpen der Zikaden. Plötzlich erklärte er dann an solchen Abenden, er habe nun genug gearbeitet, und nahm sie in die Arme. So viele Umarmungen, so viele Erinnerungen …

»Ich weiß, dass ich ausziehen muss. Ich weiß, dass ich hier einen Winter allein nicht mehr bewältigen kann, und Francesco und Maria bleiben nur meinetwegen. Ich weiß, dass ich selbstsüchtig bin. Aber wie könnte ich dich verlassen?« Mit diesen Worten ging sie herum und berührte mit zitternder Hand jedes kostbare Werk, das er hinterlassen hatte. »Wie kann ich mich von unserem gemeinsamen Leben verabschieden? Francesco und Maria – sie haben einander noch. Hier gibt es so viele Erinnerungen, und sie entschwinden mir. Ich muss das alles hier vor mir sehen. Wenn ich dieses Haus, dieses Heim verlasse, das ich so sehr liebe, wie kann ich dann auch noch dein Werk hier zurücklassen? Wie werde ich mich erinnern können, dass es unsere Liebe gab, wenn ich die Zeugnisse nicht mehr vor Augen habe?

14

Der Bischof hatte Father Hugh aufgetragen, die Schwestern am frühen Sonntagmorgen zum Flughafen zu fahren, und ihn informiert, dass Monsignor Wilson, dessen Priesterfreund noch immer bei ihm zu Besuch war, bereitwillig die Morgenmesse für ihn übernehmen werde. Father Hugh versuchte, sich nicht vereinnahmt zu fühlen. Schließlich war es ihm eine Freude, die Schwestern auf dem ersten Abschnitt ihres Abenteuers zu begleiten. Es war schön, bei etwas so Hoffnungsvollem beteiligt zu sein, genau wie bei dieser wunderbaren Trauung am Samstag. Sie war eine der glücklichsten gewesen, die er seit einer ganzen Weile durchgeführt hatte.

Er hielt vor dem Kloster, lud das Gepäck in den Kofferraum, und die Schwestern stiegen ein. Schwester Cecilia nahm ernst und entschlossen ihren Platz auf der Rückbank ein; nur daran, dass sie mehr als üblich blinzelte, war ihre Aufregung zu erkennen. Schwester Bridget neben ihr war dagegen ganz zappelig vor Begeisterung, kramte in ihrer Handtasche, um sicherzugehen, dass sie auch nichts vergessen hatte, und strahlte die anderen an.

»Also ist das nicht ärgerlich? Jetzt habe ich die Bonbons liegen lassen. Dabei braucht man die für den Flug. Gestern habe ich bei Mr Abidi eine ganze Tüte gekauft, aber weil wir so viel geschwatzt haben, habe ich anscheinend vergessen, sie einzustecken.«

»Du hast ihm doch nichts von der fliegenden Nonne erzählt, oder?«, fragte Margaret misstrauisch. Dabei sah sie sich vom Beifahrersitz nach hinten um. Sie wusste, dass die Begeisterung Bridget manchmal mit sich fortriss.

»Bestimmt nicht«, sagte Cecilia.

»Natürlich nicht«, antwortete Bridget indigniert, doch als ihr einfiel, wie diskret sie tatsächlich gewesen war, wich die Empörung dem Stolz. »Ich habe ihm gesagt, wir würden mit dem Lotteriegewinn eine Pilgerreise nach Rom machen – eine harmlose Notlüge.«

»Das war doch gar keine Lüge«, beruhigte Father Hugh sie. »Bestimmt bleibt Ihnen heute noch ein wenig Zeit, sich in Rom umzuschauen, bevor Sie nach Cardellino weiterreisen. Also, da wären wir, Schwestern. Ich setze Sie hier ab, gehen Sie mit Gottes Segen.«

Sie checkten ein und passierten die Sicherheitsschleuse. Ein wenig Aufregung entstand, als Schwester Cecilia den Alarm auslöste, weil sie ihren Rosenkranz in der Tasche ihres Habits behalten hatte, doch schließlich waren sie durch und fanden einen sauberen Tisch, um eine Tasse Kaffee zu trinken, bevor sie an Bord ihres Fluges nach Rom gingen.

Margaret lächelte die anderen Schwestern an. Sie freute sich noch immer nicht über den Ausflug, doch sie spürte, dass sie allmählich innerlich losließ. Die Reise hatte begonnen, ob ihr das nun gefiel oder nicht, und es gab nun kein Zurück mehr. Bridget genoss die Situation ganz unübersehbar. Sie trank ihren Cappuccino und beobachtete die Passagiere, die selbst so früh am Tag lebhaft im Flughafen herumwimmelten. Sie wirkte aufgeregt und sehr glücklich. Cecilia hatte die kleine Ledertasche hervorgeholt, in der sie ihren Rosenkranz aufbewahrte, das Foto von Schwester Angelina herausgezogen und betrachtete es.

Cecilia sieht so hingerissen aus, Herr. Was immer später noch passiert, es ist gut, einmal von allem wegzukommen, betete Margaret.

»Ich denke, wir sollten uns allmählich auf den Weg machen. Unser Gate steht auf der Anzeigentafel. Haben wir alles?«, fragte Margaret laut.

Die drei Nonnen überprüften eilig ihr Handgepäck. Bridget hatte eine neue Tüte Bonbons gekauft, die sie alle während des Flugs lutschen konnten. Normalerweise nahm sie für ihre Fahrten nach Irland Bus oder Bahn, und ihre Pilgerreisen nach Lourdes waren mit sehr langen Zugfahrten verbunden gewesen, auf denen sich viele Rosenkränze beten ließen. Ihre letzte Reise nach Irland war allerdings so eilig gewesen, dass sie geflogen war, und dabei hatte sie schlimme Ohrenschmerzen durchlitten.

Im Bemühen, engagierter zu wirken, als sie sich fühlte, hatte Margaret einen kleinen italienischen Sprachführer samt Stadtführer für Rom gekauft.

»*Andiamo*«, sagte sie nach einem Blick in die Seiten. »*Prendiamo l'aereo.*«

»Ooh! Was bedeutet das?«, fragte Schwester Bridget.

»Lasst uns fliegen!«

Obgleich es noch so früh am Tag war, war der Flug ausgebucht, und überall herrschte aufgeregte Vorfreude. Anscheinend gab es mindestens zwei organisierte Pilgergruppen, jeweils mit einheitlichen Reisetaschen, und außerdem eine Handvoll im Flugzeug verstreuter Priester und Nonnen, die sie beim Einsteigen entdeckten. Die Leute verstauten ihr Handgepäck in den Fächern oben an den Seiten, schoben sich aneinander vorbei, berührten sich dabei versehentlich und entschuldigten sich. Margaret und die Schwestern fanden ihre Plätze und verstauten ihr Gepäck. Bridget saß auf dem mittleren von drei Plätzen, neben sich auf dem Sitz am Gang einen müde wirkenden italienischen Geschäftsmann, und auf dem Fensterplatz Margaret. Cecilia saß unmittelbar hinter dem Geschäftsmann, an der Seite eines jungen Paars, das ein wenig verdutzt wirkte, eine ältere Nonne in einem marineblauen Habit neben sich zu haben.

Schwester Bridget lutschte ihr Bonbon und ließ gleichzeitig den Rosenkranz durch die Finger gleiten. Mit vor Konzentration gerunzelter Stirn schaute sie nach vorn und versuchte den Bewegungen der jungen Frau zu folgen, die wie in einem Ballett die Sicherheitshinweise vorführte und sie auf Englisch und Italienisch erklärte. Die Erfahrung des Fliegens nahm Bridget voll und ganz in Anspruch. Das Flugzeug rollte über die Runway, raste dann in beängstigendem Tempo los, erhob sich langsam in die Luft, sodass sich die Perspektive änderte. Als das Flugzeug sich endlich gerade ausrichtete, steckte Bridget ihren Rosenkranz in dessen kleinen Beutel und diesen in ihre Handtasche zurück, stieß einen leisen, befriedigten Seufzer aus – gut gemacht! – und dankte Gott, dass es ihren Ohren diesmal bestens ging.

Das Flugzeug gewann an Höhe, und Margaret blickte auf Felder, Gärten, Häuser und Straßen hinunter. So viele Menschen lebten dort unten mit ihren versteckten Dramen und Geheimnissen, ihren Hoffnungen und Träumen. Das Wunder des Fliegens war wirklich unfassbar. Wie hieß dieser Song noch? ›From a Distance‹?« Er handelte davon, dass Gott zu uns hinunterschaute und uns beobachtete, und dass im Inneren von allem Harmonie, Friede und Hoffnung herrschten. Wie die mittelalterliche Mystikerin Julian of Norwich schrieb: ›Alles wird gut sein und alle werden gut sein, und aller Art Dinge wird gut sein.‹ Schwester Margaret fühlte, wie ihr leichter ums Herz wurde, als das Flugzeug immer höher stieg. *Italien, wir kommen!*

15

Nachdem sie erfolgreich den Aufklappmechanismus des Tabletts erkundet und sich vergewissert hatte, wo die Rettungsweste steckte, gelang es Schwester Bridget, den Flug zu genießen. Es war eine Freude, das Bordmagazin mit seinen farbenfrohen Hochglanzseiten zu lesen, und besonders beschenkt fühlte sie sich durch einen Artikel über die italienische Küche. Vor allem hätte sie gern gelernt, selber Pastateig zuzubereiten, doch ihr war klar, dass die Klosterfinanzen die Anschaffung neuer Küchengeräte nicht hergaben. Vor vielen Jahren hatte sie im Rahmen ihrer Kochkurse eine Restaurantküche besichtigt und war von der temporeichen Dramatik, die dort herrschte, begeistert gewesen. Keiner in ihrer Gemeinschaft wusste, wie sehr sie sich wünschte, für mehr Esser kochen zu können. Manchmal gab sie sich dem Tagtraum hin, sie würde eine berühmte Spitzenköchin und rettete das Kloster auf diese Weise aus der finanziellen Notlage. Vielleicht könnte sie eines Tages mit Delia Smith im Fernsehen kochen. Schließlich war sie wie Delia Katholikin. Oder Terry Wogan würde sie interviewen! Sie liebte Terry – eine Stimme von zu Hause. Rose und sie selbst waren immer solche Fans von ihm gewesen – er wusste, was es hieß, Einwanderer zu sein und in einem neuen Land ganz von vorn anzufangen. Er machte Irland Ehre und brauchte sich auch neben den bedeutendsten Iren nicht zu verstecken. Sie war immer dankbar, wenn sie zwischen dem Morgengebet und der Messe in seine Radiosendung hineinhören konnte, und freute sich riesig, wann immer sie ihn im Fernsehen sah.

»Natürlich, Terry«, würde Bridget sagen. »Genau wie Delia betrachte ich meine Kochkunst als ein Geschenk Gottes. Kochen ist für mich eine Art zu beten – ich bin wirklich überzeugt, dass man Menschen durch einen leckeren Pie oder einen köstlichen Braten näher zu Gott bringen kann.« Wie viel Promiköche wohl verdienten? Es würde doch bestimmt reichen, um die Schulden des Klosters zu tilgen? Nicht dass sie viel Übung darin hatte, ausgeklügelte Menüs zu kochen. Die sagten der Gemeinschaft nicht zu, doch sie war stolz darauf, dass sie im Laufe der Jahre sowohl für die Gemeinschaft als auch für Father Hugh Mahlzeiten zubereitet hatte, die ein Dankgebet tatsächlich verdienten. Sie empfand es als eine wirklich gute Nutzung von Gottes Gaben, eine einfache Gemüsesuppe sorgfältig zuzubereiten. Das konnte ganz für sich genommen ein Akt des Gebets sein. Aber sie würde wirklich gern mehr experimentieren. Father Hugh mochte einfache Mahlzeiten. Wenn sie einmal keine Zeit hatte, einen Nachtisch zuzubereiten (was selten vorkam), war er mit einem Kimberley-Keks aus dem Laden von Mr Abidi vollkommen zufrieden. Sie waren sein geheimes Laster – und ihres ebenso. Margaret und Cecilia waren nicht sonderlich begeistert von ihnen, aber für Bridget waren die Kekse mit der schaumigen Füllung ein Gruß aus ihrer Heimat, die sofort ein Wohlgefühl in ihr auslösten. Und selbst jetzt, da Rose tot war, aß Thomas sie weiterhin gern zum Tee. Bridget hob ihm immer einen auf.

Verzweiflung war doch eine Sünde, oder etwa nicht? Man musste immer hoffen. Gott war gut, und sie war überzeugt, dass er ihre Reise nach Italien so plante. Drei Nächte, das war nicht besonders lang, doch sie wollte sich nicht beschweren. Vielleicht könnten sie noch einmal eine richtige Pilgerreise machen, wenn sie ihre Probleme gelöst hätten. Vielleicht würde ja die ganze Kirchengemeinde auf Pilgerfahrt gehen, dann wären auch Thomas und seine Familie dabei. Das wäre schön. Bitte, lieber Gott. Sie las den Artikel langsam und sorgfältig durch, und ihr Blick verweilte auf den Farbfotos der vorgestellten italienischen Gerichte. Ein beschaulicher Friede breitete sich in ihrer Seele aus. Alles würde gut werden. Erneut seufzte sie glücklich.

Für den müden Geschäftsmann waren der Rosenkranz und die glücklichen Seufzer der Auslöser. Er erinnerte sich an seine Großmutter und ihre schlichte Art. Er wünschte sich etwas von der glücklichen Zufriedenheit dieser Nonne, wollte das Leben so unschuldig genießen können wie sie. Er wollte eine Veränderung. Und er würde sie schaffen. Er würde vom Flug direkt nach Hause fahren und sich diesmal richtig entschuldigen. Er würde seiner Frau versprechen, dass von jetzt an alles anders laufen würde. Sie hatte recht. So konnten sie nicht weitermachen. Er musste sich ändern und die richtigen Prioritäten setzen. Zu seiner Überraschung fühlte er sich nach dieser Entscheidung hoffnungsvoller als seit Jahren. Er wusste selbst nicht warum, aber plötzlich hatte er das Gefühl, dass alles gut werden würde.

Für Schwester Cecilia war *überhaupt nichts* gut. Das Paar neben ihr war einfach schamlos. Selbst wenn sie sich abwandte, hörte sie Geflüster und das Geräusch verstohlener, von Gekicher unterbrochener Küsse. Hatten die beiden denn gar keinen Anstand? Würde niemand sie, Cecilia, retten kommen? Den Körper leicht von ihren ungezügelten Nachbarn abgewandt, klappte Schwester Cecilia energisch ihr Buch mit frommer Lektüre auf. Also hier hatte sie eine Frau, die gewusst hätte, wie sie mit diesen schamlosen jungen Leuten umspringen musste. Die Heilige Christina die Erstaunliche. Es hieß, selbst in der achtbarsten Gesellschaft habe sie den Gestank der Gottlosigkeit riechen können, und er sei ihrer feinen Nase so unerträglich gewesen, dass sie einen solchen Ort schreiend verlassen habe. Schwester Cecilia wünschte, sie könnte ebenfalls schreiend von ihrem Platz weglaufen. War das, was das Paar trieb, nicht gesetzlich untersagt? Auf den Tickets sollte das Verbot stehen, sich während des Flugs zu küssen. Cecilia fühlte sich schon ganz schwach. Sie schloss die Augen und betete.

»Ist mit Ihnen alles in Ordnung, Schwester?« Die junge Frau neben ihr öffnete ihre Handtasche und bot ihr eine Süßigkeit an. »Sie sind ja ganz blass.«

Schwester Cecilia blickte verwirrt in die freundlichen blauen Augen des Mädchens, das vollkommen anders war als die sexsüchtige, moralisch verkommene Person, neben der sie zu sitzen gemeint hatte.

»Habe ich Sie vielleicht schon in der Philomenakirche in der Messe gesehen? Eigenartig, dass wir jetzt alle im selben Flieger sitzen, nicht wahr? Hier – nehmen Sie eines. Ich finde, wenn man beim Fliegen nervös ist, kann das helfen. Ich bin Emily, und das hier ist Chris.«

»Guten Tag, Schwester.« Der junge Mann am Fenster streckte Schwester Cecilia seine schwielige, aber makellos saubere Hand hin. Schwester Cecilia ergriff sie und erwiderte sein Nicken, leicht desorientiert von all den Informationen, mit denen die begeisterte junge Frau sie überhäufte – sie kannte Cecilia anscheinend aus der Messe –, und verblüfft über die Freundlichkeit und Normalität ihres Begleiters.

»Wir haben gerade geheiratet, Schwester.« Emily konnte der Versuchung nicht widerstehen, die Hand auszustrecken, um ihr den Ring zu zeigen. »Also, gestern. Father Hugh hat uns in der Philomenakirche getraut, und es war wunderschön. Es hat kein bisschen geregnet. Gestern Nacht haben wir im Hotel geschlafen und sind heute unglaublich früh aufgestanden. Aber es ist den Aufwand wert. Und schauen Sie«, sie schnappte sich Chris' Hand und wedelte damit vor Cecilia herum. »Ich habe Chris dazu gebracht, ebenfalls einen zu tragen. Allerdings zieht er ihn vielleicht beim Gärtnern aus. Ich weiß, dass manche Männer keinen Ring tragen, aber ich finde, wenn man sich fest bindet, soll man sich nicht schämen, es auch zu zeigen.« Nach dieser Vorführung ließ sie Chris' Hand zu seiner und Cecilias Erleichterung wieder los.

»Ich finde … ich finde es toll, Schwester, dass Sie Ihren Habit tragen. Das finde ich … mutig.«

»Mutig?«

Ja, weil man nur noch wenige Nonnen sieht. Keine Ahnung, ob sie sich alle verkleiden oder so, aber ich finde es schade. In diesem Flieger scheinen allerdings eine ganze Menge mitzufliegen. Wahrscheinlich, weil es nach Rom geht. Dort lebt der Papst, wissen Sie? Na ja, natürlich wissen Sie das. Entschuldigung.«

Schwester Cecilia wusste nicht, was sie darauf erwidern sollte.

Einen Moment lang herrschte Schweigen.

»Also … was machen Sie so als Nonne?«, fragte Emily. »Vom Beten einmal abgesehen, meine ich.«

»Rein theoretisch bin ich keine Nonne. Sondern eine Ordensschwester«, erklärte Cecilia. »Echte Nonnen leben zurückgezogen hinter ihren Klostermauern und gehen niemals aus.«

»Das wusste ich nicht«, sagte Emily.

»Aber Sie können mich ruhig weiter eine Nonne nennen. Das tun alle.«

Wieder stockte das Gespräch.

»Ich war Lehrerin«, erzählte Cecilia. *Aber nicht von Menschen wie Ihnen.* Diese Worte sprach sie nicht aus, sondern schluckte sie herunter. *Die Mädchen in der Schule waren viel … stiller.*

»Wirklich? Welches Fach haben Sie unterrichtet?«, fragte Emily.

»Geschichte.«

»Oh, ich liebe Geschichte. Nicht wahr Chris, ich liebe Geschichte?«

»Ja, oh ja, sie liebt Geschichte«, stimmte Chris ihr bereitwillig zu.

»Ich sehe gern Geschichtsdokus im Fernsehen. Erst kürzlich haben wir uns eine angeschaut …« Schwester Cecilia nickte – etwas anderes fiel ihr nicht ein. Das Plaudern lag ihr seit jeher nicht besonders, und in der nächsten Viertelstunde wankte sie unter dem Redeschwall dieser jungen Frau, die in der Öffentlichkeit küsste, Fremden Süßigkeiten anbot, Nonnen mochte und behauptete, ›Geschichte‹ zu lieben, sich aber offensichtlich keinerlei historische Fakten merken konnte. Ein verwirrende Mischung. Und wie viel sie redete. Schwester Cecilia erhielt Einblick in Emilys Meinung zu jeder historischen Gestalt, an die diese sich erinnern konnte, nachdem sie in der Schule oder aus Büchern, Filmen oder dem Fernsehen von ihr erfahren hatte. Und immer, wenn es so schien, als ginge ihr endlich die Puste aus, fand sie ein neues Thema. Emily sprach von der Pest, die »sehr traurig« gewesen sei, und vom Großen Brand von London, der »sehr traurig« gewesen sei, und von den armen Menschen in der viktorianischen Zeit, und von *Oliver Twist,* der ebenfalls »sehr traurig« sei, aber ein »ganz tolles Musical«. Auch von Mary Poppins und Schornsteinfegern war die Rede, und von reichen Kindern mit ihren Kinderfrauen, und davon, dass Chris und sie selbst Kinder wollten, aber sie würde mit den Kleinen zu Hause bleiben. Dann machten sie verwirrenderweise einen Sprung zu Heinrich VIII., der Emily zufolge acht Frauen hatte, zu Mary, der Königin von Schottland, die gleichzeitig

»sehr schön und sehr traurig« war, und zu Queen Elizabeth I., die nie geheiratet habe. »Aber sie hatte ein derart blasses Gesicht, wer hätte sie schon haben wollen?«

Schwester Cecilia fühlte sich, als wäre sie in eine fürchterliche Parallelwelt wortreich vorgetragenen historischen Wirrwarrs geraten. Es war schon schlimm genug, bei Bridget zu sitzen, wenn sie Neuigkeiten von ihrer Familie in Irland zu erzählen hatte. Cecilia betrachtete die laut vorgetragene Brieflektüre von Schwester Bridget schon lange als Buße für vergangene, gegenwärtige und zukünftige Sünden und hatte die Kunst erlernt, innerlich wegzuhören und an anderes zu denken, während die nicht enden wollende Liste von Geburten, Kinderkrankheiten, bestandenen Prüfungen, Hochzeiten und Toden abgespult wurde. Ein paar Mal hatte sie versehentlich im unpassenden Moment »wie schön« gesagt – Schwester Margaret hatte ihr einen Knuff versetzen müssen, als ihr das nach dem Tod einer älteren Tante passiert war –, doch Bridget war es gar nicht aufgefallen. Margaret hatte Cecilia ihren Rat als Oberin gegeben, wenigstens so nett zu sein, allgemeinverbindliche Zuhörgeräusche von sich zu geben und ein Gesicht zu machen, als passte sie auf.

All das war im Umgang mit dieser jungen Frau nützlich, nur war es mit ihr unendlich viel schlimmer. Es war unmöglich, ihre Worte auszublenden, während sie Cecilias liebstes Fachgebiet praktisch massakrierte. Außerdem verlangte sie von ihr und Chris auch immer noch eine Reaktion auf ihre lächerlichen Berichte. Sie bemerkte, dass Chris so vernünftig gewesen war einzuschlafen, oder zumindest so zu tun als ob, doch eine so gute Schauspielerin war Cecilia nicht. Es blieb nur eins, sie musste hier weg. So entschuldigte sie sich höflich, da sie schlecht dem Beispiel Christinas der Erstaunlichen folgen und schreiend wegrennen konnte, ging kontrolliert durch den Mittelgang und verschwand in der rettenden Einsamkeit der Toilette.

Sobald Schwester Cecilia außer Hörweite war, schüttelte Emily ihren neugebackenen Ehemann, damit er wieder am gesellschaftlichen Leben teilnahm.

»Chris, Chris. Wach doch mal auf. Was sollen wir nur machen? Es ist so schwer. Mir fällt nichts Historisches mehr ein, dabei müssen wir noch eine ganze Stunde herumbringen.«

»Warum müssen wir überhaupt mit ihr reden, Emily? Lass die arme Frau doch in Ruhe.«

»Ich kann nicht einfach schweigen, Chris. Das wäre unhöflich. Sie ist ganz allein. Ich weiß nicht, warum die Nonnen nicht zusammensitzen. Schau, in der Reihe vor uns sitzen zwei, und neben ihnen ein ganz normaler Mann. Ist dir schon einmal etwas so Albernes begegnet?« Bevor Chris sie daran hindern konnte, stand die gutmütige Emily auf und tippte dem Geschäftsmann auf die Schulter.

Cecilia konnte nicht länger in der engen Toilettenkabine bleiben. Das Schild mit dem Rauchverbot hatte sie schon mindestens zwanzig Mal gelesen, und sie war sich mit schlechtem Gewissen bewusst, dass jemand an die Tür geklopft hatte. Es wäre wirklich selbstsüchtig, noch länger hier drinnen Zuflucht zu suchen. Wie sollte sie nur den Rest des Flugs überstehen? Wenn sie doch mit dem Mann vor ihr tauschen könnte, doch wie sollte sie diese Bitte tatsächlich aussprechen? Cecilia hatte kein besonderes Talent zur Diplomatie, aber ihr war klar, dass es ziemlich unhöflich wäre, einen vollkommen fremden Menschen um einen Platztausch zu bitten, weil sie es nicht ertrug, dieser jungen Frau noch eine Minute länger zuzuhören. Seit Schwester Margaret sie wegen ihres Mangels an christlicher Nächstenliebe getadelt hatte, hatte sie sich wirklich bemüht, nett zu schwierigen Menschen zu sein, selbst wenn ihr das nicht leichtfiel. Ihr war klar, dass das nicht gerade ihre Stärke war. Nachdem sie die Heiligen und Märtyrer um Beherztheit angefleht hatte, fummelte sie an der Türverriegelung herum, ein wenig in Panik, und machte sich auf den Weg.

Mit welchem Erstaunen und welcher Erleichterung entdeckte Cecilia, dass der Geschäftsmann auf ihrem Platz saß und das Mädchen auf den leeren Platz neben Bridget und Margaret zeigte.

»Wir dachten, Sie würden vielleicht gern neben den anderen Nonnen sitzen«, sagte das Mädchen, beugte sich zu ihr herüber und strahlte sie an. Aus irgendeinem Grund sprach sie sehr langsam und übertrieben deutlich. Schwester Cecilia war jedoch so dankbar, dass sie darauf nicht gereizt reagierte wie sonst vielleicht. Und der schick gekleidete Italiener, der den Platz getauscht hatte, lächelte ebenfalls. Natürlich, die Italiener hatten große Achtung vor Nonnen.

»Vielen herzlichen Dank«, sagte Cecilia zu beiden. »Wie nett von Ihnen.«

Was für ein Wunder. Danke, Gott, danke Christina die Erstaunliche, danke. Sie ging eine Reihe vor, lächelte Bridget an, die sie mit einem strahlenden Lächeln begrüßte, und ließ sich dankbar auf den paradiesisch ruhigen Platz sinken.

16

Margaret schlug die Augen auf und schaute aus dem Flugzeugfenster. Sie sah nichts als Wolken, und nach dem schönen, aber viel zu kurzen inneren Frieden zu Beginn des Flugs fühlte sie nun nichts als die übliche Anspannung. Was machten sie hier nur? Wohin reisten sie überhaupt? In irgendein Dorf, zu dem man von Rom aus eine Stunde fuhr und von dem nie jemand gehört hatte. Zu einem Kloster, das noch nie jemand besucht hatte, den sie kannte. Hatte der Bischof nicht genug Heilige? Reliquien hatte er jedenfalls massenhaft. Sie erinnerte sich, wie der Vorgänger des derzeitigen Bischofs ihnen als Novizinnen die Reliquien der Diözese gezeigt hatte. Es gab so viele von ihnen, alle in kleinen Glaskästchen, die nebeneinander in der Schublade eines Schreibtischs aufbewahrt wurden. Stofffetzen von Kleidungsstücken, die einmal ein Heiliger getragen hatte, Rosenkränze, mit denen einmal gebetet worden war, und sogar Knochensplitter. Es waren lauter Heilige, die die Leute gleichgültig ließen. Unbekannte Heilige aus dem siebzehnten und achtzehnten Jahrhundert. Eine der Reliquien hatte sich ihren Status verdient, weil sie ein Stück Stoff berührt hatte, das seinerseits die Gebeine eines bedeutenden Heiligen berührt hatte. Vielleicht sogar die des Heiligen Thomas von Canterbury, doch die geschwungene Handschrift mit ihrer verblassten Tinte auf dem Etikett des Kästchens war sehr schwer zu entziffern. Der Heilige Irgendwer. Alle waren aber trotzdem heilige Reliquien. Margaret erinnerte sich, dass sie sich gefragt hatte, ob es richtig war, so viele heiltätige Objekte in einer Schublade einzuschließen, weit weg von den Menschen, die in den Genuss ihrer Kraft kommen könnten. Gegenüber dem strengen Mann, der damals Bischof war, hatte sie nicht gewagt, die Frage auszusprechen, doch sie stellte sie im Kloster und erkundigte sich, warum nicht mehr Menschen die Reliquien sehen dürften. Mutter Veronica, der die Novizinnen unterstanden, hatte Kritik am Bischof jedoch nicht gelten lassen.

»Der Bischof hat vollkommen recht. Für eine Heilung ist Glauben erforderlich. Reliquien können nicht zaubern. Ohne Gottes Gnade geschehen keine Wunder, und heute, das muss ich leider sagen, lebt eine gottlose Generation. Offensichtlich will er nicht, dass man sich über die heiligen Objekte lustig macht oder ihnen pietätlos begegnet.«

Selbst Margaret, damals eine sehr fromme Novizin, war das als unbefriedigende Antwort erschienen. Keiner aus Fairbridge wusste auch nur, dass die Reliquien im Haus des Bischofs lagen. Und damals gingen noch sehr viele Menschen zur Sonntagsmesse, es hätte also genug Gläubige gegeben, genug sterbende oder kranke Menschen, die die Hilfe jedes Heiligen – wie unbekannt auch immer, ob er nun aus Fairbridge stammte oder nicht – gern angenommen hätten.

Doch offensichtlich empfand der jetzige Bischof gegenüber den einheimischen Heiligen anders. Margaret hatte gesehen, wie er Cecilias Erklärungen mit leuchtenden Augen vorgebeugt lauschte. In dem Foto erkannte er Potenzial. Heiligkeit. Er machte sich Hoffnungen. Aber sie wussten so wenig Aufschlussreiches. Das Flugzeug schnitt ruhig durch die Luft, Margarets Anspannung nahm jedoch noch zu.

So geht es nicht, ermahnte sie sich energisch. *Denk doch daran zurück, wie du dich zu Beginn des Flugs gefühlt hast. Wenn du verzweifelt bist, denke an Tröstliches. Alles wird gut sein.* Das Bordmagazin, das vor ihr in der Netztasche steckte, würde sie ablenken. Sie griff danach und blätterte an den Kochseiten und einem Feature über Handtaschen vorbei zu einem Teil über Italien. Sie kam zu einem Artikel über das Keats-Shelley House bei der Spanischen Treppe.

Der Rest des Flugs verging ereignislos. Das Austeilen des Bordmenüs füllte erfreulich viel Zeit. Nachdem der Geschäftsmann seinen Lunch verspeist hatte und die Reste abgeräumt waren, klappte er sein Tablett hoch und beugte allen peinlichen Gesprächsversuchen vor, indem er die Augen schloss und aus gespieltem in echten Schlaf versank. Emily, die durch den Platztausch ihre Verantwortung gegenüber der Nonne losgeworden war, kuschelte sich an Chris und plauderte über ihr liebstes Ereignis von geschichtlicher Tragweite: die Hochzeit. Chris strahlte seine großartige und überschäumend freundliche Angetraute an und freute sich auf den Rest der Flitterwochen. Etwas von ihrer Freude musste in der Luft liegen, denn der Geschäftsmann neben ihnen träumte von seiner eigenen, Jahrzehnte zurückliegenden Hochzeitsreise.

Der Pilot kündigte die bevorstehende Landung in Rom an, und das Flugzeug ging in den Sinkflug.

Die Schwestern hatten nur Handgepäck dabei und die Passkontrolle bald hinter sich. Als sie das Flughafengebäude verließen, schlug ihnen die Hitze entgegen. Die freundliche Taxifahrerin verstaute ihre Reisetaschen im Kofferraum, und unter einem blauen Himmel verließen sie das Flughafengelände und fädelten sich in den römischen Verkehr ein.

Der Geschäftsmann rief noch am Flughafen seine Frau an und sagte ihr, dass er sie liebe. Sie weinte. So viele Jahre hatte sie darauf gewartet, dass seine Liebe zu ihr wieder erwachte und er noch einmal wie der junge Mann wurde, den sie geheiratet hatte.

Sie rief ihre Schwester an. »*È un miracolo!*«, sagte sie.

Chris und Emily standen noch immer am Gepäckband, warteten auf Emilys Koffer und verbrachten die Zeit damit, sich bei den Händen zu halten und einander tief in die Augen zu schauen.

»Unglaublich, dass wir wirklich hier sind!«, sagte Emily. »Danke, dass du dein Motorrad verkauft hast, Chris. Du bist ein wundervoller Ehemann.«

Schließlich lag auch ihr knallig pinker Koffer auf dem Band. Als Chris ihn herunterschwang, verzog er gutmütig das Gesicht. »Was hast du da drin, Ems?«, fragte er.

»Na ja, ich muss doch in Rom für dich schön sein, Chris, im Hotel und im Restaurant. Ich möchte, dass du stolz auf mich bist.«

»Ich könnte nicht stolzer sein!«, sagte Chris und lächelte

sie an. Noch einmal dankte er seinem Glücksstern für den Mann im Reisebüro, der ein so erstaunlich günstiges Angebot gefunden hatte. Er konnte es noch immer kaum fassen.

Im Taxi empfand Margaret den Verkehr als erschreckend. Die Autos fuhren so schnell, und es wurde so viel gehupt und gestikuliert, und ständig wechselte jemand die Spur. Ein Blick in den Rückspiegel zeigte ihr, dass sowohl Cecilia als auch Bridget ihre Rosenkränze herausgenommen hatten. Cecilia hielt den ihren so fest gepackt, dass ihre Fingerknöchel weiß wurden, doch die Taxifahrerin schlängelte sich gekonnt durch den Verkehr. Margaret sah im Spiegel, dass die Schwestern hinten sich angesichts der sicheren Fahrweise sichtlich entspannten. Beide steckten ihre Rosenkränze in die Taschen ihres Habits zurück, ein wirkliches Kompliment. Es war unmöglich, die strahlende Sonne und die alte, schöne, berühmte Stadt nicht zu genießen. Margaret straffte die Schultern und lächelte die Taxifahrerin an.

Die Taxifahrerin freute sich über ihre fröhlichen Kundinnen. Es war Sonntag, und sie hatte die letzten Wochen durchgearbeitet. Vielleicht wurde es Zeit, dass sie sich ebenfalls einmal einen Tag lang ausruhte. Ihr Sohn hatte sich beschwert, es wäre schon ein Wunder nötig, damit sie sich einmal etwas Freizeit gönnte. Vielleicht war es jetzt so weit. Gleich nach dem Absetzen der Schwestern würde sie heimfahren. Es war ein wunderschöner Tag. Plinio würde sich riesig freuen.

»Ich sehe die Kuppel des Petersdoms«, rief Bridget. »Ich kann es gar nicht erwarten, dort zur Messe zu gehen.«

»Ja, den Petersdom sehe ich ebenfalls«, sagte Margaret, die sich bemühte, nicht voll Sehnsucht an die Spanische Treppe und das Keats-Shelley House zu denken. Könnte sie ihre Mission doch ein wenig freudiger betrachten.

In Fairbridge war Father Hugh rechtzeitig zurückgekehrt, um Monsignor Wilson abzulösen, und machte sich für die zweite Morgenmesse bereit. Am Vorabend hatte er bei Gemeindemitgliedern gespeist, und auch heute, am Sonntag, hatte man ihn mit einigen weiteren Gästen zum Mittagessen eingeladen. Allen schien bewusst zu sein, dass Schwester Bridget weg war, und sie hatten sich offensichtlich gelobt, dass er während ihrer Abwesenheit nicht vom Fleisch fallen sollte.

Mir scheint, ich schaffe es nicht so, wie ich wollte, Herr, betete er reuig und betrachtete seinen Bauch, während er das Cingulum um seine Albe band. *Gestern Abend habe ich bei den Nowaks wohl genauso viel gegessen wie sonst bei Schwester Bridget. Ich weiß, dass das Mittagessen bei den Smiths köstlich sein wird, und ich fürchte um meine Selbstbeherrschung. Ich dachte, Schwester Bridget und ihre Kochkünste wären schuld, doch inzwischen ist mir klar, dass das Problem genauso bei mir liegt wie bei ihr, wenn nicht sogar viel mehr bei mir. Tatsache ist, ich kann einfach nicht Nein sagen, wenn jemand mir etwas zu essen vorsetzt.*

Er hatte bereits die Eimer in der Kirche zurechtgerückt. Nun machte er sich gänzlich fertig und betrat den Altarraum.

Wenigstens war das Wetter während der Hochzeit noch schön, dachte er, als er die Kirche zur recht eigenartigen musikalischen Begleitung platschender Regentropfen betrachtete.

Beim Gedanken an Braut und Bräutigam lächelte er. Vielleicht sah er sie nicht allzu oft in der Kirche, doch sie waren ein Paar, dessen Ehe wohl halten würde. Sie waren ausreichend verschieden, um sich gegenseitig zu ergänzen, doch die Liebe war auf beiden Seiten stark. Sie gingen sehr zugewandt miteinander um. Das war immer ein gutes Zeichen. *Gott segne sie in Rom,* betete er. *Gott segne ihre Ehe. Und Gott segne ebenfalls die Schwestern – mögen sie finden, was sie suchen.* Es wäre aufregend, wenn sie wirklich eine unbekannte Heilige aufgespürt hätten und die Gemeinde zu einer neuen Pilgerstätte würde. Mit den zweitausend Pfund, die die Schwestern ihm geschenkt hatten, würde er nicht weit kommen. Er würde den Bischof um Hilfe bitten müssen. Mit seinen Andeutungen hatte Father Hugh keinen Erfolg gehabt. Nicht einmal eine direkte Bitte hatte etwas gebracht. Was ihn an etwas erinnerte – wann würde er Nachricht über einen Kaplan bekommen? *Bitte, Herr, schicke mir jemanden. Und außerdem etwas Geld.*

»Die Messe wird heute für die Gebetsanliegen der Gemeinde gehalten«, verkündete Father Hugh den vor ihm Versammelten. Plötzlich empfand er große Zuneigung zu ihnen. Welche Anliegen würden sie wohl vor Gott tragen? Würden sie um finanziellen Reichtum beten oder um spirituellen? Beide hatten etwas für sich. Wenn man Hunger hatte, war sich nicht gut beten. Father Hugh hoffte, dass niemand in seiner Gemeinde hungrig war. Er fürchtete, dass falscher Stolz die Leute hindern könnte, ihm davon zu erzählen. Er nahm sich vor, Thomas Amis zu fragen, was die St. Vincent de Paul Society derzeit über Bedürftige wusste. Thomas und Rose hatten den Verein vor zwanzig Jahren gegründet, und Thomas hatte ihn nach Roses Tod weitergeführt. Thomas wusste immer, wo jemand etwas brauchte – sei es eine neue Schuluniform für ein Kind oder Geld für Schulden, die beglichen werden mussten. Die nötigen finanziellen Mittel nahm man diskret von der monatlichen Sammlung nach der Messe, und so konnte man unnötige Scham und Peinlichkeit vermeiden.

Während der ganzen Messe fühlte Father Hugh sich von Liebe erfüllt. Es war eine schlichte Liebe für seine Gemeinde, die in einer Endlosschleife mit seiner Liebe zu Gott und Gottes Liebe zu ihm verbunden war. Ein wunderschöner Kreislauf. Father Hugh war keineswegs ein zarter Mann, seine Gestalt erinnert eher an Pu der Bär als an den Heiligen Franziskus, doch trotz seiner eigenen Schwäche und Bedürftigkeit leuchtete Gottes Liebe an diesem Tag aus ihm heraus.

Nach der Kommunion setzte er sich still hin und bat Gott geduldig und im Vertrauen erneut um Geld. *Ich weiß, dass wir uns über so etwas keine Sorgen machen sollen, aber bitte, kannst du mir sagen, wie wir das Dach reparieren sollen? Ich weiß, dass die Kirche wir sind, die Gläubigen, und nicht diese Steine, aber trotzdem müssen all die Menschen im Warmen sitzen und Schutz vor der Witterung haben. Ich kann dieses Geld nicht aus eigener Kraft zusammenbekommen. Ich lege es in deine Hand, Herr. Und ein Kaplan. Bitte schicke mir einen und segne ihn, wer immer es sein mag. Schick ihn mir bald.*

George saß in der Küche und plauderte bei einem späten Frühstück mit Kater Sebastian.

»Was soll ich nur tun?«, fragte er unglücklich und schenkte sich Kaffee ein. »Heute Abend kommen Sarah und

Matthew zum Essen. Ich glaube, Matthew geht jetzt davon aus, dass ich mich für Sarah interessiere. Wie habe ich es nur geschafft, die Sache so zu verbocken? Mutter hat recht. Ich bin ein hoffnungsloser Fall.«

Sebastian sprang energisch auf Georges Schoß und stupste ihn laut schnurrend mit dem Kopf an. Er setzte George die Vorderpfoten auf die Brust, berührte, noch immer schnurrend, Georges Nase mit seiner eigenen und schaute ihm dabei in die Augen. Dann senkte er den Kopf und stieß ihn erneut gegen Georges Brust, während sein ganzer Körper vor Liebe vibrierte.

»Danke, Sebastian«, sagte George. »Das habe ich wirklich gebraucht.«

17

Schwester Cecilia strahlte. Sie schwelgte so stolz im Glanz des Petersdoms, als hätte sie selbst ihn erbaut. Sie war schon einmal in Rom gewesen, zum fünfzigjährigen Jubiläum ihres Klostereintritts, und sie hatte nicht zu hoffen gewagt, dass sie je wieder hierher zurückkehren würde. Sie wusste so viel über die Geschichte der vatikanischen Basilika – und hatte sie im Unterricht so oft ausführlich behandelt. Über jeden aus Stein gehauenen Heiligen und jeden Papst, dessen man hier gedachte, konnte sie etwas erzählen. Dies waren die Leute, zu denen sie gehörte – dies war ihre Kirche. Die Messe war inzwischen vorbei, und sie durften umhergehen und sich umschauen. Cecilia hielt ihren Domführer fest in der Hand und hatte ihre Erregung sogar noch besser im Griff, aber innerlich war sie in Ekstase, und Margaret spürte es.

Außerdem begriff Margaret, dass Bridget, die im Petersdom relativ still war, dennoch früher oder später einen begeisterten, wenn auch unterdrückten, Ausruf ausstoßen und damit Cecilias stille Verehrung stören würde. Ganz allgemein gesehen musste Cecilia wirklich lernen, mit anderen Menschen geduldiger umzugehen – auf einen guten Umgang miteinander hatte Schwester Helen in der Gemeinschaft bestanden –, aber Margaret dachte, dass Cecilia bei dieser einmaligen Gelegenheit ausnahmsweise einmal entschuldigt werden konnte.

»Cecilia – hättest du vor dem Lunch gern eine halbe Stunde, um dich im Petersdom umzuschauen?«

Margaret hatte Cecilias Gedanken gelesen. Zwei hochrote Flecken der Erregung traten auf deren sonst so blasse Wangen.

Sie waren wegen der erhofften Heiligen nach Italien gekommen – dieser Zwischenhalt in Rom war ein zusätzlicher Bonus. Cecilia hatte ihr ganzes Leben der Versuchung der Gier widerstanden, doch das machte das Kosten dessen, was ihr Herz und ihre Seele am meisten begehrten, umso erhebender. Sie hatte ihren Domführer; sie würde herumgehen und so viele Inschriften wie möglich lesen – allein.

»Danke. Das wäre … wundervoll«, sagte Cecilia, und die Tatsache, dass sie dieses Adjektiv wirklich nicht oft benutzte, machte es nur umso anrührender.

Margaret empfand eine Woge der Zuneigung für Cecilia und schämte sich gleichzeitig ihrer selbst.

Schau doch nur, wie glücklich sie ist, Herr. Wirklich, sie verlangt ja nicht viel. Das hier ist ein Höhepunkt für sie. Zu Hause braucht sie für einen gelungenen Tag nur die Messe und ein wenig Zeit für historische Nachforschungen in der Bibliothek. Wieso habe ich nur darum gebetet, dass ihre Zahlen nicht gezogen werden? Sicher, ich habe mich beschwert, weil sie in der Lotterie spielte, aber wenn wir schon gewinnen mussten, wäre es Bridget und mir viel lieber gewesen, es wäre mit Cecilias Zahlen geschehen. Die arme Cecilia. Also danke trotz allem, dass sie nicht mehr nur Puzzles vom Petersdom legt, sondern wirklich hier ist, selbst wenn meine eigenen Gefühle … Ich weiß gar nicht, wie ich mich hier fühle, ehrlich gesagt …

Laut sagte Margaret jedoch nur: »Geh schon, Cecilia – lass dich von uns nicht aufhalten. Wir treffen uns in einer halben Stunde bei der Pietà.«

Und weg war Cecilia.

Bridget lächelte Margaret an.

»Ist das hier nicht Schönheit pur? Schau dir doch nur den Marmor an! Und die Bilder! Die Statuen! Hast du jemals eine solche Kirche gesehen?«

Margaret war überrascht und auch leicht bestürzt, wie wenig sie tatsächlich für die Basilika empfand. Sie war riesig, sie war alt, die Säulen waren mächtig und sie war voller betörend schöner Kunstwerke von unschätzbarem Wert. Sie erinnerte sich, dass sie bei ihrem Besuch mit den Schülerinnen von Ehrfurcht ergriffen worden war, aber diesmal ließ das Bauwerk sie irgendwie kalt. In einer Seitenkapelle sang gerade eine Gruppe englischer Pilger ›God Bless Our Pope‹. Es war so … triumphierend, und sie war nicht in der Stimmung für Triumph.

»Margaret – mir ist gerade eine Idee gekommen. Ich würde hier gern beichten. Es würde mich auf die Woche einstimmen«, sagte Bridget strahlend.

Die liebe Bridget. Sie hatte wohl kaum irgendwelche Sünden zu gestehen.

»Warum nicht? Gute Idee, Bridget. Bestimmt ist auch ein englisch sprechender Priester eingeteilt.«

Bridget eilte davon.

Margaret blieb zurück, plötzlich erschöpft, und beobachtete, wie ihre Freundin ihr begeistert zuwinkte und sich in einer Schlange vor einem der Beichtstühle anstellte.

Margaret setzte sich in einiger Entfernung hin, den Blick immer noch auf Bridget geheftet, damit sie einander nicht verloren. Bridget, die wie immer Glück hatte, drang rasch zur Spitze der Schlange vor. Margaret sah eine Dame in einer schwarzen Mantilla, die mit geschwollenen Fußknöcheln aus dem Beichtstuhl kam und Bridget die Tür aufhielt. Die trat ein, und die Tür fiel hinter ihr zu. Ein hochgewachsener, blasser junger Mann schob sich über die Kirchenbank und nahm seinen Platz an der Spitze der Schlange ein.

Ein paar wichtigtuerische Priester in Schwarz gingen rasch an Margaret vorbei. Dabei wusste sie gar nicht, ob sie wirklich wichtigtuerisch waren, und sie konnte auch nicht verstehen, was sie sagten. Doch das Selbstvertrauen, mit dem sie durch das Kirchenschiff schritten, und ihre Bedeutsamkeit und Zielstrebigkeit deprimierten sie. Sie erinnerten sie an die herablassenden Priester ihres Bistums, die Margarets Dienstzeit als Direktorin so leichthin beendet und die Verantwortung für ihre geliebte Schule auf einen anderen übertragen hatten. Sie hatten nicht auf Margaret gehört. Sie hatten ihre Schule einem Mann übergeben, über ihren Kopf hinwegentschieden und sich nicht einmal entschuldigt.

Margaret, Festung der Ruhe und Säule der Kirche, wurde es plötzlich heiß. Sie fühlte sich von Erschöpfung übermannt, und zu ihrer Bestürzung … von Zorn. Sie war außer sich. Wo um Himmels willen kamen all diese Gefühle her? Der Petersdom war so riesig, ein Bauwerk der Selbstgewissheit – einer viel zu großen Selbstgewissheit. Die Leute hier waren ihrer selbst zu sicher. Was hatte die Basilika mit ihr selbst zu tun? Margaret schaute sich um und fühlte sich ärgerlich fehl am Platz.

An dir liegt es nicht, Herr, betete sie. *Das weiß ich. Es geht um die Kirche. Aber nicht nur um das Gebäude hier. Die Messe war ermüdend und zu voll. Ich konnte kaum beten. Und jetzt sehe ich überall diese schwarz gekleideten Männer. Plötzlich kommt mir das alles so ungerecht vor. Ich weiß, es ist deine Kirche, da haben wir also ein kleines Problem. Ich muss später mit dir darüber reden. Ich komme damit im Moment nicht klar. Ich weiß nicht, warum ich plötzlich so furchtbar wütend bin, aber so ist es.*

Schwester Bridget kam aus dem Beichtstuhl und kniete sich in der Kirchenbank nieder. Margaret schaute auf ihre Armbanduhr – fünf vor eins – spät genug. Sie konnte endlich die Flucht ergreifen.

Das einzig Gute an den enormen Ausmaßen des Petersdoms war, dass Margaret in der Zeit, in der sie ein kleines Stück vor Bridget zur *Pietà* ging, Gelegenheit hatte, ihre Gefühle in den Griff zu bekommen. Die gute Cecilia, die nie irgendwas bemerkte, erwartete sie bereits pünktlich wie immer, obgleich es sie eine heroische Willensanstrengung gekostet haben musste, sich loszureißen.

»Alles in Ordnung mit dir, Margaret?« Noch ganz in architektonischer Ekstase und erfüllt von Liebe für ihr Fachgebiet, hatte Cecilia einen plötzlichen Moment der Einfühlung und sah, dass es ihrer Oberin nicht gut ging. Überrascht wandte Bridget sich ebenfalls Margaret zu.

»Du wirkst ganz erhitzt, Margaret – Cecilia hat recht.«

»Mit mir ist alles bestens. Ich brauche nur eine kleine Pause. Ich bin ein bisschen erschöpft, das ist alles.« Cecilia war wirklich eine Nervensäge. Zahllose Jahre hatte sie zuverlässig alle Emotionen übersehen, plötzlich aber, im unpassendsten Moment, musste sich ihre Wahrnehmung schärfen. Margaret würde durchdrehen, wenn die beiden jetzt Theater um sie machten. Aber sie fühlte sich tatsächlich unwohl.

»Mir geht es bestens. Nur ist mir ein bisschen schwindlig. Wahrscheinlich liegt das an unserem frühen Aufbruch. Wenn wir uns setzen und einen Happen essen, wird es gleich besser.«

Nach dieser Erklärung machte Bridget sofort ein weniger besorgtes Gesicht. Natürlich, daran lag es. Margaret hatte zu wenig gegessen.

Auf dem Weg die Stufen hinunter nahmen Bridget und Cecilia Margaret zwischen sich. Der Petersplatz war riesig, und sie brauchten eine Ewigkeit, um ihn zu überqueren. Außerdem waren die Restaurants voll, doch wie durch ein Wunder fanden sie dennoch einen Tisch.

»Tut mir leid, aber das war die am wenigsten spirituelle Messe, die ich je besucht habe«, erklärte Margaret, als sie saßen. Bridget hatte ihr ein Glas Wasser bringen lassen, und nach ein paar Schlucken davon fühlte Margaret sich ein wenig besser, doch der brodelnde Zorn erfüllte sie immer noch. »Habt ihr gesehen, wie bei der Kommunion gedrängelt wurde?«

»Schwester Margaret!« Bridget war ein wenig schockiert. »Eine Messe ist eine Messe! Es war voll, das ist alles. Das war wegen der Seligen Julia und der vielen Leute, die ihr zu Ehren aus Russland gekommen sind. Sie waren aufgeregt, mehr war da nicht. Wenn wir es schaffen, dass Schwester Angelina und Edward Mortimer seliggesprochen werden, schwenke auch ich eine Fahne, das kann ich dir sagen.«

»Dem kann ich nur beipflichten«, sagte Cecilia. »Und genau von den Seligen hat der Papst gesprochen.«

»Aber das ist ja gerade Teil des Problems. Habt ihr die anderen Schwestern gesehen?«, fragte Margaret noch immer verstimmt. »Ich konnte es nicht fassen. Eine von ihnen hat die arme Schwester Bridget beinahe umgestoßen, als sie sah, dass die in der Schlange stand, die die Kommunion vom Papst persönlich empfangen würde. Sie hätte in ihrer eigenen Schlange bleiben sollen. Es spielt keine Rolle, wer die Messe hält oder die Kommunion austeilt – es ist immer dieselbe Heilige Kommunion.«

»Könnten wir die Speisekarte bitte auf Englisch haben?«, rief Bridget einem Kellner laut zu. Sie klang eher wie eine kulinarische Sanitäterin, die Unterstützung anfordert.

»Es geht mir gut, Bridget, mach bitte kein Theater«, sagte Margaret, peinlich berührt, dass alle sich nach ihnen umdrehten.

»Du bist nicht recht bei dir«, erklärte Bridget besorgt.

Nein. Nein, da irrst du dich. Ich bin ganz und gar bei mir, und genau das ist das Problem. Ich ertrage es plötzlich nicht mehr. Ich finde diesen ganzen kirchlichen Bombast, den Pomp und die Macht unerträglich, und ich kann Gott hier nirgends finden. Was bin ich für eine merkwürdige Ordensschwester.

Bridget achtete darauf, dass Margaret ein reichhaltiges Pastagericht aß. Und tatsächlich fühlte diese sich danach ein wenig besser.

»Was für ein wunderschöner Vormittag, Dank sei Gott«, sagte Bridget. »Dieses Essen ist köstlich, und der Petersdom war geradezu überwältigend. Wie schön, dass ich dort zur Beichte gehen konnte. Und ich hatte einen wunderbaren alten irischen Priester, einen Father Donovan. Er war ein großartiger Beichtvater. Wirklich großartig. Er hat meinen Akzent erkannt, und wie sich herausstellte, leben ein Vetter und eine Cousine von ihm in meiner Nachbargemeinde daheim in Irland. Ist die Welt nicht klein? Und dann kam ich dahinter, dass ich seine Cousine kannte. Einer ihrer Söhne wurde Priester und hat die Beerdigungsfeier seiner eigenen Mutter gehalten. War das nicht schön? Es ist also *wirklich* eine kleine Welt. Bei ihm habe ich mich sehr wohlgefühlt. Bist du auch noch zur Beichte gegangen, Margaret?«

»Nein.«

Bridget sah sie nachdenklich an.

»Also, um fünf Uhr erwartet uns unser Taxi am English College. Der nette George aus dem Reisebüro hat uns diesen Stadtplan gegeben und gesagt, dorthin seien es von hier aus zwanzig Minuten. Jetzt ist vierzehn Uhr. Uns bleiben noch zweieinhalb Stunden. Was sollen wir mit dieser Zeit anfangen?«

»Wie wäre es, wenn wir uns um halb fünf wieder hier treffen?«, fragte Margaret, die plötzlich einen Entschluss gefasst hatte.

»Ich würde gern noch einmal in den Petersdom gehen«, sagte Cecilia.

»Ich komme mit, möchte aber vorher noch für einige Gemeindemitglieder ein paar Karten und Souvenirs kaufen. Father Hugh würde sich bestimmt über einen Rosenkranz freuen. Und dem netten George könnte ich auch etwas mitbringen. Für Mr und Mrs Abidi muss ich etwas ganz Besonderes besorgen. Vielleicht italienische Kekse. Und wo gehst du hin, Margaret?«

»Ich weiß nicht recht«, log Margaret. »Vielleicht bleibe ich noch ein Weilchen hier sitzen. Trinke einen Kaffee. Ich komme klar. Ich hätte gern ein wenig Zeit für mich, Schwestern. Wir sehen uns nachher.«

Cecilia war das recht, doch Bridget schien es zu widerstreben, Margaret allein zu lassen. Die begegnete Bridgets Blick und gab eine Gelassenheit vor, die sie nicht empfand.

In Fairbridge war George inzwischen ganz aufgeregt. Er hatte den Tisch mit einem weißen Tischtuch und Kerzen festlich gedeckt. Er hatte spanische Musik aufgelegt und kochte Paella nach einem Rezept, das er von Miguel gelernt hatte. Zum Nachtisch würde es Schokoladenkuchen geben: eine eigenartige Geschichte … Unmittelbar vor Geschäftsschluss des Reisebüros am Samstag war Father Hugh, der katholische Priester des Viertels, mit einer Kuchendose hereingekommen.

»Ich bin Father Hugh von der Philomenagemeinde. Wir haben wohl eine gemeinsame Bekannte«, hatte der Priester mit fröhlich funkelnden Augen gesagt. »Schwester Bridget ist in Rom, aber sie hat mir strenge Anweisungen hinterlassen, dem netten jungen Mann aus dem Reisebüro das hier zu geben, und ich möchte nicht, dass sie böse auf mich wird.«

George hatte den Kuchen also angenommen, und es freute ihn, dass Schwester Bridget und Miguel bei diesem eigenartigen Dinner in gewisser Weise beide anwesend sein würden.

»Warum nur habe ich ihm gesagt, dass er Sarah mitbringen soll«, schalt er sich. »Irgendwie muss ich den beiden eine eindeutige Botschaft übermitteln, ohne plump zu werden.« Er warf einen Blick zur Fensterbank, wo ein gerahmtes Foto von Miguel und ihm stand. Sie hatten einander die Arme um die Schulter gelegt und lachten. Sein Herz klopfte heftiger. Er besaß ein Fotoalbum aus seiner Zeit in Spanien. Wenn Sarah nett war, wenn sie auch nur annähernd so gutherzig war wie ihr Bruder, würde er es den beiden zeigen. Er würde versuchen, jene Wahrheit preiszugeben, die er so lange verborgen gehalten hatte. Hoffentlich würden sie es verstehen.

Es läutete an der Tür.

»Wünsch mir viel Glück, Sebastian«, sagte er zu seinem Kater. Dann bugsierte er ihn liebevoll aus der Küche und ging nach unten, um die Gäste hereinzulassen.

18

Als George die Tür für Matthew und Sarah öffnete, merkte er, dass er Sarah kannte.

»Hallo«, begrüßte er sie und bat sie herein. »Sie sind doch die Krankenschwester, zu der meine Mutter neulich so gemein war. Das tut mir schrecklich leid. Sie hatte Schmerzen, aber als ich da war, hat sie Sie wirklich grässlich behandelt. Ich hoffe, sie ist inzwischen nicht mehr so schwierig.«

»Hallo meinerseits, und bitte keine Sorge«, antwortete Sarah mit einem beruhigenden Lächeln. Ohne Uniform sah sie ganz anders aus, war sogar noch hübscher. Damals hatte sie das Haar nicht offen getragen und auch kein Make-up aufgelegt. »Ich bin an so etwas gewöhnt. Sie hat Schmerzen. Menschen, die Schmerzen leiden, sind manchmal sehr unwirsch.«

»Ja, aber schön ist das trotzdem nicht für Sie«, erwiderte George peinlich berührt. Er nahm die Jacken der beiden und hängte sie auf.

»Was für eine reizende Wohnung«, sagte Sarah. Matthew überreichte George eine Flasche Wein und Pralinen, die sie mitgebracht hatten, und nahm schüchtern Platz.

George brachte Getränke und Knabbereien, und die beiden hörten sich die spanische Musik an, die er aufgelegt hatte, während er in der Küche die Paella abschmeckte und sie schwungvoll servierte.

Sarah und Matthew waren wunderbare Gäste. Sarah plauderte über eine Reise nach Spanien, die sie in früheren Jahren unternommen hatte, und erzählte, dass sie gern wieder dorthin fliegen würde. Matthew hatte einen ganz besonderen Wein mitgebracht, und in seiner schüchternen Art sah er in den Bluejeans und dem blauen Hemd, das die Farbe seiner Augen unterstrich, ausgesprochen gut aus. Nach dem Essen ließen sie sich in bequemen Sesseln nieder, und Sebastian, der hereinkam, sprang auf Matthews Schoß, was George entzückte.

George beschloss, das Fotoalbum hervorzuholen. Jetzt oder nie. Er hatte sich ein bisschen Mut angetrunken.

»Vielleicht könnte ich euch ja ein paar Bilder aus Spanien zeigen«, schlug er etwas zu beiläufig vor. Niemand bekam die ihm so teuren Bilder dieses ihm so teuren Mannes je zu Gesicht. Nun aber würden diese beiden die Fotos von Miguel sehen – Aufnahmen, die George noch nicht einmal seiner eigenen Mutter gezeigt hatte. Miguel, wie er Gitarre spielte, schmunzelte, eine Katze auf dem Schoß hielt oder Eiscreme aß. Andere, auf denen er unterrichtete und sich lachend mit seinen Schülern unterhielt. Fotos des besten, gütigsten und liebevollsten Menschen, dem George je begegnet war und der eine Lücke hinterlassen hatte, die sein Herz mit einem nie versiegenden Schmerz erfüllte. Es gab auch noch ein paar Fotos, die in der Zeit nach der Diagnose aufgenommen worden waren. Da war sein Gesicht schmaler, und es lag bereits etwas vom Schatten des Todes darauf. Diese Fotos lagen in einer Schublade. Selbst jetzt ertrug George es noch nicht, sie anzuschauen.

Sarah nahm das Album und begriff sofort, was sie sah. Ihr Herz wurde schwer davon.

»Wer ist das?«, fragte sie sanft. Doch George, der ihr Mitgefühl spürte und merkte, dass ihm die Tränen in die Augen traten, wagte es immer noch nicht recht, die jahrelange Gewohnheit abzustreifen.

»Mein … Partner – das heißt«, fügte er eilig hinzu, »mein Geschäftspartner. Wir hatten gemeinsam eine Sprachschule.«

»Wo ist er jetzt?«, fragte Sarah, obwohl sie die Antwort fürchtete.

»Er. Er … er, äh, ist gestorben«, antwortete George. »Entschuldigung. Ich sollte mich um das Dessert kümmern. Will jemand Tee oder Kaffee?« Er eilte in die Küche, und Sarah und Matthew hörten, wie er sich laut schnäuzte und dann klappernd Schranktüren öffnete und schloss.

»Ich glaube, George ist schwul«, sagte Sarah leise zu Matthew.

»Sarah! Das geht uns überhaupt nichts an«, entgegnete Matthew. »Er hat ausdrücklich gesagt, dass Miguel sein Geschäftspartner war. Und außerdem hat er mich gebeten, heute Abend dich mitzubringen. Wir wollen doch keinen peinlichen Fehler begehen.«

Nein. Du möchtest keinen peinlichen Fehler begehen, Matthew. Ich weiß, dass du schüchtern bist, ich weiß, dass du an der Schule ge-

mobbt wurdest und dir jemand an der Uni das Herz gebrochen hat, und ich weiß, dass Dad dich gedemütigt und eingeschüchtert hat und du trotzdem immer davor zurückgescheut bist, sein Wohlwollen aufs Spiel zu setzen. Aber ich glaube, dass du diesen Mann liebst, und ich verstehe vollkommen warum. Wenn du immer nur zögerst, zerrinnt dir dein Leben zwischen den Händen. Du musst ein bisschen wagemutiger sein, so wie dieser Maler, den du so anbetest.

Doch trotz allem, was sie dachte, lächelte sie ihren Bruder nur an. Ihn durfte man nicht hetzen. »Du liegst mit Sicherheit falsch, Matthew.« Mehr sagte sie nicht. »Er ist mir einfach nur dankbar, weil ich mich um seine Mutter kümmere. Auch wenn ich das eben lieber heruntergeschluckt habe, sie ist, ehrlich gesagt, eine richtige Tyrannin.«

»Ach ja?«, fragte Matthew besorgt.

»Ja. Ich muss sie nur so lange täglich besuchen, wie ihre Wunde Probleme macht, aber der arme George hat sie sein ganzes Leben an der Backe.«

»So«, sagte George und brachte den Schokoladenkuchen herein, auf dem Wunderkerzen sprühten. Sein Mund war entschlossen zu einem fröhlichen Lächeln verzogen. »Lasst uns das zu Ehren der Kuchenbäckerin genießen, der absolut fantastischen Schwester Bridget!«

Sobald Schwester Cecilia und Bridget gegangen waren, trank Margaret ihren Kaffee aus und schaute in ihren Stadtplan und ihren Rom-Führer. Sie hatte beschlossen, nicht noch einmal in den Petersdom zu gehen. Stattdessen würde sie das Keats-Shelley House bei der Spanischen Treppe besuchen, und keiner würde sie daran hindern. Der Hinweg würde eine halbe Stunde in Anspruch nehmen und der Rückweg eine weitere halbe Stunde. Dazwischen würde ihr eine Stunde für ihre eigene, private Pilgerstätte bleiben.

Der Petersdom war eine Basilika voll wunderschöner Kunstwerke, berührte sie aber nicht, oder zumindest nicht auf dieselbe Weise, wie das schlichte Schlafzimmer, in dem John Keats gestorben war. Sie empfand das extrem starke Bedürfnis, dorthin zurückzukehren, auch wenn sie nicht genau sagen konnte, warum. Sie wusste nur eines: Sie würde – und konnte – Rom nicht verlassen, ohne diesen Ort noch einmal gesehen zu haben.

Margaret marschierte zielstrebig und so schnell sie konnte, vorbei am bunten Angebot von Verkaufsbuden. Sie wies mit einem Kopfschütteln aufdringliche Straßenhändler zurück, umging Liebespaare, wich fotografierenden Touristen aus und schlängelte sich zwischen plaudernden Studenten hindurch. Sie wanderte am Fluss entlang, dessen Wasser im Sonnenlicht glitzerte. All das Schöne entging ihr beinahe vollständig, weil die Verzweiflung in ihrem Inneren so drängend wurde. Wo kam ihr Seelenleid nur her? Als sie den Ponte Cavour überquerte und sich ihrem Ziel näherte, schlug ihr Herz schneller. Sie ließ sich von der Aussicht nicht betören, sondern marschierte unverwandt weiter, vorbei an der Fontana della Barcaccia, einem Brunnen, der ein Boot darstellt. Wie ein verzweifelter Mensch des Mittelalters, der an einer heiligen Stätte Zuflucht sucht, kam sie vor der Tür des Keats-Shelley-House an.

Sie war verschlossen.

Margaret weigerte sich, die Tatsache zur Kenntnis zu nehmen. *Sonntags geschlossen.* Sie ertrug es nicht, sie ertrug es einfach nicht. Dies war der einzige Ort, an dem sie sein wollte, doch er war ihr versperrt. Wieder und wieder klopfte sie an die Tür, als wäre sie von Dämonen besessen. Man musste sie einlassen. Sie klopfte und klopfte wie jemand, der vom Heil ausgeschlossen worden war.

Doch keiner machte ihr auf.

Das war's also, Herr? Was ist denn mit ›klopfet an, so wird euch aufgetan‹?

Margaret drehte sich um und stieß mit einer Person zusammen, die ihr entgegenkam.

»Schwester Margaret? Sind Sie das?«

»Katy? Katy Bradshaw?« Sie arbeitete also noch immer hier.

»Kommen Sie herein, Schwester! Ist alles in Ordnung mit Ihnen? Kommen Sie, ich gebe Ihnen ein Glas Wasser.« Katy ging ihr voran, schloss wie mit magischer Hand die Tür des Keats-Museums auf und führte sie ins kühle Innere.

Als Margaret eingetreten war, überkam sie eine ungeheure Erleichterung. Endlich fühlte sie den inneren Frieden, der sich ihr im Petersdom entzogen hatte, und sie war voll Erstaunen über die geöffnete Tür, nachdem sie schon alle Hoffnung aufgegeben hatte.

»Sonntags ist geschlossen. Ich bin nur hier, um vor der neuen Woche noch für ein wenig Ordnung und Sauberkeit zu sorgen. Wie schön, dass wir uns auf diese Weise über den Weg gelaufen sind!«

»Wir machen hier nur diesen Tag lang Zwischenstation. Ich wollte das Museum wiedersehen. Als ich das erste Mal hier war – gleichzeitig das letzte Mal –, war Schwester Helen dabei.« Zu ihrer eigenen Bestürzung begann Margaret zu weinen, und Katy zog ihr einen Stuhl heran. »Es tut mir schrecklich leid, Katy. Ich weiß gar nicht, was über mich kommt.«

»Bitte, entschuldigen Sie sich nicht. Ich freue mich einfach nur riesig, Sie wiederzusehen. Es war so schön, als Sie auf Ihrem Besuch in Rom alle hier waren. Das habe ich nie vergessen. Ich erinnere mich, wie Schwester Helen und Sie hier bei uns standen und uns erzählt haben, was Keats für Sie bedeutet. Ich redete mit den Mädchen darüber, wie er die Zeilen ›Melodien fürs Ohr sind süß, doch die man nicht hört, sind süßer‹ schrieb. Da erzählten Sie, das beschreibe Ihre Situation als Ordensschwester – Sie folgten einer unhörbaren Melodie und hätten Mühe, sie wahrzunehmen, doch ihre Sehnsucht danach, sie zu hören, und ihr Glaube, dass sie unendlich süß sein müsse, zwinge Sie weiterzumachen.«

»Das habe ich gesagt?«

»Ja. Ich weiß nicht, ob ich es vollkommen verstanden habe, aber es ergab Sinn. Sie sagten, in Ihrem Leben gehe es nicht um Mangel, sondern um Sehnsucht – Ihr Leben sei schön in dem Sinne, wie ein Gedicht oder ein Kunstwerk schön seien. Daran muss ich oft denken.«

Tränen strömten über Margarets Gesicht. »Oh, danke, Katy. Ich fürchte, im Moment bin ich mit diesem Teil meiner selbst nicht richtig in Kontakt. Wie Sie wissen, gibt es keine Mädchenschule mehr in meinem Leben, und Schwester Helen ist tot. Meine Gefühle sind wie abgestorben, und ich weiß nicht, was aus uns werden soll, uns drei Schwestern, die noch übrig sind. Ich nehme keine Melodie mehr wahr, und manchmal bin ich mir nicht einmal sicher, ob es überhaupt etwas zu hören gibt. Du liebes bisschen, was müssen Sie von mir denken, so zu reden – und so an Ihre Tür zu hämmern und zu weinen. Es tut mir wirklich schrecklich leid.«

»Entschuldigen Sie sich doch bitte nicht, Schwester. Es hat mich sehr getroffen, von Schwester Helens Tod zu hören, und ich habe mich gefragt, wie Sie sich fühlen mögen«, sagte Katy.

»Wirklich?«, fragte Margaret, ganz gerührt von so viel Einfühlungsvermögen.

»Ja, Sie beide waren so gute Freundinnen. Sie mochten sich so gern. Damals habe ich gedacht, dass Ordensschwestern tatsächlich auch Schwestern im eigentlichen Sinn sind. Und dann habe ich davon gehört, dass die Schwestern die Schule verlassen mussten und sich alles geändert hat. Das hat mich furchtbar traurig gemacht. Es war eine wunderbare Schule.«

»Ja, nicht wahr?«, fragte Margaret schniefend.

»Und Sie waren eine wunderbare Lehrerin. Würden Sie sich gern noch einmal Keats' Zimmer anschauen?«

»Oh ja, schrecklich gern. Danke.«

Sie traten in den schlichten Raum, in dem Keats gelebt hatte und gestorben war, und Katy öffnete das Fenster, sodass sie die Geräusche hörten, die von der *piazza* hereindrangen: das Plätschern des Brunnens und das Stimmengewirr der redenden und lachenden Menschen.

»Was für eine schöne Freundschaft er und Joseph Severn doch hatten«, sagte Margaret. »Genau an diesem Herd hat Severn Mahlzeiten für Keats gekocht. Und ich erinnere mich, dass er ein Klavier gemietet und Keats Symphonien von Haydn vorgespielt hat.«

Margaret trat einen Schritt vor und betrachtete Keats' Totenmaske an der Wand.

»Er sieht so schön aus. So friedlich. Severn sagt, nach seinem Tod habe er geglaubt, vielleicht schlafe er nur.«

»Erinnern Sie sich, wie Schwester Helen nach diesem Keats-Zitat hier stand und sagte, für sie sei der Tod ein wenig, als hörte sie eine unhörbare Melodie?«, fragte Katy.

»Das hatte ich ganz vergessen«, antwortete Margaret.

»Ihre Worte haben mir damals sehr gut getan, weil meine Mum gestorben ist, als ich meinen Schulabschluss gemacht habe – ich weiß nicht, ob Sie sich daran erinnern, Schwester?«

»Oh ja. Das hat mir damals sehr leid getan.«

»Jedenfalls waren das Schwester Helens Worte, und ich fand sie sehr tröstlich, weil Mum Musik so sehr geliebt hat. Mir gefiel die Vorstellung, dass sie plötzlich etwas hören konnte, wonach sie sich immer gesehnt hatte.«

Margaret schnäuzte sich. »Ob Schwester Helen wohl schon von ihrem Krebs gewusst hat, als sie hier war? Ich habe mich immer gefragt, ob sie die Krankheit vor uns verheimlicht hat. Am Ende ist sie so schnell von uns gegangen.«

»Das weiß ich nicht. Ich erinnere mich nur, was Sie damals auf ihre Bemerkung geantwortet haben. Es hat mich sehr beeindruckt. Wissen Sie es noch?«

»Nein.«

»Sie sagten, vielleicht sei nicht der Tod die unhörbare Melodie, sondern das ewige Leben, das in unseren Alltag einbricht? Ich habe es noch genau im Ohr, hier in diesem Zimmer, während von draußen die Geräusche hereindrangen und wir an den sterbenden Keats dachten. Sie sprachen von all der Wahrheit und Schönheit in Keats' Leben und in seiner Dichtung, und ebenfalls von der Liebe, die in diesem Zimmer hier lebendig sei. Von der Liebe Joseph Severns für seinen Freund, den er bis zum Tod pflegte. Doch der Tod war nicht das Ende, denn die Liebe blieb zurück, unsichtbar und unhörbar, aber erhalten in Keats' Gedichten und in diesem Raum. Diese Bemerkung hat Schwester Helen sehr gefallen.«

»Wirklich?«, fragte Margaret. »Das macht mich froh. Danke, Katy, dass Sie mich daran erinnert haben.«

»Ich glaube, dass Sie recht hatten und dass die Liebe immer noch hier verweilt«, sagte Katy. »Es ist eine ganz besondere Empfindung, in diesem Zimmer zu stehen und sie zu fühlen. Ich arbeite schrecklich gern in diesem Museum und genieße das Zusammensein mit den Besuchern, aber sonntags, wenn sonst niemand hier ist, komme ich gern her, putze und räume ein bisschen auf und nehme mir ein wenig Zeit, um einfach nur in diesem Raum zu ›sein‹.«

»Was für ein Glück für mich«, sagte Margaret.

Margaret ging zu dem Schaukasten aus Holz und Glas, wo sie den Brief las, den Joseph Severn über Keats' Tod verfasst hatte.

»›Er ist dahingegangen – er ist vollkommen friedlich gestorben –, es schien, als würde er einschlafen. Am dreiundzwanzigsten gegen vier Uhr nahte der Tod‹«, las Margaret laut vor. Dann sprach sie mit brüchiger Stimme Keats' letzte Worte, wie sein Freund sie zitiert hatte:

»›Severn … ich … heb mich hoch … ich sterbe … ich werde leicht sterben … hab keine Angst … bleibe fest und danke Gott, dass der Tod gekommen ist.‹«

Sie las weiter und wischte sich dabei die Augen, kaum fähig, zu Ende zu sprechen, aber innerlich genötigt, es trotzdem zu tun.

»›Ich nahm ihn in meine Arme. Der Schleim schien in seiner Kehle zu brodeln, und er röchelte immer lauter, bis er um elf Uhr allmählich in den Tod glitt – so leise, dass ich immer noch glaubte, er schliefe.‹«

»Ich habe sie nicht gepflegt, wissen Sie«, schluchzte Margaret. Plötzlich musste sie sich auf dem Schaukasten abstützen und weinte heftiger als seit Jahren. »Ich habe sie nicht gepflegt. Sie kam ins Krankenhaus und war so schnell danach tot. Zu schnell. Ich hätte alles dafür gegeben, mich um sie kümmern zu dürfen und mehr Zeit zum Abschied zu haben.«

Katy umarmte sie und hielt sie umfangen.

»Aber Schwester, wissen Sie, ich erinnere mich, dass sie dazu ebenfalls etwas gesagt hat, auch in diesem Zimmer hier. Keine Ahnung, warum es sich so lebhaft in meinem Kopf festgesetzt hat, aber vielleicht war es mir bestimmt, mich daran zu erinnern, damit ich es Ihnen ins Gedächtnis zurückrufen kann. Sie sagte, oft habe sie darüber nachgedacht, dass Keats sich Sorgen machte, wie hart seine Pflege für Severn sei. Das hat Keats wirklich bedrückt. Ich weiß nicht, ob es Schwester Helen gefallen hätte, wenn Sie sie gepflegt und derart gelitten hätten.«

»Ich habe sie so geliebt«, schluchzte Margaret. »Ich wünschte, ich hätte ihr diese Liebe am Ende zeigen können, wie Joseph Severn es tat. Ich war nicht einmal bei ihr im Krankenhaus, als sie gestorben ist. Keine von uns hat erwartet, dass sie so schnell von uns gehen würde. Ich hätte an ihrem Bett gesessen. Ich wünschte, das hätte ich ihr sagen können.«

»Das wusste sie doch, Schwester. Wir alle wussten es. Sie waren beste Freundinnen, Seelengefährtinnen. Das hat sich mir immer tief eingeprägt. Deshalb fühlen Sie sich jetzt auch so schlecht. Sie sind eines geliebten Menschen beraubt worden, und ich glaube, dass Sie in einem Schockzustand waren und die Erkenntnis Sie erst jetzt richtig trifft. So war es jedenfalls bei mir. Ich musste während meines Studiums eine Therapie machen, weil mir plötzlich klar wurde, und zwar erst lange nach dem Begräbnis, dass Mum niemals meinen Uniabschluss mit mir feiern würde, oder meine Hochzeit oder sonst irgendwas. Eine Zeit lang schien es mir, als wäre alles völlig sinnentleert.«

»Ach, Katy, Sie schickt der Himmel. Es ist wie ein Wunder, dass wir uns heute auf diese Weise treffen. Ich kann Ihnen nicht genug danken«, sagte Margaret und wischte sich die Augen. Katy fand ein Papiertaschentuch für sie, und sie schnäuzte sich dankbar. Dann umarmten sie einander spontan.

»Es ist so schön, Sie wiederzusehen! Wissen Sie, Schwester, Sie hier so zu treffen, hat mir ebenfalls geholfen«, sagte

Katy. »Darum danke. Ich trage mich schon länger mit einer Überlegung, und jetzt habe ich mich entschieden. Ich werde mich um ein Masterstudium über die Romantiker bewerben und meine Abschlussarbeit über Keats schreiben.«

»Wie schön, das zu hören. Schwester Helen wäre ebenfalls begeistert.«

»Haben Sie noch Zeit für eine schnelle Tasse Kaffee?«, fragte Katy.

»Das wäre wunderbar«, sagte Margaret.

»Sie erzählten ja, Sie seien auf dem Weg in eine andere Stadt«, begann Katy aufblickend. »Ist es eine Pilgerreise? Wo fahren Sie hin?«

»Das berichte ich Ihnen beim Kaffee«, antwortete Margaret. »Wie gut, diese Geschichte endlich loszuwerden.«

19

Beim Kaffee erzählte Margaret das Neueste aus dem Kloster: der Lotteriegewinn und die levitierende Nonne. Danach begleitete Katy sie zu Fuß zum English College, wo schon bald eine in sich gekehrte, aber ekstatische Cecilia zu ihnen stieß. Wenige Minuten später kam eine übersprudelnde Schwester Bridget dazu, mit zwei Einkaufstüten beladen und eine Anekdote über eine Plauderei mit einem Schweizergardisten auf den Lippen. Cecilia und Bridget waren überrascht und entzückt, Katy in Rom zu treffen und von ihren Plänen zu hören. Alle waren der Meinung, eine Begegnung mit einer ehemaligen Schülerin der Philomenaschule könne nur ein gutes Vorzeichen sein.

»Ist das nicht ein Tag voller Segnungen?«, schwärmte Bridget und lächelte alle an. »Beim Einkaufen habe ich mich so nett mit einem wunderbaren jungen Mann unterhalten, einem Schweizergardisten namens Dominic. Er wurde gerade zum Korporal befördert, und darum darf er jetzt heiraten. Mir war gar nicht klar, dass Schweizergardisten normalerweise zölibatär leben müssen. Er hat mir von einer Frau erzählt, in die er sich verliebt hat, und ich sagte, das klänge wundervoll. ›Dass Korporale heiraten dürfen, sollten Sie als Zeichen Gottes sehen und nicht zögern, Ihre Liebste noch heute um ihre Hand zu bitten!‹, sagte ich. Dominic meinte dazu, er sei froh, dass eine Nonne ihm das geraten habe, nun sei er beruhigt. Danach haben wir unsere Adressen ausgetauscht. Wir bleiben in Kontakt, und falls sie ja sagt, werde ich vielleicht sogar zur Hochzeit eingeladen! Stellt euch vor! Natürlich vorausgesetzt, wir haben das Geld dafür, Margaret«, fügte sie eilig hinzu.

»Ich weiß nicht, wie du das anstellst!«, sagte Margaret voll Zuneigung. »Da kann man nur staunen, Bridget. Wahrscheinlich würdest du selbst auf dem Gipfel des Mount Everest noch mit jemandem Freundschaft schließen. Hast du die Zeit im Petersdom genossen, Schwester Cecilia?«

»Es war überwältigend, danke«, antwortete Cecilia leidenschaftlich.

Ein Wagen fuhr die Straße entlang und hielt. Ein sehr gut aussehender Mann Mitte fünfzig stieg aus.

»Nach Cardellino?«, fragte er in perfektem Englisch, aber mit einem leichten italienischen Akzent.

»Ja, nach Cardellino«, antwortete Cecilia feierlich.

Er nahm das Reisegepäck der Schwestern und lud es in den Kofferraum.

»Katy, ich kann Ihnen gar nicht sagen, wie sehr es mir heute geholfen hat, Sie zu treffen«, sagte Margaret und umarmte ihre ehemalige Schülerin erneut.

»Das freut mich riesig. Sie haben mir ebenfalls geholfen, wissen Sie?«, gab Katy zurück. »Es fiel mir wirklich schwer, mich zu entscheiden, wie ich im Leben weitermachen sollte.

Aber jetzt weiß ich es. Außerdem möchte ich Sie alle nach meiner Rückkehr eine Weile im Kloster Fairbridge besuchen, wenn Ihnen das recht ist?«

»Wie wundervoll!«, sagte Bridget, die das Gespräch beim Einsteigen ohne Scham belauscht hatte. »Beten Sie, dass wir unser Abenteuer erfolgreich bestehen, Katy.«

»Ja, beten Sie für uns«, sagte Margaret und begegnete Katys Blick. Sie war froh, dass sie Katy beim Kaffee ihre Sorgen anvertraut hatte. Sie war eine so zugewandte junge Frau.

»Aber sicher, das mache ich«, antwortete Katy. »Das alles klingt enorm aufregend! Ich bin schon schrecklich gespannt, was Sie herausfinden werden!« Sie winkte den Schwestern nach, als alle eingestiegen waren und der Wagen davonrollte.

»So, Schwestern«, sagte der Fahrer lächelnd. »Willkommen in Italien! Ich heiße Francesco, und meine Frau und ich freuen uns sehr, dass Sie heute zu uns nach Cardellino kommen. Die Fahrt dauert etwa eine Dreiviertelstunde, entspannen Sie sich also und genießen Sie die Aussicht. Sie wird immer schöner, je mehr wir uns Cardellino nähern, wenn Sie mir diese Bemerkung gestatten.«

Und er hatte recht. Nach einer halben Stunde auf der Schnellstraße bogen sie ab und fuhren auf kurvenreichen Bergstraßen zwischen Olivenhainen und Weinbergen, Kiefernwäldern und einsamen Bauernhöfen hindurch, deren mit Terrakotta-Ziegeln gedeckten Dächer so ganz anders waren als die Dächer in Fairbridge.

»Solche Landschaften habe ich vor Kurzem in einer Doku gesehen«, rief Bridget glücklich aus. Die schmale Straße wand sich einen steilen Berghang hinauf. Schließlich fuhren sie langsam durch enge, gepflasterte Gassen, zwischen gelb, rötlich oder cremefarben gestrichenen Häusern mit blauen, braunen oder gelben Fensterläden und Balkonen, deren schmiedeeiserne Geländer reich verziert und mit Körben voller leuchtend roter Geranien geschmückt waren. Auch auf den Stufen vor den Haustüren standen große Terrakotta-Blumentöpfe.

»Oh! Wie schön!«, rief Bridget aus und klatschte in die Hände. »Genau wie in den Italienprospekten im Reisebüro.«

Francesco bog auf den zentralen Platz von Cardellino ein, wo sie von Gebäuden mit quadratischen Portiken aus rötlichem Stein empfangen wurden. In der Mitte des Platzes plätscherte ein Brunnen, und auf einer Seite erhob sich eine Kirche mit Freitreppe und Glockenturm. Sie verließen den Platz und hielten wenig später vor dem Hotel della Sacra Famiglia.

»Das Hotel ist nach der Heiligen Familie benannt, oder?«, fragte Schwester Bridget. »Wie schön.«

Francesco öffnete die Wagentüren und half den Schwestern höflich beim Aussteigen. Anschließend öffnete er den Kofferraum und nahm ihr Gepäck heraus.

»Kommen Sie, ich zeige Ihnen Ihre Zimmer«, sagte er und führte sie ins Hotel.

Hier und da blätterte der lachsfarbene Anstrich ein wenig ab, doch die Wände waren überraschenderweise mit großartigen gerahmten Schwarz-Weiß-Fotos von Gebäuden und Menschen in Italien, aber auch in der ganzen Welt bedeckt – zum Beispiel Äthiopien, Griechenland, Irland oder Norwegen. Auf vielen von ihnen lachte eine dunkelhaarige Frau in die Kamera – und auf manchen war auch Francesco dabei und hatte den Arm um sie gelegt. Auf manchen der Fotos wirkte das Paar jünger, auf anderen älter, auf vielen waren sie von einer kleinen Freundesschar umgeben, immer aber sahen sie glücklich aus.

»Was für schöne Fotos!«, sagte Margaret.

»Danke. Von Beruf bin ich – war ich – Architekt, doch Fotografieren ist ein Hobby von mir, und Maria und ich reisen gern. Im Laufe der Jahre haben wir viele Orte besucht, und tatsächlich sind auch viele der Menschen auf diesen Fotos schon hier gewesen. Wir führen das Hotel in der Saison und verreisen normalerweise im Winter, aber da meine Großmutter inzwischen so alt ist, müssen wir mit dem Reisen pausieren. Wir können sie nicht mehr allein lassen.«

Francesco lächelte, doch Margaret bemerkte eine gewisse Anspannung in seiner Stimme.

Bridget sog genüsslich die Luft ein.

»Also, das ist ein großartiger Geruch«, sagte sie. »Was köchelt denn da?«

»Sauce für die Pasta. Hergestellt nach einem Familienrezept«, antwortete Francesco stolz.

Sie folgten ihm über eine schmale Treppe in einen Flur.

»Hier schläft Schwester Cecilia«, sagte er, blieb vor der Tür des ersten Zimmers stehen und wandte sich den Schwestern zu. Er trug Cecilias Reisetasche hinein, und sie folgte ihm. »Und hier Schwester Bridget …« Mit Schwester Bridget und ihrem Raum wiederholte sich der Ablauf. Beim letzten Zimmer angekommen, trat er mit Margaret ein und setzte ihre Reisetasche auf der Holztruhe unter dem Fenster ab. Er öffnete die Fensterläden und, vermischt mit dem Geruch von

Holzrauch, wehte eine erfrischende Brise herein. Überrascht entdeckte Margaret die wunderschöne Aussicht, wo in der Abenddämmerung in den Häusern unten im Tal nach und nach die Lichter angingen. Die Wärme verlieh dem Knattern der Motorroller, den gelegentlich ertönenden Autohupen und den plaudernden Bewohnern etwas Intimes und Freundliches. In der Ferne bellten Hunde, und in den Zweigen eines Baums sang ganz in der Nähe ein Vogel.

»Wie schön!«, sagte sie und stellte verlegen fest, dass ihre Stimme ein wenig zitterte.

»Es gefällt Ihnen?«

»Sehr. Vielen Dank.« Sie sah ihn nicht direkt an, damit er die Tränen in ihren Augen nicht bemerkte.

»Das freut mich sehr. In einer Stunde steht eine Mahlzeit für Sie bereit. Ist das in Ordnung?«, fragte Francesco.

Er sah sie an, und Margaret empfand plötzlich den Drang, ihm zu gestehen, dass seit Schwester Helens Tod überhaupt nichts mehr in Ordnung war und dass sie die Orientierung verloren hatte und Hilfe brauchte. Vor Kurzem hatte sie sich Katy geöffnet. War jetzt dieser Mann der nächste? Seit sie das erste Mal von ihrem Kummer erzählt hatte, schien es ihr, als ob sie gar nicht mehr damit aufhören könnte. Aber sie konnte doch nicht den Rest ihres Lebens mit Weinen verbringen.

»Ja, das wäre großartig. Danke.« Und dann schüchtern: »*Grazie.*«

»*Prego*«, antwortete er lächelnd. »Nun, ich gebe den anderen Schwestern Bescheid. Dann sehen wir uns später.« Damit machte er die Tür behutsam hinter sich zu.

Sie war erleichtert, ihn weggehen zu hören, bevor sie wieder zu weinen begann.

»So geht das nicht, Margaret«, sagte sie sich und wischte sich die Augen trocken.

Sie zog die Schuhe aus und setzte den Schleier ab. Dann legte sie sich auf das saubere, frisch bezogene, bequeme Bett und schlief tief und fest ein.

Margaret wurde von einem leisen Klopfen an der Tür geweckt.

»Margaret. Bist du wach? Ich glaube, wir werden beim Essen erwartet.«

Sie schlug die Augen auf. Wo befand sie sich? Inzwischen war es dunkel geworden.

Die Tür wurde behutsam geöffnet, und Bridget trat ein.

»Alles in Ordnung? Ich habe vorhin schon mal nach dir geschaut, aber da hast du fest geschlafen, und ich wollte dich nicht wecken.«

Margaret setzte sich auf und schaltete blinzelnd die Nachttischlampe ein. Sie versuchte zu lächeln.

»Alles gut. Ich bin nur ein bisschen müde. Aber es ist wunderschön hier, nicht wahr?«

»Oh ja!«, antwortete Bridget. »Cecilia und ich sind in der Abenddämmerung ein bisschen spazieren gegangen. Wir sind die Treppe zur Kirche hinaufgestiegen, aber die Tür war bereits zu. Auf der einen Seite der Kirche haben wir ein großes Haus entdeckt, in dem anscheinend der Priester lebt, und zur anderen Seite, ein wenig zurückgesetzt, ein noch größeres Gebäude, das wohl das Kloster ist.«

Margaret setzte sich auf die Bettkante und sah lächelnd zu Bridget auf.

»Gut. Dann lass uns essen.« Margaret legte ihren Schleier wieder an, und sie gingen nach unten.

Sie setzten sich im Speisesaal an einen mit einem schneeweißen Tischtuch gedeckten Tisch. Es waren fünf Gedecke aufgelegt.

»Hoffentlich ist es Ihnen recht, wenn Maria und ich uns zu Ihnen setzen?«, fragte Francesco lächelnd. »Sie sind heute Abend die einzigen Gäste.«

»Aber natürlich«, antwortete Margaret überrascht.

Francesco war ein gut aussehender Mann. Inzwischen trug er ein frisch gewaschenes und gebügeltes blaues Leinenhemd, das ihm mit seinem gebräunten Gesicht gut stand. Dazu hatte er eine schwarze Hose und glänzende Schuhe angezogen.

»Wir essen wie eine große Familie!«, sagte Maria beim Eintreten. Mit ihrem strahlenden Lächeln und den großen braunen Augen war sie die schöne, hochgewachsene und gebräunte Italienerin, die sie auf den Fotos gesehen hatten. Sie wirkte ein wenig jünger als Francesco und hatte einen leuchtend roten Lippenstift aufgelegt. Sie trug ein langes, buntes, lose fallendes Kleid und funkelnde Ohrringe. Bevor sie sich setzte, begrüßte sie jede der Schwestern mit einer weichen und doch festen, süß duftenden Umarmung.

»Erzählen Sie uns alles über sich!«, bat sie in einem Englisch, das genauso perfekt war wie das ihres Mannes und denselben melodiösen Akzent hatte. Dabei servierte sie köstliche heiße Gemüsesuppe.

Und Bridget zumindest tat ihr den Gefallen.

Bevor sie mit der Suppe fertig waren, wussten Francesco und Maria über die schwierige finanzielle Lage des Klosters und der Kirche genau Bescheid. Sie hatten einen dramatischen Bericht über Father Hughs Sorge wegen des undichten Dachs, Schwester Margarets Problemen mit den Rechnungen, sowie über den Lotteriegewinn und das Foto im Schreibtisch erhalten. Francesco und Maria waren wunderbare Zuhörer, sie nickten, lächelten und lachten immer genau an den richtigen Stellen. Schwester Bridget hatte ein gerötetes Gesicht, das machte die Aufregung. Sie ließ sich von Francesco Wein nachschenken und strahlte ihn an.

»Dieses Foto von der levitierenden Nonne? Haben Sie es dabei?«, fragte Francesco.

Schwester Cecilia nahm einen kleinen Beutel aus der Tasche ihres Habits, öffnete den Reißverschluss und reichte Francesco und Maria Brief und Foto. Die beiden waren fasziniert.

»Ja, ja, das ist sie«, sagte sie zu ihm.

»Wissen Sie etwas über sie?«, fragte Schwester Cecilia. »War sie außerhalb des Klosters bekannt?«

»Ja, Schwestern, und das war, ehrlich gesagt, der Grund, aus dem wir Sie unbedingt treffen wollten. Wir haben gewisse Informationen, aber vorher müssen wir noch einiges überprüfen, und so hoffen wir, morgen beim Mittagessen mehr Klarheit über das zu haben, was wir Ihnen berichten können. Entschuldigen Sie, dass es so lange dauert. Hoffentlich haben Sie Verständnis. Wir müssen erst eine Erlaubnis einholen.«

»Wie aufregend!«, rief eine ziemlich beschwipste Bridget.

»Danke«, sagte Cecilia und neigte den Kopf.

»Ich bedaure, dass ich Sie um Geduld bitten muss, aber ich verspreche Ihnen, dass es das Warten wert sein wird. Schon jetzt können wir Ihnen allerdings sagen, wie gut es ist, dass wir Sie kennengelernt haben. Was wir über die Kirche in Fairbridge und über Ihre finanziellen Probleme gehört haben, tut uns furchtbar leid.«

»Verzeihen Sie, dass wir Sie damit belastet haben«, sagte Margaret peinlich berührt.

»Aber nicht doch. Dadurch bekommen wir ein Gefühl für den … größeren Zusammenhang«, beschwichtigte Francesco sie.

Margaret war immer noch erschöpft, doch im kühlen Speisesaal, in den durchs Fenster die angenehm nach Jasmin duftende Abendluft hereinwehte, fühlte sie sich allmählich besser. Alles an der Mahlzeit signalisierte, dass sie herzlich willkommen waren – von den schneeweißen Servietten und den funkelnden Kristallgläsern bis zu Francescos und Marias schicker Kleidung, die sie wie zu einem besonderen Anlass trugen. Man behandelte sie als Ehrengäste und lauschte mit ungeheuchelter, entspannter Aufmerksamkeit auf jedes ihrer Worte. Schwester Cecilia ließ sich dazu bewegen, über ihr Lieblingsthema zu reden: die vielen guten Taten Edward Mortimers. Bis zum zweiten Fleischgang war klar, dass Sir Edward Mortimer, ordensdekorierter Veteran des Ersten Weltkriegs, Besitzer der Fabrik, die der größte Arbeitgeber Fairbridges gewesen war, Philanthrop und frommer Katholik – ein Mensch, der sich zeit seines Lebens der Hilfe für andere verschrieben hatte –, einem Heiligen auf Erden so nahe kam, wie sie es nur jemals von jemandem hören würden.

»Es klingt, als wäre er eine wunderbare Person gewesen«, sagte Francesco, und er und Maria strahlten Schwester Cecilia an, als hätte sie ihnen ein Kompliment gemacht. Cecilia entspannte sich und lächelte auf eine Weise, die gar nicht ihrer üblichen Art entsprach.

»Haben Sie eigentlich ein Foto von ihm?«, fragte Francesco.

Schwester Cecilia wurde rot. »Ja, tatsächlich.«

»Ach ja?«, fragte Margaret erstaunt.

»Im Archiv der Bibliothek habe ich eines gefunden. Ich dachte, da Sir Mortimer sich im Himmel für uns verwendet, wäre es schön, es mit auf diese Reise zu nehmen«, erklärte sie trotzig, ohne Margarets Blick zu begegnen.

Sie hat es geklaut! Sie hat nicht um Erlaubnis gebeten. Sie hat sich ein Foto ihres geliebten Edward aus dem Archiv genommen. Na, na, na. Was wir nicht alles aus Liebe tun.

»Ich bin sowieso die Einzige, die das Archiv benutzt. Ich bringe das Foto gleich nach unserer Heimkehr zurück.«

Sie beugte sich über ihre Handtasche und zog einen Umschlag heraus. Den öffnete sie behutsam, nahm einen kleinen, schwarz-weißen Zeitungsausschnitt hervor und legte ihn sorgfältig und ein wenig schüchtern auf das weiße Tischtuch.

Der Ausschnitt stammte aus *The Universe*, der katholischen Wochenzeitung, war auf 1925 datiert und zeigte einen hochgewachsenen, gut aussehenden Mann mit ernstem Gesicht, der mit einer Gruppe von Nonnen vor der Philomenakirche stand. Außerdem war eine junge Frau dabei. Der Untertitel lautete: *Edward Mortimer, großzügiger Wohltäter Fairbridges, heißt im jüngst gegründeten Orden von der Heiligen Philomena eine angehende Novizin willkommen.*

»Lass mal sehen! Schwester Cecilia! Bist du das neben ihm?«, fragte Bridget.

Cecilia errötete leicht. »Ja. Es war ihm immer wichtig, neue Ordensmitglieder kennenzulernen.«

»Darf ich?«, fragte Maria und beugte sich vor. Sie nahm das Foto und zeigte es Francesco. »Er sah sehr gut aus.«

»Und du warst sehr hübsch«, bemerkte Bridget.

Cecilia schürzte die Lippen.

»Was völlig ohne Bedeutung ist, Schwester«, tadelte sie Bridget. Sie griff jedoch nach dem Foto, und Margaret sah, dass sie noch einmal einen Blick darauf warf, bevor sie es in den Umschlag zurücksteckte.

»Ich glaube, dass er ein Heiliger war«, erklärte Cecilia. »Mein größter Wunsch ist es, seine Kanonisierung zu erleben und bei der Feier in Rom anwesend zu sein. Doch wir brauchen Beweise, dass er Wunder gewirkt hat, und aus irgendeinem Grund gibt es die noch nicht. Nach meiner Überzeugung schickt er uns nun erst einmal diese levitierende Nonne als Heilige für Fairbridge.«

Cecilias Tadel hatte Bridget vollkommen kalt gelassen. Sie befand sich in einem Reich, das sie kaum je betrat. Für sie selbst kochte eigentlich nie jemand, und die Nonnen gingen nie auswärts essen.

»Habt ihr je eine solche Suppe gekostet?«, fragte sie. »Und die Fleischbällchen – einfach perfekt. So etwas wie diese

Sauce habe ich noch nie im Leben genossen. Sie ist einfach überirdisch. Wirklich. Und habt ihr jemals ein solches Dessert verspeist? Köstlich! Wie hieß es noch mal?«

»*Tiramisù*«, antwortete Francesco.

»Und was genau bedeutet das?«

»›Richte mich auf‹«

»Also, das hat es wirklich getan. Herzlichen Glückwunsch! Sie sind großartige Köche!«

Francesco und Maria lächelten. »Dieses Essen hier haben wir nicht gekocht.«

»Oh. Na dann, meinen Sie, ich könnte nach dem Essen in die Küche gehen und den Koch kennenlernen? Wäre das in Ordnung?«, fragte Bridget.

»Aber sicher. Nonna wird sich riesig freuen«, antwortete Francesco.

»Ihre Großmutter? Wollen Sie damit sagen, dass Ihre Großmutter dieses ganze Menü zubereitet hat?«

»Ja. Sie ist eine ausgezeichnete Köchin. Heute hat sie sich um alle Speisen selbst gekümmert. Sie sagte, sie wolle für unsere englischen Gäste kochen. Es macht sie glücklich.«

»Ich spreche leider kein Italienisch. Würden Sie mir helfen, mit ihr zu reden?«

»Das ist kein Problem, ich werde dolmetschen.«

Sie beendeten die Mahlzeit, und Bridget machte sich mit Francesco zusammen auf den Weg nach hinten in die Küche. Lieber wollte sie den Kaffee versäumen, als die Gelegenheit zu verpassen, mit Francescos *nonna* zu sprechen.

»Ich liebe Bridget wirklich«, dachte Margaret. Es war schön, die Köchin so glücklich zu sehen. Bridget hatte so selten Gelegenheit, mit jemandem übers Kochen zu sprechen, der es so sehr genoss wie sie selbst.

»Für Cecilia und mich zu kochen, heißt wirklich, Perlen vor die Säue werfen«, erklärte sie Maria beim Kaffee. Cecilia hatte sich bereits entschuldigt und war zu Bett gegangen, und da man aus dem begeisterten Palaver in der Küche darauf schließen konnte, dass Bridget so schnell nicht wieder herauskommen würde, hatte Margaret beschlossen, dass die Schwestern heute Abend ihr Nachtgebet jede für sich auf ihrem Zimmer verrichten würden.

»Aber wirklich! Sie sind doch keine Schweine!«, protestierte Maria und lachte mit zurückgelegtem Kopf.

Margaret fand das eigenartig anrührend. Sie hatte ganz vergessen, dass sie andere Menschen zum Lachen bringen konnte. Helen hatte oft gelacht.

»Danke!«, antwortete sie. »Aber ernsthaft, Schwester Bridget ist eine ausgezeichnete Köchin. Father Hugh hat Glück, dass sie ihn bekocht. Sie wird ihm fehlen, wenn wir aus Fairbridge weggehen.«

»Weggehen? Warum sollten Sie weggehen?«

Margaret zögerte, doch es war eine Erleichterung, ohne die anderen darüber zu reden.

»Was wir Ihnen erzählt haben … Wir haben einfach kein Geld, um weiterzumachen. Es geht nicht nur um die Renovierung des Hauses.«

»Aber was ist denn mit dem Lotteriegewinn? Hat der nicht gereicht?«

»So groß war der Gewinn nicht, Maria. Er war eine Antwort auf unsere Gebete, weil er uns gestattet hat, diese Pilgerfahrt zu unternehmen und die notwendigsten Reparaturen am Haus durchzuführen, aber die dienen nur dazu, es verkaufen zu können. Wir sind nicht die Einzigen, die in finanziellen Nöten stecken. Auch das Dach unserer Gemeindekirche ist in einem fürchterlichen Zustand – wir haben ein wenig Geld dafür gespendet, aber Father Hugh befindet sich in einer sehr schwierigen Lage, und die Kirchengemeinde ist ebenfalls verschuldet. Sie kann es sich nicht leisten, für unseren Unterhalt zu zahlen. Es gibt keine neu Berufenen im Orden, und wir sind einfach nicht genug Menschen, um zu rechtfertigen, dass wir in einem so großen Haus bleiben – allein schon die Instandhaltung überfordert uns. In der Kirche ist das ein generelles Problem.«

»Aber was werden Sie in einem anderen Kloster tun?«

»Oh, es gibt immer Arbeit für uns.« *Das hoffe ich, Herr, das hoffe ich.* »Gott wird gewiss für uns sorgen.« *Tut mir leid, ich bin eine solche Heuchlerin. Ich möchte das glauben – das weißt du, Herr. Gefühle sind nicht alles.*

»Sie möchten eigentlich nicht weg, oder?«, fragte Maria und sah sie aufmerksam an. »Wie Sie ja sagten, leben die Schwestern von der Heiligen Philomena seit Jahrzehnten in Fairbridge. Seit der Gründung des Ordens durch Edward Mortimer.«

»Der Abschied wird uns schwerfallen, aber so etwas gehört zum Ordensleben dazu. Wir müssen es einfach akzeptieren. Der Herr will nicht, dass wir bleiben, denn sonst hätte er es uns ermöglicht«, erwiderte Margaret, doch das klang für keine der beiden überzeugend.

Aus der Küche drang Gelächter.

»Schwester Bridget und Großmutter sind – wie sagt man? – ein Herz und eine Seele«, bemerkte Maria lächelnd.

»Also, ich sage nun gute Nacht«, kündigte Margaret an. »Ich danke Ihnen und Francesco für ein wirklich wunderbares Mahl und das herzliche Willkommen, Maria.«

»Ich gebe das Kompliment an Nonna weiter«, antwortete Maria lächelnd. »Schlafen Sie gut. Gute Nacht. Es ist so wichtig für uns, dass Sie hier sind.«

In ihrem Zimmer angekommen, zog Margaret ihre Schlafsachen an, sprach im Bett sitzend ihr Nachtgebet und lauschte dabei dem Wind in den Bäumen vor dem Fenster.

Hallo, Herr, sagte sie. *Dieser Tag war ganz schön aufregend. Ich kann kaum fassen, was heute alles passiert ist. Danke. Danke, dass ich beim Keats-Shelley House Katy begegnet bin, und danke für Francesco und Maria – sie sind so interessante Menschen. Nach dem Petersdom konnte ich das wirklich gebrauchen. Ich weiß immer noch nicht, was wir tun werden, und über Helen kann ich auch noch nicht richtig mit dir reden. Das mache ich aber noch. Ich bin jetzt einfach nur ein bisschen zu müde dazu. Also verrichte ich jetzt mein Nachtgebet, wenn es dir recht ist.*

Sie schlug ihr Gebetbuch auf und versenkte sich in den wohltuenden Rhythmus der Zeilen. Obwohl sie so müde war, spürte sie eine feine Verschiebung ihrer inneren Skala, eine weitere Neuausrichtung, so unaufdringlich, dass man sie für unwichtig halten könnte, und so wichtig, dass nichts mehr unmöglich war, nichts unvorstellbar.

Ich weiß nicht, warum wir hier sind, Herr, aber ich bin mir sicher, dass du es weißt, sagte Margaret. *Ich vertraue darauf, dass du es mir zur rechten Zeit enthüllen wirst. Danke. Selbst nach all meinen Beschwerden über diese Reise sage ich Dank. Das meine ich ernst.*

Sie legte ihr Stundenbuch auf den Tisch zurück, schaltete die Lampe aus und schlief sofort ein.

20

Am nächsten Morgen trafen die Schwestern sich zum Gebet in der Lounge. Als sie fertig waren, hatten sie immer noch eine halbe Stunde bis zum Frühstück.

»Lasst uns doch ein bisschen spazieren gehen«, schlug Bridget vor. »Ich würde mich hier gern einmal umschauen. Ich meine, ich hätte einen Friedhof gesehen – das wäre interessant.«

Margaret lächelte. Nur Bridget schaffte es, einen Friedhofbesuch als spannenden Ausflug darzustellen. Wenn sie, Margaret, allerdings noch einmal nach Rom käme, würde sie gern Keats' Grab auf dem Protestantischen Friedhof besuchen. Aber das war etwas anderes. Sie kannte Keats. Oder zumindest empfand sie so.

Sie verließen das Hotel und traten in einen wunderschönen italienischen Frühlingsmorgen. Die Schwestern waren entzückt von der reizvollen Umgebung – von der Farbe der Dächer und den einnehmenden Gebäuden. Überall sangen Vögel, ein Hahn krähte, und in der Ferne hörte man ein Moped und Hundegebell.

Sie ließen die Häuser mit ihren leuchtend roten Geranien,

das Pfarrhaus und die Kirche hinter sich zurück und gingen am Kloster vorbei zum angrenzenden Dorffriedhof.

»Also, er sollte eigentlich offen sein – ja, das ist er auch. Wunderbar!«, sagte Bridget begeistert.

»Schaut – schaut doch dort drüben«, rief Cecilia plötzlich. Auf der Seite, wo der Friedhof an den Klostergarten stieß, war die Mauer, die ihn auf den anderen drei Seiten umfasste, durch einen neu wirkenden, hohen Metallzaun ersetzt worden, vor dem man eine Hecke gesetzt hatte. Die jungen Pflanzen waren noch nicht hoch genug gewachsen, um zu verbergen, dass hinter ihnen, in der Ecke des Klostergartens, eine Art improvisierte Gebetsstätte errichtet worden war. Sie befand sich auf der anderen Seite des Zauns und war vom Friedhof aus nicht zugänglich.

Die Schwestern spähten zwischen den Gitterstäben hindurch. Sie erkannten schlichte Kreuze und ein kleines, weißes Marmorgrabmal, das nahe der niedrigen Mauer zwischen ein paar Bäumen aufragte. Auf Untertellern, die auf dem Boden standen, brannten darum herum zahlreiche Kerzen, manche noch groß, andere offensichtlich am Ende ihrer wächsernen Lebensspanne.

Herzstück des weißen Grabmals war eine Marmorstatue der Madonna mit Kind. Oben von dem Gedenkstein gingen Schnüre ab, die wie die Wäscheleinen spielender Kinder an den Ästen der umstehenden Bäume festgebunden waren. Daran waren mit Wäscheklammern Hunderte winziger Babyschühchen, Mützchen und hier und da auch ein Strampler befestigt. Es wirkte so, als wirbelten weiße, rosa und blaue Blütenblätter von den Bäumen herab. Auf dem Boden zwischen den Kerzen lagen Babyrasseln vor der Madonna wie buntes, übergroßes Konfetti, und als wartete er auf ein Kind, das ihn abholen käme, lehnte ein riesiger, in Zellophanfolie eingepackter und mit einem Etikett versehener Teddy an dem Grabmal.

»Schaut mal da oben im Baum.« Margaret deutete in die Krone hinauf.

Sie sahen hinauf, und Bridget stieß einen entzückten Ruf aus. Hoch über ihnen hingen mindestens fünfzig glänzende, bunt bemalte Schmuckobjekte an den Zweigen einer großen Zypresse, die im Klostergarten wuchs.

»Wie hübsch!«

»Hast du nicht gesehen, was sie darstellen?«

»Es sind … es sind Wiegen. Winzige Wiegen. Und kleine Füße und Hände – wie eigenartig. Kleine Füße und Hände aus Messing oder so, und schaut nur, da hängt auch eine Babyrassel – sogar einige. Sie hängen da wie Weihnachtsschmuck. Ich habe sie schon in Kapellen in Spanien gesehen, wenn beim Erntedankfest gebetet wurde«, sagte Margaret. »Wie eigenartig.«

»*Und erwirkt für sie das Geschenk eines Kindes*«, zitierte Cecilia. »Das hat der Priester doch in seinem Brief geschrieben. Das hier ist offensichtlich eine Stätte, an der Gläubige um ein Kind beten, und diese Gebete sind erhört worden, so viel ist klar. Hier geschehen Wunder, dessen bin ich mir sicher. Wir hatten recht. Wir sind in Cardellino, und ich glaube, dies hier ist das Grab der ersten Heiligen, die Fairbridge hervorgebracht hat. Das Kloster ist gerettet!«

»Dank sei Gott!«, sagte Bridget.

»Das ist wirklich außergewöhnlich«, stimmte Margaret ein. »Schwester Cecilia, es sieht tatsächlich so aus, als hättest du die ganze Zeit recht gehabt. Hier geschieht etwas Bedeutsames, das ist offensichtlich.«

Cecilia nickte.

Sie hatte also die ganze Zeit recht. Du hast uns wirklich zur Entdeckung einer Heiligen geleitet. Nur kann ich es immer noch nicht fassen. Und warum ist diese Stätte nicht berühmter? Wie kommt es, dass das hier ein solches Geheimnis ist?

Margaret fühlte sich durcheinander und warf einen nachdrücklichen Blick auf ihre Uhr.

»Nun, ich nehme an, wir sollten besser zum Frühstück zurückkehren, bevor wir das Kloster selbst besuchen«, schlug sie vor. »Die Entdeckung einer Heiligen sollte man nicht mit leerem Magen angehen.«

»Amen«, sagte Schwester Bridget.

Maria brachte Brötchen und Kaffee herein.

»Wie geht es Ihnen, Schwestern?«, fragte sie lächelnd. »Haben Sie gut geschlafen?«

»Großartig«, antwortete Bridget. »Und wir haben hier bereits ein kleines Abenteuer erlebt. Wir haben diese wundervolle Verehrungsstätte entdeckt, die auf dem Klostergrundstuck liegt. Gleich heute Vormittag werden wir losgehen und die Nonnen aufsuchen.

»Heute Vormittag?«, fragte Maria besorgt. »Bitte nicht.«

»Warum nicht?«, fragte Margaret.

»Wenn Sie doch bitte bis nach dem Mittagessen warten

würden – wir möchten Ihnen vorher einiges über die levitierende Nonne erzählen.«

»Wir müssen mit den Schwestern im Kloster reden, um mit deren Erlaubnis eine Pilgerstätte einzurichten. Das erwartet der Bischof von uns«, erklärte Cecilia energisch.

»Sicher, ich weiß«, antwortete Maria leicht beunruhigt. »Nur … nur bitte ich Sie, noch ein wenig zu warten, das ist alles. Wir würden Ihnen gern erst noch beim Mittagessen einige Dinge offenlegen, und danach können wir für Sie einen Termin bei den Schwestern vereinbaren. Vielleicht kann man Sie nicht empfangen, wenn Sie einfach so auftauchen. Wir könnten die Nonnen dann anrufen. Wenn Sie möchten.«

Maria machte ein sehr besorgtes Gesicht, und Margaret empfand plötzlich Unbehagen. Irgendetwas war faul. Es war ihr so vorgekommen, als hätte Cecilia ein fehlendes Puzzleteil gefunden, aber vielleicht gehörte es letztlich doch zum falschen Bild.

»Ich kann Ihnen Prospekte über Cardellino geben. Es gibt reizende kleine Läden und ein Café, in dem man auch Tee trinken kann. Wir haben eine sehr schöne Kirche und ein kleines Museum. Es gibt eine Menge, was Sie tun können, während Sie auf die Mittagszeit warten.«

»Würden Sie uns bitte die Prospekte geben?«, bat Margaret, und sei es nur, damit Maria sich besser fühlte.

»Danke«, antwortete Maria und blickte ihr in die Augen. »Sie können hier im Dorf einen angenehmen Morgen verbringen. Und danach rufe ich im Kloster an, wenn Sie wollen. Versprochen.«

Father Hugh kam von einem sehr frühen, sehr dringenden morgendlichen Besuch im St. Luke's Hospiz zurück, hielt die Morgenmesse und beschloss, sich zum Frühstück ein gekochtes Ei und Toastbrot zuzubereiten. Zwar hatte er noch immer keine Ahnung, wie er das Geld fürs Dach zusammenbringen oder einen Kaplan bekommen sollte, doch der Besuch bei einem Sterbenden und die tröstenden Worte für die tief trauernde Witwe machten deutlich, was im Leben wirklich wichtig war. Er hoffte, dass auch ihm in seinen letzten Minuten ein Priester beistehen würde.

Er löffelte das Käppchen vom Ei und betrachtete zufrieden das harte Eiweiß und das weichere Eigelb. Delia Smith hatte recht gehabt, Gott segne sie. Ein kleiner Topf mit Deckel und ein Ei, das Zimmertemperatur hatte. Erst das Wasser aufkochen, dann das Ei hineinlegen und eine Minute auf der Herdplatte simmern lassen. Anschließend den Topf mit dem Ei darin vom Herd nehmen und mit aufgelegtem Deckel weitere sechs Minuten ziehen lassen. Danach war das Ei perfekt. Es kam ihm vor wie ein kleines Wunder, obgleich er sich nur sehr genau an die Anweisungen einer guten katholischen Köchin gehalten hatte. Gerade wünschte er, er könnte Schwester Bridget demonstrieren, dass er tatsächlich ein Ei kochen konnte, da klingelte es an der Tür. Er seufzte, schob aber ohne zu zögern seinen Stuhl zurück, um dem Menschen, der ihn diesmal brauchte, die Tür zu öffnen.

Doch es brauchte ihn gar niemand.

»Ein Paket. Bitte unterschreiben«, sagte ein Motorradfahrer mit Helm. Father Hugh quittierte neugierig den Empfang und kehrte mit einem rechteckigen, in braunes Packpapier eingeschlagenen Paket mit etwas Hartem darin in die Küche zurück.

»Was mag das sein?«, fragte er sich und riss das Papier auf. Erneut vermisste er Schwester Bridget – eine solche unerwartete Sendung hätte ihr gefallen. Sie liebte Geheimnisvolles und Überraschungen, wie klein auch immer.

Der Inhalt war so unerwartet, dass Father Hugh begriff, er würde Unterstützung brauchen. Er bekreuzigte sich, sprach ein rasches Gebet und ging zu seinem Stapel beiseitegelegter Zeitungen. Dort fand er die noch nicht sehr alte Ausgabe der *Fairbridge Gazette*, die er im Sinn hatte, legte sie auf den Esstisch, schlug sie neben seinem inzwischen vergessenen Frühstücksei auf und blätterte sie durch, bis er auf den Artikel mit dem Namen stieß, den er suchte.

Er griff nach dem Telefonhörer und wählte eine Nummer. Es war gerade erst neun.

»Würden Sie mir bitte die Nummer der Universität geben?«, fragte er. »Das Institut für Kunstgeschichte.« Er notierte die Nummer und wählte erneut. »Könnte ich bitte mit Dr. Matthew Woodburn sprechen?«

Das Frühstück war vorbei. Margaret ließ sich von der erleichterten Maria ein paar Prospekte geben, und die Schwestern machten sich auf den Weg. Doch es dauerte nicht lang, da bog Cecilia nach links ab, wo Margaret und Bridget den Weg nach rechts einschlagen wollten. Offensichtlich war Cecilia nicht auf Sightseeing aus.

»Cecilia. Wohin gehst du?«, fragte Margaret.

»Natürlich zum Kloster.«

»Aber Maria …«

»Maria ist keine Ordensschwester. Sie selbst muss vielleicht immer vorher anrufen, aber mit uns werden sie reden.«

»Sie hat uns gebeten, bis nach dem Mittagessen zu warten.«

»Wir haben es dem Bischof versprochen. Maria sind wir keinen Gehorsam schuldig. Wir haben die Stätte gesehen. Wir wissen, dass die Heilige dort liegt und dass Wunder geschehen sind. Es gibt keinen Grund, nicht schon heute Vormittag dort hinzugehen«, beharrte Cecilia und marschierte weiter.

Margaret sah Bridget verzweifelt an. Die zuckte lächelnd mit den Schultern.

»Na ja, was kann es schon schaden? Es stimmt ja, dass wir Maria keinen Gehorsam schulden, und auch ich möchte gern mehr über die Verehrungsstätte erfahren.«

»Es ist nur … es macht mir ein schlechtes Gefühl.«

»Warum denn? Wir haben ja nichts versprochen. Sie braucht es gar nicht zu erfahren. Was ich nicht weiß, macht mich nicht heiß«, sagte Bridget und ging hinter Cecilia her.

»Ich bezweifle, dass das stimmt«, murmelte Margaret, folgte ihr aber trotzdem.

Auf dem Weg zum Kloster sahen die Schwestern, dass ein vom Hauptweg abzweigender Pfad direkt zum weißen Marmorgrabmal führte.

»Sollen wir dort kurz beten?«, fragte Cecilia. »Haben wir ein bisschen Zeit?«

Sie sieht so aufgeregt aus, dachte Margaret. *Wenigstens Cecilias Glaube ist stark.*

»Ja, lasst uns das machen«, antwortete Bridget.

Cecilia ging ihnen zu der Verehrungsstätte voran. Sie traten zu dem Grab, wo die aufgehängte Babykleidung in der Luft flatterte wie eine Versammlung tibetanischer Gebetsfahnen.

Cecilia betete inbrünstig. Sie empfand die Babyschuhe aus Messing und die aus Metall gegossenen Babyhände und -füße als eher abstoßend, und so schloss sie die Augen. Sie bedauerte keineswegs, dass sie nie Mutter geworden war. Dennoch konnten solche offensichtlichen Beweisstücke einer erfolgreichen Fürsprache bei der Heiligen Jungfrau nur ein positives Zeichen sein, und sie gestattete sich einen gewissen Stolz auf die Tatsache, dass ihre historischen Nachforschungen sie so weit gebracht hatten, dass sie vielleicht das Kloster und das Bistum würden retten können. Die anderen beendeten ihr stummes Gebet vor ihr und warteten geduldig auf sie.

»Sie sieht so glücklich aus, Gott segne sie«, dachte Margaret. »Italien hat sie … verwandelt.«

Sie setzten ihren Weg zum Klostergebäude fort. Dort öffnete ihnen eine ältere Nonne in schwarzem Habit die Tür und führte sie in einen schönen Empfangsraum mit bequemen Stühlen, an dessen Wand ein schlichtes Kruzifix hing.

Die Tür ging auf, und eine kleine, sehr hübsche Nonne, Mitte vierzig, kam herein. Auch sie trug einen schicken schwarzen Habit aus einem guten Leinenstoff. Ein einfaches silbernes Kreuz hing ihr um den Hals. Sie wirkte gelassen und elegant und verströmte eine ruhige Energie. Margaret war sich bewusst, wie alt ihr eigener Habit war, und empfand sich als erschöpft und fehl am Platz. In einem Kloster fehl am Platz? Was war hier los?

Die Nonne sprach in perfektem Englisch mit einem reizenden melodiösen Akzent.

»Willkommen. Ich bin Schwester Gabriella und hier die Oberin. Wie kann ich Ihnen helfen?«

»Nun, Schwester, wir sind Schwestern von der Heiligen Philomena aus Fairbridge in England und kommen auf Geheiß unseres Bischofs«, erklärte Margaret. »Wir glauben, dass ein Mädchen aus Fairbridge in den 1920er Jahren hierhergekommen ist, Nonne wurde und levitierte. Wir haben von den Wundern gehört, die mit der fliegenden Nonne verbunden werden, und nach unserem Dafürhalten wäre es die Sache wert, ihre Heiligkeit zu untersuchen. Dafür steht uns Geld zur Verfügung, und wir könnten dabei helfen, den Kanonisierungsprozess einzuleiten.«

Die Oberin wirkte alles andere als erfreut. Sie runzelte die Stirn.

»Ihnen ist bewusst, dass jedweder Kanonisierungsprozess vom Bischof dieser Diözese in die Wege geleitet werden müsste?«

»Ja, dessen sind wir uns selbstverständlich bewusst«, antwortete Margaret etwas überrumpelt von der plötzlichen Frostigkeit der Oberin. »Dies hier ist kein offizieller Besuch, verstehen Sie. Wir wollen einfach nur mit Ihnen reden. Wir würden gern mehr über die junge Frau erfahren, denn in gewisser Weise ist sie auch für uns eine Lokalheilige, da sie aus

Fairbridge stammt. Wir würden Ihnen also gern unsere Unterstützung anbieten, sollten Sie den Wunsch hegen, sich des Falls Ihrer Schwester anzunehmen, und Sie darauf aufmerksam machen, dass wir Ihnen finanziell beispringen können. Wir wissen, dass der Prozess bis zur Heiligsprechung teuer sein kann.«

»Das ist sehr nett von Ihnen, aber es ist wirklich nicht nötig.«

»Gewiss …«

»Das Grab …«, unterbrach Cecilia Margaret. »Es ist offensichtlich, dass dort Wunder geschehen sind und kinderlose Paare mit Nachwuchs gesegnet wurden.«

Die Oberin seufzte. »Ich kann Ihnen nur sagen, dass diese Verehrungsstätte tatsächlich mit Wundern und dem Geschenk der Fruchtbarkeit in Verbindung gebracht wird. Das stimmt. Aber wir ziehen es vor, diese Praktik nicht zu ermutigen, da sie von der Kirche nicht offiziell anerkannt ist.«

»Warum nicht?«, fragte Schwester Margaret.

»Es gibt ein Prozedere, Schritte, die wir abarbeiten müssten, um eine offizielle Verehrungsstätte daraus zu machen. Wir haben uns jedoch dagegen entschieden.«

»Aber warum? Liegt es am Geld? Wie wir gerade gesagt haben, hat unser Bischof ja finanzielle Unterstützung zugesagt, sollten Sie die brauchen«, sagte Cecilia.

Margaret bemerkte, dass ein Anflug von Verärgerung über Schwester Gabriellas sonst so gelassene Züge huschte.

Was ist da los, Herr?

Sie beschloss, an ihre Solidarität als Ordensschwester zu appellieren.

»Schwester Gabriella, wir sind hier, weil Ellen Kerr für die Familie in Fairbridge, die uns bei der Gründung unseres Ordens unterstützt hat, als Hausmädchen gearbeitet hat. In England haben wir große Schwierigkeiten, Novizinnen für das Ordensleben zu interessieren. Unser Bischof glaubt, sollte man feststellen, dass Ellen Kerr – ein Kind unserer Stadt – später eine heilige Nonne wurde, die vor ihrem Tod levitierte und nach ihrem Tod Wunder wirkte, und würde die Kirche sie daher offiziell als Heilige anerkennen, könnte die Frömmigkeit in unserem Bistum sprunghaft ansteigen. Deshalb sind wir hier. Für Ihr Kloster und Ihren Orden kann das doch nur etwas Gutes bedeuten, oder?«

»Sie haben also von den Wundern gehört?« Schwester Gabriella sprach langsam und mit wohlabgewogenen Worten. »Und Sie glauben, dass sie von der Nonne gewirkt werden, die früher den Namen Ellen Kerr trug, einem Mädchen, das in Ihrem Bistum in England aufwuchs?

»Richtig.«

»Und das ist der einzige Grund, aus dem Sie hier sind.«

»Ja.«

»Wenn ich Ihnen also berichten würde, dass die an der Verehrungsstätte begrabene Nonne nicht Ellen Kerr ist, sondern tatsächlich eine Schwester Bernardina, die hier in der Gegend geboren wurde und aufwuchs – dann wäre damit der Grund für Ihre Reise hinfällig?«

»Sagen Sie das denn? Dass die levitierende Nonne nicht Ellen Kerr war?«

»Ich sage, dass die Wunder, von denen Sie gehört haben,

an dem Grab und Grabmal gewirkt wurden, das für die von hier stammende Schwester Bernardina errichtet worden ist.«

»Und die levitierende Nonne?«

»Richtig, dies hier wird die Stätte der levitierenden Nonne genannt.«

Einen Moment lang herrschte ein bestürztes und enttäuschtes Schweigen, das nur von Cecilia durchbrochen wurde, die in ihrer Handtasche nach dem kostbaren Beweisstück kramte.

»Und was ist damit?« Cecilia hielt das Foto hoch, und alle bemerkten beunruhigt, dass ihre Hand zitterte. »Was ist damit, Schwester? Hier steht eindeutig, dass die schwebende Nonne Ellen Kerr war.«

Schwester Gabriella setzte sich kerzengerade und sah Cecilia in die Augen.

»Die Schwester, die an der Verehrungsstätte der fliegenden Nonne begraben wurde, an der alle Wunder sich ereignen, war nicht Ellen Kerr. Sondern Schwester Bernardina, die hier in Italien geboren wurde und aufgewachsen ist. Das werden Sie Ihrem Bischof sagen müssen. Ich bedaure, dass Sie umsonst gekommen sind.«

21

In Fairbridge hatte Father Hugh unterdessen ein dringliches Treffen mit Dr. Matthew Woodburn, der gleich nach dem Anruf mit dem Fahrrad herbeigeeilt war.

»Ich muss sie sehen«, stieß Matthew hervor und nahm seinen Fahrradhelm ab, als er die Kirche betrat.

Father Hugh deutete auf den Tisch. Auf dem Packpapier, in das sie eingeschlagen gewesen waren, lagen dort zwei wunderschöne Gemälde voll Leuchtkraft und Liebe. Das eine stellte eine traditionelle Madonna mit Kind vor einer italienischen Landschaft dar, das andere eine lachende junge Frau mit einem Kleinkind in einem Garten. Die junge Frau trug ein Kleid, das gestattete, das Gemälde in den 1920ern zu verorten. Die Gesichter der beiden Frauen waren sehr schön, und sie stellten dieselbe Person dar.

Dr. Woodburn holte tief Luft. Er trat vor, betrachtete die Bilder genauer und nahm eine Augenlupe aus seiner Jackentasche, um sie noch sorgfältiger zu untersuchen. Als er schließlich das kleine Instrument wegsteckte, seufzte er ehrfürchtig.

»Sie wissen, wie außerordentlich das hier ist, oder?«,

fragte er. »Die Bilder sind absolut erlesen, und zudem äußerst seltene Stücke. Anscheinend hat man Ihnen nicht nur ein, sondern gleich zwei Originalgemälde von Jack Mortimer geschickt, die ich noch nie gesehen habe. Dies hier sind bisher unentdeckt gebliebene Meisterwerke!«

»Das begreife ich nun allmählich, ja«, antwortete Father Hugh und setzte sich an den Tisch. »Und glauben Sie, dass sie viel wert sind? Wertvoll genug, um das Dach zu reparieren, was meinen Sie?«

»Das Dach reparieren? Father, ich wäre nicht erstaunt, wenn danach noch Zehntausende übrig blieben.«

Father Hugh wurde von Schwindel erfasst, und er musste sich am Tisch festhalten.

»Und Sie sagten, bei dem Paket hätte ein Brief gelegen?«, fragte Dr. Woodburn.

»Er war sehr kurz und einfach«, antwortete Father Hugh und griff mit leicht zitternder Hand nach dem Blatt Papier. »Dort steht: ›Wir haben von der Notlage Ihrer Kirchengemeinde erfahren und hoffen, dass der Verkauf dieser beiden Gemälde Ihre unmittelbaren Geldprobleme lösen wird. Wenn möglich sollte die Madonna in der Kirche bleiben, aber das Wichtigste ist die Reparatur des Daches. Falls Sie also beide verkaufen müssen, tun Sie das bitte, wir schicken Ihnen dann ein weiteres Bild für die Kirche.‹ Auf dem Paket standen weder Name noch Adresse des Absenders, doch dem Begleitzettel des Kurierdiensts konnte ich entnehmen, dass das Paket in Cardellino, Italien, abgeschickt worden ist. Und wie eigenartig, genau das ist der Ort, an dem sich unsere Gemeindeschwestern gerade aufhalten. Ich weiß nicht, was das alles zu bedeuten hat.«

»Und in dem Brief steht, dass es noch mehr Gemälde gibt – dass man Ihnen ein weiteres Bild schicken wird, sollten Sie beide verkaufen müssen«, sagte Dr. Woodburn. »So etwas hätte ich mir in meinen wildesten Träumen nicht erhofft! Ich muss dorthin reisen, nach Cardellino. Sofort.«

»Sofort?«, fragte Father Hugh, bestürzt über die Leidenschaftlichkeit des Kunstwissenschaftlers.

»Ja. Stand dort noch irgendetwas Genaueres? Eine Adresse?«

»Nein, aber die Schwestern haben mir erzählt, Cardellino sei ein kleines Dorf in der Nähe von Rom. Irgendwo muss ich noch die Adresse des Hotels haben – Bridget hat sie mir für den Fall gegeben, dass ich sie kontaktieren müsste. Sie konnte wohl nicht glauben, dass ich ohne sie zurechtkommen würde.«

»Ich gehe jetzt ins Reisebüro und schaue, ob ich noch heute einen Flug nach Rom bekomme«, sagte Matthew.

»Ich suche die Adresse und komme nach. Was soll ich nur mit den Gemälden machen?«

»Schließen Sie sie in einem Tresor ein. Erzählen Sie *niemandem* davon. Wenn ich zurückkomme, helfe ich Ihnen, sie schätzen zu lassen und das eine oder auch beide in einer Auktion zu versteigern. Father Hugh, wegen Geld werden Sie sich nie wieder Sorgen machen müssen!«

Matthew radelte eilig nach Hause, holte seinen Reisepass und fuhr weiter zum Reisebüro. George, der seit mehr als einer

Stunde mit einem sehr unentschiedenen Paar zugange war, das erwog, nächstes Jahr zur Goldenen Hochzeit vielleicht eine Flusskreuzfahrt zu machen, aber vielleicht auch nicht, erblickte ihn durchs Fenster, bevor er in den Laden stürmte. Plötzlich erstrahlte sein schwieriger Morgen von Liebe.

»Wissen Sie was, Mr und Mrs Lewis«, sagte George höflich, aber entschieden zu dem unentschlossenen Paar, »nehmen Sie diese Prospekte, denken Sie noch einmal darüber nach und kommen Sie zurück, wenn Sie so weit sind. Wahrscheinlich brauchen Sie noch ein bisschen mehr Zeit, und ich will Sie zu nichts drängen.«

Das Paar schaute überrascht und nickte, überwältigt von Dankbarkeit für diesen wunderbaren Mann, der ihnen so viel Zeit gewidmet hatte und sie doch wieder nach draußen entließ, ohne Geld von ihnen zu verlangen. Normalerweise schreckten sie vor Einkaufsausflügen zurück, da sie sich nie entscheiden konnten und am Ende oft Dinge kauften, die sie gar nicht haben wollten, weil sie sich dazu verpflichtet fühlten, nachdem sie dem Verkäufer oder der Verkäuferin so viel Zeit geraubt hatten.

»Vielen *herzlichen* Dank, junger Mann«, sagte Mr Lewis, der jetzt zuversichtlicher wirkte als den ganzen Vormittag über. »Was für ein ausgezeichneter Service.«

»Wirklich ausgezeichnet«, pflichtet seine Frau ihm bei und griff erleichtert nach den Prospekten.

»Ich werde Sie all unseren Freunden empfehlen!«, sagte Mr Lewis.

George war sich nicht sicher, ob das wirklich ein Segen wäre, denn er stellte sich Scharen von ähnlich unentschiedenen Freunden vor, die seine Vormittage in Beschlag nahmen, weil sie endlos schwankten, wohin die Reise gehen sollte. Dennoch bedankte er sich lächelnd. Sie waren ein reizendes altes Ehepaar, und er war froh, dass er sich im Gespräch mit ihnen bewusst ein Vorbild an Schwester Bridgets Freundlichkeit genommen hatte. Aber wenn alle seine Kunden so wären, wäre er längst bankrott.

»Ich glaube, jetzt will ich *wirklich* eine Kreuzfahrt machen, Henry«, hörte er die Ehefrau im Hinausgehen sagen. Vielleicht würde er ja doch noch eine Reise verkaufen.

Seine Verkaufsaussichten interessierten ihn im Moment aber gar nicht. Denn gerade jetzt hatte er nur Augen für den unglaublich gut aussehenden Mann vor ihm, der seinen Fahrradhelm auf die Theke gelegt hatte. Ganz untypisch für den sonst so geduldigen Matthew war allerdings, dass er praktisch fieberhaft auf der Stelle hopste.

»Etwas ganz Außergewöhnliches ist geschehen, George. Könntest du mir vielleicht noch für heute ein Flugticket nach Rom besorgen?«, fragte Matthew dringlich. »Je früher, desto besser.«

Margaret ertrug es kaum, den enttäuschten Blick zu sehen, mit dem Cecilia auf das Foto in ihrer Hand starrte. All ihre Hoffnungen hatten sich zerschlagen.

Hilf mir, Helen, betete sie. *Was würdest du hier tun? Du hattest immer ein so gutes Händchen, wenn es darum ging, den Schülerinnen die Wahrheit zu entlocken. Schwester Gabriella verheimlicht uns etwas, so viel ist sicher, aber ich schaffe es nicht, genauso kluge Fragen zu stellen wie du.*

Plötzlich hatte sie eine Eingebung.

»Schwester Gabriella, ist eine junge Frau aus unserem Bistum – ein Mädchen namens Ellen Kerr – jemals Nonne in Ihrem Kloster gewesen?«

Sie bemerkte die Erleichterung in Schwester Gabriellas Blick.

»Nein – ein Mädchen namens Ellen Kerr hat sich niemals als Nonne in unserem Kloster aufgehalten.«

Margaret spürte, dass es die Wahrheit war, und Schwester Gabriella wusste, dass Margaret es spürte. Die beiden Oberinnen starrten einander einen Moment lang in die Augen, und in Gabriellas Blick lag ein Triumph, den sie nicht ganz verbergen konnte.

Margaret drehte sich um und nahm Cecilia das Foto behutsam aus der Hand.

»Schwester Gabriella – wissen Sie, wer die Nonne auf diesem Foto ist?«

Erneut entstand ein Schweigen, doch diesmal fühlten sie alle eine Veränderung. Sie spürten, dass Gabriella mit einer Antwort rang.

»Vermutlich kann ich Sie nicht bitten, uns einfach in Ruhe zu lassen?«, fragte Schwester Gabriella. Weil ihr Tonfall fast flehend wirkte, klangen ihre Worte weniger grob.

»Tut mir leid, Schwester«, antwortete Margaret. »Wir sind von weit her angereist, mit einigen Kosten, und ich muss unserem Bischof Bericht erstatten. Ohne guten Grund werde ich das Thema nicht fallen lassen.«

»Aber es gibt einen guten Grund.« Gabriella sah die Schwestern eine nach der anderen an. »Glauben Sie mir – es gibt einen guten Grund. Es ist ausgeschlossen, dass diese Sache zu einer Heiligsprechung führt, und wenn zur Untersuchung Leute aus dem Vatikan kommen, wird das nur … wird es nur einen unnötigen Skandal auslösen und Aufregung verursachen.«

»Ist das der Grund, aus dem Maria nicht wollte, dass wir direkt mit Ihnen sprechen? Würden Sie uns sagen, was hier vor sich geht?«, fragte Bridget. »Was zum Beispiel geschieht beim Grabmal? Warum bemüht man sich nicht um eine Heiligsprechung der dort ruhenden Schwester Bernardina? Natürlich hätten wir in Fairbridge nichts von ihrer Kanonisierung, aber bei so vielen Wundern …«

»Keiner wollte die Wunder.«

»Entschuldigung?«

»Keiner wollte die Wunder. Mutter Julia glaubte, der Sache ein Ende setzen zu können, indem sie Bernardina dort begrub … Stattdessen hat alles von vorn begonnen. Womöglich wurde es sogar noch schlimmer.«

»Schlimmer als was?«, fragte Margaret.

»Ich war damals noch nicht hier, aber die ganze Sache mit der Levitation hat so viele Probleme gemacht. Besucher kamen, die Leute fingen an, Fragen zu stellen, was das letzte war, was man wollte, insbesondere angesichts des Kindes …«

»Welches Kindes?«, fragte Cecilia und erkundete mit einem Blick auf Margaret, ob die vielleicht verstand, wovon die junge Oberin redete.

»Offensichtlich hat niemand verstanden, warum sie levitierte, nicht einmal sie selbst. In der Kapelle beim Gebet, aber schlimmer noch, im Garten. Die Leute aus dem Dorf behaupteten, sie hätten sie gesehen. Und dann …«

»Und dann was?«

Schwester Gabriella runzelte die Stirn. »Ich … ich muss darüber nachdenken. Darüber beten. Es sind noch mehr Menschen betroffen als nur wir im Kloster. Ich muss Sie bitten zu gehen.«

»Schwester, wir sind nur wenige Tage hier.«

»Tut mir leid, ich muss Sie trotzdem bitten zu gehen.«

Und schon wurden die drei Schwestern zur Klostertür geleitet, die energisch hinter ihnen verschlossen wurde.

»Das ist alles so aufregend! Möchtest du in Rom einen Leihwagen reservieren, um von dort nach Cardellino zu fahren?«, fragte George, während er Matthews Flugtickets buchte. Um die Mittagszeit ging ein Flug, den Matthew gerade noch erwischen sollte.

»Ich habe keinen Führerschein. Ich werde ein Taxi nehmen.«

»Ich begleite dich!«, rief George plötzlich.

»Wie bitte?«

»Ich … ich könnte mitkommen und dich von Rom nach Cardellino chauffieren«, sagte George. »Ich bin daran gewöhnt, in Italien und Spanien Auto zu fahren.«

»Ich … Nein, nein danke. Nein, das ist … ich kann nicht von dir erwarten, dass du meinetwegen dein Reisebüro schließt.«

»Ich würde es aber gern tun. Wirklich. Ich würde dich gern unterstützen.«

»Mich unterstützen?« Matthew wirkte verunsichert. George kam nicht recht dahinter, was sein Gegenüber gerade empfand. Sein eigenes Herz hämmerte laut.

Matthew wechselte sein Standbein, senkte den Kopf und wich Georges Blick aus.

»Ich ... Keine Sorge. Ich nehme in Rom ein Taxi. Danke. Was bin ich dir schuldig?«

Kurz blieb George vor Enttäuschung die Luft weg.

Was soll ich nur tun, Miguel?

Father Hugh kam keuchend ins Reisebüro gerannt.

»Das ist die Adresse des Hotels, in dem die Schwestern übernachten.« Er gab den Zettel Matthew, der ihn an George weiterreichte.

»Wir sehen uns, wenn Sie zurück sind. Ich muss jetzt einen Besuch im Krankenhaus machen. Gott segne Ihre Reise!« Und schon war Father Hugh aus der Tür.

George las die Adresse. »Das ist das Hotel, in dem ich Zimmer für die Schwestern reserviert habe. Im Dorf ist es die einzige Übernachtungsmöglichkeit. Das Problem ist nur, dass es derzeit wegen Renovierungsarbeiten geschlossen ist und man dort für die Schwestern eine Ausnahme gemacht hat. Ich kann aber dort anrufen und mich für dich einsetzen.«

»Mach das bitte. Andernfalls nehme ich ein Hotel in der Umgebung. Nur möchte ich jetzt meinen Flug nicht verpassen.« Matthew wirkte völlig aufgelöst, was sonst gar nicht seine Art war, und das tat George in der Seele weh. Matthew brauchte ihn, ob er es nun wusste oder nicht. Nun fühlte George sich nicht mehr verletzt, sondern empfand eine neue, ruhige Gewissheit.

»Geh. Fahr zum Packen heim, und unterdessen buche ich dir ein Zimmer in Cardellino oder irgendwo in der Nähe. Wenn du länger verweilst, verpasst du noch deinen Flug. Das mit dem Hotel besprechen wir später. Ich bringe dich zum Flughafen.«

»Willst du das wirklich tun?«, fragte Matthew.

»Natürlich«, erklärte George energisch. »Geh! In spätestens einer halben Stunde bin ich mit dem Auto bei dir.«

Sarah war zu Hause, als Matthew in die Wohnung stürzte.

»Was ist los?«, fragte sie.

»Etwas Unglaubliches«, antwortete er und stürmte, zwei Stufen auf einmal nehmend, die Treppe hinauf. Sarah folgte ihm.

»Erzähl schon.« Sie stand an seiner Schlafzimmertür, während er im Zimmer hin- und hereilte.

Er öffnete und schloss Schubladen und packte eilig Kleidung in eine kleine Reisetasche.

»Der katholische Priester von Fairbridge hat gerade per Kurier zwei Originale von Jack Mortimer erhalten, und zwar aus einem Ort in Italien. Die unbekannte Person, die sie geschickt hat, teilte ihm in einem Brief mit, dass es noch mehr Bilder gibt. Ich glaube, wir sind über die verschollenen Werke gestolpert, Sarah. George hat mir Flugtickets nach Rom besorgt, und ich fliege hin, um mehr über die Sache herauszufinden.«

»Das ist ja großartig! Aber du sprichst kein Italienisch, oder? Ist das kein Problem?«

»Wahrscheinlich nicht. Die meisten Leute können Englisch. Ich habe ein paar Grundkennt... Also, eigentlich hatte George mir angeboten, mich zu begleiten und mich von Rom aus zu dem Ort zu fahren.«

»Was für eine tolle Idee!«

»Ich habe abgelehnt.«

»Warum denn, um Himmels willen?«

»Ich dachte einfach ... Es ist zu viel verlangt. Er hat sein Reisebüro, und dann ist da noch seine Katze. Er kann nicht einfach die Tür hinter sich abschließen und aufbrechen.«

»Lächerliche Einwände. Er hat es dir angeboten.«

»Er fährt mich jedenfalls zum Flughafen. Er kommt gleich.«

»Dann sprich ihn darauf an. Bitte ihn, dich zu begleiten.«

»Das kann ich einfach nicht.«

»Matthew! Bitte – lass dir diese Chance nicht entgehen. Du willst doch nicht, dass wir für den Rest unseres Lebens im selben gemütlichen Fahrwasser dahindümpeln? Dass wir für alle Zeiten zusammenleben und auf Nummer sicher gehen? Ich jedenfalls will das nicht. Komm schon, Matthew. Pack die Gelegenheit beim Schopf!«

»Schau – ich muss im Institut anrufen und erklären, was los ist«, sagte Matthew gereizt. »Könntest du mich einfach kurz allein lassen?«

Sarah ging kopfschüttelnd nach unten, doch plötzlich hatte sie eine Idee. Sie eilte zur Tür hinaus und wartete an der Einfahrt, bis George in seinem Mini auftauchte.

Sie rannte zur Fahrerseite.

»Drehen Sie rasch noch einmal um und holen Sie Ihren

Reisepass, George«, sagte sie durchs Fenster. »Er braucht Sie, ob er es nun weiß oder nicht.«

»Glauben Sie?«, fragte George.

»Er möchte, dass Sie mitkommen, aber er ist zu schüchtern. Er ist sich nicht sicher, ob Sie sich für ihn interessieren. Er glaubt, dass Sie auf mich stehen. Das stimmt doch nicht, oder?«

»Auf Sie? Oh Gott, nein! Entschuldigung.«

»So kam es mir auch nicht vor. Schauen Sie, George – haben Sie Zeit? Ich finde, Sie sollten ihn begleiten. Er kann nicht Auto fahren, spricht kein Italienisch und hat überhaupt keinen Orientierungssinn.«

»Hm. Ja, natürlich. Aber … Sebastian!«

»Geben Sie mir Ihren Hausschlüssel, dann versorge ich ihn. Ich liebe Katzen.«

»Und Mutter?«

»Um die kümmere ich mich ebenfalls. Morgen muss ich ohnehin zu ihr. Keine Sorge. Fliegen Sie mit.«

George war in fünf Minuten zurück, und während Matthew bei ihm einstieg, drückte er Sarah den Hausschlüssel und einen Zettel in die Hand. »So können Sie mich kontaktieren.«

Sie gab ihm ihrerseits ein Blatt Papier mit ihrer Telefonnummer.

Matthew bekam es mit, sagte aber nichts.

Es herrschte kaum Verkehr, und sie trafen mehr als rechtzeitig beim Flughafen ein. Sie hörten Radio und unterhielten sich seltsam gekünstelt. Als sie zu der Gabelung kamen, wo es entweder zur Absetzspur oder zu den Langzeitparkplätzen ging, musste George eine Entscheidung treffen.

»Das vorhin war mein Ernst, Matthew. Ich würde dich gern begleiten.«

»Nein, wirklich nicht. Ich kann einfach nicht … Danke. Wenn du mich einfach hier rauslässt …« Matthew deutete auf das Schild nach links zur Absetzspur.

Und George fuhr nach links.

Er sah Matthew nach, wie er zum Flughafengebäude davonging. Da klingelte sein Handy.

»Und?« Es war Sarah.

»Er will nicht, dass ich mitkomme«, sagte George.

»Hach!«, drang Sarahs Stimme aus dem Handy. »George – Sie kommen mir wie jemand vor, der Abenteuer liebt und ein Risiko nicht scheut?«

»Früher war ich jedenfalls so. Miguel sagte, dass ich mich auf das Leben stürze.«

»Mögen Sie meinen Bruder?«

»Ja. Ja, ich mag ihn sehr. Ich finde ihn wundervoll.«

»Dann lassen Sie ihn bitte, bitte nicht allein aufbrechen. Er braucht Sie. Das weiß ich. Und Sie würden so gut zusammenpassen. Unser Vater hat uns sehr streng erzogen, und zudem wurde Matthew mit achtzehn von seiner ersten Liebe das Herz gebrochen. Jetzt scheut er einfach jedes Risiko. Bitte, bestimmt glaub er immer noch, dass Sie sich für mich interessieren. Fliegen Sie einfach. Ich kümmere mich um Ihre Katze. *Bitte.*«

In Cardellino standen die Schwestern vor dem Kloster auf der Straße.

»Na ja, sie war nicht gerade ermutigend, das stimmt«, brach Bridget das Schweigen. »Aber sie sagte, es seien noch mehr Menschen betroffen. Ich glaube, die Sache ist noch nicht gegessen.«

Warum muss Bridget immer so gnadenlos positiv denken, betete Margaret aufgebracht. *Es ist unerträglich. Warum kann sie nicht einfach normal sein und zugeben, dass es ein Desaster war?*

»Es ist ein Desaster«, sagte Cecilia. Sie wirkte erschöpft und ernüchtert.

»Schaut, am besten gehen wir zurück und hören uns beim Mittagessen an, was Maria zu sagen hat. Es muss ja einen Grund dafür geben, dass sie uns gebeten hat, heute Vormittag nicht ins Kloster zu gehen.«

»Gute Idee, nicht wahr?«, sagte Bridget, aber Cecilia antwortete nicht.

Schweigend gelangten sie zum Hotel.

»Das Mittagessen ist um eins, oder?«, fragte Cecilia. »Ich glaube, ich gehe jetzt eine Weile auf mein Zimmer.« Sie stieg die Treppe hinauf – eine alte, erschöpfte und würdevolle Nonne, die vergebens versuchte, ihre Enttäuschung über die Ergebnisse des Vormittags zu verbergen.

Bridget und Margaret folgten ihr bis zu ihren eigenen Zimmern.

»Darf ich dir was zeigen, Margaret?«, fragte Bridget fröhlich, als sie ihre Zimmertür aufschloss. »In Rom habe ich einen wunderschönen kleinen Schweizergardisten gefunden, für James, Thomas' Ur-Enkel. Der kleine Schatz.« Bridget ging zum Fenster und kramte in einer Tasche. »Für Thomas habe ich einen Becher, für Linda ein Geschirrhandtuch und für Sophie einen Schlüsselanhänger. Ich zeige sie dir. Ich freue mich sehr darüber. Hier ist der kleine Soldat.«

Bridgets unpassende Freude über das lächerliche, kitschige Spielzeug war der Tropfen, der das Fass zum Überlaufen brachte.

»Warum hast du nicht gleich einen Spielzeugpapst besorgt?«, fragte Margaret.

»Sie hatten keinen«, antwortete Bridget, die die Frage ernst nahm. Dann bemerkte sie Margarets Miene.

»Was ist los, Margaret?«

»Ich … ich frage mich nur, wieso eine Ordensschwester Klostergeld für vier Generationen einer Familie ausgibt, mit der sie nicht verwandt ist.«

»Wir haben alle ein bisschen Taschengeld, Margaret. Mir war nicht klar, dass das ein Problem sein würde«, antwortete Bridget.

»Es ist nur … er ist Witwer …«, sagte Margaret. Sie nahm sich die gemeinen Worte übel und konnte sie doch nicht herunterschlucken. Warum machte sie das? Sie hatte doch sogar deswegen gebeichtet.

»Oh nein, du fängst nicht wieder damit an. Hör auf. Hör sofort damit auf«, unterbrach Bridget sie laut und energisch, die Stimme so hart, wie Margaret es noch nie von ihr vernommen hatte. Sie schaute kurz zu ihr hinüber und sah bestürzt, dass Bridget die Stuhllehne umklammert hielt und plötzlich unglaublich wütend aussah. Das Ziel von Bridgets Zorn zu sein, war eine neue, beängstigende Erfahrung.

»Tut mir leid. Ich dachte nur ... du bist eine Ordensschwester ... Du ... Und er ist ein Mann. Du weißt, was ich meine.«

»Ich weiß genau, was du meinst«, antwortete Bridget. »Und ich wusste auch was du daheim in Fairbridge mit deiner Bemerkung gemeint hast, die Amises seien andauernd da. Damals hast du mich sehr wütend gemacht, Margaret. Wegen deiner Haltung habe ich mich ... schrecklich gefühlt. Beschämt. Aber ich habe mit Father Hugh darüber geredet, und er hat mir klargemacht, dass der ganze Stress einfach zu viel für dich ist. Also habe ich dir verziehen. Das bedeutet aber nicht, dass du mit deinen fiesen Unterstellungen weitermachen kannst. Lass das sein.«

»Ich bin deine Oberin ...«, begann Margaret, bemerkte aber beschämt, wie biestig ihre Worte klangen. Tatsächlich nahm sie im Kloster einen höheren Rang ein, aber als Mensch war sie Bridget mit Sicherheit nicht überlegen. Das alles war so schrecklich. In ihrem Elend hatte sie einem Impuls der Boshaftigkeit nachgegeben, und nun verlor sie die Kontrolle.

»Warum hast du nicht mit mir geredet?«, machte Margaret weiter, jetzt aber in einem versöhnlicheren Tonfall.

»Worüber?«, fragte Bridget. »Darüber, dass ich Rose vermisse? Über meine Gefühle für Thomas? Darüber, dass ich mich frage, ob mein Leben anders verlaufen wäre, wenn ...«

Die beiden Schwestern sahen einander bestürzt an. Margaret schämte sich und war überwältigt von dem Ausdruck der Verletzlichkeit und Ehrlichkeit in Bridgets Augen.

Der Zorn zwischen ihnen legte sich, und nun blieb nur noch Schmerz zurück.

»Du hattest so viel damit zu tun, mit dem Kloster und den Rechnungen klarzukommen, und hättest Cecilia und mich manchmal am liebsten auf den Mond geschossen – streite es nicht ab«, sagte Bridget. »Ich weiß, dass wir dich wahnsinnig machen … Und so habe ich den Herrn und Unsere Liebe Frau um Hilfe gebeten, habe bei Father Hugh gebeichtet und alles für mich geklärt, ohne dir damit lästig zu fallen.

Aber halte mich nicht für selbstverständlich, Margaret. Ich habe nichts Falsches gemacht, das weiß ich, und Father Hugh hat mich beruhigt. Ich liebe Thomas, weil er ein guter Mensch ist, aber ich habe mein Gelübde nicht einmal ansatzweise gebrochen. Es war nur in den letzten zwei Jahren sehr schwierig in unserer Gemeinschaft. Wir haben so viele Mitschwestern verloren, und du bist ständig gestresst und gereizt. Wir mussten um Geduld mit dir beten.«

Margaret öffnete den Mund und schloss ihn wieder.

»Ich weiß, dass du dein Bestes gibst, Margaret, aber du bist letzthin nicht gerade eine erfreuliche Gesellschaft. Außerdem weiß ich, dass der ganze finanzielle Kram dich runterzieht. Aber in letzter Zeit eilst du immer sofort in dein Büro und bietest niemals an, den Abwasch zu machen, und gebügelt, Wäsche gewaschen, dich zum Kochen erboten oder einfach nur bei der Hausarbeit geholfen hast du schon seit Wochen nicht mehr. Cecilia und ich haben alles übernommen, weil wir wissen, dass du überlastet bist, aber trotzdem …«

Margaret spürte, wie ihr Tränen der Bestürzung in die Augen traten.

»Und Cecilia, Gott hab sie lieb, ist auch nicht gerade die

beste Gesellschaft«, fuhr Bridget fort. »Es war so viel einfacher, als wir noch mehr waren, eine richtige Gemeinschaft. Father Hugh und Thomas und seine Familie reden mit mir, brauchen mich und reagieren nicht ständig gereizt auf mich – streite es nicht ab, Margaret, das tust du. Sie suchen meine Gesellschaft und hören mir zu, was mehr ist, als ich von dir oder Cecilia behaupten kann.

Ich war in letzter Zeit sehr einsam, und ja, manchmal habe ich mich wirklich gefragt, ob mein Leben sinnvoller gewesen wäre, wenn ich einen Mann wie Thomas kennengelernt hätte, statt ins Kloster einzutreten.«

Margaret fühlte, wie alles um sie herum zusammenbrach. Bridget hatte ihr ihre kleinen Sticheleien keinen Moment lang abgenommen. Die waren einfach nur Margrets Mittel gewesen, ihrem eigenen Elend Luft zu verschaffen, getrieben vom Neid auf Bridgets Fröhlichkeit, die ihr selbst so fern war.

»Es tut mir … schrecklich leid«, stammelte sie.

»Schon gut. Father Hugh und ich haben lange darüber geredet. Ich weiß tief in meinem Inneren, wo Gott mich haben will und wo ich Frieden empfinde. Ich bin als Ordensschwester sehr glücklich und überzeugt, dass es richtig war, dem Orden von der Heiligen Philomena beizutreten. Daher weiß ich, dass Gott uns nicht verlassen, sondern uns zeigen wird, was wir als Nächstes tun sollen.«

Margarets Stimme bebte. »Es tut mir sehr leid. Ich werde mich künftig stärker an den Gemeinschaftsaufgaben beteiligen. Ich liebe dich wirklich, Bridget.«

Bridget stand auf, und Margaret spürte, wie sie zur noch immer offen stehenden Tür gelenkt wurde.

»Das weiß ich, Margaret. Und ich liebe dich und Cecilia. Aber nur zu dritt ist es für keine von uns einfach, und du hast recht, wir müssen Gott bitten, uns ein Ziel zu geben, ein Werk, das unsere Gemeinschaft verrichten kann.«

»Ich wünschte nur, er würde sich beeilen«, erwiderte Margaret müde.

»Wir müssen um die Gnade der Geduld bitten«, sagte Bridget. »Wir sehen uns beim Mittagessen.« Und zum zweiten Mal an diesem Vormittag wurde Margaret hinausbefördert und stand gleich darauf vor einer fest verschlossenen Tür.

22

»Streiten sie sich?«, fragte Francesco. Die erhobenen Stimmen waren nicht unbemerkt geblieben.

»Sie stehen wohl unter großem Druck. Das gilt zumindest für Schwester Margaret. Ich glaube, sie ist fix und fertig«, sagte Maria.

»Sie brauchen unsere Hilfe«, warf Nonna plötzlich ein. »Jack hat mir gesagt, ich solle selbst entscheiden, was zu tun sei. Was wir gestern Abend gemacht haben, war ein Anfang, aber es genügt nicht, im Geheimen zu helfen. Das verstehe ich jetzt. Der richtige Zeitpunkt ist gekommen. Und zudem trifft bald noch der andere Mann ein, für den heute angerufen wurde. Wir können es ihnen allen gemeinsam berichten.«

»Bist du dir sicher, Nonna?«, fragte Maria mit einem Blick auf Francesco.

»Ja. Es tut mir leid, dass ich euch so lange zurückgehalten habe. Ich weiß, dass es nicht leicht für euch war. Aber nachdem ich gestern Schwester Bridget kennengelernt habe und begreife, was unsere Hilfe bewirken kann, scheint mir die Zeit nun reif zu sein.«

George parkte den Wagen und stürmte ins Flughafengebäude. Er schaffte es, ein Flugticket zu ergattern, dann rannte er zum Gate und ging im letzten Moment an Bord. Keuchend verstaute er seine Tasche in der Gepäckablage und setzte sich.

Ich bin froh, dass ich hinten einsteigen konnte. Der Gedanke, an Matthew vorbei zu meinem Sitzplatz zu gehen … Miguel, was mache ich nur? Von hier hinten sehe ich seinen Hinterkopf, aber er hat keine Ahnung, dass ich mit im Flieger sitze. Wenigstens Jenny war glücklich über den unerwarteten Urlaub. Das hier wird mich ein Vermögen kosten, wenn wir zu lange wegbleiben, aber es ist mir egal. Ich muss das machen. Und zwar jetzt. Matthew ist ein ganz besonderer Mensch, und er braucht mich. Ich darf mir diese Chance, noch einmal zu lieben, nicht entgehen lassen. Ich hoffe nur, dass Sarah recht hat.

Nachdem die Sicherheitshinweise vorgeführt und alle angeschnallt waren, rollte das Flugzeug los. Dann hob es plötzlich ab, und beide, Matthew und George, waren gemeinsam auf dem Weg nach Italien, auch wenn Matthew es noch nicht wusste.

Maria ging nach oben und klopfte an Schwester Bridgets Tür.

»Ich mache frische Pasta, und Nonna meinte, Sie würden vielleicht gern dazukommen.«

»Oh ja, furchtbar gern!«, antwortete Bridget lächelnd und folgte Maria sofort nach unten. Hätte Maria es nicht selbst gehört, wäre sie nie darauf gekommen, dass Bridget vorhin die Stimme gegen Margaret erhoben hatte. Maria gab Bridget eine kurze Führung durch die Küche, inklusive Nudelmaschine, Spezialmehl, Herd und Kaffeemaschinen. Nonna saß unterdessen lächelnd auf einem Stuhl in der Ecke und schien schließlich einzuschlafen.

Maria zeigte Bridget, wie man den Nudelteig knetete und mithilfe der Maschine flach walzte, und wie man anschließend mit demselben Gerät die Teigplatte zu Spaghetti zerschnitt.

»Sie haben uns gestern Abend von den finanziellen Problemen erzählt, die der Kirche und dem Kloster zu schaffen machen«, sagte Maria, als Bridget vergnügt den Teig durch das Gerät drehte.

»Ja, das ist eine furchtbare Belastung.«

»Wenn ich anmerken darf, Sie selbst wirken überhaupt nicht belastet, Schwester. Schwester Margaret dagegen macht einen sehr gestressten Eindruck.«

»Na ja, ich bin wohl einfach so. Im Gegensatz zu Margaret neige ich nicht dazu, mir Sorgen zu machen. Ich habe einfach das Gefühl, dass alles gut gehen wird. Ich weiß nicht warum, aber mir scheint, Jesus behält uns im Auge. Der Lotteriegewinn, der Brief und das Foto der levitierenden Nonne. Ich glaube, dass Gott einen Plan hat und dass wir hier sein sollen.«

»Wie viele Schwestern sind Sie im Kloster?«, fragte Maria.

»Nur wir drei.«

»Das ist eine sehr kleine Gemeinschaft, oder?«

»Na ja, früher war sie viel größer, es ging viel lebhafter zu. Tatsächlich wurde sie recht plötzlich kleiner. Eine Schwester verließ uns, um zu heiraten, eine ältere Schwester starb, und dann starb eine jüngere Schwester ganz unerwartet.«

Es folgte eine Pause, während Bridget erneut eine Teigplatte durch das Gerät drehte. Nun genoss sie es nicht mehr ganz so sehr, die frischen Spaghetti zu beobachten.

»Es war wohl sehr hart für die, die zurückblieben«, beobachtete Maria.

»Das stimmt. Und zudem machte meine Familie in Irland eine schwierige Zeit durch. Mein Neffe hatte Probleme, und das hat mich sehr beunruhigt.«

»Das tut mir leid«, sagte Maria.

»Wir haben einen großartigen Gemeindepriester, Gott sei Dank. Ich habe mit ihm und mit Freunden in der Gemeinde gesprochen. Das hat mir gutgetan. Und dadurch war ich in der Lage, meiner Schwester, ihrem Mann und meinem Neffen zu helfen. Ich habe inständig darum gebetet.«

»Und hat Schwester Margaret Ihrer Familie ebenfalls geholfen?«

»Ich erzählte ihr, dass mein Neffe einen Nervenzusammenbruch erlitten hatte, und sie reagierte großartig und bestand darauf, dass ich nach Irland fliege, um der Familie zu helfen. Aber ich habe mit ihr nicht allzu viel darüber geredet. Nach Schwester Helens Tod war Margaret am Boden zerstört, und nachdem man sie zur Schuldirektorin gemacht hatte, kämpfte sie mit ihrem Amt. Ich wollte sie nicht belasten.«

»Nach Schwester Helens Tod wurde Margaret also Schuldirektorin, dann verlor sie dieses Amt wieder, war plötzlich die Oberin des Klosters und nahm all die Sorgen und die Verantwortung für die Schulden auf sich?«

»Ja«, antwortete Bridget. Etwas versetzte ihr einen unerwarteten Stich – das Gefühl hatte Ähnlichkeit mit Angst. Anscheinend wollte Maria ihr etwas sagen, und sie war sich nicht sicher, ob sie es hören wollte.

Maria hielt kurz inne. »Wissen Sie, ich denke, dass Menschen, die zusammenleben, sich sehr nahestehen und manchmal trotzdem nicht wirklich wissen, wie sehr der andere leidet. Als Francesco und ich damals begriffen, dass wir niemals Kinder bekommen würden …«

»Oh, das tut mir furchtbar leid«, sagte Schwester Bridget. Maria winkte ab.

»Danke, Schwester. Ich spreche das nicht an, um über uns zu reden. Sondern weil ich damals etwas begriffen habe. In unserer Trauer haben wir uns gegenseitig so sehr geschont, dass wir einander nicht erzählt haben, was wir fühlten. Wir haben zu viel allein gelitten. Nonna hat uns dann dazu gebracht, uns offen auszutauschen.«

»Ich wollte Margaret nicht belasten …«, begann Bridget, doch dann sah sie Marias Gesicht. »Es geht hier nicht um mich, sondern um Margaret?«

Maria nickte. »Schwester Bridget, nehmen Sie es mir nicht übel, aber ich erkenne in Ihnen eine Kraft und einen Optimismus, die Schwester Margaret nicht ausstrahlt. Sie sind, wenn ich es so sagen darf, stärker als sie aussehen. Warum sind nicht Sie die Oberin?«

»Aber Margaret hatte keine Aufgabe. Ich dagegen schon. Ich bin die Gemeindeschwester und die Köchin und Haushälterin des Pfarrers. Er braucht mich.«

»Kommt er ohne Sie gar nicht zurecht?«, fragte Maria sanft, aber fest.

»Na ja, er kann nicht kochen. Das heißt, eigentlich weiß

ich nicht, ob er kochen kann. Ich habe ihn nie dabei gesehen … das war nie nötig. Er hat sehr viel zu tun …« Bridget hörte selbst, wie abwehrend sie klang.

»Ich veranstalte den Bingo-Nachmittag der Kirchengemeinde. Das könnte Margaret nicht«, fuhr Bridget fort. Doch als sie Marias Blick begegnete, spürte sie, dass sie rot wurde.

»Nun … hoffentlich hat es Ihnen Spaß gemacht, die Pastazubereitung zu lernen«, sagte Maria.

»Ja, sehr großen«, antwortete Bridget. »Danke. Ich … Danke, Maria, ich habe wohl ein bisschen mehr gelernt, als ich erwartet hatte. Vor dem Mittagessen brauche ich noch einen kleinen Moment des Gebets.«

Sie sahen einander an und umarmten sich spontan.

»Sie sind eine starke Frau«, sagte Maria. »Vielleicht stärker, als Sie zugeben.«

»Danke«, antwortete Bridget ein wenig kleinlaut. »Ich muss über das nachdenken, was Sie gesagt haben.« Damit verließ sie die Küche.

Margaret war erschöpft in ihr Zimmer zurückgekehrt. Sie hatte die Fensterläden geschlossen, aber die Fenster offen stehen gelassen, damit frische Luft hereinkam, sich aufs Bett gelegt und war sofort eingeschlafen. Sie schlief gut, aber ihre Träume waren lächerlich. Da waren sie selbst und Helen, wie sie einen Berg hinaufstiegen, Cecilia und Bridget, die eine Kuh beim Flug über den Mond ritten, und Father Hugh oben am Himmel. Er schlug mit den Armen wie ein beleibter Vogel und flog überraschend anmutig.

Sie wachte auf und blinzelte, im Dämmerlicht hinter den

geschlossenen Fensterläden einen Moment lang verwirrt. Vor dem Fenster sangen Vögel, und eine kleine Weile hörte sie ihnen einfach nur zu und bewunderte, wie frei und unbefangen sie klangen.

Dann traf es sie mit voller Wucht.

Der Kummer kam so unerwartet, dass ihr die Luft wegblieb. Sie schluchzte so heftig, dass es ihr den Atem raubte.

Sie setzte sich auf und tastete unter dem Kopfkissen nach einem Papiertaschentuch.

Meine Güte, Herr, was ist denn das?, weinte sie. *Wo kommt das alles schon wieder her? Ich dachte, ich hätte mich in Rom ausgeweint. Ich fühle mich schrecklich … absolut fürchterlich.*

Sie verließ das Bett und kniete sich hin, legte den Kopf auf die schneeweiße Bettdecke und weinte und weinte, als würde ihr gleich das Herz brechen – oder wäre schon gebrochen. Die Worte stiegen aus ihrem tiefsten Inneren auf.

Warum hast du sie von uns genommen, Herr? Warum hast du Schwester Helen zu dir geholt? Ich vermisse sie alle, aber Helen war so jung. Es war furchtbar, als Schwester Frances ging, aber nach ihrer langen Krankheit war es doch eine Erlösung, und sie war so voller Hoffnung und innerem Frieden, dass es ein seliger Tod war. Sie wollte zu dir. Und Schwester Agatha – wir waren bestürzt, als sie im Schlaf starb, aber sie war fünfundneunzig und auf den Tod vorbereitet. Wir konnten sehen, dass es Zeit für sie war. Es tut mir furchtbar leid, dass Schwester Basil so viel Stress mit den Rechnungen hatte, ohne dass es mir aufgefallen wäre, aber ihre letzten Monate im Hospiz waren glücklich. Helen dagegen … sie hätte dir noch so viele Jahre dienen können. Sie muss furchtbar gelitten haben und hat es vor uns verborgen. Ich habe sie so geliebt und hatte nie Gelegenheit, es ihr zu sagen. War das ver-

kehrt? Warst du böse auf mich? Für diese Art Gott habe ich dich nie gehalten, aber jetzt frage ich mich, ob du mich bestrafst. Es fühlt sich so an, als würdest du mich für etwas maßregeln, ohne dass ich weiß, was es ist. Mir ist klar, dass das nicht stimmt. Da spricht der Teufel, der mir diese Gefühle einflößt. Aber wenn du mich nicht bestrafst, warum fühle ich mich dann so, als tätest du es?

Ich habe den größten Teil meines Ordenslebens mit Helen zusammen verbracht. Eine wunderbare Zeit. Ich habe sie geliebt. Sicher, manche Orden vertraten früher die Ansicht, wir sollten in unserem Ordensleben keine besonderen Freundinnen haben, aber du weißt Bescheid. Sie war meine beste Freundin, meine Seelengefährtin. Buchstäblich. Wir haben so viel über dich geredet. Durch die Freundschaft mit ihr habe ich dich mehr geliebt. Sie war so schön, Herr, äußerlich und innerlich. Das weißt du. Du hast sie jetzt bei dir. Wir haben so viel gelacht. Es hat Spaß gemacht. Es war auch harte Arbeit, aber sie hat die Schule mit so viel Weisheit geleitet … Seit du sie zu dir genommen hast, habe ich versagt.

Ich habe die Schule verloren, und jetzt weiß ich nicht, wie es mit dem Kloster weitergehen soll. Was sollen wir tun? Helen sagte, ich würde es schaffen, aber so ist es nicht, Herr. Ich bin zu nichts zu gebrauchen.

Schluchzend tastete sie in ihrem Habit nach einem Taschentuch, und als sie keines fand, wischte sie sich die Augen mit dem Ärmel trocken, wie ein Kind. Sie fühlte sich außerstande, sich von den Knien zu erheben, um ein Taschentuch zu suchen. Sie musste weiter beten und die Fragen stellen, die ihr auf dem Herzen lagen.

War es von Anfang an ein Fehler, Herr, dass ich ins Kloster eingetreten bin? Ich dachte, wenn ich dir mein Leben weihe, folge ich deinem

Ruf. Aber war mein Leben vielleicht einfach nur ein großer Irrtum, eine riesige Selbsttäuschung? Ich habe keinen Mann und keine Kinder. Ich bin erschöpft und fühle mich elend, und was habe ich in meinem Leben eigentlich an Gutem erwirkt? Was kann ich an Gutem tun? Ohne Helen scheine ich zu gar nichts imstande.

Jetzt haben wir nicht einmal eine levitierende Heilige, mit der wir zum Bischof zurückkehren könnten. Es tut mir leid, dass ich deswegen so mäkelig war – siehst du, ich hatte noch nicht einmal genug Vertrauen, um mich dafür zu begeistern. Liegt es vielleicht an meinem Mangel an Glauben, dass alles schiefgelaufen ist?

Sie hob den Kopf. Ihre Hände waren tränennass, ihre Wangen gerötet, und von Schmerz erfüllt weinte sie noch immer. Sie führte die Hand zum Herzen.

Warum hast du sie genommen, Herr? Sie war so viel besser als ich. Vielleicht wolltest du sie im Himmel als Heilige bei dir haben, aber hättest du sie nicht bei uns lassen können – bei mir. Du hast so viele Engel – ich hatte nur einen einzigen. Sie war unsere wahre Heilige, und seit sie weg ist, habe ich es so satt, einfach nur ich selbst zu sein und ohne sie Sinn in mein Leben bekommen zu müssen.

Was soll ich auf der Welt? Du musst mir helfen, Herr, denn ich weiß es nicht mehr. Zeig mir, warum ich immer noch hier bin, während Helen gegangen ist.

Es klopfte leise an der Tür.

»Moment, bitte«, rief Margaret, und nach einem Blick auf ihre von Tränen verquollenen Augen klatschte sie sich Wasser ins Gesicht, damit man nicht sah, dass sie gerade geweint hatte.

Doch das war vergebens.

»Margaret!«, rief Bridget beunruhigt. »Was ist los? Es tut mir leid, dass ich so böse geworden bin.«

»Nein. Es … es ist wegen Helen«, stieß Margaret hervor, als Bridget hereinkam und die Tür hinter sich schloss.

»Helen? Ach, Margaret. Das tut mir leid. Ich weiß, dass sie dir fehlt.«

»Ich vermisse sie so sehr.« Margaret merkte, dass sie schon wieder weinte. Bridget setzte sich neben sie aufs Bett und legte ihr den Arm um.

»Ich habe sie so geliebt, Bridget. Ich weiß nicht, was ich ohne sie tun soll. Als Schuldirektorin war ich eine Niete, und als Oberin stehe ich hilflos da. Ich bin ein hoffnungsloser Fall. Die anderen fehlen mir auch, aber bei Ihnen weiß ich, dass ihre Zeit gekommen war. Nur bei Helen verstehe ich nicht, warum Gott sie zu sich genommen hat.«

»Alles ist gut, Margaret.«

»Es tut mir furchtbar leid, was ich über Thomas und über Rose gesagt habe, Bridget. Das war gemein von mir. Ich habe es nicht so gemeint. Ich kann es nicht fassen, dass ich so biestig war.«

»Schon gut, Margaret, das weiß ich. Ich habe gerade ein wenig gebetet, und ich glaube, ich war so wütend auf dich, weil ich wusste, dass du ein Stück weit recht hast. Nicht was mich und Thomas betrifft, aber in Bezug auf unsere Gemeinschaft.«

»Wie meinst du das?«

»Ich glaube … ich weiß, dass ich selbstsüchtig war, Margaret. Das ist mir vorhin bei einem Gespräch mit Maria klar geworden. Weißt du, mir hat die große Gemeinschaft ebenfalls gefehlt. Ehrlich gesagt, hatte ich wohl Angst vor der Verkleinerung und wollte wieder eine große Gemeinschaft um mich. Die habe ich in der Kirchengemeinde gefunden, und so habe ich wohl meine Rolle als Gemeindeschwester und als Helferin für andere ausgenutzt, um mich ein Stück weit aus dem Kloster herauszunehmen. Ich finde Cecilia manchmal schwierig, und leider habe ich dich nicht genug unterstützt, Margaret. Nach Helens Tod warst du außer dir vor Kummer und durch deine neue Aufgabe belastet. Ich hätte mehr zu Hause sein sollen, das verstehe ich jetzt. Ich habe mich hinter meiner Gemeindearbeit, dem Kochen für Father Hugh, dem Bingo und der Sorge um die Amises versteckt, während ich mich eigentlich mehr um dich hätte kümmern sollen. Das tut mir leid.

Ich glaube, dass du deine Sache *tatsächlich* gut gemacht hast, aber nach dem Gespräch mit Maria habe ich gebetet, und ich weiß tief in meinem Inneren, Jesus möchte von mir, dass ich das Amt der Oberin übernehme. Du hast in den letzten Jahren genug geleistet, hattest genug Stress. Den kann ich dir abnehmen. Ich hätte es wirklich von Anfang an tun sollen. Ich fühlte mich von der Aufgabe nicht eingeschüchtert. Ich schäme mich ein wenig und verübele mir die Verspätung, aber eingeschüchtert bin ich nicht. Ich finde, nun sollte ich die Last eine Weile schultern.«

Margarets Tränen versiegten. Sie sah Bridget verblüfft an.

»Aber wie wird Father Hugh zurechtkommen?«

Bridget stand auf, öffnete die Fensterläden und schaute hinaus. Das Zimmer füllte sich mit Licht. Sie drehte sich um und lächelte Margaret an.

»Ach, Father Hugh wird das schon schaffen. Und Thomas ebenfalls. Sie müssen einfach. Gelegentlich werde ich immer noch für sie kochen, und sie können zu uns ins Kloster kommen und mit unserer Gemeinschaft essen. Sie sind erwachsene Männer, und ich habe sie wie Kinder behandelt. Aber weißt du, wer der Mensch ist, der wirklich ein bisschen bemuttert werden muss?« Sie lächelte Margaret an. »Du.«

Sie streckte die Arme aus, und Margaret, die sich so erleichtert und glücklich fühlte wie seit vielen Monaten nicht mehr, warf sich freudig in die Umarmung.

Auf dem Rückweg von Besuchen im Krankenhaus und bei Gläubigen zu Hause ging Father Hugh am späten Vormittag spontan im Laden von Mr Abidi vorbei, um ein paar Eier zu kaufen. Er war erschöpft und hungrig, teils verzweifelt, weil er wohl niemals einen Kaplan als Helfer bekommen würde, und teils erregt, weil er sich fragte, was die Gemälde, die man ihm geschickt hatte, wohl für die Gemeinde bedeuten könnten. Gebe Gott, dass Dr. Woodburn recht hatte und es sich wirklich um Werke von Jack Mortimer handelte. Aber er konnte sich auf nichts konzentrieren, ob nun gut oder schlecht, solange er nichts gegessen hatte.

Wie sich herausstellte, war es eine der seltenen Gelegenheiten, bei denen der Laden fast leer war, mit Cuthbert Brown als einzigem Kunden. Das gab Father Hugh den Mut, eine sehr vertrauliche Frage zu stellen.

»Könnte einer von Ihnen mir sagen, wie man ein Spiegelei brät? Ich weiß, dass es da einen Trick gibt«, bat er Mr Abidi und Cuthbert, als er mit seinem Korb zur Theke trat, der mit einer Schachtel Eier, einer Dose Bohnen, ein paar Scheiben Brot und einer impulsiv dazugelegten Schachtel Kimberley-Kekse gefüllt war. »Ich möchte es heute Mittag mit Bohnen und Toast essen.«

»Es muss ein frisches Ei sein«, sagte Cuthbert, der sich freute, gefragt zu werden.

»Alle meine Eier sind frisch«, erklärte Mr Abidi.

»Natürlich. Verzeihen Sie. Das steht außer Frage«, erwiderte Cuthbert eilig. Mr Abidi nahm die Entschuldigung mit einem Nicken an und beugte sich vor, um mehr zu hören.

»Man brät es bei niedriger Temperatur – haben Sie einen Gasherd oder einen elektrischen Herd, Father?«, fragte Cuthbert.

»Einen elektrischen Herd«, antwortete Father Hugh.

»Gut, die elektrische Herdplatte nicht heißer als drei Striche von zehn einstellen. Verwenden Sie viel Öl, dann setzt es nicht an. Nur nichts überstürzen, es kann in aller Ruhe brutzeln, während Sie die Bohnen aufwärmen. Geben Sie ein bisschen heißes Öl über das Ei, damit das Gelbe vor dem Servieren ganz leicht angebraten wird.«

»Moment mal, Father Hugh!«, sagte Mr Abidi. »Alle meine Eier sind frisch, aber ich habe welche, die mir von einem Farmer vor Ort erst heute Morgen geliefert worden sind. Die habe ich noch nicht bei der Ware einsortiert.« Er verschwand nach hinten und kehrte mit den Eiern zurück.

»Frischere werden Sie in Fairbridge nicht finden«, sagte er.

Father Hugh dankte beiden für ihre Unterstützung, bezahlte seinen Einkauf und fuhr heim. Dabei sagte er sich Cuthberts Anweisungen leise flüsternd vor, damit er sie nicht vergaß, bis er sie aufschreiben konnte. Sobald er durch die Tür getreten war, notierte er: *Viel Öl, nicht zu heiß, Bohnen aufwärmen, ein bisschen heißes Öl übers Gelbe geben.* Dann deckte er den Tisch, legte alle Zutaten auf die Küchentheke, wusch sich die Hände, band sich eine Schürze um, sprach ein Gebet und machte sich an die Arbeit.

Father Hugh saß am Tisch, sagte Dank, griff nach Messer und Gabel und begann zu essen. Er schob sich einen Bissen in den Mund, schloss anerkennend die Augen und schüttelte verwundert den Kopf. Alles war perfekt. Die noch warme, knusprig braune, frisch mit Butter bestrichene Scheibe Toast mit den heißen Baked Beans, und auf den Bohnen das Spiegelei mit dem Eigelb und dem strahlenden Eiweiß. Das Messer schnitt ins cremige Eigelb, das sich auf die orangebraunen Bohnen und den Toast darunter ergoss, dazu der Becher starker, heißer Tee mit Milch – alles war vollkommen. Die Garzeit war perfekt gewählt, das Eigelb gerade richtig weich, der Geschmack geradezu paradiesisch, und das Erstaunlichste daran war, dass er, Father Hugh und kein anderer, das Essen selbst zubereitet hatte.

Dieses Mittagessen war ein Wunder. Etwas von großer Schönheit.

Er ließ sich die Zeit, jeden Bissen und jeden Schluck Tee zu genießen. Als er seine Mahlzeit beendet hatte, trug er das Geschirr zur Spüle und wusch es in heißem, schaumigem Wasser, bis zum Schluss auch die Pfanne an der Reihe war. Er spülte und trocknete alles ab und räumte es weg. Noch immer von einem Gefühl mystischen Staunens erfüllt, ging er zum Telefon.

»Hallo. Hier ist Father Hugh von der Philomenagemeinde. Ich muss dringend mit dem Bischof sprechen.«

Der Bischof legte den Hörer aus der Hand und starrte ihn an. Er hatte Father Hugh noch nie so entschlossen und selbstsicher erlebt.

»Ich muss einfach einen Kaplan haben, John. So kann ich nicht weitermachen. Ich bin Gemeindepriester, Universitäts- und Schulseelsorger, dazu kommen zahllose Besuche im Krankenhaus und in Pflegeheimen und die Messen werktags und sonntags. Geld brauche ich nicht mehr – ich habe gerade eine ungemein großzügige anonyme Spende erhalten, das Dach kann ich also reparieren und auch die anderen Probleme lösen – aber ich kann mich nun einmal nicht zerteilen, und die Philomenagemeinde braucht zwei Priester.«

»Sie haben eine anonyme Spende erhalten, sagen Sie?«, fragte der Bischof. Erstaunlich. Father Hugh kam ihm nicht wie ein Mann vor, der viele reiche Personen kannte oder sich gegebenenfalls in ihrer Gesellschaft wohlfühlen würde.

»Ja. Mehr kann ich Ihnen vorläufig nicht sagen, weil ich den genauen Betrag selbst nicht kenne. Ich möchte Ihnen einfach nur mitteilen, John, dass ich das Geld, um das ich für den Unterhalt der Kirche gebeten habe, nicht mehr brauche. Aber was ich immer noch *unbedingt* brauche, ist ein Kaplan, und wie Sie wissen, bitte ich schon sehr lange um einen. Mir ist bewusst, dass Monsignor Wilson den gleichen Wunsch geäußert hat …«

»Hmm. Wie Sie sagen, hat Monsignor Wilson um einen Kaplan gebeten, aber …«

Jeremy Wilson war ihm damit tatsächlich ganz unangenehm auf die Nerven gefallen, und beim Golf war er viel zu ehrgeizig. Die letzten Runden hatten dem Bischof gar nicht gefallen. Außerdem schien er in letzter Zeit wie selbstverständlich davon auszugehen, dass er einen Kaplan aus Rom bekommen würde, und damit zeigte er nach dem Gefühl des Bischofs zu wenig Ehrerbietung und Respekt. Father Hugh hatte wenigstens das Geld für das Dach zusammenbekommen, ohne dass das Bistum ihm beispringen musste. Tatsächlich hatte er gesagt, er brauche kein Geld mehr. Ganz außergewöhnlich. Nun, sollte doch Father Hugh den intelligenten jungen Priester bekommen, der gerade in Rom sein Studium beendete, und nicht Monsignor Wilson. Der Kaplan könnte auch bei der Seelsorge für die Universität helfen. Dafür wäre ein kluger junger Mann genau am richtigen Platz. Er und Father Hugh würden ein interessantes Team abgeben.

»Gut, Father Hugh, ich neige dazu, Ihnen jemanden zuzusagen. Es mag da einen passenden jungen Kaplan geben, der in etwa einem Monat zu Ihnen stoßen könnte.«

23

Die kleine alte Nonna setzte sich zu ihnen an den Mittagstisch und lächelte allen schüchtern zu. Maria und Francesco servierten als Erstes die frische Pasta, bei deren Zubereitung Schwester Bridget geholfen hatte, und die inzwischen mit einer wunderbar cremigen Sauce bedeckt war.

Maria sagte auf Italienisch etwas zu Nonna, und die alte Dame nickte.

»Es tut mir leid, Schwestern, dass ich Sie noch länger warten lassen muss«, begann Maria. »Wir haben jedoch nach dem Frühstück einen Anruf erhalten und bekommen heute Nachmittag Gesellschaft von jemandem, der die Geschichte ebenfalls hören muss. Er reist heute von Rom nach Cardellino, wenn wir also einfach bis zum späten Nachmittag warten könnten, rufe ich Sie dann nach unten, und Nonna wird Ihnen alles berichten, was Sie wissen sollten. So muss sie die Geschichte nicht zweimal erzählen.«

»Natürlich können wir noch ein wenig warten!« Bridget strahlte Nonna an. »Heute früh konnten wir von den Nonnen gar nichts erfahren.«

»Ja, davon habe ich gehört«, erwiderte Maria mit einem Anflug von Tadel in der Stimme.

»Es tut mir leid«, sagte Margaret, die sich inzwischen beruhigt hatte. Dass ihre Augen gerötet gewesen waren, sah man kaum noch. Auch wenn Bridget künftig die Oberin sein würde, empfand Margaret sich in dieser Sache als verantwortlich. Cecilia war so peinlich. Und mit keinem Wort gestand die alte Schwester ihren Anteil an der Entscheidung ein, obgleich ja sie darauf bestanden hatte, dass sie sofort zum Kloster gingen. Es war wirklich ungerecht.

»Ich hatte Sie gewarnt, Schwestern«, fuhr Maria fort. »Ich habe von den Nonnen vernommen, wie fassungslos Sie waren, und wünschte, Sie hätten auf mich gehört.

»Sie wissen also von der levitierenden Nonne?«, fragte Schwester Cecilia.

»Ja. Sobald unser zusätzlicher Gast eingetroffen ist, sollten wir all Ihre Fragen beantworten können.«

Der erwartete Besucher machte sich am Flughafen Fiumicino auf den Weg zum Taxistand. George, der unerwartete Besucher, hatte es durch Eile und ein wenig Drängeln geschafft, die Einreisekontrolle kurz hinter ihm zu passieren. Nun hieß es: jetzt oder nie.

»Matthew!«, rief er.

Matthew drehte sich ungläubig um und blieb stehen. George stellte entmutigt fest, dass er nicht besonders erfreut aussah.

»Äh. Hallo. Dass wir uns aber auch hier treffen«, sagte George, sobald er bei Matthew angelangt war. Es wirkte nicht so gelassen, wie er wollte, weil er außer Atem war. Als Reiseberater rannte man nun mal nicht so viel.

»George? Warum bist du hier? Was machst du hier?«

»Ich begleite dich. Das möchte ich.«

»Aber was ist mit dem Reisebüro? Deiner Mutter? Und deinem Kater?«

»Sarah kümmert sich um alle. Nun, zumindest um Mutter und Sebastian. Das Reisebüro kann ruhig ein paar Tage geschlossen bleiben.«

»Sarah und du, warum mischt ihr euch ein?«, fragte Matthew abwehrend. »Ich sagte doch, dass ich gut allein zurechtkomme.«

»Es gibt kein ›Sarah und ich‹«, antwortete George in der Hoffnung, dass Matthew ihn verstehen würde, doch das war nicht der Fall. »Jedenfalls kann ich dich dorthin fahren. Das wäre einfacher. Ich kann einen Rabatt für einen Leihwagen bekommen. So wäre die Fahrt billiger als mit dem Taxi.«

»Die Universität hätte mir die Spesen ohnehin ersetzt«, antwortete Matthew ein wenig ungnädig.

Miguel. Wie wär's mit einer Inspiration? Es läuft ja nicht gerade gut.

»Schau, es tut mir leid. Ich merke, dass du meine Anwesenheit nicht wünschst. Aber ich bin nun da. Ich fahre Auto und spreche Italienisch. Ich habe Lust auf Urlaub und bin neugierig. Auch ich möchte mehr über diese Gemälde herausfinden. Tu mir den Gefallen«, brachte er heraus, und es schien zu funktionieren. Matthew lächelte, wenn auch ein wenig zurückhaltend.

»Tut mir leid. Nur … ich dachte, Sarah habe … Na, egal.

Entschuldigung, George. Danke. Ich freue mich über deine Gesellschaft.«

»Sicher?«, fragte George, obgleich ihm nicht klar war, was er tun würde, falls Matthew die Frage verneinte.

»Ja, ich bin mir sicher«, antwortete Matthew, und als er lächelte, spürte George, wie sein Herz schlug.

»Es gibt hier eine Autovermietung. Wir bekommen bestimmt einen Wagen und eine Landkarte. Und dann sind wir im Handumdrehen da.«

Sarah schloss die Tür zu Georges Wohnung auf. Sebastian kam laut schnurrend herbei, strich ihr um die Beine, sprang dann auf die Arbeitsplatte der Küche, streckte ihr sein schnurrhaariges Gesicht entgegen und berührte kurz mit seiner kleinen, feuchten Nase die ihre. Als sie ihn von Kopf bis Schwanz streichelte, reckte er sich und krümmte wohlig den Rücken.

»Danke«, sagte sie. »Du wenigstens freust dich, mich zu sehen. Ob ich bei meinem nächsten Besuch genauso willkommen bin, weiß ich noch nicht. Dabei habe ich heute meinen freien Tag. Wünsch mir Glück, Sebastian.«

Sie streichelte ihn erneut.

»Bis bald, mein Lieber. Ich komme nachher noch mal zum Füttern.« Damit machte sie sich widerstrebend auf den Weg.

»Ja? Was wollen Sie?«, fragte Georges Mutter, die die Tür einen Spalt weit öffnete.

»Ich bin Sarah. Die Bezirkskrankenschwester.«

»Wieso sind Sie hier? Heute hat mich schon eine andere Schwester besucht«, erklärte Georges Mutter ungnädig. »Ich brauche Sie nicht.«

»Ich bin nicht wegen Ihres Beins hier. Sondern wegen George, Ihrem Sohn.«

Die Tür flog auf. »Was ist mit George?«

»Nichts Schlimmes, entschuldigen Sie. Machen Sie sich bitte keine Sorgen. Er hat mich gebeten, nach Ihnen zu schauen, weil er nach Italien geflogen ist.«

»Nach Italien? Nein, bestimmt nicht. Er arbeitet im Reisebüro – seine eigene Firma. Ich weiß nicht, was für ein Spielchen Sie mit mir treiben, junge Dame, aber ich bin nicht von gestern. Ich rufe ihn an, und wenn Sie mir weiter solche Lügen auftischen, außerdem auch noch die Polizei.« Damit begann sie, die Tür vor Sarah zu schließen.

»Schauen Sie, Sie müssen mir nicht glauben, aber Ihr Sohn George ist sehr kurzfristig nach Italien geflogen, um meinem Bruder Matthew zu helfen. Dr. Matthew Woodburn ist ein hiesiger Professor und spürt gerade einigen Gemälden des Künstlers Jack Mortimer nach. Wie Sie bestimmt wissen, spricht George fließend Italienisch – und bevor Sie es sagen, ich weiß, dass er auch in Spanien gelebt hat und Spanisch spricht. Er wird für meinen Bruder dolmetschen. Er hat mir den Schlüssel zu seiner Wohnung gegeben, damit ich Sebastian füttern kann, und mich gebeten, hier nach Ihnen zu schauen.

Sarah schwenkte den Schlüsselbund vor Georges Mutter, die beschwichtigt war, als sie den Schlüsselanhänger erkannte.

»Er dolmetscht, sagen Sie?«, fragte sie ein wenig stolz. »Dann kommen Sie wohl besser mal rein.«

Ehrlich gesagt, wäre ich viel lieber bei Sebastian. Der arme George. Wenn jemals ein Mann etwas Abstand verdient hat …

»Sie können uns Tee kochen«, sagte Georges Mutter. »Das würde George jetzt machen.«

»Selbstverständlich«, antwortete Sarah und füllte den Wasserkocher.

»Woher kennt mein George Ihren Bruder denn?«

»Ich glaube, aus dem Chor«, antwortete Sarah, die gerade Becher und die Teekanne gefunden hatte.

»Er war ein glänzender Student, wissen Sie? Hat viele Auszeichnungen bekommen. Sein Vater und ich waren sehr stolz auf ihn.«

»Das sind Sie gewiss immer noch«, sagte Sarah.

»Sein Vater ist tot.«

»Ja, das tut mir leid.«

»Natürlich bin ich stolz auf ihn«, fuhr Georges Mutter äußerst gekränkt fort. »Er besitzt sein eigenes Reisebüro, wissen Sie? Früher, bevor sein Partner starb, hatte er eine Sprachschule in Spanien.«

»Ja, ich weiß.« Sarah trug den Tee auf einem Tablett herein. Sie hatte einen kleinen Krug gefunden und mit Milch gefüllt und auch eine Zuckerschale aufs Tablett gestellt.

»Und Kekse. In der Dose sind Kekse. George füllt sie immer nach«, wies seine Mutter sie an. »Er hilft also einem Professor mit seinen Italienischkenntnissen?«, fragte sie stolz.

»So ungefähr«, antwortete Sarah, die aus der Küche zurückkam. Georges Mutter hatte inzwischen ein Fotoalbum hervorgekramt und schlug es auf.

»Hier sieht man George bei der Abschlussfeier seiner Universität«, sagte sie. Mit zitternder Hand blätterte sie die Seiten um. Es gab sehr viele Fotos von George.

»Er ist sehr gut aussehend«, sagte Sarah.

»Oh, machen Sie sich da mal keinen Hoffnungen«, erklärte Georges Mutter scharf. »Er wird Sie nicht heiraten. Eine einfache Krankenschwester.«

Sarah schnappte nach Luft und wollte Georges Mutter gerade energisch klarmachen, was sie von dieser Bemerkung hielt, da fuhr diese fort: »Außerdem wird er gar niemanden heiraten. Er hat keine Neigung in diese Richtung.«

»Was meinen Sie damit?«, fragte Sarah vorsichtig.

»Das wissen Sie.«

»Nein.«

»Er interessiert sich nicht für Frauen. Er hat keine Ahnung, dass ich es weiß, aber ich spüre es.«

»Warum haben Sie nicht mit ihm darüber gesprochen?«

»Ich? Warum sollte ich? Es geht mich nichts an. Wenn er es mir nicht erzählen will, wenn er jahrelang im Ausland mit einem spanischen Mann zusammenlebt und mir nichts von ihm berichtet, wenn er ihn mir nicht einmal vorstellt, warum sollte ich ihn dann fragen? Jedenfalls ist er jetzt ja zu Hause.«

Was für ein Chaos. Der arme George.

»Haben Sie sich nicht nach seinem Partner erkundigt? Gefragt, wie George sich nach dessen Tod gefühlt hat?«

»Ich habe ihm nach seiner Rückkehr ein Zuhause geboten, bevor er das Reisebüro kaufte und hier wieder auszog.

Ich konnte ihn nachts weinen hören, aber er hat nie mit mir darüber geredet. Was meinen Sie wohl, wie ich mich gefühlt habe?«, fragte Georges Mutter. »Mein Mann war gestorben, und dann schloss mein Sohn mich aus seinem Leben aus.«

»Hätten Sie seinen Partner denn gern kennengelernt?«, fragte Sarah.

»Aber natürlich. Doch offensichtlich war ich ihm nicht gut genug für ihn.«

»Ich bin mir sicher, dass das nicht der Grund war. Ich glaube … ich glaube, er ging davon aus, dass Sie sich aufregen würden.«

»Mich aufregen? Weil er schwul ist? Vielleicht hätte sein Vater sich aufgeregt. Er verabscheute Homosexuelle. Schon möglich, dass er sich aufgeregt hätte. Aber trotzdem hätte George es uns erzählen sollen. Er ist unser Sohn.«

»Es muss sehr hart für ihn gewesen sein.«

»Hart für ihn? Und was war, als sein Vater tot war – warum hat er es mir nicht wenigstens dann erzählt? Ich bin nicht sein Vater.«

»Vielleicht wusste er nicht, dass Sie andere Ansichten vertreten.«

»Das hätte er aber wissen sollen«, entgegnete seine Mutter gekränkt. »Sie haben natürlich keine Ahnung, Sie sind ja keine Mutter, aber Mutterliebe ist mit nichts zu vergleichen.«

»Wenn er Ihnen also erzählen würde, dass er jemanden kennengelernt hat – einen Mann –, dann hätten Sie nichts dagegen?«

»Hat er das denn? Vielleicht diesen Professor? Ihren Bruder?«

»Ja. Na ja, ich bin mir nicht sicher. Und zwar deshalb nicht, weil Matthew so schüchtern ist. Meiner Meinung nach weiß er nicht, dass George ihn auf diese Weise mag.«

»Aber es ist so?«

»Ja. Ja, ich glaube, dass es so ist.«

»Und ihr Bruder Matthew ist schwul?«

»Ich glaube schon.«

»Das glauben Sie? Sie wissen es also nicht?«

»Na ja, während seines Studiums hat er eine Beziehung geführt, aber die ist schiefgelaufen, und er spricht mit mir nicht darüber.«

»Sehen Sie, dann wissen Sie ja, wie das ist.«

Sarah sah sie an und lächelte gequält. »Ja, vermutlich schon.«

»Ist ihr Bruder ein netter Mensch? Kürzlich war er, glaube ich, in der Zeitung. Sehr gut aussehend.«

»Ja. Ja, er ist ein toller Mann.« Sarah lächelte. »Sehr liebevoll.«

»Und er ist reich, nehme ich an, mit seiner wichtigen Stelle an der Universität. Und sehr gebildet, genau wie George.«

»Na ja, reich ist er nicht, aber …«

»Er ist also schwul, weiß aber nicht, dass George ihn mag. Aber Sie wissen es?«

»Ja.«

»Warum haben Sie es ihm nicht gesagt?«

»Das habe ich versucht, aber …«

»Und wird George es ihm sagen?«

»Keine Ahnung. Jedenfalls ist er nach Italien gereist.«

»Er muss es ihm sagen. So eine gute Partie darf er sich nicht entgehen lassen, nicht in seinem Alter. Ich werde schließlich nicht ewig da sein. Ein Professor. Und zudem noch ein englischer. Haben Sie seine Nummer in Italien?«

»Ja. Er hat mir eine Nummer gegeben, unter der ich ihn erreichen kann«, antwortete Sarah. »Ich weiß allerdings nicht, ob sie schon im Hotel sind.«

»Ich möchte, dass Sie jetzt gleich dort anrufen.«

24

Gerade, als es in Cardellino an der Tür klingelte, läutete das Telefon – Maria und Francesco teilten sich auf.

»Ob ich wohl mit George Sanders sprechen könnte?«, fragte die Anruferin.

»George Sanders?«, wiederholte Maria. »Nein, jemand dieses Namens ist nicht hier.«

»Oder mit Dr. Matthew Woodburn?«

»Dr. Woodburn? Ja, den erwarten wir jeden Moment. Tatsächlich …« Francesco kam mit zwei Männern herein. »Ich glaube … Entschuldigen Sie, ist einer von Ihnen George Sanders?«, fragte sie die beiden Männer.

»Ja«, antwortete der kleinere von ihnen verblüfft.

»Telefon für Sie«, sagte Maria und reichte ihm den Apparat.

»Hallo?«, meldete sich George.

»Hallo George. Hier ist Sarah.«

»Sarah? Gibt es ein Problem? Geht es Mutter gut? Ist Sebastian …?«

»Ja, beide sind wohlauf. Hier ist Ihre Mutter am Telefon. Sie möchte mit Ihnen sprechen.«

»Mutter? Na schön. Geben Sie sie mir.«

»Entschuldigung«, murmelte er in Matthews Richtung.

»George?«

»Ja, Mutter.«

»Ich weiß, dass du schwul bist. Keine Ahnung, warum du es mir nicht selbst erzählen wolltest, aber es ist, wie es ist. Du hast es mir verschwiegen. Und ich weiß, dass du dich für diesen Kunstprofessor interessierst, den du auf seiner Reise begleitest. Darum rufe ich dich jetzt an, um dir zu sagen, dass du mit dem Herumeiern aufhören sollst. Geh, sag es ihm. Du wirst nicht jünger, und ich bin nicht mehr ewig hier, um mich um dich zu kümmern.«

»Um dich um mich zu kümmern?«, wiederholte George, nahm den Hörer vom Ohr und betrachtete ihn, als könnte er kaum fassen, was er gerade gehört hatte.

»Genau. Nun, die Krankenschwester hat mir von ihrem schwulen Bruder erzählt, und offensichtlich mag er dich. Er hat eine gute Stelle an der Universität, worauf wartest du also?«

»Worauf ich warte?«, wiederholte George.

»Warum wiederholst du alles, was ich sage? Ich glaube, er kann mich nicht richtig hören«, vernahm er die verärgerte Stimme seiner Mutter. »Reden Sie mit ihm. Ich bekomme kein vernünftiges Wort aus ihm heraus«, damit reichte sie Sarah das Telefon zurück.

»Tut mir leid, George«, sagte Sarah.

»Wofür entschuldigen Sie sich denn?«, hörte George seine Mutter im Hintergrund. »Geben Sie ihn mir noch mal.« Nun sprach sie wieder direkt in den Apparat. »Hör zu, George. Du bist mein Sohn. Ich liebe dich. Ich weiß nicht, warum du mir nicht erzählen wolltest, dass du schwul bist, und es stattdessen einer Krankenschwester gesagt hast, aber jetzt ist es eben so. Geh und frag diesen Professor, ob er dein Freund sein will. Offensichtlich ist er ebenfalls schwul, aber auch er spricht nicht darüber, jedenfalls nicht mit seiner Schwester. Und lass dich nicht dadurch einschüchtern, dass er Professor ist. Du bist mehr als intelligent genug für ihn. Ich kann nicht alles für dich erledigen. Ich lege jetzt auf. Bis bald.«

George stand einen Moment lang da und blickte verwirrt auf den Hörer in seiner Hand.

»Danke«, sagte er zu Maria.

Matthew und Francesco warteten.

»Mr Sanders?«, sagte Francesco. »Ich fürchte, wir haben keine Buchung für Sie notiert.«

George schlug sich mit der Hand an die Stirn.

»Oh – das war mir ganz entfallen. Die Zimmer für die Schwestern und für Matthew habe ich reserviert, aber mein eigenes vergessen! Ich bin der Reiseagent, der Sie ursprünglich von Fairbridge aus angerufen hat.

»Oh, *sì*. Sie sprechen sehr gut Italienisch.«

»Danke.«

»Nun, Sie sind hier äußerst willkommen. Das einzige Problem ist, dass wir derzeit einen Teil unserer Zimmer renovieren, und das letzte freie Zimmer war das von Dr. Woodburn. Aber es ist ein Doppelzimmer, wenn Dr. Woodburn also nichts dagegen hätte, es mit Ihnen zu teilen?«

Plötzlich war alles zu viel für George, und er schluchzte los.

»Es tut mir leid. Es tut mir furchtbar leid. Das ist unverzeihlich. Was für ein Chaos. Ich bedaure das zutiefst, Matthew.«

»George – bitte nicht weinen«, sagte Matthew bestürzt.

»Ich habe mich selbst eingeladen und dir meine Gesellschaft aufgezwungen. Ich dachte, du würdest dich freuen, wenn ich mitkomme. Sarah dachte, du würdest dich freuen.«

»Nein – bitte nicht weinen. Wir nehmen das Zimmer. Ich teile es gern«, sagte Matthew zu Francesco. »Wir hatten … dieser Tag hatte es wirklich in sich. Danke.«

Er legte George die Hand auf die Schulter. »George. Bitte nicht weinen.« Er zog ein sauberes Taschentuch aus seiner Hosentasche und reichte es George. George schnäuzte sich dankbar. »Ich freue mich furchtbar, dass du hier bist. Danke, dass du mitgekommen bist.«

Francesco ergriff ihre Reisetaschen und ging ihnen nach oben voran.

»Da wären wir, meine Herren«, sagte er lächelnd, öffnete die Tür und führte sie hinein. »In einer Viertelstunde steht unten Kaffee für Sie bereit. Vermutlich hegen Sie die Hoffnung, etwas Neues über Jack Mortimers Gemälde zu erfahren, Dr. Woodburn?«

»Ja, wie können Sie das wissen? Danke«, sagte Matthew.

»Das erkläre ich Ihnen in Kürze.«

»Matthew, es ist mir so peinlich. Ich habe nur an das Flugticket gedacht und darüber das Zimmer ganz vergessen«, sagte George im Zimmer.

»Bitte, mach dir keine Sorgen, George. Das ist kein Problem«, erwiderte Matthew, drehte sich um und stellte seine Reisetasche ab.

»Matthew«, sagte George.

Matthew schaute sich um.

»Matthew, ich muss dir etwas sagen. Ich interessiere mich kein bisschen für Sarah. Das weiß sie. Miguel … er war mein Partner. Verstehst du, ich bin schwul. Ist … ist das ein Problem für dich?«

Matthew schüttelte den Kopf. In seinen Augen standen Tränen.

»Nein. Nein, das ist kein Problem.«

»Ich bin schwul und ich liebe dich. Ist das ein Problem?«, fragte George, während ihm ebenfalls Tränen über die Wangen liefen.

Matthew schüttelte den Kopf. George ging mit heftig schlagendem Herzen zu ihm.

»Ich halte dich für den absolut liebsten, hinreißendsten, wunderbarsten Mann der Welt. Ist das ein Problem?«

Matthew schüttelte den Kopf.

»Ich möchte dich in die Arme nehmen. Ist das ein Problem?«

Matthew schüttelte erneut den Kopf, und George legte die Arme um ihn. Zu seiner Bestürzung fühlte er, dass Matthew zitterte, trat zurück und sah ihm ins Gesicht.

»Matthew – bist du dir sicher, dass es in Ordnung ist?«

»Ja, ganz sicher, George. Ich … ich liebe dich auch. Ich … ich habe mich auch in dich verliebt. Aber das alles ist so neu und … bitte verzeih mir. Ich bin nicht daran gewöhnt, zu …« Er holte tief Luft und sah in Georges tränennasses Gesicht und seine liebevollen braunen Augen. Ihm war ein wenig schlecht vor Angst, doch etwas sagte ihm: jetzt oder nie.

»George – ich habe keine Erfahrung mit so etwas. Bisher habe ich erst ein einziges Mal geliebt – als ich studierte. Ich liebte diesen Mann so sehr und glaubte, dass er meine Gefühle erwidert. Aber ich hatte mich geirrt. Als er es entdeckte … als ich ihm erzählte, was ich empfand … es war schrecklich, George. Er demütigte mich – erzählte seinen Freunden davon. Sie verhöhnten mich öffentlich, lachten mich aus. Es war unerträglich. Ich hielt es mit ihnen an der Universität nicht mehr aus. Ich hatte … ich hatte einen Nervenzusammenbruch und bin nach Hause zurückgekehrt. Sarah hat mir geholfen, meine akademische Laufbahn wieder in Gang zu bringen, aber selbst die bin ich nicht mutig angegangen. Ich bin in Fairbridge geblieben, wollte meine Komfortzone nicht verlassen, habe einfach nur unterrichtet und in aller Stille zu einem eher unbedeutenden Künstler geforscht. Bis jüngst dieses Interesse für Jack Mortimer aufkam, war nichts Aufsehenerregendes daran. Doch nun wird meine Forschung plötzlich auf internationaler Ebene zur Kenntnis genommen, ganz anders als bisher, und in meiner Laufbahn bieten sich neue Möglichkeiten. Was aber Beziehungen angeht … ich war einfach zu verschreckt, um es noch einmal zu wagen.«

»Sarah hat mir erzählt, dass du gelitten hast, Matthew. Ich will dich niemals verletzen, und ich kann mir nicht vorstellen, dass du mich jemals verletzen wirst.« George nahm Matthews Hände in seine. »Wir brauchen nichts zu überstürzen. Sowieso werden wir gleich unten erwartet. Im Moment muss ich nur wissen, dass du dich über meine Anwesenheit freust und dass du meine Liebe erwiderst.«

»Oh ja, George, und wie«, antwortete Matthew, der gleichzeitig lachte und weinte. Sie fielen sich in die Arme. George trat zurück, schaute Matthew ins Gesicht, küsste ihn rasch und wischte ihm dann sanft eine Träne von der Wange.

»Mein Allerliebster«, sagte er, küsste Matthew erneut und strahlte ihn an. »Du hast nichts zu befürchten. Und wir haben alle Zeit der Welt.«

Matthew erwiderte seinen Blick, streckte voll Staunen die Hand aus und wischte George schüchtern eine Träne von der Wange. Seine Beine waren wie Watte, und er setzte sich aufs Bett.

George setzte sich neben ihn. »Schau nur, wie wir aussehen. Beide schniefend und verheult«, sagte er, hielt Matthews Hände umfangen, führte eine davon an seine Lippen und küsste sie. »Aber glücklich. So glücklich.«

»Wir sollten uns besser frisch machen«, sagte Matthew, der unter Tränen lachte, und sie umarmten sich erneut.

Als sie um halb vier nach unten gingen, wurde ihre Ankunft begeistert aufgenommen.

»George! Was machen Sie denn hier? Wie schön, Sie zu sehen! Wer kümmert sich denn um Ihren Kater?«, rief ihnen Schwester Bridget zu.

»Hallo Schwestern«, sagte Matthew.

»Hallo Dr. Woodburn und Mr Sanders«, antwortete Margaret verwundert.

Was ist hier los, Herr? Ich komme nicht mehr mit!

»Matthews Schwester schaut nach Sebastian«, sagte George, der sich neben Bridget setzte. »Es ist eine lange Geschichte, aber einfach zusammengefasst geht sie so: Heute Morgen brachte ein Kurier Father Hugh völlig unerwartet zwei unglaublich wertvolle Gemälde von Jack Mortimer. Der Father zeigte sie Matthew, dem weltweit größten Experten für diesen Künstler« –, letzteres sagte George voller Stolz – »und da der Begleitzettel des Kurierdiensts auf Cardellino in Italien verwies, beschloss Matthew, herzukommen, um mehr herauszufinden.«

»Es ist tatsächlich ein unglaublich bedeutender Fund«, erzählte Matthew mit glänzenden Augen. Vor Erregung vergaß er seine übliche Zurückhaltung. »Es ist sehr aufregend, weil der Brief weitere Gemälde verspricht, sollten sie gebraucht werden. Dabei ist die Frage, warum Jack Mortimers Gemäldeproduktion so plötzlich versiegte, eines der großen ungelösten Rätsel der Kunstwelt. Vielleicht alle zehn Jahre wird ein Gemälde freigegeben und von dem einen oder anderen Auktionshaus versteigert, doch wer die Bilder in Umlauf bringt, ist ein streng gehütetes Geheimnis.«

»Bis jetzt«, sagte Francesco, der den Raum zusammen mit Maria und Nonna betreten hatte. »Wenn Sie uns bitte folgen würden?«

Hinter den Hotelbesitzern gingen sie durch einen Flur und blieb vor der Tür eines Zimmers stehen, das sie bis jetzt noch nicht betreten hatten. Francesco schloss auf und bedeutete ihnen einzutreten.

Alle Wände des Raums waren dicht an dicht mit Gemälden behängt. Kleine und große, schön gerahmte Bilder englischer und italienischer Szenen strahlten vor Leuchtkraft und Farbe: Kinder mit ihren Müttern, Familien oder Bauern bei der Arbeit.

»Schaut euch nur diese Madonnen an!«, sagte Bridget. Die Schwestern betrachteten eine große Zahl gerahmter Ölgemälde sanfter Marien, die zusammen mit ihrem Kind – als Säugling, als Kleinkind oder als größeres Kind – im Haus oder im Freien abgebildet waren, wie sie den Kleinen im Arm hielten, mit ihm spielten, ihm vorlasen oder mit ihm herumtollten. Auf manchen Bildern trug Maria das traditionelle lange blaue Gewand mit dem Schleier, das typische Weihnachtskartenmotiv, auf anderen jedoch war sie nach der Mode der 1920er Jahre gekleidet, trug aber, genau wie das Kind, immer den goldenen Heiligenschein. Es gab eine zeitgenössische Flucht nach Ägypten, wo ein erschöpft wirkender, mit einem Anzug bekleideter Josef einen Esel führte, der Maria und das Kind durch einen italienischen Weinberg trug. Eine ältere Maria in der Kleidung der 1940er Jahre hielt am Fuß des Kreuzes ihren toten Sohn umfangen, und dieses Bild rührte Margaret zu Tränen. Der Künstler zeigte mit jedem Bild, dass Maria und Josef echte Menschen waren, mit echten Sorgen – Eltern, die ihren Sohn Jesus verzweifelt liebten und hegten –, und irgendwie machte das die Heilige Familie umso bedeutsamer.

Es gab so viele Gemälde, dass einige von ihnen, mit Luftpolsterfolie umwickelt, an den Wänden lehnten.

»Ich bin überwältigt!«, flüsterte Matthew, der so ergriffen war, dass seine Stimme brach. Ohne nachzudenken legte George seinen Arm um ihn.

»Es tut mir leid, ich muss mich wirklich setzen«, sagte der hochgewachsene Professor, und sofort brachte man ihm einen Stuhl. »Es ist unfassbar. Das sind alles Jack Mortimers. Gewiss ist das sein gesamtes verloren geglaubtes Werk! Das heißt … Sie waren das, die Father Hugh die beiden Bilder geschickt haben? Und ihm nötigenfalls noch mehr versprochen haben?«

»Ja«, antwortete Maria. »Dank des Interviews, das Sie im Radio gegeben haben – wir haben es im World Service des BBC gehört –, ist uns gerade erst klar geworden, dass wir nach all diesen Jahren auf einem Vermögen sitzen. Gestern haben wir von den Schwestern über die Probleme in ihrer Kirchengemeinde Fairbridge gehört und wollten helfen. Wir beschlossen, keine Zeit zu verlieren, und haben die Bilder noch am Abend per Kurierdienst verschickt.«

»Aber warum? Jack Mortimer war nicht gerade ein praktizierender Katholik. Wo ist die Verbindung?«, fragte Margaret verwirrt.

»Warum besitzen Sie all diese Gemälde von Jack Mortimer?«, fragte Matthew. »Sind sie verwandt?«

»In der Tat«, antwortete Nonna, diesmal in akzentfreiem Englisch. »Ich bin seine Witwe.«

»Sie ist keine Italienerin!«, flüsterte Bridget bestürzt Cecilia und Margaret zu.

»Ich verstehe nicht recht«, sagte Matthew verwundert. »Warum hat er seine Identität all die Jahre geheim gehalten? War es ein Trick, um das Interesse des Marktes an ihm anzuheizen? Falls ja, hat er zweifellos funktioniert, doch für so berechnend halte ich ihn nicht. Er war ein lebensfroher, geselliger Mensch, der die Kunstwelt liebte. Kein Einsiedler.«

»Das war meinetwegen«, erklärte Nonna. »Ich muss das ein bisschen näher erläutern. Vielleicht sollten wir in den Speisesaal zurückkehren.«

»Keine Sorge, Dr. Woodburn, wir lassen Sie später wieder hier rein, um alles zu katalogisieren«, sagte Francesco lächelnd. »Wir wollen sein Werk nicht länger verborgen halten.«

Matthew stand kopfschüttelnd auf. »Es kommt mir vor wie ein Traum«, sagte er zu George. »Ich kann dir gar nicht sagen, was für ein Wunder das für mich ist. Das ist das Großartigste, was mir als Kunstwissenschaftler je widerfahren ist.«

George strahlte ihn an, und Margaret bemerkte, wie sein Gesicht beim Blick auf Matthew vor Bewunderung und Liebe leuchtete. Die Zuneigung war unübersehbar. Sie war echt und sie war schön. Margaret verspürte den Impuls, beide zu beschützen, und hatte großen Respekt vor der Zärtlichkeit zwischen ihnen.

Ich verstehe. Gott segne sie.

Alle kehrten zum Esstisch zurück, Augen und Herzen noch erfüllt von der Leuchtkraft der Farben, und tausend Fragen im Kopf.

Francesco brachte Kaffee herein und Nonna ergriff das Wort.

»Ich weiß, Schwestern, dass Sie die Frage klären wollen, was mit der jungen Engländerin namens Ellen Kerr geschehen ist, die in den 1920ern hierherkam«, begann sie. »Nun ist die Zeit gekommen, es Ihnen zu erzählen.« Sie legte beide

Hände auf den Esstisch, als suchte sie Halt, stand, von Francesco unterstützt, auf und sagte ruhig: »Ich bin Ellen Kerr.«

25

Die drei Schwestern sah sie perplex an.

Cecilia schüttelte den Kopf. »Nein, das kann nicht sein. Sehen Sie, Sie waren ja mit Jack Mortimer verheiratet. Die Ellen Kerr, nach der wir suchen, war eine Nonne. Deswegen sind wir hier. Wegen der kleinen levitierenden Nonne.«

»Ich weiß«, erwiderte Nonna sanft. Cecilia war ganz bleich geworden.

»Nein, verstehen Sie doch«, fuhr Cecilia fort. »Wir haben ein Foto von Schwester Angelina. Auf der Rückseite steht, das sei aus Ellen Kerr geworden. Es gibt auch einen Brief an Edward Mortimer mit der Bitte, er solle sie vergessen.«

»Es war die Bitte, Edward Mortimer solle *mich* vergessen.«

»Nein, Sie verstehen nicht recht. Wir suchen nach Schwester Angelina. Sie sind Nonna. Sie sind keine Nonne.«

»Nein, das bin ich nicht.«

Cecilia wühlte in ihrer Handtasche nach dem Foto und legte es mit zitternder Hand auf den Tisch. »Schauen Sie, da sehen Sie es – eine junge Nonne, die levitiert.«

»Ja, ich weiß, das war ich«, erklärte Nonna geduldig. »Das alles ist inzwischen sehr lange her. Es war nach dem Krieg –

dem Ersten Weltkrieg. Ich war jung und arbeitete als Dienstmädchen im Haushalt der Mortimers. Edward war zurück, litt aber an einer Kriegsneurose. Ich erkannte seine Angstqualen auf Anhieb wieder. So war es auch meinem Vater ergangen, und ich hatte bei seiner Pflege geholfen. So etwas zu sehen, bricht einem das Herz. Das vergisst man nie. Edward versuchte, seine Verfassung vor seinen Eltern, seiner Verlobten und allen Menschen zu verheimlichen, doch ich hörte ihn nachts weinen – genau wie damals meinen Vater vor seinem Tod. Ich fand es unerträglich. Edward war ein so sanfter Mensch. So gut, immer höflich zum Personal und äußerst gut aussehend. Ich fand ihn wundervoll. Er war immer sehr nett zu mir. Als er sich von seinen körperlichen Verletzungen erholte, hatten wir häufig Kontakt. Ich putzte sein Zimmer, und er war mir immer dankbar. Ich mochte seine Gesellschaft. Und spürte, dass er auch die meine genoss. Wir waren einander ähnlich, denke ich. Wir hatten beide gelitten. Das haben wir wohl gegenseitig in uns erkannt, aber natürlich haben wir nie darüber gesprochen. Er war mit einer schönen, jungen Katholikin seiner eigenen Gesellschaftsschicht verlobt, und mir kam nie der Gedanke, dass es irgendetwas zwischen uns geben könnte. Körperlich erholte er sich bald und konnte aufstehen. Wenn ich tagsüber in seinem Zimmer aufräumte, war er nicht mehr da.

Eines Nachts als seine Eltern weg waren – sie machten Sommerurlaub in Schottland und hatten das restliche Personal mitgenommen, aber Edward hatte aus irgendeinem Grund zurückbleiben wollen –, hörte ich ihn laut schreien. Die Köchin war ihre Schwester besuchen gegangen. Ich dachte nicht über das nach, was ich tat. Ich war früh auf, um die Öfen anzuzünden, und als ich den Schrei hörte, wusste ich sofort Bescheid. Ich ging hin, um ihn zu trösten, um irgendetwas für ihn zu tun – was auch immer –, um ihm zu helfen. Ich weiß nicht, wie es geschehen ist, aber … wir waren so bekümmert, so bedürftig, wir trauerten beide, litten und brauchten Trost. Wir haben es nur ein einziges Mal gemacht. Es waren damals unschuldige Zeiten, selbst für einen Offizier. Er war sehr fromm. Er wusste nicht wirklich, was er tat – und ich übrigens auch nicht. Wir wussten einfach nur, dass wir einander brauchten und einander vertrauten. Ich wurde schwanger.«

»Nein. Nein, das haben Sie nicht getan. Das hat Edward nicht getan. Er hätte niemals … Er war ein guter Katholik …«, erklärte Cecilia empört.

»Ja, richtig, das war er, Schwester. Und ich auch. Gleich am Morgen danach wusste ich, dass wir einen großen Fehler begangen hatten. Ich kannte ihn ja nicht einmal richtig. Und ich wusste, dass er mit einer Frau verlobt war, die er liebte. Er würde bald heiraten. Wir trafen uns und erklärten beide, dass es keine Wiederholung geben würde. Er war sehr zerknirscht wegen des Vorfalls, sehr besorgt und gequält. Ich beruhigte ihn. Wir waren beide erschüttert. Danach gingen wir einander aus dem Weg. Er heiratete, und ich ging beichten. Als ich Monate später feststellte, dass ich ein Kind erwartete, konnte ich es ihm nicht sagen. Und ich konnte auch meiner verwitweten Mutter keinen solchen Kummer bereiten, daher lief ich weg. Ich ging zu den einzigen Verwandten, die ich auf der Welt besaß – den Eltern meiner Mutter, meinen Großeltern in Italien. Zunächst waren sie sehr bestürzt, doch dann reagierten sie wundervoll. Sie hörten mir zu, sie hatten Verständnis, sie verurteilten mich nicht und wollten mir einfach nur helfen. Wir brauchten Zeit, um zu entscheiden, was zu tun war. Daher baten sie die Schwestern, mich aufzunehmen, damit man meine Schwangerschaft in der Stadt nicht herausfand. Ich war ohne Gepäck gekommen, also kleideten die Nonnen mich in ein Ordenshabit und ließen mich in der Küche arbeiten. Dort stellte ich fest, dass ich eine Begabung fürs Kochen hatte. Die alte Köchin war gestorben – eine Grippe, glaube ich –, und mithilfe der Kochbücher, die sie zurückgelassen hatte, und eines Wörterbuchs lernte ich mehr Italienisch. So konnte ich mich von meiner Lage ablenken.«

»Wie fing es mit dem Levitieren an?«, fragte Schwester Bridget.

»Das weiß ich nicht. Ich weiß nur, dass ich mir große Sorgen über meine Zukunft machte – und sehr einsam war. Meine Großeltern waren sehr lieb zu mir, und die Mutter Oberin war eine gute, mitfühlende Frau, aber einige der anderen Schwestern verhehlten nicht ihre Abneigung gegenüber einem unverheirateten, schwangeren Mädchen. Ich fühlte mich verurteilt – und verurteilte mich auch selbst. Ich war beichten gewesen. Ich hatte die Absolution erhalten, aber irgendwie konnte ich immer noch nicht wirklich glauben, dass mir meine Sünde vergeben worden war. Eines Tages, als ich mich ganz besonders verzweifelt fühlte, war ich in der Kapelle. Ich erinnere mich nur, dass ich einen Moment vollständiger Ergebung hatte – und da änderte sich alles.«

»Wie meinen Sie das?« Diesmal sprach Margaret.

»Es ist schwer zu erklären. Es gab da einfach einen Augenblick, in dem ich glasklar sah, in was für einem furchtbaren Schlamassel ich steckte und dass ich meine Probleme allein nicht lösen konnte, und da warf ich sozusagen alles vor Gott – und gleichzeitig …«

»Was?«

»Es ist einfach passiert. Ich habe nicht darum gebeten – ich wusste nicht, dass so etwas ganz normalen Leuten wie mir widerfahren konnte. Gerade noch hatte ich mich vollkommen allein gefühlt – und im nächsten Moment war es, als würde jemand mich umarmen. Ich kann es nicht erklären. Ich wurde einfach überwältigt von … Ich fühlte mich einfach vollständig und absolut bedingungslos verstanden, von Vergebung getragen und geliebt – und die Schwestern erzählten mir später, das habe mich schweben lassen. Beim ersten Mal befand ich mich zum Abendgebet in der Kapelle.

Ich wollte einfach im Kloster bleiben, weiter in der Klosterküche kochen und jede freie Minute bei Tag und Nacht mit Beten verbringen – und natürlich wusste die Mutter Oberin, eine gute und heilige Frau, von dem Baby und machte sich Sorgen um meine Gesundheit, da die Schwestern ihr das Gesehene berichteten. Das Problem war, dass ich es selbst nicht verstand. Es war sehr … peinlich. Insbesondere gab es da eine bestimmte Nonne – Schwester Bernardina. Sie hielt mich für Abschaum und machte keinen Hehl daraus, wie abstoßend sie es fand, dass ich als unverheiratetes Mädchen schwanger war. Außerdem missfiel ihr die Aufmerksamkeit, die ich erhielt.

Teilweise stimmte ich ihr zu. Ich wusste, dass ich niemals

zu meiner Mutter zurückkehren konnte – sie war eine arme Kriegswitwe und musste sich um meine Brüder kümmern, aber sie war auch noch jung und hatte noch Aussicht auf eine ehrbare Heirat. Ich schrieb ihr, um ihr zu sagen, dass ich mich in der Obhut ihrer Eltern befand, aber ich erklärte ihr nicht, warum ich weggelaufen war. Dafür schämte ich mich zu sehr, und ich bat meine Großeltern, es ihr ebenfalls zu verschweigen. Aber dieses Gefühl in meinem Inneren, die … Levitation, das alles brachte mich auf den Gedanken, dass Gott vielleicht doch nicht so schlecht von mir dachte. Und nicht nur das, ich wusste, dass er mich liebte. Und dass ich seiner Liebe würdig war – nicht nur ich, sondern auch das Kind, das in mir heranwuchs. Und ich wusste, dass auch ich das Kind liebte.

Dann tauchte völlig unerwartet Jack auf. Edward war krank vor Schuldgefühlen und Sorge wegen meines Verschwindens, und Jack wollte ihn beruhigen. Er fand heraus, dass ich Verwandte in Italien hatte, und spürte meine Großeltern auf, die dieses Hotel hier führten. Irrtümlich glaubten sie, er sei Edward, der Vater meines Kindes, und so erzählten sie ihm, ich sei eine Nonne namens Schwester Angelina, und schickten ihn zum Kloster. Er suchte mich im Obstgarten. Ich sollte dort mit den anderen arbeiten, aber ich erinnere mich an Sonnenschein und grüne Blätter, an den Gesang der Vögel und den blauen Himmel und erneut an dieses Gefühl überwältigender Liebe. Jack fotografierte mich und schickte Edward das Bild. Zu diesem Zeitpunkt glaubte er wirklich, ich sei eine heilige Nonne.

Jack beschloss, das Dorf zu malen, und meine Großeltern

lernten ihn schätzen und luden ihn ein, bei ihnen zu wohnen. Er tat ihnen leid – sie hielten ihn noch immer für den Vater meines Kindes und litten darunter, dass sie ihn belogen und mich als Nonne dargestellt hatten. Daher kontaktierten sie die Mutter Oberin, und es wurde vereinbart, dass Jack mich besuchen sollte. Mit ihm hatte ich absolut nicht gerechnet. Als er herausfand, dass ich mit dem Kind seines Bruders schwanger und überhaupt keine Nonne war, blieb er, um mir zu helfen, eine Perspektive für die Zukunft zu finden, und … na ja, der Rest ist Geschichte. Wir verliebten uns, er heiratete mich und erzog und liebte meinen Sohn David, als wäre es sein eigener. Wir erzählten meiner Mutter alles und versöhnten uns. Aber wir trafen die Entscheidung, Edward nicht einzuweihen, weil er psychisch so angegriffen und inzwischen auch verheiratet war. Wir befürchteten, er könnte erraten, dass David sein Kind war. Seine Ehe hätte daran zerbrechen können. Aber ich habe immer unter dem Gedanken gelitten, es könne falsch und selbstsüchtig gewesen sein, ihm sein Kind vorzuenthalten. Dahinter steckte wohl meine schreckliche Angst, er könnte mir David wegnehmen. Ich hoffte, dass er selber bald Kinder haben würde, aber letztlich bekamen sie keine. Dann starb seine Frau, und ich wollte David und Edward die Wahrheit sagen. Doch es gab erneut Krieg, und Edward von seinem Sohn zu erzählen, erschien mir nicht mehr so wichtig. Jack und David gehörten dem Widerstand an. Ich wollte nur noch eines: dass sie diese Zeit heil überstanden.«

»Oh«, sagte Matthew. »Wie interessant!«

»Jack überlebte den Krieg, aber David und seine junge Frau wurden getötet.«

»Ach, wie traurig«, sagte Schwester Bridget, und die anderen im Raum stießen bestürzte und mitfühlende Laute aus. Nonna bedeutete ihnen mit einem Nicken, dass sie ihre Einfühlsamkeit zu schätzen wusste.

»Nun, uns blieb das Kind der beiden, der kleine Francesco, und nach allem, was wir durchgemacht hatten, ertrug ich es nicht, alte Wunden zu öffnen. Es war selbstsüchtig von mir, doch ich schob es erneut auf, Edward zu kontaktieren. Dann hörte ich, dass er ebenfalls gestorben war, und nun war es zu spät. Ich habe es immer bedauert, dass er zeit seines Lebens nichts von seinem Sohn und seiner schönen Schwiegertochter in Italien wusste, und auch nichts von seinem Enkel und dessen Frau.«

»Nonna, du siehst erschöpft aus«, sagte Francesco, da seine Großmutter, von Emotionen übermannt, wankte. Er trat neben sie und legte schützend den Arm um sie, damit sie nicht stürzen konnte. »Komm, setz dich.«

»Sind Sie schockiert? Es tut mir leid, dass ich so viel … Aufregung verursacht habe«, sagte Nonna unsicher und blickte nervös auf Cecilias starre Gestalt. Die Nonne hatte die Augen geschlossen und wirkte wie versteinert.

»Aber nicht doch, Nonna«, sagte Margaret. »Sie haben nichts falsch gemacht. Vielmehr waren wir sehr zudringlich … Es tut mir leid. Hätten wir gewusst …«

»Hätten wir Bescheid gewusst, wären wir *niemals* gekommen«, unterbrach Cecilia sie. »Nie und nimmer. Sie haben *sehr wohl* falsch gehandelt. Sie haben gesündigt. Was Sie Edward angetan haben, einem guten Katholiken – wie Sie ihn fehlgeleitet und verführt haben –, das war abscheulich. Es war unverzeihlich. Unverzeihlich.« Sie war aufgestanden.

»Nein – so etwas darf man nicht sagen!«, rief George schockiert.

»Schwester Cecilia!« Margaret stand auf und ging zu ihr.

»Cecilia – sag so etwas nicht«, begann Bridget, doch Cecilia schob sie zur Seite, verließ den Raum und ging die Treppe hinauf.

»Es tut mir schrecklich leid«, sagte Margaret zu Nonna.

Die schüttelte den Kopf.

»Schon gut. Tatsächlich bin ich erleichtert – diese Art von Reaktion hatte ich befürchtet. Aber mir ist klar, welchen Hintergrund ihre Schwester Cecilia hat. Ich verzeihe ihr.«

»Ich nicht«, mischte Francesco sich wütend ein. »So etwas hat Nonna nicht verdient.«

»Schwester Cecilia hat vollkommen unrecht«, erklärte Maria energisch. »Nonna war eine alleinstehende Mutter, die den Mann geheiratet hat, der sie wirklich liebte. Sie und auch ihren Sohn David, Francescos Vater. Er war jeden Tag seines Lebens glücklich, dass sie ihn geheiratet hatte. Sie ist ein wundervoller Mensch.«

»Das weiß ich, aber ja doch«, sagte Margaret. »Ich kann mich nur entschuldigen. Ich … Cecilia ist alt und ein wenig verknöchert … aber das ist keine Entschuldigung. Aus irgendeinem Grund schien es, als trüge Gott uns auf, hierher zu kommen, aber … Es tut mir furchtbar leid – und ich möchte Ihnen dafür danken, Nonna, dass Sie uns diese zu Herzen gehende Geschichte erzählt haben. Bitte glauben Sie mir, Francesco, dass wir große Achtung vor Ihrer wunderbaren Großmutter empfinden und alles bedauern, was sie durchmachen musste.«

»Wir haben Sie lieb.« Mit diesen Worten legte Bridget die Arme um Nonna, die ihre Umarmung erwiderte.

Hilf uns!, betete Margaret. *Was tust du uns an, Herr? Was möchtest du von uns?*

»Ich kann mich nur noch einmal entschuldigen. Ich … ich schaue jetzt besser mal nach Cecilia …«, sagte Margaret.

»Tun Sie das bitte«, antwortete Nonna. Francesco und Maria küssten die alte Dame auf die Wangen, und sie ergriff beider Hände, drückte sie dankbar und lächelte. Sie wirkte sehr erschöpft, aber auch sehr erleichtert.

Cecilia stand im Flur vor ihrer Zimmertür, mit einer Hand gegen die Wand gestützt und die Augen geschlossen.

»Schwester Cecilia. Ist alles in Ordnung?«, flüsterte Margaret. Cecilia öffnete die Augen nicht, doch Margaret sah mit wehem Herzen, dass sie den Kopf schüttelte und eine Träne langsam ihre alte, papierweiße Wange hinunterrollte. Plötzlich wirkte alles an ihr alt und gebrechlich. Die eiserne Willenskraft, die Selbstgewissheit und selbst der selbstgerechte Zorn waren in sich zusammengefallen. Es war ein beinahe unerträglicher Anblick.

»Möchtest du nach unten kommen und dich wieder zu uns setzen?«, fragte Margaret sanft.

Erneut schüttelte Cecilia den Kopf.

»Soll ich dir in dein Zimmer helfen?«

Cecilia nickte, und Margaret hakte sie unter. Bestürzt bemerkte sie, wie leicht Cecilia war, wie uralt.

Herr, hilf ihr. Du hast ihr den Boden unter den Füßen weggezogen, betete Margaret stumm. *Ich weiß, dass die Wahrheit angeblich befreiend sein soll, aber sie scheint Cecilia vernichtet zu haben. Das kann nicht richtig sein, Herr, oder? Ich dachte, du zerbrichst das geknickte Rohr nicht und löschst den glimmenden Docht nicht aus? Ich weiß, dass sie diese grausamen Worte nicht hätte sagen dürfen, und sie ist voller Vorurteile, aber trotzdem hat sie es nicht verdient, dass alles, was sie liebt und sich erhofft hat, zerstört wird.*

Margaret öffnete Cecilias Tür.

»Schwester, leg dich hin und ruh dich aus. Du hast einen Schock. Ich komme nachher noch einmal hoch und schaue nach dir.«

Gehorsam wie ein Kind zog Cecilia die Schuhe aus und legte sich mit geschlossenen Augen aufs Bett.

Margaret setzte sich neben sie und legte ihr behutsam die Hand auf die Schulter. Cecilia versteifte sich und schlug die Augen auf. Den Blick auf die Wand geheftet, nicht auf Margaret, sagte sie deutlich vernehmbar: »Ich bin durchaus gesund, Schwester Margaret. Bitte setz dich wieder zu den anderen. Ich wäre jetzt gern allein.«

Margaret zögerte, doch Cecilia, deren Unbeugsamkeit sich wieder regte, schloss energisch die Augen.

Margaret machte behutsam die Tür hinter sich zu.

Das Problem ist, Cecilia, dass du wirklich allein bist und niemanden in deine Nähe lässt, dachte Margaret traurig, als sie die Treppe zu den anderen hinunterging.

26

Als Margaret in den Speisesaal zurückkehrte, nahmen sie den Gesprächsfaden wieder auf.

»Ich verstehe nicht, wie das Grabmal mit der Verehrungsstätte zu all dem passt?«, fragte Bridget. »Es sieht doch so aus, als würden sich dort Wunder ereignen. Wer vollbringt diese, da Sie es ja nicht sind?«

»Nun, wir bekamen einen Brief von Verwandten der Mortimers, der auf die Levitation Bezug nahm. Dieses Ehepaar schrieb uns, Edward habe ihnen das Foto gezeigt und sie gebeten, uns hier zu besuchen. Anscheinend lebten sie in Rom, wünschten sich seit Jahren vergeblich ein Kind und wollten die fliegende Nonne um Fürsprache bitten. Sie hielten mich für sehr heilig, verstehen Sie. Keiner wünschte einen Skandal. Das Letzte, was ich wollte, war, dass Edward Kontakt mit mir aufnahm. Dann wäre das mit dem Kind herausgekommen, und ich war überzeugt, dass Jack recht hatte – es hätte Edward vernichtet. Er war ein so ernsthafter, frommer Mann und zudem nach dem Krieg psychisch so verwundet. Die Scham hätte ihn umgebracht.«

»Was geschah dann?«, fragte Matthew.

»Mutter Julia half mir, einen Brief an Edward zu verfassen, in dem ich ihn bat, mich in Ruhe zu lassen. Mutter Julia diktierte mir die Worte und formulierte sie so, dass es den Anschein hatte, als sei ich eine Nonne, die bald sterben würde, statt einer, die das Kloster bald zum Heiraten verlassen würde.

Und als wollte Gott unsere Geschichte unterstützen, hatten wir dann wirklich einen Todesfall – die alte Schwester Bernardina starb. Eines Tages brach sie beim Morgengebet in der Kapelle zusammen, und das war der Anfang vom Ende. Ich verließ das Kloster und heiratete Jack, Schwester Bernardina starb, die Gemeinschaft bestattete sie in einem schlichten Grab, und dann traf das in Rom lebende englische Paar ein – sie wünschten sich verzweifelt ein Kind und waren bereit, alles zu versuchen. Mutter tischte ihnen eine kleine Lüge auf: Schwester Angelina bedeute einfach nur *kleiner Engel*, und Schwester Bernardina sei ein kleiner Engel gewesen – was definitiv nicht stimmte! – und gestorben. Das Paar bat darum, an Schwester Bernardinas Grab beten zu dürfen, und Mutter Oberin konnte es ihnen schlecht abschlagen. Sie beteten also. Und dann geschah ein Wunder – nach Jahren vergeblichen Bemühens wurde die Ehefrau schwanger.

»Wirklich? Nachdem sie am Grab dieser Nonne gebetet hatten?«, fragte George.

»Ja, wirklich! Dabei mochte Schwester Bernardina Kinder nicht mal! Ist das zu fassen? Danach bestand das englische Paar darauf, eine schöne Statue der Madonna mit Kind zu stiften, und stellte sie auf Schwester Bernardinas Grab. Die Nachricht verbreitete sich, und es kamen erste Menschen, die einen unerfüllten Kinderwunsch hegten. Zum Glück ist Cardellino sehr abgelegen, zudem war es ein besonders kalter Winter, das bremste die Entwicklung – es kamen fast nur Pilger aus der näheren Umgebung –, doch Mutter Oberin war klar, dass wir vor dem Frühjahr etwas unternehmen mussten. Schließlich ging sie zum Bischof und erzählte ihm alles. Der Bischof war erzürnt, und zwar umso mehr, als er hörte, dass die Person, die tatsächlich levitiert hatte, eine unverheiratete Mutter war. Er sagte, der Verehrung der schwebenden Nonne müsse sofort Einhalt geboten werden, und hielt Predigten über unbegründeten Wunderglauben und Volkslegenden, aber natürlich war es nicht so einfach.«

Nonna hustete, und Margaret, die neben dem Wasserkrug saß, schenkte ihr ein Glas ein und reichte es Matthew, der es an Nonna weiterreichte. Besorgt beobachteten alle, wie sie trank. Dann lächelte Nonna alle an. Es war offensichtlich, dass das Erzählen der Geschichte ihr guttat.

»Danke, Schwester«, fuhr Nonna fort. »Die Lage besserte sich tatsächlich … Es kamen noch immer Pilger zu Schwester Bernardinas Grab, aber mit der Zeit weniger. Die Schwestern rieten ihnen jedes Mal, zum Heiligen Gerhard Majella zu beten, dem Schutzheiligen für Geburten – sie ließen eigens Gebetskarten drucken und verteilten sie an die Gläubigen. Sie erzählten, Schwester Bernardina habe den Heiligen zutiefst verehrt, was nicht stimmte. Ich fürchte, die guten Schwestern haben um meinetwillen eine Menge Notlügen erzählt. Sie rieten, zum Heiligen Gerhard zu beten und nach Rom zu fahren, und schließlich schrieben die Leute einfach nur noch, um eine Gebetskarte zu erhalten, und besuchten den Petersdom. Was den Kindersegen anging, schien das genauso gut zu funktionieren, daher kam es nie zu einer italienweiten Pilgerbewegung. Es blieb eine rein lokale Angelegenheit.

Dann kam der Krieg, und wir hatten genug andere Sorgen. Doch nach dem Krieg nahmen die Leute aus der näheren Umgebung die Gänge zur Verehrungsstätte wieder auf. Sie wissen, dass es sich um das Grab von Schwester Bernardina handelt, die Kinder nicht einmal mochte, aber dennoch scheint deren Fürsprache für Kindersegen wirksam zu sein. Vielleicht hat sie ihre wahre Gabe erst nach ihrem Tod entdeckt. Und Edward – er war ein guter Mensch. Er respektierte, was er für den Wunsch einer Sterbenden hielt, und wir hörten nichts mehr von ihm. Und er gründete mir zu Ehren ein Kloster.«

»Ja – Sie sind der Grund dafür, dass es unseren Orden gibt!«, sagte Margaret mit einem Blick zu Bridget.

»Wie erstaunlich.« Bridget schüttelte verwundert den Kopf.

Ganz ehrlich, Gott, betete Margaret. *Wie bist du eigentlich? Was soll ich dazu sagen?*

Sie empfand ein plötzliches überwältigendes Verlangen zu lachen, konnte den Anfall aber unterdrücken.

»Darf ich Sie vielleicht nach der Erfahrung der Levitation fragen?«, erkundigte Matthew sich schüchtern. »Erinnern Sie sich, wie es sich angefühlt hat?«

»Ich werde es niemals vergessen. Es ist schwer zu beschreiben. Es ist wie … wie ein Destillat von Liebe, wie Liebe in hochkonzentrierter Form. Es lässt einen erschöpft zurück – mehr kann ich nicht sagen. Es ist wundervoll – man fühlt sich unglaublich glücklich, aber auch unglaublich erschöpft. Dieses Gefühl möchte ich eigentlich nicht noch einmal erleben – das ist nicht nötig. Die Erinnerung – nur ein Schatten davon – genügt. Nachdem ich geheiratet hatte, widerfuhr es mir nie wieder, und ich war dankbar dafür. Ich fand es in Jacks Liebe – ich erkannte, dass sie ähnlich zu der von Gott war. Das war stark genug für mich.«

Nonna lächelte Matthew an, und der warf George ganz unbewusst einen Blick zu. Als dieser ihn mit einem Lächeln erwiderte, erfüllte ein Gefühl reiner Freude Matthews Herz. Dass er George gefunden hatte, war sein eigenes, persönliches Wunder.

»Wollten die Leute denn nicht mit den Medien darüber reden? Heutzutage – wo es das Telefon gibt – sollte man meinen …«, sagte Schwester Margaret.

»Sie vergessen, dass wir hier in einem Dorf leben«, erklärte Francesco stolz. »Wir sind wie eine einzige große Familie. Die Leute hier wissen, was in der Vergangenheit vorgefallen ist. Vielleicht reden sie untereinander, ja, das schon – aber sie würden alles vermeiden, was Nonna Ellen schaden könnte.«

Für einen Moment herrschte Schweigen.

»Was hat das alles zu bedeuten?«, fragte Margaret halb für sich.

»Ich weiß es nicht«, antwortete Nonna.

»Ob es wohl trotzdem unsere Bestimmung war, hierher zu kommen?«, fragte Bridget. »Ohne das Foto wären wir nicht gekommen.«

»Ich weiß es nicht. Es tut mir furchtbar leid, dass ich Sie enttäuschen musste. Damit Sie aus Fairbridge einen Pilgerort machen könnten, müsste Ellen Kerr eine tote Heilige sein – aber wie Sie sehen, bin ich immer noch hier, alt, aber quicklebendig. Eine Heilige bin ich schon gar nicht, weder im Leben noch im Tod, doch Gott und meine Familie lieben mich trotzdem. Das ist alles. Und ich hoffe, Edward wird mir im Himmel verzeihen, dass ich ihm seinen Sohn vorenthalten habe. Mehr wünsche ich mir nicht. Wenigstens ist David jetzt bei ihm im Himmel, und ebenfalls Davids Frau – Francescos Mutter – und mein Jack.«

»Trotzdem bin ich überzeugt, es hat eine Bedeutung, dass wir das Foto gefunden haben und hergekommen sind«, erklärte Bridget fest.

»Haben Sie vielen Dank dafür, dass Sie uns Ihre Geschichte erzählt haben«, sagte Margaret, deren Gedanken nicht bei der ungewöhnlichen Natur der Levitation verweilten, sondern bei Ellens Liebe zu Jack und Jacks Liebe zu Ellen.

»Es war mir ein Vergnügen«, antwortete Nonna. »Aber ich hoffe, wir können Ihnen noch etwas anderes mitgeben. Wir möchten Ihnen einige Gemälde vermachen. Wir wissen, dass sie inzwischen einen hohen Marktwert haben. Plötzlich sitzen wir auf einem Vermögen, und wir möchten es bestmöglich verwenden.«

»Wirklich?«, fragte Margaret erstaunt.

»Ja. Mir fällt nichts ein, was ich lieber tun würde, als dem Kloster zu helfen, das Edward gegründet hat. Wir werden Ihnen so viele Gemälde schenken, wie Sie brauchen, um all Ihre finanziellen Probleme zu lösen.«

»Aber was sollen wir danach machen?«, fragte Margaret besorgt. »Wir sind weiterhin nur zu dritt.«

»Ganz großen Dank, Nonna«, erklärte Bridget. »Als Oberin kann ich sagen, dass wir das mit den Gemälden erlöste Geld gern annehmen, und ich weiß genau, was wir damit anfangen werden.«

»Oh ja?«, fragte Margaret, und das Gefühl der Erleichterung war überwältigend. Sie selbst war nicht länger Oberin, und Bridget wusste, was zu tun war.

»Ich hatte gestern Nacht einen Traum. Einen sehr verblüffenden Traum«, erzählte Bridget.

Oh nein, nicht einer von Bridgets Träumen. Die sind sogar noch länger als die Briefe ihrer Schwester.

»Keine Sorge, Margaret, er ist nicht lang«, fuhr Bridget fort, als könnte sie Gedanken lesen. »Ich habe Pasta zubereitet – Nudeln aller Größen und Formen, Saucen in allen Regenbogenfarben –, Biscotti gebacken und Tassen voller Cappuccino mit Schokoraspeln bestreut. Es war wunderbar. Aber die Sache ist die: Ich war nicht hier, sondern in der Klosterküche, und Terry Wogan, Daniel O'Donnell, Delia Smith und der Papst persönlich waren ebenfalls da. Der Papst sagte: »Vergessen Sie die schwebende Nonne! Geben Sie mir lieber Nachschlag vom *Tiramisù*!«

Bridget hielt erwartungsvoll inne und strahlte alle im Raum an.

»Und was genau soll das bedeuten?«, fragte Margaret verwirrt.

»Ich weiß es!«, rief George aufgeregt aus. »Es bedeutet, dass Sie kochen sollen, nicht wahr, Schwester Bridget?«

»Ich weiß noch nicht genau, wie wir es machen werden, aber ich bin überzeugt, wenn es Gottes Wille ist, wird alles sich fügen. Mir scheint, ich weiß, wie ich auch ohne eine neue Heilige Geld und Vertrauen ins Bistum zurückholen kann.«

»Wie denn?«, fragte Margaret.

»Wir bauen das Kloster zu einem Hotel um, aber es wird außerdem auch ein Exerzitienhaus werden – Nahrung für Körper und Seele. Wir verwenden das Geld für die Renovierung der Gästezimmer und fangen als einfache Frühstückspension an, aber später servieren wir auch eine Abendmahlzeit. Wir können italienisch kochen, so wie in meinem Traum. In Fairbridge gibt es kein italienisches Restaurant. Und wir werden den Gästen Exerzitien anbieten. Du kannst eine Ausbildung zur Exerzitienbegleiterin machen, Margaret. Das könntest du gut. Und ich traue mir das Kochen und das Anlernen einiger junger Kräfte zu. Mit der Universität gibt es immer Leute, die ein Zimmer zum Übernachten brauchen. Der riesige Garten macht uns zu Selbstversorgern, und außerdem können wir die großen Räume für Gebetsgruppen und dergleichen nutzen – das Kloster ist perfekt für so etwas geeignet! Wir können die Kapelle und alles andere bewahren!«

»Bridget! Aber wie sollen wir denn ein Hotel führen? Das würdest du nicht allein schaffen. Und es geht um ein neu gegründetes Unternehmen. Wir wissen doch gar nichts übers Hotelgeschäft!«

»Wir könnten Ihnen helfen«, bot Francesco an. »Wir könnten Sie unterstützen, bis alles läuft. Unser eigenes Hotel könnten wir für eine Weile schließen, denn auf das Geld sind wir derzeit ja nicht angewiesen. Wir würden gern eine Zeit lang in Fairbridge leben – Nonna hat oft gesagt, dass sie die Stadt gern noch einmal sehen und dort die Familiengräber besuchen möchte. Ich würde sehr gern den Ort besuchen, aus dem meine Familie stammt.«

»Ich weiß, dass Gott seine Hand über alles halten wird«, sagte Bridget.

»Und ich habe noch eine Idee«, sagte Nonna. »Jack hat die Stationen des Kreuzwegs gemalt, und viele dieser Szenen sind in Fairbridge angesiedelt. Wenn wir diese Bilder der Kirche spenden würden, würden Leute anreisen, um sie zu sehen.«

»Unbedingt«, erklärte Matthew. »Eine Pilgerreise hin zur Kunst.«

»Und wenn wir der Universität die verbliebenen Gemälde für eine Jack gewidmete Dauerausstellung stiften würden – würden Sie diese für uns kuratieren?«, fragte Nonna Matthew. »Jack hat sich meinetwegen versteckt – zum Ausgleich möchte ich, dass sein Ruf weltweit bekannt wird. Wir würden zur Bedingung machen, dass die Gemälde nicht verkauft werden dürfen, dass sie beim Vermächtnisnehmer verbleiben müssen. Und Sie könnten ihr Hüter sein.«

»Es wäre mir eine Ehre!«, sagte Matthew. Tränen schossen ihm in die Augen, und er musste seine Brille absetzen, um sie zu trocknen. George beugte sich vor und drückte seine Hand.

»Und Schwester Cecilia könnte eine Art Museum des katholischen Bistumslebens eröffnen«, sagte Bridget. »Sie hat all die Unterlagen und Briefe. Wir könnten so werden wie das Bar Convent in York. Die Loreto-Schwestern betreiben dort ein Museum der Geschichte ihres Ordens – und außerdem bieten sie Bed and Breakfast an. Ich habe es in einer Fernsehsendung gesehen, und alles läuft wie geschmiert.«

Bridget sprang auf und umarmte Francesco, Maria und Nonna herzlich. »Dank sei Gott, dass alles sich fügt. Unsere Gebete sind erhört worden. Wird das Cecilia nicht versöhnen?«

»Wie geht es Schwester Cecilia?«, fragte Nonna besorgt. Alle dachten daran, wie bleich, schockiert und zornig sie gewesen war.

Cecilia erwachte aus tiefem Schlaf. Wie eine Welle brach ihr eigenes Elend über sie herein.

»Ich muss nach draußen. Ich muss mich in den Griff bekommen, bevor ich die anderen wiedersehe – bevor ich *sie* wiedersehe«, sagte sie. Sie öffnete ihre Handtasche, übersah absichtlich das trügerische Foto, holte ihren Rosenkranz heraus, umklammerte ihn schutzsuchend mit der Hand, ging nach unten in die verlassene Lobby und dann auf direktem Wege aus dem Hotel, ohne nach links oder rechts zu schauen.

Die anderen hörten sie gehen.

Wie von einem Autopiloten gelenkt, marschierte sie zum Kloster und ging über die Zufahrt zum Grabmal.

Dort stand Cecilia und flehte Schwester Bernardina um ihre Fürbitte an.

Oh Schwester Bernardina, durch deren Fürbitte so viele Wunder geschehen sind, hilf mir zu verstehen.

Cecilia spürte, wie ihr ungewohnte Tränen in die Augen

stiegen. Die Verehrungsstätte schien sie mit ihrer Flut von Wundern zu verspotten, und ihre eigene seelische Kleinlichkeit und die stets ausgebliebene Erfahrung Gottes schmerzten sie wie nie zuvor etwas im Leben.

Ich wollte nur etwas tun, um dem Orden zu helfen. Schwester Frances, Basil und ich – wir hatten solche Hoffnungen, als wir dem Orden beigetreten sind. Wir glaubten Edward Mortimer, als er sagte, wir hätten eine große Berufung, und jetzt stellt sich heraus, dass er auch nicht besser war als andere Menschen. Jetzt haben wir überhaupt keinen Heiligen. Schwester Margaret hatte recht. Wir sind nutzlos. Wir sind am Ende.

»Cecilia.« Margaret berührte ihre Schulter, und als Cecilia sich umdrehte, standen alle da: Bridget und Margaret, Francesco und Maria, Dr. Woodburn, der Reiseberater und … *sie.*

»Wie fühlt es sich an?«, fragte Cecilia unvermittelt und begierig Ellen Kerr, die Liebhaberin Edwards und Jacks, die Mutter Davids und Großmutter Francescos. Sie reagierte nicht auf die Begrüßung durch die anderen und erwartete die Antwort auf ihre Frage.

Ellen wandte sich ihr zu und sah ihr in die Augen.

»Nicht die Levitation ist wichtig – sondern die Liebe. Die bedingungslose Liebe.«

Cecilia sank zu Boden und weinte. Sie war nur von ihrer eigenen Leere erfüllt, von der schmerzlichen Sehnsucht nach etwas, dessen Existenz sie nach neunzig Lebensjahren erst jetzt entdeckt hatte und das sie, Cecilia, mit Sicherheit niemals haben konnte.

Margaret und Bridget eilten zu ihr und legen die Arme um sie.

»Ich habe nie … ich habe nie … All diese Liebe – die Liebe Gottes, von der die Leute ständig reden – ich habe sie nie empfunden. Nie. Nicht einmal im Gebet, ehrlich gesagt. Ich bin vollkommen ausgetrocknet … Ich bin nichts … nichts. Niemand hat mich je auf diese Weise geliebt – nicht Gott, nicht meine Mutter, nicht mein Vater und nicht Edward Mortimer. Wie könnte überhaupt jemand mich lieben?«

»Das stimmt nicht, Cecilia«, sagte Margaret. »Gott liebt dich.«

»Wir lieben dich«, fügte Bridget hinzu. »Wir brauchen dich. Gott liebt uns alle.«

Und plötzlich fühlt Schwester Cecilia es. Etwas nähert sich verstohlen und umarmt sie fest von innen. Etwas – jemand – legt die Arme um ihr Inneres und zieht sie an sich, bis sie es fast nicht mehr erträgt, liebt sie, bis ihr die Luft wegbleibt.

Wie sie später übereinstimmend erklärten, hätten Maria, Francesco, George und Matthew jeder schwören können, dass sie die Schwestern, die sich umarmten, ein wenig vom Boden abheben sahen.

Und es fühlte sich auch wie Fliegen an, ein nach oben Schweben, gehalten von einer fast unerträglichen Zärtlichkeit. Grüne Blätter und Sonnenschein, Vogelgesang und blauer Himmel, bis sie das Gefühl hatten, vor Liebe zu bersten, bis sie es nicht mehr ertrugen.

27

George und Matthew wussten, dass sie auf dem Rückflug nicht nebeneinander sitzen würden, doch sie konnten sich auf die Heimfahrt nach der Ankunft am Flughafen freuen. Georges Herz sang, als er voll Stolz und Sehnsucht Matthew nachsah, der seinen Platz ein Stück weiter vorn im Flugzeug aufsuchte. Als George sich seinem eigenen Sitz zuwandte, stellte er gerührt und glücklich fest, dass er neben Emily und Chris saß.

»Mr Sanders! Ich wusste gar nicht, dass Sie ebenfalls nach Rom geflogen sind!«, rief Emily entzückt aus.

»Ich habe mich erst in letzter Minute entschieden«, antwortete er. »Tatsächlich war ich in dem Dorf Cardellino außerhalb Roms, wo ich mich mit Freunden getroffen habe.« Er deutete mit einem Nicken auf die drei Nonnen, die vor ihnen saßen.

»Sie sind mit den Nonnen befreundet!«, sagte Emily strahlend und ein wenig zu laut. »Das ist ja toll!«

George erwiderte ihr Lächeln. »Ich hoffe, in Rom ist alles gut gelaufen?«

»Es war wundervoll, danke«, antwortete Chris. »Ich kann Ihnen gar nicht genug danken.«

»Das einzige Problem ist, dass ich überhaupt nicht mehr zurückwollte«, seufzte Emily. »Ich muss mir *wirklich* einen neuen Job suchen. Ich möchte in einem Hotel oder so arbeiten, mit Menschen, und nicht immer nur in einem Büro. Im Hotel hat es mir wahnsinnig gut gefallen. Wir haben uns so wichtig gefühlt, so willkommen. Es waren einfach perfekte Flitterwochen, wirklich. Dieses Gefühl, etwas ganz Besonderes zu sein, möchte ich auch anderen Leuten geben.«

»Behalten Sie das im Kopf«, sagte George mit einem Blick auf die Schwestern vor ihm und fragte sich, ob sie das Gespräch wohl hören konnten. »Ich habe Freunde, die vorhaben, demnächst ein Gästehaus zu eröffnen, und sie werden Hilfe brauchen. Vielleicht wäre das genau die richtige Stelle für Sie.«

»Ooh – vielleicht könnten wir auch dort wohnen!«, sagte Emily aufgeregt. »Chris könnte den Garten machen! Ob wir wohl eine Katze mitbringen dürften?«

»Emily! Bisher haben wir weder den Job noch das Kätzchen!«, sagte Chris.

»Ich weiß – aber manchmal geschehen Wunder!«, entgegnete Emily. »Wie letzthin, als Mr Sanders das Sonderangebot für unsere Flitterwochen gefunden hat. Ich glaube an Wunder – Sie auch, Mr Sanders?«

George dachte an alles, was vorgefallen war, und an den wunderbaren Mann auf Platz 33A, den er kennengelernt hatte, als er glaubte, dass er sich nie wieder verlieben würde.

»Ja«, antwortete er.

»Natürlich werde ich nicht mehr für Father Hugh kochen können. Ich weiß nicht, wie er zurechtkommen soll. Wenn er wenigstens ein paar Grundlagen beherrschen würde, könnte ich mich entspannen«, sagte Bridget zu Margaret. Bridget war inzwischen in ihrer neuen Rolle als Oberin angekommen und schon ganz auf die Aufgabe konzentriert, das neue Gästehaus einzurichten. »Ich habe nicht einmal die Zeit, ihm etwas beizubringen. Sobald wir daheim ankommen, muss ich die Zimmer für unsere italienischen Gäste vorbereiten und die Anschaffung der neuen Küche anpacken. Sie muss den ganzen Hygiene- und Sicherheitsvorschriften entsprechen.« Beim Gedanken an die Nudelmaschine und die neuen Töpfe und Pfannen, die sie nun mit dem besten Gewissen kaufen konnte, seufzte sie glücklich. Das neue Gästehaus würde Nahrung für Körper und Seele bieten. Sie würden jemanden für den Garten einstellen müssen, um das ganze Gemüse anzubauen, das sie brauchen würden – das könnte Thomas nicht allein schaffen. Und sie brauchten jemanden für den Empfang – sie würden darum beten müssen, genau die richtigen Leute zu finden.

»Francesco sagt, er berät uns zu den Bauarbeiten, die wir durchführen lassen müssen, zu den Wohnräumen fürs Personal und zu allem, was ein gutes Gästehaus braucht«, berichtete Margaret. »Und ich werde das Bar Convent in York kontaktieren und mit Cecilia hinreisen. Vielleicht können sie uns etwas Interessantes über ihr Gästehaus und die Einrichtung ihres Museums erzählen.«

»Mach das. Das ist eine sehr gute Idee. Und zwar lieber früher als später«, sagte Bridget. »Fahr noch diese Woche hin.

Die arme Cecilia braucht einen Urlaub.« Sie schauten zu Cecilia, die auf dem Fensterplatz saß und schlief. »Und du brauchst ebenfalls eine Pause, Margaret. Ich möchte nicht, dass du dir wegen Organisationsfragen Sorgen machst. Darum kümmere ich mich, und auch darum, das richtige Personal einzustellen. Nur möchte ich, dass du dich über Fortbildungen informierst. Wir haben genug Geld, um dir eine Ausbildung zur Exerzitienbegleiterin und einige Kurse in Theologie zu finanzieren. Wenn unser spirituelles Programm losgeht, wirst du deine Sache bestimmt großartig machen.«

»Danke«, sagte Margaret. Sie fand es sehr erholsam, von einer so wohlwollenden und zuversichtlichen Autorität gelenkt zu werden. Bridget war für die Leitung des Klosters genau die Richtige.

Margaret schaute auf die weißen Wolken und den blauen Himmel hinaus. Hoch oben in der Luft flogen sie ihrem neuen Leben entgegen, und sie fühlte sich von Liebe getragen und sicher gehalten.

28

Drei Monate später

Es war ein warmer und sonniger Nachmittag, und der Bischof hatte beschlossen, den Abschluss der ersten Umbauphase zum St. Philomena Gäste- und Exerzitienhaus zu segnen. Die amtlichen Genehmigungen lagen zwar noch nicht vor, doch das neue Schild prangte über dem Eingang, alle Zimmer waren frisch renoviert und jedermann staunte, wie schnell Bridget das alles geschafft hatte. Als die Schwestern ihr Projekt publik gemacht hatten, war die Unterstützung riesig gewesen. Das mit dem Verkauf von Gemälden erlöste Geld hatte man für Farben und Materialien verwendet, doch die eigentliche Arbeit war überwiegend ehrenamtlich erledigt worden, und zwar zu einem großen Teil von Schülern der Philomenaschule (das hatte der neue Direktor organisiert, der Schwester Margaret und ihren Mitschwestern seine Unterstützung zeigen wollte). Ebenfalls geholfen hatten eine Handvoll Studierende, dazu ermutigt von der katholischen Universitätsseelsorge in Gestalt von Father Hugh und seinem neuen Kaplan Father Stephen, der sich bereits jetzt als große

Hilfe erwies. Zu Schwester Bridgets Entzücken war die Küche nun gästehaustauglich, nachdem ein lokaler Küchenstudiobesitzer, dessen Töchter auf die Philomenaschule gegangen waren, sie kostenlos nachgerüstet hatte. Bischof John war sehr beeindruckt und hielt eine Feier für eine gute Möglichkeit, der Lokalzeitung die Gelegenheit für Fotos zu geben und allgemeines Interesse zu wecken.

In den Grundschulklassen der Philomenaschule hatte man für den Anlass Fähnchen gebastelt, und die bunten Wimpel flatterten im leichten Wind. Von der Straße und vom Bürgersteig konnten Autofahrer und Fußgänger farbenfrohe Bilder sehen, die Herzen oder Kreuze, Friedenstauben, kleine Nonnengestalten, betende Hände oder sogar Kuchenstücke und gefüllte Teetassen zeigten. Sie alle waren von den begeisterten Kindern gemalt worden und hingen nun an Leinen, die über die Außenmauer gespannt oder um Büsche und Baumstämme geschlungen worden waren. Natürlich sahen sie anders aus als die Babyschühchen von Cardellino, doch sie erinnerten Margaret an die Verehrungsstätte, und das gefiel ihr.

Auf der neu asphaltierten Zufahrt stand der Bischof vor der frisch gestrichenen Eingangstür, die goldene Mitra auf dem Kopf und den Hirtenstab in der Hand. Mit seiner Amtstracht verlieh er dem Anlass zusätzliche Würde.

Die Schüler-Folkband der Philomenaschule sang zur Begleitung von Gitarren und Flöten ›Give Me Joy in My Heart‹, während Bischof John, flankiert von Father Hugh und Father Stephen und mit Cuthbert Brown als Ministranten, die Hausfront segnete und sie feierlich mit Weihwasser besprengte.

Viele Gläubige der Philomenagemeinde waren gekommen, und auch andere Freunde der Kirchengemeinde wie Mr und Mrs Abidi oder Dr. Matthew Woodburn mit seiner Schwester Sarah und George waren zur Feier erschienen. Neben Georges Mutter und Nonna Ellen saß Miss Taylor, die sich noch von ihrer Operation erholte, am Rand der Zufahrt auf einer Bank. Thomas und Linda standen bei Sophie und ihrem Mann Ben. Linda hatte bereits ein Vorstellungsgespräch am Institut für Kunst- und Architekturgeschichte der Universität Fairbridge hinter sich und war als Bachelorstudentin angenommen. Nun hielt sie ihren Enkel James bei der Hand, der mit der anderen Hand einen großen Diplodocus aus blauem Kunststoff umklammerte, den seine stolze Großmutter ihm geschenkt hatte. Auch Chris und Emily waren da. Sie würden bald in die frisch hergerichtete Personalwohnung ziehen und auch eines von Miss Taylors Kätzchen mitbringen. Das könnte sich seinem Bruder Pangur anschließen, der bereits im Kloster lebte. Chris würde der offizielle Gärtner und Hausmeister des Gästehauses sein, angeleitet von Thomas. Von Schwester Bridget angelernt, würde Emily den Empfang machen.

Nonna, Maria und Francesco waren gekommen, um den Sommer mit den Schwestern zu verbringen und ihnen dabei zu helfen, das Gästehaus zum Laufen zu bringen. Margaret warf einen Blick auf Nonna Ellen. Nonna war zu Edwards Grab gegangen, um Blumen daraufzulegen, und ihr Gesichtsausdruck zeigte, dass sie endlich ihren Frieden schließen konnte.

Francesco ergriff Marias Hand und küsste sie.

»Es ist ein Wunder«, flüsterte er. »Nonna bleibt den Winter über bei den Schwestern und verfolgt, wie die Dauerausstellung Gestalt annimmt, wir aber können reisen und haben endlich wieder Zeit für uns. Ich kann dich nach Paris ausführen und so behandeln, wie du es verdienst.«

»Das Wunder bist du, mein Liebster«, sagte Maria lächelnd und küsste ihn.

George und Matthew hatten die Worte mitbekommen und lächelten einander ebenfalls an. Auch sie hatten erfahren, was für kleine und große Wunder eine unerwartete Liebe wirken, und wie diese Einsamkeit verwandeln und schmerzhafte alte Wunden heilen konnte.

»Komm mit zu uns aufs Foto, Schwester Margaret!«, rief Bridget, die beim Bischof stand – zusammen mit Cecilia und Katy, die nach dem Abschluss ihres Jahres im Keats-Shelley-House aus Italien gekommen war, die Nonnen besuchte und mit dem Gedanken spielte, als Novizin ins Kloster einzutreten. Sie würde an der Universität von Fairbridge ein Masterstudium anfangen und Schwester Cecilia helfen, ein kleines Museum des Ordenslebens aufzubauen. Es fühlte sich so an, als wäre sie schon immer da gewesen, und ihre fröhliche Jugendlichkeit und taktvolle Arbeitsbeziehung zu Schwester Cecilia halfen, dass Schwester Margaret die Zukunft des Ordens optimistischer sah. Wenn Katy sich bei ihnen dreien wohlfühlte, würden vielleicht weitere junge Frauen folgen. Die Studentinnen, die bei den Malerarbeiten geholfen hatten, waren reizende Menschen. Möglicherweise würde es unter ihnen weitere Berufungen für den Orden geben. Vielleicht waren die Schwestern von der Heiligen Philomena doch noch nicht am Ende. Gerade, als Margaret dies lächelnd bedachte, wurde das Foto geschossen, welches später in der Lobby aufgehängt werden sollte.

Emily und Chris halfen Francesco, Maria und Katy, Champagner herumzureichen, und die Gäste stießen beim Schlendern durchs Kloster angesichts der Veränderungen und Verbesserungen Rufe der Überraschung aus.

Schwester Margaret stahl sich einen Moment lang von der fröhlichen Menge davon und fand im Garten einen stillen Fleck zum Beten. In der Nähe der Rosenbüsche setzte sie sich vor eine frisch gereinigte Statue Unserer Lieben Frau. Der kleine Pangur, das weiße Klosterkätzchen, folgte ihr, sprang auf ihren Schoß, rollte sich schnurrend zusammen und schlief ein. Die Blätter der Bäume und Büsche raschelten, und im leichten Wind blitzten ihre helleren Seiten auf. Margaret sah zum blauen Himmel und beobachtete, wie die Wolken über sie hinwegzogen. Dann schaute sie wieder auf das Kätzchen hinunter.

Ich mache einfach nur eine kleine Pause, Herr. Ich möchte dir für all die neuen Freunde und die neuen Wege danken, die du uns dieses Jahr eröffnet hast, und für die neue Hoffnung, die du uns geschenkt hast. Segne dieses neue Exerzitien- und Gästehaus und segne die neue Ausstellung, die Matthew eröffnet.

Plötzlich hörte sie ein Rotkehlchen singen. Es setzte sich vor ihr nieder, legte den Kopf schief, sah sie mit glänzenden Augen an und flatterte wieder weg. Sie sah ihm lächelnd mit Tränen in den Augen nach.

Danke dafür, Herr. Ich weiß nicht, ob Bridgets Mutter recht damit hat, dass Rotkehlchen Seelen sind, die nach uns schauen, aber danke für Helen – und danke dir, Helen, falls du wirklich *nach uns schaust, für deine Gebete! Ich liebe und vermisse dich so sehr, aber ich weiß, dass du uns vom Himmel aus unterstützt und dort am richtigen Platz bist, und ich weiß, dass ich selbst hier auch am richtigen Platz bin.*

Sie hob das kleine weiße Kätzchen hoch, das sein neues Zuhause als Letztes seiner Geschwister gefunden hatte, und küsste es auf den Kopf.

Und ich danke dir, Herr, für den kleinen Pangur. Danke für alles! Du hast unser Leben und das unserer Freunde mit großen und kleinen Wundern erfüllt, und ich bin schon unglaublich gespannt, was du als Nächstes bewirken wirst.